AnA
Axt & ARKO

intro

전승민

예술가의 집◆

어느 화창하고 맑은 가을 낮, 그들은 늘어선 플라타너스 나무들을 뒤로하고 마련된 하얀 테이블에 앉아 이야기를 나누고 있었다. 어제 하루 내내 도시를 휩쓸고 지나간 돌풍과 산발적인 소나기 덕분에 맑게 갠 하늘 가운데를 빠르게 유영하는 흰 구름들이 유령처럼 흘러가고 있었다. 그들은 커피와 쿠키를 사이에 두고 삶이 흩뿌리는 다채로운 고통과 그로 인한 고난이 그들 각자의 생을 어떤 모양의 태피스트리로 짜내었는지에 대해 말을 주고받았다. 그들은 살아온 배경도, 각자의 직업도, 나이나 성별도 모두 달랐지만 바로 그러한 차이가 그들의 이야기를 끝없이 이어지게 했다. 그들은 모두 같은 종류의 언어를 사용했지만 사실은 그 누구도 동일한 언어를 사용하고 있지 않았다. 상연 중인 연극의 티켓을 홍보하는 상기된 젊은이들과 대학병원 진료를 보러 온 다소 긴장한 얼굴의 사람들이 한데 섞인 동숭로의 한켠에서 그들은 누가 듣기라도 했다면 한번쯤은 이상한 표정으로 힐끗 쳐다보고 지나갔을 법한 주제들에 대해 조용히 열변을 늘어놓고 있었다. 그렇지만 이야기가 계속되는 동안 그들의 세계에는 각자의 옆에 놓인 연필과 종이, 그리고 서로의 말소리들뿐이었으므로 대화를 나누는 이들에게는 그들 앞에 놓인 커피와 머리

◆ 서울시 종로구 동숭길 3. 이 책에 실린 모든 글은 시인과 소설가, 그리고 평론가가 주고받은 대화를 통해 태어났다. 이 글은 가상적인 시공간의 형식 속에서 투명한 말들의 교환을 살려본다. (“ ”)는 실제 작품에서 가져온 인용문을, (‘ ’)는 이 글에서 작성된 문장을 담는다.

위의 구름, 그리고 이 나무에서 저 나무로 옮겨가는 비둘기들 외에 그 밖의 다른 것들은 보이지 않았다. 테이블에 둘러앉은 여덟 중 다섯은 소설을, 셋은 시를 쓰는 이들이었다.

'하지만 이게 다 무슨 소용이죠?' 문학이 현실의 압력에 대해 도대체 어떤 힘을 발휘할 수 있느냐고 한 남자가 회의적인 태도로 갑작스레 첫 번째 질문을 던졌을 때, 그러나 그에게는 어딘지 모를 반항심과 자신이 던진 큰 질문에 대한 자부심이 있었고, 그래서 그는 앉아 있는 나머지 사람들 또한 그것을 케케묵은 낡은 물음이 아니라 작가라면 응당 평생 마음속에 품을 수밖에 없는 피할 수 없는 운명적인 질문으로 여겨주길 바라는 것 같았다. 왼손에 든 커피잔을 천천히 내려놓으며 그는 문학이란 구호가 아니라 오히려 구체이므로, 현실이 우리에게 폭력적으로 던지는 관념의 난제들에 대하여 수십 가지, 아니 수백 가지 그 이상의 답안을 내놓을 수 있다고 말했다.
쏟아지는 시선에 개의치 않으려는 듯 애쓰면서, 그는 각종 관습적인 성 역할과 의무를 부과하는 사회에서 한 개체로서 인간은 단지 완전한 고독의 상태를 추구함으로써 그가 가진 최후의 자기다움을 가까스로 지켜낼 수 있다고 믿었다. 그에게 "타인은 하나의 질병과 같았기 때문"이었고, 나아가 그는 "결국 모든 것이 헛수고라는 사실, 그것만이 변하지 않는 진실이라"는 생각에 이르렀다.** 그는 젊은이들이 점점 더 각자도생을 추구하는 분위기와 결혼과 출산을 거부하는 태도에 대하여 직접적인 판단을 내리거나—그것이 모종의 정치적인 지향에서 비롯한 것이든 다분히 이기심에서 발동한 것이든—비판하기보다, 마치 계란 한 알을 뒤집어 볼 수 있듯이 거꾸로 비틀어서 생각해야 한다고 말했다. 가령, 이런 상상을 해볼 수도 있는 것이다. 휴머노이드와 인간이 공존하는 출산율 마이너스의 위기 상황에 대하여 정부가 출산보안법을 만들어서 인구 증가에 기여하는 개인과 가구 단위에게 전적으로 재정적인

** 김선욱, 〈퀴르 인간〉

지원을 보장해주고, 생물학적 임신과 출산으로 낳는 아이의 숫자가 곧 부모의 재력 상승으로 이어지는 원리 하에 여아선호사상이 팽배하고 심지어 일처다부제가 합법화된 한국을 그려보는 것 말이다.

상(像)을 뒤집으면 본래의 각도가 숨기려던 작은 요철이나 윤곽이 드러나기도 한다. 여러 남편을 거느리는 위대한 아내와 어머니는 마치 "진주 목걸이를 한 커다란 누룩뱀"의 메스꺼움을 유발하고, 기이하게 뒤틀린 이질적인 감각은 현실을 유구하게 지배해온 가부장적 남성성을 하나의 거대하고 딱딱한 비곗덩어리로 만든다. 그리고 그 사이에 끼인 한 남자는 죽음을 상상한다. 이유는…….

말을 잇지 않고 부러 멈춘 남자가 다시 입을 열기를 모두 기다리는데, 혼자 다른 곳을 줄곧 바라보고 있던 한 여자가 그다지 길지 않은 침묵을 깨뜨렸다. '크다고 생각한 것이 실은 아주 작은 것이라는 걸 알게 되는 것, 또는 그 반대의 경우라도 그다지 이상한 일은 아니죠. 세상에는 정말로 이상한 일들이 많거든요.' 그녀는 테이블 옆을 지나가던 한 노인과 그가 미는 유아차에서 시선을 떼지 않은 채 말을 이어나갔으므로 나머지 사람들도 자연히 일제히 고개를 돌려 그곳을 바라보게 되었다. 나무 잎사귀 사이로 바스러지는 햇빛이 어쩐지 그 광경을 조금 신비로운 장면으로 과장하는 것 같았다. 그녀는 유아차를 반드시 아이만 쓰는 것은 아니라고 했다. 반려견을 태우기도 하고, (마침 가까워진 노인의 유아차 안에는 갈색 푸들 한 마리가 타고 있었다) 무언가를 태우지 않아도 보행을 보조하는 기구로 사용하는 이들도 있다고 했다. 머릿속 한 구석에서 푸성귀를 갉아먹는 달팽이 한 마리를 떠올리던 그녀는 자신이 겪었던 기묘한 사건 하나를 들려주었다.

그녀의 아버지는 원래 탈 계획이 없던 열차를 우연히 타게 되었고 사고로 죽었는데, 그가 죽은 후 그의 명의로 된 아파트 입주권이 발견되었다고 했다. 노동 임금으로는 더는 개인의 사사로운 욕망을 충족시키며 살 수 없는 이 시대에 갑자기 생겨난 부동산이라니, 기막힌 불행 중 다행인 일일까 싶었다. 그런데 입주 날짜가 "9999년 1월"◆이라는 것이 문제였다. 자매는 기대보다는 걱정과 불안이 앞섰고, 그도 그럴 것이 그녀의 아버지는 전형적인 베이비부머 세대의 '평범한' 4인 핵가족의 가장으로 여느 중년들이 빠질 법한 취미, 예컨대 몸에 좋다는 온갖 식재료로 담금주를 만들거나 홈쇼핑에서 히트 친 옥장판과 족욕기—그러나 그것들은 훗날 방사능 물질 논란과 저온 화상 제조기와 다름없는 것들로 밝혀진다—에 열광하며 구입하곤 하던 사람이었기 때문이다. 그의 취향과 소비는 평균적인 한국 중년 남성의 것이었으나 그 선택의 결과는 늘 평범하지 않았다. 희한하게도 그가 고른 것들은 반드시 어딘가 작고 큰 하자가 있기 마련이었다. 입주권의 경우도 다르지 않았다. 그녀와 그녀의 쌍둥이 언니는 아파트로 직접 찾아가기로 하지만 아파트의 주소는 지도에 나와 있지 않은 곳이었다. 그녀들의 아버지는 "9999년식 아파트"를 구입한 셈이었다.

현실의 실감은 비현실적인 층위에서 비로소 감각되기도 한다. 그러니까, 현실과 비현실이 서로를 구성하는 하나의 짝패로서만 성립 가능하듯이 (한 인간이 평생을 일해도 몸을 뉘일 집 한 채를 살 수 없는 현실은 얼마만큼 '현실'적이고 '비현실'적인가?) 평범함 또한 이상함과의 공존 속에서만 사용할 수 있는 말이다. 현실의 시공간에 존재하지 않는 아파트 입주권을 유산으로 남기고 떠난 이상한 마지막이 그 누구보다 평범함의 대가라고 말할 수 있는 한 남자의 것이었다는 사실은, 우리가 사후적으로 관람하게 되는 누군가의 욕망—그가 동시대를 사는 다른 많은 이들과 정확히 같은 것을 원한다 할지라도—이 아무리 흔한 것이라 할지라도 그의 인생은 무수히 많은 불가항력에 의해 이상할 만큼 특별한 서사를 지니게 된다는 점을 알려주었다. 다만, 그러한 진실은 언제나 그가 떠난 뒷자리에서야 뒤늦게 발견된다는 점이 그들을 슬프게 할 따름이었다. 서사는 누군가의 시간이 끝날 때 바야흐로 시작되는 아이러니다.

◆ 심민아, 〈이상하고 평범하며, 평범하고 이상한〉

'이상한 이야기라면 나도 있어요. 인어가 실제로 존재한다는 걸 믿으시나요?' 땅콩 쿠키를 막 해치운 다른 여자가 대화의 주제를 점점 더 기묘한 쪽으로 몰고 갔다. 9999년식 아파트를 추적하던 이야기의 결말에 대한 사람들의 호기심은 이내 두 번째 땅콩 쿠키를 또 다시 집어드는 여자의 목소리에 의해 곧장 공기 중으로 흩어졌다. 유아차를 미는 여자 노인은 족히 백 살은 되었을 법해 보이는 노란 은행나무를 돌아 다시 테이블 쪽으로 돌아오고 있었다. '저희 할머니가 남긴 유언장은 딱 한 줄이었어요.' 반으로 쪼갠 쿠키를 우물거리며 그녀는 아무렇지 않게 말했다. "내 하나뿐인 손녀 이여름에게, 나의 인어다래를 맡긴다."◆ '우리 할머니도 좀 이상했어요. 특이했죠. 장난꾸러기 같은 분이었어요.' 여자의 할머니는 할아버지와 함께 일구어 키운 공장의 주인이었고 자그마치 오십억 원의 재산을 모았다고 했다. 그러곤 그것을 모두 금괴로 바꾸어 어딘가에 보관해두고 누구에게도 알려주지 않았다고도 했다.

'그래서 금괴는 어떻게 됐나요?' 시종일관 진지한 얼굴로 대화를 경청하던 예의 남자가 몸을 쿠키 접시 쪽으로 조금 더 기울이며 안경을 고쳐 썼다. '나는 인어 쪽이 훨씬 더 궁금한데요.' 이 세상에는 없는 아파트에 관해 이야기했던 여자가 말의 방향을 붙들어 맸다. '할머니는 내게 세상에서 가장 귀한 떡볶이 한 접시를 남겼어요.' 여자는 금괴 때문에 상당히 골머리를 앓아야 했다고 말했다. 사설탐정과 동행하여 지방까지 내려갔다 오기도 했으며, 할머니의 일가친척들이 무자비하게 달려들어 금을 내놓으라고 협박하기도 했던 이야기를 들려주었다. 아버지와 어머니를 일찍 잃었던 그녀는 삶의 유일한 버팀목이었던 할머니가 사라져버린 부재의 상황이 자신에겐 가장 풀기 어려운 난제였을 뿐, 그렇다면 금이 다 무슨 소용이겠느냐고 여전히 같은 얼굴로 대답했다. 그녀는 사람들에게 되물었다. 할머니처럼 머리가 좋은 사업가가 왜 그 많은 재산을 시세 변동 폭이 큰 불안정한 금으로 바꾸어두었는지 이유를 알겠느냐고 물었다.

◆ 이유리, 〈여름 인어〉

짧은 정적이 찾아왔다. 여자와 쿠키를 주목하던 시선들은 아래의 잔디로, 산책하는 개의 뒤꽁무니로 잠시 사라졌다. 떠나는 사람은 뒤의 사람들을 위해 언제나 무언가를 남겨둔다. 할머니는 막대한 유산을 둘러싸고 가족이 분열되기를 바라지 않았을 것이다. 먼저 태어난 한 인간이 뒤에 태어난 인간에게 바라는 것은 자신에게 중요했던 가치를 계속해서 소중하게 여겨주는 것이다. 유한하고 짧은 인간의 생은 바로 그 단절이 세대를 거듭해서 계속될 때 한 겹씩 부풀어 오르는 페이스트리처럼 풍성해지고, 손바닥 하나만 하던 땅콩 쿠키를 모두 해치운 여자가 중얼거린 마지막 말처럼—"짧은 시간을 살다 가면서 어쩜 그렇게 남 생각만 할까. 인간은 정말."—극도의 이기적인 이타심이야말로 돈이 사랑과 우정, 한 인간의 존엄마저 삼켜버릴 수 있는 시대의 위태로움을 가까스로 버틸 수 있게 해줄 터이다.

비둘기 두 마리가 잔디를 가로질러 테이블 근처로 총총 뛰어오다가 전동 휠체어를 탄 남자가 지나가는 바람에 다시 뒤로 물러났다. 여태까지 단 한 마디도 보태지도 않고 마치 정물처럼 앉아 있던 여자는 여전히 입을 열지 않고 있었다. 그들의 테이블에서는 지하철역 출입구를 알려주는 기둥이 작지만 분명하게 보였는데, 활기차게 지나가는 여러 대의 파란 버스 때문에 그것은 마치 버스 정류장의 표지판처럼 보이기도 했다. 그녀의 앞에 놓인 커피는 처음 나왔을 때 그대로인 듯했고, 쿠키 접시도 마찬가지였다. 잘 내린 드립커피보다 밀크티를 마시고 싶었던 그녀는 "뜨랑 접시"에 올려진—마치 카버의 단편소설에 나오는 것과 같은—"따뜻한 시나몬 롤"◆◆을 떠올리고 있었다. 그녀는 다른 사람들과 함께일 때도 그녀 자신만의 세계에 골몰할 수 있는 사람이었다. 그녀에게 모든 버스는 순환 열차였고, 그것은 "시작도 끝도 없는 듯했던 노래에 시작과 끝 모두 있음을 믿을 수 있"게 해주는 것이었다.
노인이 밀고 가던 유아차 안에 있던 것이 어린아이가 아니라 한 마리의 개였

◆◆ 지영, 〈어떤 밤, 춤을 추던〉

음을 알아차렸을 때 그녀는 자신도 모르게 크게 안도했다. 타의에 의해 사라진 아이의 목숨에 대해 누구의 책임도 물을 수 없는 현실에서 아파트 입주권이나 금괴며 여아선호사상이 다 무슨 소용이란 말인가. 역세권에 좋은 학군을 갖춘 동네로 이사 가게 됐다고 들떠 있던 남편이 "용서는 최고의 복수입니다" 하는 교회 앞 현판을 부수는 바람에 경찰서로 연행되던 날을 떠올렸다. 세 사람의 이야기는 마치 비눗방울이 날아오는 것처럼 귓가에서 맴돌기만 했다. 아이를 많이 낳으면 화성에서 평양냉면을 먹을 수도 있다는 남자의 상상력은 그녀의 언어로는 도저히 지을 수 없는 세계의 것이었다. 아이를 잃은 사람은 세계 한가운데에서도 이방인이 될 수 있었다. 집값이 오르는 행운은 오히려 이상한 불행이었다. 평범한 사람들이 누구나 염원할 행복을 손에 가진 그녀와 남편에게 그것은 이미 견딜 수 없을 만큼 괴로워지고도 남은 죄책감을 더욱 증폭시키는 촉매였다. 은민을 잃은 후 한동안은 세상의 모든 잘못이, 가령, 비가 내리는 날이면 날씨조차도 모두 그녀 탓인 것만 같았다.

옆에 앉은 이들이 어느 새 낮은 소란함으로 대화의 구름을 만들어가고 있을 때에도 그녀는 혼자 비에 대해 생각했다. 언젠가 읽었던 소설 "우기를 여행하는 현명한 방법"이 떠올랐고, 그 방법이라는 것은 사실 없다는 게 작품의 메시지였고 ("없대. 그냥 견디는 수밖에. 아무튼 우산, 우비, 장화로 무장하고 지나가래.") 그녀는 소설이라는 것은 분명 허구의 이야기일 텐데도 그토록 정직할 수 있다는 사실에 속으로 감탄하고 있었다. 하지만 그 어떤 허구의 상상 속에도, 심지어 허위의 세계로 나아간다 할지라도 그 어디에도 "아이를 떠나보낸 자를 명명할 단어"는 존재하지 않았다. 이름이 부재하는 이유는 분명했다. 은민의 "노란 반딧불이가 새겨진 운동화"를 기억해줄 사람들, 그녀와 남편 옆에 영원히 비어버린 한 개의 좌석이 있는 칸에 함께 앉아 계속해서 도심을 휘젓고 다닐 순환 열차에 탑승해줄 누군가들이 그 단어를 대신하기 때문이다.

'용서는 우리의 몫이 아니지' 하고 그녀는 작게 숨을 내쉬며 드디어 잔의 손잡이를 잡았다. 인어가 들려줬다는 그 여자의 말대로, 원치 않는 상실은 용서나 회복이라는 단어로 해결되지 않는다. 고통은 사라지지 않는다. 다만 남은 날들을 살아가는 동안 다른 어떤 것들이 그 화끈거리는 부위를 덮을 것이고 그런 식으로 계속해서 나아갈 수 있도록—순환 열차는 매일 계속해서 도심을 달릴 테다—"멈춘 곳에서 다시 달리"는 것, 그것이 "우리의 몫이었다"는 마지막 말을 삼키며 커피를 한 모금 들이켰다. 사라진 별빛을 다시 빛나게 하고 춤추게 하는 '현명한 방법' 또한 바로 그것이었다. 밤은 어김없이 돌아올 것이므로.

모임이 시작된 지 상당한 시간이 지나서야 다 식어버린 커피를 마시기 시작하는 여자를 관찰하던 맞은편의 남자 역시 그때까지 아무 말도 하지 않고 (대신 그는 쿠키와 커피를 이미 끝내버린 지 오래였다) 있었고 대신 노트에 드문드문 무언가를 휘갈기는 유일한 사람이었다. 이곳에서 그는 자신에게만큼은 정말로 "진짜 예술가였"던 문우 동연의 날카로운, 그러나 뻔하고 뻔했던 비판들을 떠올려 보고 있었다.◆ 이 테이블에 둘러앉은 모든 이들은 등단 제도를 통과한 작가들이었다. 그가 등단 전부터 상상해온 모습, 유명한 소설가가 되어 유재석과 함께 유퀴즈에 출연해 "지금 시대에 [소설을] 쓴다는 것의 의미를 인터뷰하는" 모습은 아니었지만 작가들과 같은 커피를 나누어 마시고 각자가 품어오던 이야기를 나눌 수 있는 것만으로 가슴 깊은 한 구석이 뻐근해지는 벅참을 느끼기엔 충분했다.
금괴를 묻어버린 할머니와 평범하고도 이상한 아저씨 모두 흥미로웠다. 사실, 그에게 가장 흥미로운 부분은 그 특별한 인물들이 모두 지금 이 세상에 속한 이들이 아니라 저 세상으로 떠나버린 자들이라는 점이었는데, 왜 모든 가치 있는 이야기들은 주인공들이 사라진 후에야 태어날까? 그들이 살아생전에도 그들 스스로가 세상에 하나뿐인 서사의 중요한 인물이라는 걸 알 수 있다면 어땠을까? 그렇다면 이야기가 달라졌을까? 특별한 것이 더는 특별하

◆ 윤치규, 〈시리얼 신춘 킬러〉

지 않게 되었을까? 그가 아는 한 동연은 지금 그가 떠올리고 있는 물음에 정확히 답을 줄 수 있는 유일한 인물이었다. 하지만 그는 스스로 생을 마감했고 그는 대답을 들려줄 수 없다. 그렇다고 그가 썼던 수많은 시를 다시 읽어보며 그 안에서 멋대로 그의 답이라고 단정해버리는 것은 그에 대한 존중이 아닌 것 같았다. "원동연은 시를 썼지만 시 이상의 인간이었고 시를 통해 원동연을 기억하는 것은 원동연이 원하는 방식이 아닐 것 같았"다.

동연이 그에게 진짜 예술가일 수 있는 이유는 등단 지망생들이 품고 있던 문학에 대한 순수한 열망과 기성작가들에 대한 열등감을 숨기지 않았기 때문인데, 그는 어쩌면 (물론, 그 스스로를 포함하여) 예술가라는 작자들은 세상과 타인을 향한 인정욕망을 끝내 충족시킬 수 없는 종류의 사람들인지도 모른다고 생각했다. 아니, 그렇다고 생각했다. 동연이 대중과 평론가들 모두에게 좋은 평가를 받던 한 여자 시인에 대해 "그냥 그것뿐이에요. 그냥 문체뿐이지 알맹이는 아무것도 없는 인간이라고요."라고 가시 돋친 힐난을 서슴지 않았을 때 그는 실은 자신이 쓰고 싶은 이야기도 그런 것이라고 내심 생각하고 있었고, 말하자면 '진짜 예술가'였던 동연에 비해 단지 자신의 작품이 널리 소비되기를 욕망했던 그는 스스로를 '진짜 예술가'가 아니라고 생각하고 있던 셈이다. '하지만 그는 사라졌고, 나는 지금 예술가의 집 안뜰에 앉아 있다.' 그는 노트에 쓰던 동연의 이름을 물끄러미 내려다보았다. 동연은 그의 더블(double)이었다. 그는 동연의 안타까울 정도로 미숙하고 순수한 열망을 부러워했지만 한편으로는 결코 그와 같은 삶을 살고 싶지는 않았다. 동연이 죽은 이후 때때로 그는 동연이 가졌던 재능을 기억해주는 유일한 사람으로서 자신이 이 세상에 그의 몫까지 포함하여 작가가 된 것이 아닐까 하는 생각을 하기도 했다. 물론, 그런 생각을 하는 것이 몹시 오만하다는 것 또한 그는 알고 있었지만, 그건 마치 이런 것과 같았는데, 사설 아카데미부터 신춘문예, 그리고 지금 이 순간이 오기까지 그는 문단이라는 곳 안팎으로 넘쳐나는 환멸이 얼마나 대단한지 알게 되었으면서도 언제나 그곳의 내부자가 되기를 소망하는 것처럼, 오만한 자신을 예술가라는 정체성 속에 꽤 떳떳하게 세워두고 있었다. "누구도 자신을 이해하지 못한다고 해서 그게 예술가인 것은 아니"라는 그의 오랜 신조처럼 적어도 자기 자신만큼은 그를 충분히 이해해야 했다.

다섯 명의 여자와 남자가 때로 격양된 언어로, 때로는 무언으로 이런 장면들을 서로에게 건네는 동안 한 여자는 완전한 무음 속에서 예술가의 집 곳곳에 눈에 보이지 않는 통로들을 설치하고 무너뜨리기를 반복했다. ("현악기 위의 내 손가락은 움직이고 있었지만 아무 소리도 나지 않았어. 소리를 만들기 위한 시도가 모두 실패하는 걸까."◆) 파란 버스가 좌우를 교차하며 계속해서 지나가는 것을 보며 누군가가 순환 열차를 떠올리고 있을 때 그녀는 노란 택시를 떠올렸다. ("밤새 택시를 타고 어딘가를 가는 꿈을 꿨어.") 여자가 "서울의 여기저기 골목을 다[니]"면서도 "여기가 서울인지 아닌지 의심스러울 때도 있었"다는 증언으로 이어지는 문장들은 현실의 실감이 비현실의 외피를 입고서 더욱 또렷해지는 리얼리티의 인공적인 감각을 만들어냈다. 대학로의 살아 있는 활기도 유폐적인 "그 안온한 시간"을 터뜨릴 수는 없는 일이었다. 그러므로 그녀는 "누구도 끄지 않는 불"을 보고서도 "모든 것이 타기 전에 다시 어딘가로" 도망칠 수 있었다.
여기 앉아 있는 모든 이가 달려들어도 그 불의 파괴력을 이길 순 없을 것이라고 그녀는 생각했다. 그녀는 불은 꺼뜨리는 것이 아니라 다만 일순간 다른 공간으로 사라져버리는 방식을 통해서만 우리 곁을 비껴갈 수 있으리라고 판단했다. "주유소가 교회가 된다는 소문"(〈기름 부으심을 받은 자〉)은 그러므로 퍽 다행스러웠고, 만일 "그 기름이 다 탈 때까지/ 주유소의 불은 꺼지지 않는다고" 해도 "기름 탱크에 물과 돌을 채운다고 했"으므로 잔디 위를 날았다 앉았다 하는 저 비둘기들이 이곳에 있다 해도 문제될 것은 없으리라 소망했다. ("처마 아래/ 흰 비둘기들이 모여들었다") 그녀는 자신의 염원이 희미해지는 것을 느낄 때마

◆ 박다래, 〈어느 낮처럼 선명하게 보일 것이라고〉

다 "절대 타지 않을 것을/ 타오르는 불 옆에 두고/ 싶어 하는 마음"에 대해 곱씹었다. 이 현실이 아무리 그녀를 장악하려는 손아귀를 뻗치더라도 그녀는 기도를 멈추지 않을 것이었다. 불 속에서도 결코 타버리지 않을 것들을 찾아다니기로 했다. 그러나 노란 택시를 타고 불타는 교회를 지나갈 때—주유소가 교회가 된다는 것은 바로 그런 것이었고, 노란 옥수수들이 팬에 튀겨지고("팬에 옥수수 알갱이를 튀긴다") 기름은 결국 "사라질 때까지 기다려야" 했으므로—오래도록 불타는 교회의 자리에서 훗날 그녀가 발견할 것은 "말라붙은 유기물"일 수밖에 없었다. 그럼에도 그녀의 실패한 기도는 종려나무 가지를 태우며 거듭하는 회개 속에서 매일 계속되었고, ("구멍난 러그에 재를 부으면 재의 수요일이 지나 있었다", 〈콘셉시온〉) 불 속에서도 살아남는 이상하고 아름다운 것들이 그녀의 머릿속에 떠올랐다.

'예술가의 집이라니. 그렇다면 행운의 집이나 희망의 집도 있을 텐데?' 모인 이들 중 가장 화사한 옷차림을 한 여자가 스스로에게 물었다.[◆] 노인이 유모차에 개를 태우고 지나가는 뒷모습을 바라보며 그녀는 "담배를 피우는 행운의 뒷모습을 본"다. "신도 기적도 우연도 없고 운만이 존재한다는 듯이" 휠체어 한 대가 노인의 뒤를 멀리서 따라간다. 소설가들은 저마다의 기이한 상상력을 내놓았지만 실은 그러한 개연성은 모두 운이라는 것의 피조물일 따름이 아닐까, 하고 그녀는 "작업실에 이불을 깔고 누워서/ 담배를 피우는 행운의 뒷모습"을 떠올려보았다. 그것은 인어나 금괴, 아파트 입주권이나 화성 여행권처럼 유별나지 않은데, 그렇게 단언할 수 있는 이유는 그녀가 분명히 행운을 본 적 있었기 때문이다. 그와 그녀는 서로의 "옆자리에 누워서 곤히 잠"들고, "늦은 점심으로 김밥과 라면을 나눠 먹"는 사이기 때문이다. 행운이라는 것은 언제나 우리 곁에 있을 뿐, 우리가 그를 특별히 눈치 채지 못하는 것은 다만 우리의 주의력이 무딘 것이라고 그녀는 생각했다. 이토록 평화롭고 졸릴 만큼 무

◆ 원성은, 〈행운의 집은 희망의 집의 맞은편에 있다〉

료한 정오를 보낼 수 있다는 사실은 얼마나 운이 좋은 일인지 말이다.

낮은 소리로 오가는 대화들 뒤에서 햇빛을 치마 가득 담고 있던 그녀는 문득 이 열기가 지금의 안온한 순간을 데우는 것이 아니라 무언가를 강렬히 태워버릴 수도 있을지에 대해 궁금해졌다. 그러나 그러한 생각은 곧장 아주 차가운 눈 더미로 이어졌고 이내 그녀의 눈앞에는 완벽하게 새하얗고 거대한 벽 하나가 나타났다(〈설경의 완성〉). 그녀는 눈으로 불타는 자신의 눈을 지우려 애썼다. ("설경 위에 남은 총알 자국은, 핏자국은/ 새로운 폭설이 지운다/ 눈을 지우는 건 눈이다") 무시무시한 불길은 예술가의 집뿐만 아니라 잔디밭과 플라타너스들까지 모조리 먹어치울 것이었다. 그녀는 스스로 어떤 종말을 상상하면서도 계속해서 그것을 물리치려 소리 없이 분투했다. 끝은 소멸을 통해서 우리에게 도착하는 것인지 아니면 완성에 도달함으로써 우리로부터 물러나는 것인지 알 수 없었다. ("끝나지 않는다면 꿈결 같을 것이다/ 헤겔과 단토의 토론도 끝날 것이다") 그러나 우리는 정답을 모르면서도 스스로를 하얀 비밀 속에 가둬버리기도 하지 않는가, 그녀는 생각했다. ("미술관에 방문한 사람들은 폭설 속에 함께/ 기꺼이 갇히기도 한다") 결코 "등에 사과가 박힌 바퀴벌레처럼 깨어나기는 싫었"다. (〈씨가 있는 과일과 양이 있는 여행〉)

삶이 제기하는 질문에 대해 결코 직접적인 답변을 제출해선 안 된다고 (이유를 알 수 없었지만) 열띤 목소리로 대화의 포문을 열었던 남자의 말에 그녀는 강력히 수긍하고 있었다. 그녀는 모든 시는 번역문으로 이루어진다고 생각했다. 그녀가 보이지 않는 불길에 맞서 "완벽한 화이트 큐브"(〈설경의 완성〉)를 곧장 소환한 것도, "멜빌 씨는 고래를 좋아하고"라는 문장 뒤에 "씨가 있는 과일을 좋아한다"는 문장을 이어 붙인 것도 그녀의 번역이었다. (〈씨가 있는 과일과 양이 있는 여행〉) 카프카의 문지기와 시골 사람이 끝내 같은 문을 보지 못했던 것도 모두 그들의 번역 과정이 달라서 일어난 일이라는 것을 그녀는 알고 있었다. 그렇다면 이곳에 모인 사람들은 각자의 말을 어떻게 번역하고 있을 것인가……. 우리는 하나의 대화에 도달하고 있는가……. 그러나 그런 것은 문제가 되지 않았다. 시라는 것은 애초에 합일을 위한 언어가 아니었다.

가을이라 부를 수 있는 계절이긴 했으나 날씨는 아직 무더웠고, 검정색 볼캡을 쓰고 반팔 티셔츠를 입은 이는 옆자리 여자가 벗어둔 트렌치코트가 때 이른 것이 아닌가 하는 생각을 하고 있었다. 진주 목걸이를 건 누룩뱀이라니! 사람이 뱀이 될 수 있다면 옆에 놓인 이 베이지색 코트도 사람이 될 수 있을지 몰랐다. ("의자 위에 걸쳐놓은 코트가 바닥 위로 떨어지고 코트는 점점 사람의 자세를 닮아간다 겨우 사람이 되려고 한다"◆) 지금 세상은 사람이 사람 아닌 것으로 변하고 사람 아닌 것이 사람이 되는 곳이었다. 여자가 많은 수의 아이를 낳을수록 많은 돈을 받을 수 있게 되다니, 사람이 사람을 만들어 낼수록 어찌하여 사람은 더욱 사람이 아니게 된단 말인가. 지금은 정말이지 모든 것이 가능해진 시대다. ("사람 같다고 말해도/ 결코 사람이 될 수 없는 것/ 사람처럼 여겨지다 사람에게 버려지는 것")
혼자 사는 이들이나 유성 생식을 할 수 없는 인간은 풍요와 안락에서 당연히 배제당하는 것이 과연 사람다운 일인지 그는 의문했다. 그는 순간적으로 피를 흘리고 있는 화초 한 그루를 떠올렸다. ("피 흘리는 짐승처럼 저편에서 피 흘리는 식물을 본다 다친 식물은 피를 뚝뚝 흘리다 멍들고 멍은 서서히 옅어지다 사라지고 끝내 사라진 식물은 없던 일이 될지도 모른다") 사람들은 식물이 피 흘릴 수 없다고 생각하지만 그것은 어디까지나 지나치게 인간적인 관점이라고 생각했다. 그들의 피는 붉은 색이 아닐 것이었다. 붉음을 모두 덮어버리고도 남을 만큼 하얀 눈 같은 것일지도 몰랐다. 우리가 피부라고 부르는 것이 어떤 존재에게는 두꺼운 껍질(cuir, 퀴르)인 것처럼 말이다. 몸을 구성하고 있는 모든 부분—코와 귀, 입술, 팔과 다리, 그리고 머리칼마저도 그는 모두 벗어던지고 싶었다. 인간의 것이라 불릴 수밖에 없을 모든 것들로부터 달아나고 싶었다. 그는 머릿속에서 투명한 줄넘기를 하면서 "허물을 벗듯 몸을 벗어낸"(〈유령화〉)다. 그는 서서히 유령이 되어간다. 머리 위를 떠가는 흰 구름들이 마치 그의 친구들 같다고 느낀다.

◆ 차유오, 〈인조세계〉

영원히 죽지 않는 인어를 친구로 두었다고 땅콩 쿠키를 두 개나 먹은 여자가 말했었지, 그는 인어와 유령 중 어느 쪽이 더욱 인간적이지 않은 존재인지 가늠해보았다. 절대로 죽을 수 없는 존재와 죽지 않고도 사람들의 눈에 보이지 않을 수 있는 존재 중 어느 쪽이 더 행복할지 저울에 올려보았다. 그가 투명해지고 싶은 이유는 세상이 '인간적'이라는 수식어를 달고 자행하는 폭력 ("사람들의 손길이 닿은 물건들은/ 쉽게 망가졌고 쉽게 사라졌다", 〈건설된 영원〉) 때문이라기보다, 그보다 앞서, 자신의 육체가 발생시키는 산발적인 괴리감 때문이었다. 바로 그것 때문에 그는 이렇게 맑은 가을날의 잔디 한가운데에서도 너무나 혼자라고 느끼고 있는 것이었다. 유령이 된다면 매일 비가 오는 날씨이기만 하면 좋겠다고 그는 생각했다. ("매일 축축해서/ 비가 오는 날을 좋아해/ 모두 젖어서 외롭지 않다고 귀신은 중얼거렸다", 〈아무도 아닌〉) 모두와 함께 젖을 수 있다면 ("흩어진 채 하나가 되어 있는 유령들", 〈유령화〉) 더는 외롭지 않을 것이었고 커피와 쿠키를 앞에 두고서 다른 이들이 모르게 "[그]가 [그]를 넘기 위해/ 온 힘을 다[하]"는 이 악전고투를 그만둘 수 있을지도 모르는 일이었다. 그는 "아무도 아닌" 존재가 되고 싶었으나 하지만 사라지고 싶은 것은 아니었다. 그가 원한 것은 투명한 감각 속에서 함께 젖을 수 있는 둘 이상의 유령이었으므로. ("귀신이 비를 막아준다고 믿었던 거지/ 사실은 비를 맞는 둘이 되었던 건데", 〈아무도 아닌〉) 그는 여기에 모인 이들의 몸이 모두 투명해지는—푸들을 데리고 가는 느린 걸음의 노인과 젊은 남자의 뭉툭한 휠체어 바퀴까지도—상상 속에 계속 남아 있기로 했다.

테이블에 둘러앉은 이들은 뭉게뭉게 피어오르는 언어의 구름 속에서 저마다 투명해지고 있었다. 여덟 명의 첫 페이지가 막 시작되는 순간이었다.

Profile
전승민은 문학평론가다. 2021년 서울신문 신춘문예 및 제19회 대산대학문학상 문학평론으로 등단했다. 관심사는 영미 모더니즘 문학 및 퀴어-페미니즘이다. 주요 평론으로 「통증과 회복의 인간학—양자역학으로 읽는 한강」, 「포르셰를 모는 레즈비언과 윤석열을 지지하는 게이에 관하여」 등이 있다. 동네 책방에서 독자들과 독서 경험을 나누는 활동을 겸하고 있으며 여러 북토크와 젊은작가들의 작품 비평을 활발히 하고 있다.
nrz5haeyo@naver.com

contents

review

→ **novel**
poem
essay
etc

어떻게 살 것인가

김선욱

"인간의 위대함은 그가 다리일 뿐 목적이 아니라는 데 있다. 인간이 사랑스러울 수 있는 것은 그가 건너가는 존재이며 몰락하는 존재라는 데 있다."

(19쪽)

"참으로 삶이 무의미하고, 무의미를 택하지 않을 수 없다면 내 경우에도 이것이 가장 선택할 만한 무의미가 아니겠는가."

(42쪽)

최근에 니체의《차라투스트라는 이렇게 말했다》를 다시 꺼내 읽었다. 조금은 천천히 문장들을 톺아보고 싶어서 시간이 날 때마다 서재에 틀어박혀 음독했다. 덕분에 한 달이 넘도록 책을 붙잡고 있어야 했다. 당시 생활과 소설 쓰기를 병행하는 일에 조금 지쳐 있어서인지 위험할 정도로 동하는 마음을 붙잡으며 책을 읽어야 했다. 그만큼 격정적인 어조의 문장들이 온몸을 파고들었다.

과연 나는 나를 극복할 수 있을까? 차라투스트라는 자기 자신을 극복해야 하는 것이야말로 삶이 가진 유일한 비밀이라고 말한다. 내가 소설을 쓰기 시작한 이유도 결국은 나 자신을 알고 싶었고, 나라는 존재로 산다는 것의 의미가 무엇인지 궁금했기 때문이었다. 무지하게도 문학에 그 해답이 있다고 믿었기 때문이기도 하다. 최근에 다시 책을 꺼내 읽은 이유도 마찬가지다. 결론은 언제나 실패라는 생각이지만 중요한 건 계속해서 읽고, 쓰고, 무의미에서 의미를 찾으려고 노력한다는 것, 그것만으로도 충분한 가치가 있다고 믿는다. 중요한 건 아무것도 없다는 것은 사실 모든 것이 중요하다는 말이기도 하니까. 차라투스트라가 군중들에게 인간은 극복되어야 할 그 무엇이라고 설교하는 이유도 같은 이유라는 생각이 들었다. 차라투스트라가 사람들을 멀리하고 다시금 자신만의 고독 속으로 돌아가는 것 역시 어쩌면 다른 사람의 마음속에 있는 나를 찾는 것은 불가능한 과정이기 때문이라고 생각한다. 나는 나라는 것을 어떻게 확인할 수 있을까? 삶을 부정하는 허무주의와 현재에 만족하려는 자기기만을 극복하려면 우리는 어떤 자세로 삶을 바라보아야 할까? 나는 이번에 다시 차라투스트라를 통해 그 해답을 찾고 싶었다.

"자유로운 마음을 가진 자들에게는
순진무구하고 자유로운 것.
모든 미래가 현재에 바치는
넘쳐흐르는 고마움이다.
정성을 다해 아껴온
포도주 중에 포도주다."

(335쪽)

차라투스트라는 자신의 욕망에 충실하며 삶을 긍정하고 즐길 수 있는 어린이의 정신을 가져야 한다고 말한다. 타자의 욕망을 욕망하며 사는 낙타에서 자유를 향한 열망을 가진 사자로서의 삶으로, 궁극에는 제힘으로 굴러가는 수레바퀴고 신성한 긍정인 어린이의 정신을 가져야 한다고 말한다. 삶은 계속해서 "아무것도 중요하지 않다"라고 말하고 있지만, 예술은 "모든 것이 중요하다"라고 말하기도 한다. 차라투스트라는 피안은 고통과 무능력한 인간들이 창조해낸 망상이며, 인간은 오랫동안 현실을 부정하고 혐오해왔다고 말한다. 이를 극복하기 위해서는 힘에의 의지가 필요한데, 힘에의 의지란 자신이 주인이 되고자 하는 본성을 말한다. 삶의 의미를 새롭게 창조하고, 끝없이 자기를 극복해가는 사람, 이렇게 허무주의를 사랑으로 바꾸는 사람을 니체는 위버멘쉬라고 부른다. 위에서 말한 어린이의 정신이 바로 위버멘쉬라고 할 수 있다. 삶의 절대적 무의미를 파괴하는 사람.

"내가 온몸으로 사랑하는 것은
오직 삶뿐이며, 내가 삶을 증오할 때
참으로 삶을 가장 사랑한다고!"

(190쪽)

인생의 경로에서 자신의 삶을 스스로 선택한 사람은 행복할까? 자유가 '선을 행할 수도, 악을 행할 수도 있는 능력'이라면 매번 '좋음'을 목표로 행위와 선택을 하는 인간에게 행복이란 무엇일까? 자유로운 행위를 한다는 것은 본질적으로 무엇을 의미하는 걸까? 다시 돌아가서 '자기 자신을 극복하는 존재'라는 것은 결국 무의미의 늪에서 잃어버린 자신을 끄집어내는 인간일 수 있다. 삶의 무의미는 도처에 널려 있다. 어쩌면 일상의 모든 것들이 전부 무의미하다고 말할 수 있다. 차라투스트라는 그런데도 자신을 극복하라고 말하고 있다. 나는 나를 극복하는 행위가 소설 쓰기가 되었으면 한다. 내가 계속해서 쓰는 행위를 멈추지 않는 이유도 그렇다. 무한한 '허무'와 '무의미'에서 계속해서 의미를 찾을 수 있는 힘은 어쩌면 바로 곁에 '너'가 있기 때문일지도 모른다. 그런 의미에서 나는 아주 사소한 공간에서 무수히 존재하는 '너'를 찾으려고 노력한다. 내가 소설을 통해 '인간의 욕망과 행복의 의심'이라는 주제에 천착하는 이유도 마찬가지다. 나는 마침내 소설이 그 역할을 해낼 것이라 믿는다. 그런 의미에서 "차라투스트라는 이렇게 말했다."

"고독한 자여.
그대는 사랑하는 자의 길을 가고 있다.
그대는 자신을 사랑하고 그럼으로써
자기 자신을 경멸한다.
사랑하는 자만이 경멸할 수 있는 것이다."

(111쪽)

review

시인으로 살기, 갱으로 죽기

→ **novel**
poem
essay
etc

박다래

나는 1년째 학교와 아카데미에서 '문학적 글쓰기'를 가르치고 있다. 그전에도 글쓰기 과외를 한 적이 있지만 이렇게 다수에게 글쓰기를 가르친 것은 이곳에서가 처음이다. 문학적 글쓰기를 가르치는 일을 한다고 하면, 사람들은 나에게 묻는다. 문학적 글쓰기를 가르칠 수 있느냐고, 시나 소설은 배워서 쓸 수 있는 것이냐고. 나는 이런 질문을 받을 때마다 지미 헨드릭스에 대해서 이야기를 한다. 지미 헨드릭스는 열네 살에 쓰레기통에서 주운 우쿨렐레로 엘비스 프레슬리의 곡들을 연주했다는데, 그럼 음악도 독학이 가능한 것이냐고. 그렇다면 왜 수많은 음악 학원이 존재하냐고. 문학 역시 독학이 가능한 사람도 있고, 가능하지 않은 사람들도 있다고. 하지만 이렇게 말하면서도 나는 다시 한 번 질문을 던진다. 내가 정말 누군가를 가르치고 있는 것인지.

물론 나는 문예창작 교육을 오랫동안 받았다. 2011년에 대학교에 입학하여, 2021년 대학원 박사를 수료할 때까지 약 10년가량을 문예창작 교육을 받았고 수업을 들으며 글을 썼다. 때로는 학교 수업이 아닌 외부 수업을 듣기도 했다. 그 덕분에 나는 '간신히' 시인이 되었다. 물론 나처럼 문

사요나라, 갱들이여 다카하시 겐이치로 | 이승진 옮김 | 향연 | 2004

예창작과를 나오지 않고 글을 쓰는 시인과 소설가들도 많다. 그분들 중 외부 아카데미에서 수업을 받은 분들도 있겠지만, 수업을 받지 않은 분들도 있을 것이다. 그들은 순전히 혼자 열심히 노력을 하여 스스로 문학적 역량을 기르고 작가가 되었을 것이다. 그들은 문학이 아닌 것을 공부했고, 삶에서 수많은 경험을 했고, 그것이 그들이 좋은 작가가 되는 데 영향을 미쳤으리라. 그렇다면 좋은 경험만 있으면 작가가 될 수 있는가.

*

이런 고민을 할 때 읽게 된 책이 다카하치 겐이치로의 소설《사요나라, 갱들이여》였다. 이 소설은 친구 이예진이 추천했던 책인데, 제목만으로는 어떤 소설인지 감조차 잡히지 않아 오랫동안 읽지 못했다. 왜 갱들에게 '사요나라'라고 인사를 해야만 하는지, 이것이 갱들에 대한 이야기라면 느와르 장르의 소설인지. 그러나 나는 어느 날 알라딘 온라인 서점에서 이 책을 검색했고, 중고로 구판을 구입하였다. 오래된 책을 사는 것은 새 책을 사는 것만큼 기분이 좋다. 그리고 그것은 새 책을 사는 것보다 저렴하다는 점에서 효율적이기도 했다.

책을 펼쳐보고 나는 사실 조금 안도했다. 이 소설이 정말 '갱'에 대한 이야기가 아니고 '시인'에 대한 이야기라는 사실에. 그리고 '갱'이 아니라 '사요나라, 갱들이여'에 대한 이야기라는 사실에. 이 소설의 초반에는 하나의 진술이 나온다. 그 진술 하나가 내가 책을 내려놓지 않고 끝까지 읽게 했다. 그 진술은 다음과 같다.

나는 시의 학교에서 시를 가르친다.

(33쪽)

그 순간 이 소설은 나의 이야기가 되어버렸다. 나는 시를 배우려는 사람들에게 시를 가르치고 있다. 시를 가르친다는 말을 할 때마다 생소한 느낌이 든다. 시를 가르친다고 하면, 누군가 그것이 무슨 소용이냐고 묻는다. 나는 고등학생의 경우 대충 그것이 문예창작과 입시에 도움이 되고, 세상에는 그런 것으로 갈 수 있는 대학이 있다고 말을 한다. 그러면 그들은 성인에게는 왜 시를 가르치냐고 묻는다. 시를 배우는 것이 성인에게 어떤 도움이 되느냐고. 그렇게 말하면 나는 세상에 시를 배우고 싶어 하는 사람이 있고, 그것을 가르칠 뿐이라고 말을 한다. 나 역시 그렇게 시를 배웠던 성인이었다. 그리고 서른이 넘은 현재까지 계속해서 그 시를 배우고 있다. 혼자서든, 친구를 통해서든, 선생님을 통해서든. 그다음에 나오는 '시를 가르치는 일'에 대한 진술은 정확히 나의 경험과 같다.

그 이야기를 들은 사람들은 "아이구"
혹은 "그것 참"이라고 끙끙대다가 겉으론
생글생글 내 얼굴을 보면서도,
마음속으론 세상에서 가장 어려운 퀴즈를
풀고 있는 것처럼 행동한다.
(……)
"그럼요. 너무 좋은 직업이지요.
시를 가르치는 것은.
지금 시라고 말씀하셨죠?
아, 너무 훌륭해요!"
(34쪽)

그렇다. 시를 가르치는 것은 사실 무엇인지는 모르겠지만, 다른 사람들에게 할 말을 잃게 만드는 일일 것이다. 시를 가르치는 사람들은 사실 모두 시가 무엇인지 모른다. 심지어 이 소설 2부에 등장하는 냉장고로 변신한 베르길리우스 역시 시가 정말 무엇인지 모를 것이다. 그는 자신이 시인의 OB일 뿐, 시인이 아니라고 말한다. 그러면 우리는 시가 무엇인지 모르는 상태로 가르치고, 읽고, 배우고 있는 것인가. 시인의 학교에 갱들이 나타났을 때 그는 시 수업에 대한 것이 무엇인지에 대해 사실대로 털어놓고야 만다.

그럼 수업이란 게 뭐야?
진리에 대해서 생각해 보는 겁니다.
그저 생각하는 것뿐이야?
진지하게 생각합니다.
생각해서 어떻게 되는데?
별로 쓸모는 없을 겁니다.
별로 쓸모도 없는 것을 생각하는 것이
수업이란 말이지?
뭐 그렇습니다.
너, 그것을 하는 게 직업이야?
예.
웃기는 녀석이군.
너 같은 사람을 건달이라고 불러.
그렇다고 생각합니다.
무엇에 대해 생각한다고 그랬지?
진리입니다.
설명해 봐.
한마디로 설명하기는 어렵습니다.
목숨이 아깝지 않아? 나를 놀리지 마.
〈꼬마 갱〉은 앉은 채로 기관총 방아쇠에
작은 검지를 올려놓았다.
시의 진리입니다.
여기서 제가 다루고 있는 것은.
처음부터 그렇게 정직하게 말했으면
좋잖아. 그건 어떤 거야?
저도 잘 모릅니다.
(226~227쪽)

이 소설에서 그 역시 시가 무엇인지 모르는 상태로 가르친다. 누군가가 기관총을 들이대고 이야기를 해도, 우리는 시가 무엇인지 잘 모른다고 이야기를 할 수 밖에 없다. 우리는 알지 못하기 때문에 어떤 언어를 운용한다. 그것은 생활적일 수는 있지만 실용적이지는 않다. 누군가에게 정보를 전달하기 위한 언어는 아닌 것이다. 우리는 편안하지 않은 언어로 발화하여, 진리에 가닿기 위해서 오랜 시간을 보낸다. 그리고 그것을 타인에게 가르치기 위해서 시간을 보낸다. 서로 모르는 상태에서 진리에 대해서 탐구해야 하는 것이다. 사실 시를 배우고 가르치는 사람들 모두는 '영문을 모르는 것'일지도 모른다. 스스로가 누구인지 정의할 수 없어서 글을 쓰려는 것이다. 그렇지만 자신이 누구인지 누구도 알려주지 못한다. 스스로 생각을 해야 한다. 아주 작은 것이라도 스스로 깨달아야 한다는 것이다. 이를테면, '나는 하루 종일 해를 바라보지 않으면 우울한 사람'이라든가 하는 아주 단순한 사실 역시 스스로 깨달아야 한다. 그리고 그 스스로 탐구한 무언가만이 시가 되는 것일지도 모른다.

*

다시 돌아가서 이 소설의 제목에 대해 이야기를 할 필요가 있다. 이 소설의 제목이 하필 왜 '사요나라, 갱들이여'인가. '사요나라, 갱들이여'는 전직 갱이었던 S.B.가 지어준 그의 이름이다. 그는 S.B.를 만나고 시의 학교에서 시를 가르치게 된다. 1부는 그가 시의 학교에서 시를 가르치기 전까지의 이야기, 2부는 시의 학교에서 시를 가르치는 이야기, 3부는 그가 갱들을 만나고 갱이 된 이야기이다.

첫 번째 상실을 경험하고 그는 시의 학교에서 시를 가르치게 되고, 두 번째 상실을 경험하고는 갱이 된다. 첫 번째 상실은 딸의 죽음과 이혼이다. 그는 여자를 만났고, 아이를 낳았다. 아이의 이름은 캘러웨이. 하지만, 관청에서 사망통지서가 날아오게 되고 캘러웨이는 죽는다. 그는 캘러웨이를 업고 아이를 묻으러 간다. 그 후 여자는 떠난다.

그후 그는 S.B.를 만나고, 고양이 헨리 4세를 키우면서 시의 학교에서 사람들을 가르친다. 그는 시의 학교에서 수업료도 모른 채, 어떻게 지불하는지도 모른 채 수업을 한다. 수업료가 달랑 아이스크림 하나뿐일 때도 있다. 그는 자신이 시라고 생각하는 것만이 시가 될 수 있다고 말하며 모두에게 스스로 생각하게 한다. 그러다가 그는 갱들을 만난다.

갱들을 만난 후 그는 전직 갱이었던 S.B.를 총격으로 잃게 된다. 그리고 그가 키우던 고양이 헨리 4세마저 잃게 되자 그는 스스로를 갱이라고 정의한다. 그는 슈퍼마켓에서 갱들의 필수품을 사서 강도짓을 하고, 유아용 묘지를 폭파시킨다.

나는 갱이었다. 시인 따위가 아니었다.
나는 태어나서 지금까지 줄곧
갱이었던 것이다.
지금부터 나는 그것을 증명하고자 한다.
나는 내 심장에 한 방을 박아넣은 다음,
엄청나게 나이스한 굉장하게 나이스한
기분으로 다시 눈을 뜰 것이다.

(334쪽)

결국 모든 것을 잃고 난 후에 그는 자신이 처음부터 시인이 아니라 갱이었다고 말하며 갱으로서 인생을 마감하는 것을 택한다. 즉 아무런 의미도 없이 모든 것을 파괴하고 소멸시키며 자신의 삶 역시 마무리하려는 것이다. 진리를 찾던 사람이 진리가 더 이상 존재하지 않는다는 것을 깨달았을 때 할 수 있는 선택이란 간단하다. 그 모든 것의 의미를 지우고 파괴하는 것이다. 이쯤에서 이 소설에 나온 갱의 강령을 살펴볼 필요가 있다.

우리는 사람을 죽이고 돈을 빼앗는 것이
창조나 건설로 이어진다고 주장하지
않았습니다. 우리는 단지 갱일 뿐이며
예언자가 아니기 때문입니다.

(224쪽)

무용한 글을 계속 쓰는 것, 무엇인지 알 수 없는 진리에 대해 탐구하는 것은 사실은 아무것도 하지 않는 것과 같다. 그리고 그것에서 의미를 찾는 것은 갱의 삶에서 의미를 찾는 것과 다르지 않다. 우리는 무언가를 만들어내고 의미 있는 일을 한다고 생각하지만 어쩌면 의미 없는 삶을 찾고 있는 것이 아닐까. 끊임없이 실용적이지 않은 일을 하는 것은, 의미가 거세된 채 실용적인 행동만 하는 것과 같을지도 모른다. 소설에서는 그것에서 '갱'과 '시인'의 접점을 찾는다. 그리고 '사요나라, 갱들이여'는 시인으로서가 아니라 갱으로서 삶을 마무리하고 만다.

*

어쩌다 보니, 처음의 이야기에서 너무 멀어져버렸다. 다시 처음의 이야기로 돌아갈 필요가 있다. 나는 도대체 무엇을 가르치는가. 나의 수업은 간단하다. 테마를 정한다. 테마는 이를테면, 시에서 나타난 시각적 심상에 대한 이야기 뭐 그런 것이다. 나는 참고가 될 만한 시를 뽑아 간다. 우리는 시를 읽고 같이 이야기를 나눈다. 그리고 학생들은 그 시들을 바탕으로 주제에 맞는 시를 써온다. 우리는 그 시를 같이 읽고 이야기를 나눈다. 그리고 그들에게 많이 배운다.

이쯤에서 다시 같은 질문을 할 수밖에 없다. 나는 이곳에서 무엇을 가르치는 것인가. 나에게 답은 있는가. 다만 그들이 생각하는 것을 들어주고, 나의 생각을 이야기할 뿐이지 않을까. 우리가 그런 것을 '수업'이라고 부르고 그런 것에서 도움을 받았다면 어쩌면 모든 문학은 함께 학습하는 것이 아닐까.

나는 이제 막 글쓰기를 가르치기 시작했다. 여전히 누군가에게 글쓰기를 가르친다고 할 때마다 많이 죄송스럽다. 다만 나는 누군가와 함께 문학을 배우면서, 쓰면서, 함께 읽고 토론하면서 무용한 것을 계속 찾을 것이다. 그리고 끊임없이 타인에게 배워나갈 것이다. 그것이 무엇이 되었든 상관이 없지만, 갱으로 죽을 수 있을지는 두고 볼 일이다.

고해정토
苦海淨土

심민아

**높은 곳에서 내려다보면
바다는 죽은 듯 흐름을 멈추고 있었고,
썩은 시궁창처럼
암녹색이었다. 저기 좀 봐,
바다가 바다색이 아니야.
마을 사람들은 비탈길에
삼삼오오 모여 서서
이렇게 말하는 것이었다.
젊은이들은 눈을 번득이며
배를 몰고 나가
악취가 나는 바닷냄새를
맡아보고 와서는,
저쪽도 냄새가 나고
저기 저쪽도 지독해!라며
흥분을 감추지 못했다.**

(153쪽)

미나마타병은 일본 규슈, 쿠마모토현 남쪽에 자리한 미나마타시에서 1956년에 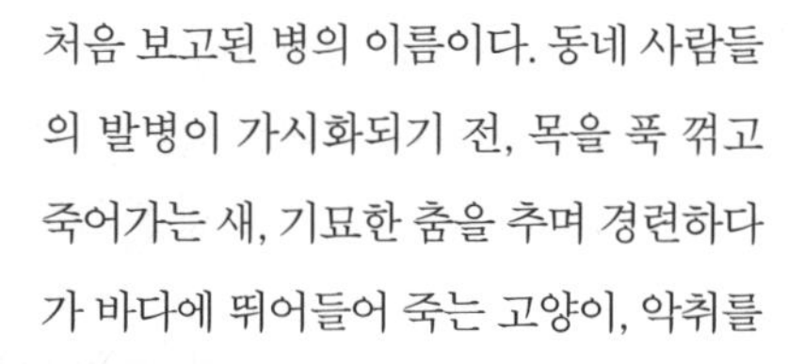처음 보고된 병의 이름이다. 동네 사람들의 발병이 가시화되기 전, 목을 푹 꺾고 죽어가는 새, 기묘한 춤을 추며 경련하다가 바다에 뛰어들어 죽는 고양이, 악취를 풍기며 그물에 들러붙은 침전물이 목격되었다.

미나마타 사람들은 대대로 바다 일을 하며 살았다. 쌀보다는 감자, 감자보다 많은 물고기를 먹었다. 아침저녁으로 회 한 접시는 먹어야 진짜 어부라면서 말한다. "물고기는 하늘이 주신 거라고. 하늘이 내려주신 것을 공짜로 우리가 필요한 만큼 잡아서 그날 하루를 사는 거여."(189쪽)

20세기 초, 미나마타에 처음 공장이 들

고해정토 이시무레 미치코 | 김경인 옮김 | 달팽이 | 2022

어온다. 일본질소비료공장이었다. 사람들은 이 공장을 질소공장◆이라고 부르지 않고 다만 '회사'라고 불렀다. "회사가 생겼을 때는 참 잘된 일이라고 내 일처럼 기뻐했어. 회사가 생기면 이곳도 도시가 될 게 분명하니까. (……) 우리 세대는 일자무식이라 회사에 들어갈 수는 없어도, 회사가 커지고 세상도 좋아지면 우리 자식 대에는 학교도 갈 수 있게 되고, 또 손자 대에는 회사 다니는 월급쟁이가 우리 손자 중에서 나오지 말란 법도 없잖은가 말이여."(190쪽) 에즈노 할아버지의 이야기다. 할아버지의 자손들은 미나마타병에 걸렸다. 손자 모쿠타로는 혼자서 식사도, 용변 처리도 불가능하다.

하쿠켄 배수구가 있는 코이지섬 근처에
멸치나 미역이 이상번식해서 채취하는
사람이 많다는 소문은 우리 마을까지
금세 전해지게 마련이다.
미나마타병 미역이라도 봄의 미각.
그렇게 믿는 나는 그 미역으로
된장국을 끓인다. 신기한 일이 벌어진다.
된장이 응고되어 미역된장무침이
만들어진 것이다. 입에 넣으면
그 된장이 걸쭉하니 기분 나쁘게
잇몸에 들러붙어 떨어질 줄 모른다.
미역은 뽀득뽀득 마찰음을 낸다.
— 회사는 밤이 되면 냄새나는
기름 같은 것을 바다에 흘려보내.
밤낚시 나가서 물속에서 팔을 집어넣으면
그놈의 것이 살에 딱 들러붙는데,
끈적끈적한 것이 꼭 살갗이
벗겨지는 것 같다니까!
어민들이 희귀병 발생 당시에
주고받았던 말을, 나는 멍청히
입을 벌린 채 기억해 낸다.
— 수은미량정량법 — 아연실험법,
발광스펙틀분석법 등등이
내 혀를 따끔하게 한다.

(245~246쪽)

*

사람들이 처음 느낀 증상은 손발 저림이었다. 이유 없이 자주 넘어졌다. 말하기에 어려움을 겪었다. 시야가 좁아졌다. 뜸을 뜨고 침을 맞아도 차도가 없었다. 사람들은 그 병을 하이칼라병이라고 불렀다. 경련하다 실려가는 사람들이 생겼다. 의사는 환자가 '견폐(犬吠)형 신음소리'를 낸다고 기록한다. 사람들이 죽어간다. 해부된다. 의사는 생명 유지가 불가능할 정도로 망가진 뇌를 발견한다.
이후 사건은 고통스러울 정도로 전형적으로 흘러간다, 사회문제가 만나기 마련인 모든 지뢰를 밟으며. 풍어기라도 쥐고 일어나는 어민들, "도쿄 사람 특유의 콧소리로 아, 그래, 그래요? 하면서

◆ 이 회사는 1930년대 식민지 조선 흥남에서도 질소비료공장을 운영한 바 있다. 이때 무슨 일이 있었는지는 파악조차 쉽지 않다.

흘려듣기만"(93쪽)하는 중앙 정부, 퍼지는 루머와 초동 대처 실패, "가난의 밑바닥에서··· 중독된 생선을 탐식하는 어민들"(210쪽) 따위의 보도, 물리적 충돌, 경찰 투입, 귀신같이 청구되는 손해보상금, '회사'의 은폐, 정부의 꾸물거림, '회사'의 언론 플레이, '회사'가 망하면 미나마타가 망한다는 지역 분위기, 의학적 오류, 상식 이하의 위로금 제안과 비아냥, 환자회를 분열시키는 정부의 태도, 지쳐서 각서를 써버린 사람들과, 끝까지 소송을 하는 사람들. 재판, 재판, 재판. 따돌림, 탄식과 비명. "시민들이 싫어하거든요."(212쪽)

'회사'는 1957년에 병의 원인이 공장 폐수라는 것을 파악한다. 하지만 1966년까지 폐수를 무단 방류한다. 문제의 공정은 1968년에서야 멈춘다. 그해에 이르러서야 미나마타병이 공해병으로 정식 인정된다.◆◆ 물론 그것이 종결은 아니다. 고통도, 소송도 이어졌다. 국가의 책임을 정식으로 묻는 재판은 무려 2001년이 되어서야 끝났다.

*

하지만, 이런 식의 기술로는 이 책에 대해 말할 수 없다. 미나마타병에 대해서 말할 수도 없다. 이런 내용은······ 신음소리를 신음소리로 전할 수 없는 능력 부족의 무엇. 어쩔 수 없는 곤죽.

*

《고해정토》는 미나마타병에 대해 말하

'일종의 유기수은'의 작용 때문에
발성과 발음 기능을 박탈당한
인간의 목소리는,
의학적 기술법에 따르면
'견폐형 신음소리'를 낸다는
식으로 적는다.

(125쪽)

바다 위가 정말 좋았지.
영감이 앞쪽 노를 젓고
내가 옆변 노를 젓고.

(132쪽)

"파래 따러 가고 싶네.
울고 싶어. 다시 한번 —
가고 싶어라, 바다에."

(145쪽)

지만, 그것을 과학이나 의학으로 탐구하거나 법과 정치로 꿰어 재구성하는 책이 아니다. 이 책을 읽는 사람은 대신, 동네 사람의 이야기에, 건조한 서류에, 수많은 신과 기도받는 영혼들이 산 사람들과 아무렇지도 않게 어울려 사는 모습에, 그러

◆◆ 같은 해, '회사'는 버려야 할 유기수은 100톤을 한국에 수출하려다 들켜 저지당한다.

나 배면에서 들끓는 신음소리에, 행정과 자본의 눈멂에, 콸콸 쏟아지는 폐수에, 다시 동네 사람의 경련에, 고통스러울 정도로 아름답게 철썩이는 바다에 영혼을 번갈아 얻어맞게 된다. 그리고 그 얻어맞음이 곧《고해정토》읽기일 것이다.

이시무레 미치코는 자신의 글쓰기에 대해 샐쭉한 톤으로 말한 바 있다. "그러니까 그 사람이 마음속으로 생각하고 있는 것을 글로 옮기면, 그렇게 되는걸요."(313쪽)《고해정토》에는 인터뷰에서 출발했음직한 부분이 많이 있지만, 이시무레 미치코의 말마따나 그것이 가감 없는 인터뷰의 결과는 아닌 것 같다. 그는 거의 빙의를 상상해서 말한 것이다. 신음소리의 언어화. 그렇지만 그런 빙의의 선은 엄연히 존재하는 것 같다. 처연하게 출렁이며. 그것은 고전을 공부하고 주부로 살아온 미나마타 사람, 이시무레 미치코가 자신의 조그만 다다미 자리 위에서 직관적으로 감각한 선일 것이다. 한시적으로 반짝인 후 수사나 개인적 느낌의 차원으로 내려갈 감각이 아니고, 상당히 민속적이며 동네에 두루 출렁이고 있었을 감각이랄까. 그가 지역과 동네 사람을 수신할 수 있는 사람이어서 그것이 가능했을 것이다.

《고해정토》에는 취재 기록이나 회의록 등에서 발췌한 내용도 많이 나온다. 나는 이시무레 미치코가 인터뷰이의 '마음속 생각'을 글로 옮겼듯이 신문, 서류, 숫자도 그렇게 했다고 생각한다. 그는 "저울로 저울질하는 영양학이나 왜소한 사회학"(211쪽)을 찢어 기도와 메모와 청원서와 공식 직함과 숫자와 감각과 의학적 내용과 보고서를 '고해정토(苦海淨土)'에 풀어놓는다. 이것들은 '고해정토'에서 각자 스스로 낭랑하지는 않으나, 서로 고통을 겨누는 레이어를 이룬다.《고해정토》내부에서 서로를 반사하며 '고해정토'를 이루는 목소리들. 신음소리. 진동. 신음소리. 확장. 신음소리. 울음. 미나마타, 그곳이 용궁의 신비를 여전히 품은 곳, 용의 비늘과 신령스러운 바다 돌멩이가 존재하는 곳인데도 불구하고. ◘

참고 자료

- 이시무레 미치코,《신들의 마을》, 서은혜 옮김, 녹색평론사, 2015.
- 이영진,「'질병'의 사회적 삶: 미나마타병의 계보학」, 일본비평 25호, 2021, 260~349쪽.
- 차승기,「미나마타, 흥남, 그리고 식민주의적 축적」, 동방학지 제197집, 2021, 225~247쪽.

사람을 사랑해본 일이 없는 녀석들이 어떻게 하늘의 별을 볼 수 있느냐 말야

원성은

1960년대 한국문학의 문제적 개인들의 이야기를 쓰는 이청준은 특유의 독일적 내면성과 깊이, 정교한 구조, 그리고 수려한 상징으로 그만의 고유한 세계를 보여주었다. 그 속엔 대학 입학과 동시에 4.19를, 이후엔 5.18을 경험한 소설가가 서슬 퍼렇게 벼려놓은 인물들이 있다. 등단작인 〈퇴원〉에서 마지막 작품집인《그곳을 다시 잊어야 했다》에 이르기까지, 그들은 특수한 정치적 상황들 속에서 무엇인가 결여된 채 자아를 입증하려고 하지만 실패하고 마는 개인의 모습을 보여준다. 〈별을 보여드립니다〉의 '그'는 이러한 '소렐적 체념'(스탕달)의 결과로 열패감과 박탈감을 체화해버린 인물이다.

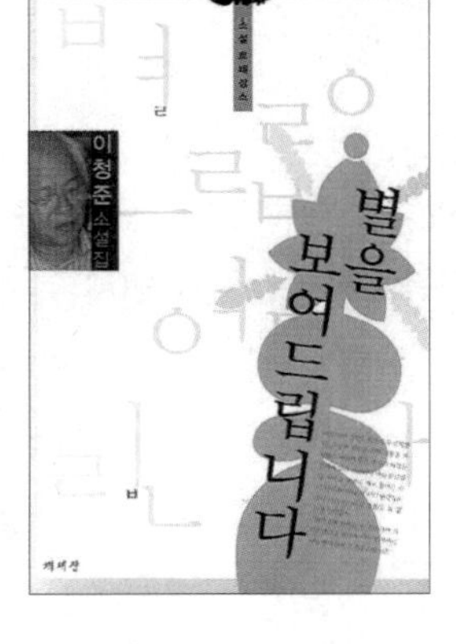

때는 우방국 원수를 환영하는 분위기로 온 거리가 떠들썩하고 어수선한 60년대 후반이다.(거리의 분위기라는 것은 언제나 압도적이다) '나'의 친구인 '그'는 어느 날 돌연 영국으로 천문학 공부를 하겠다고 떠난다. 한국 근대소설의 많은 인물들이 주어진 상황에 조화롭게 용해되지 못한 채 망명과 소외를 제 운명이라 여겼던 것처럼. 그는 당시 애인이었던 '민영'에게 "쫓겨가노라—"라는 황망한 말만 남긴 채 도망치듯이 떠난다. 떠날 때처럼 갑작스럽게 귀국한 그를 공항으로 마중

별을 보여드립니다 이청준 | 책세상 | 2007

나간 내가 마주하는 것은 "자기 영혼의 문을 완강히 닫아버린" 듯한 그의 공허한 눈빛과 무력한 뒷모습이다. 나는 그가 그렇게 된 데에는 스스로와 친구들의 책임이 있다고 느낀다. 계기가 있었다. 그는 어머니의 장례식을 치르러 고향에 내려가거나 친구들의 축하 없는 졸업식을 맞는 등 몇 가지 '불운'한 일들을 연달아 겪었다. 어디로든 떠나지 않고는 견딜 수 없는 상황이었던 거다. 친구들에게 저주 아닌 저주의 말들을 남기고서.

"너희들은 언제나,
나라는 놈은 불운과 싸우면서만
살아가야 하는 놈이라고 생각하고 있다.
무슨 일을 당해도 그것을 내가
혼자 이겨나가리라고 생각하지.
(……)
바라건대 너희들에게
불행이 있기를 빌겠다.
너희들에게도 사람이 그리워질 때가
있으면 하기 때문에……."

평소에도 공공연한 '비호감'인 그라지만, 이런 울분에 받친 말을 남기고 떠났는데 남은 친구들의 마음이 마냥 편할 수만은 없다. 특히 꽤 긴 기간 연애를 해온 민영은 그를 잊어야겠다는 쓰린 다짐만 할 수 있을 뿐이다. 한국으로 돌아온 그는 무언가를 간절히 찾지만 냉혹하게 변심한 민영을 포함하여 이곳엔 그가 찾는 것은 아무것도 없다는 것만 실감한다. 이런 그에게는 '망측한 도벽'과 '거짓말이라는 어휘도, 그 어의도 잊어버리고' 하는 거짓말이라는 습관만 새로 생긴다. 논리도 필연도 통하지 않는 사랑과 삶에 허무해진 그가 사는 방식일까. 그뿐만이 아니다. "그는 돌아와서 아무것도 하지 않았다. 사실은 아무것도 할 수가 없었다. (……) 그사이 '외롭다'는 말의 치사한 뉘앙스를 잊어버린 듯 주머니에 손을 구겨넣고, 걸핏하면 외로운데 외로운데 하는 소리를 함부로 내뱉으며, 거리를 지쳐 쏘다니고 있었다." 이쯤 되면 나의 물건을 하나둘씩 훔쳐가며 싱거운 거짓말이나 해대는 그를 친구들이 질려할 만도 하다. 그러나 곧, 마음을 닫아버린 그가 변화하는 두 가지 계기가 생긴다.

첫 번째는 '나의 진이,' '개울을 흐르는 한 방울의 거품과 같은 사랑을 지닌 여자'에 대한 각별한 감정이다. 두 번째는 길거리에서 낯선 청년으로부터 빼앗아버린 망원경이다. 문제의 망원경에는 '별을 보여드립니다. 5원—'이라는 의미심장한 스티커가 동체에 붙어 있다. 그는 남산 밑 하숙방에서 밤새도록 밤하늘을 들여다보거나 자신의 망원경을 친구들조차 못 보게 막는 등, 망원경에 강하게 집착하기 시작한다. "나는 지금 아무것도 가진 게 없잖아. 제발 별만이라도…… 별만이라도 그냥 내 것으로 놔둬줘……." 이렇게 애원할 만큼 카로사의 목성과 테가 예쁜 토성과 가장 빛나는 별인 금성은 그에게 남다른 의미를 지니는 것처럼 보인다. 그가 천문학도라서가 아니라 다른 이유가 있는 것처럼 보인다. 그리고 그것은 진이에 대한 각별한 감정의 가능성과 닮아 보이기도 한다. "나, 모레 다시 영국으로 간다." 어느 날, 불현듯 그가 나에게 선언하기 전까지는 그랬다는 말이다. 이유는 '외로움'이란다. 그의 재출국 결정을 들은 나는 당시 대한민국을 떠나서 영영 돌아오지 않았던 많은 사람들처럼, 그가 이번에는 돌아오지 않을 거라고 짐작한다. 민영의 경우처럼, 진이는 그의 결심 앞에 멍해진다. 그런데 아무런 맥락도 없이 이해할 수 없는 행동을 저지르는 버릇은 여전한지, 어느 날 그는 나를 다짜고짜 한강대교로 데려간다. 한밤중 강물의 보트 위에서, "사람이 없는 곳에서 별을 보"고 나에게도 보여주기 위해서다. 언제나 그래왔듯 나에게 "구경꾼" 노릇을 시켜주기 위해서다. 별을 간절히 보고 싶어 하는 사람이 별을 보여주겠다니. 어떤 '불운'도 무화시켜버리고 싶은 나머지 이제는 전능한 자리에 스스로를 앉혀보겠다는 건가. 그는 초월론적인 주체성을 추구하는 인물로 그려진다.

"자, 봐두렴.
미친놈들이나 좋아하는 별을.
하지만 이것은 내 위대한
우정의 표시란 걸 알아둬.
마지막으로 네게 저 하늘의 별을
한번 보여주고 싶거든."

망원경을 이 방향 저 방향으로 돌리며 홀려 있는 그의 고요한 몰입을 깬 것은 여자의 비명소리다. 경황을 알고 보니, 여자와 함께 보트에 타 있던 남자(애인)가 물속으로 몸을 던진 것이다. 정적이 깨지며 "강물에 가라앉았던 별들이 일시에 오소소 흔들"린다. 여자는 그에게 자초지종을 설명하며 남자가 남긴 유서 쪽지를 보여준다. 이때, 그가 하는 말이 가관이다. "바보 같은 자식, 유서를 쓰다니! (……) 죽으려고 하는 사람의 말을 살고 싶은 사람이 알아들을 수가 있는 줄 알았다니. (……) 살아 있는 사람들끼리도 잘 알아들을 수 없는 말을." 이청준의 다른 많은 인물들이 그렇듯, 이 작품의 그는 '죽음충동을 즐기는'◆ 지경을 넘어 그것으로 말장난까지 치고 있는 것으로 보인다. 그때였다. 긴 부재와 침묵의 시간을 설명하지 않은 채, 기괴한 거짓말만 일삼던 그가 돌연 그가 자기 고백을 해오는 시점도. (소설이라는 장르 특징상, 자기폭로를 하는 인물은 자기 자신과 불일치하는 경험을 반복할 수밖에 없다)

"영국 간다는 건 거짓말이야."
(……)
나는 녀석의 입에서 거짓말이라는
어휘가 소리로 되어 나오는 것을
처음으로 똑똑히 들은 것이었다.
(……)
그의 내부에선 아직도 거짓말이라는
말의 어의가 그대로 파괴되지 않고
있었더란 말인가.
"멋있는 장례식을 생각했지.
(……)
이렇게 잔잔히 별 그림자가
무늬 진 강을 덮고 잠이 들면
이놈은 별의 꿈을 꾸겠지."

소설의 가장 마지막 부분에서 그는 결심했다는 듯, 그토록 애지중지해오던 망원경을 마지막으로 쓰다듬고는 물속으로 밀어 넣어버린다. 그가 말한 '장례식'이 이거였을까? 강물로 투신한 남자와 비명을 지르던 여자, 그 외에도 그가 숱하게 맞닥뜨려야 했던 죽음들이 겹쳐진다. 그는 문득 '거짓말'이라는 말을 처음으로 발음한다. 도벽으로 빼앗은 망원경을 버린다. 이번에는 영국으로 쫓겨가듯 도망치지도 않는다. 밤하늘을 향한 창(망원경)을 닫는다. 별날 만큼 악착스럽게 붙잡고 있던 과거(영국에서 보냈던 시간이나 그 이전)를 놓아준다. 그는 보았기 때문이다. '젊은 날의 이별'도, 지리멸렬한 삶도, 거리도. 그뿐만이 아니다.

그의 '멋있는 장례식'은 소설이라는 장르가 발생하기 전, 근대 이전의 시대를 위한 것이기도 하다. 17세기 과학혁명(뉴턴) 이후, 자연과 인간 사이에는 채울 수 없는 간극이 생겼다. 초월적인 자연(별)의 권위는 박탈되어 그 신성하고 마법적인 의미를 잃어버렸다. 이후 자연은 더 이상 기호가 아니게 된 것이다. 따라서 이 소설은 소설이라는 장르에 대한 메타소설로도 읽힌다.

부끄럽지만, 내내 불가능한 과거(별의 꿈)나 회상하면서 황홀히 젖어 있고만 싶었다. 하지만 "이제 그만 저어나가"야 할 때라는 것을 그는 인정한다. 하지만 그렇기 때문에 그의 성화가 '별 그림자가 무늬 진 강' 위에서 내내 슬프게 울리는 것 아닌가.

"사람을 사랑해본 일이
없는 녀석들이 어떻게
하늘의 별을 볼 수 있느냐 말이야."

◆ 권오룡, 해설 〈이카루스의 꿈〉, 이청준 전집 1《병신과 머저리》, 문학과지성사, 2010.

review

프래니와 주이

→ **novel**
poem
essay
etc

윤치규

많은 사람이 자신의 인생 책으로《호밀밭의 파수꾼》을 꼽는다. 책을 읽는 사람이라면 '호밀밭의 파수꾼'이라는 제목을 모르지 않을 것이다. 하지만 인생 책을《호밀밭의 파수꾼》으로 꼽는 사람 중에서 샐린저의 다른 작품을 읽어본 사람은 의외로 드물다. 지극히 개인적인 의견이지만 사실 샐린저의 작품 중에서《호밀밭의 파수꾼》은 가장 샐린저답지 않은 작품이라고 말할 수도 있다. 대중적으로 제일 성공한 작품은《호밀밭의 파수꾼》이겠지만 샐린저가 표현하고자 했던 소설 세계의 정수이자 대표작은 어쩌면《프래니와 주이》일지도 모른다.

《호밀밭의 파수꾼》을 제외한 샐린저의 거의 모든 작품에는 글래스 가문이 등장한다. 글래스 가문에는 조숙하고 영특한 일곱 명의 자녀가 있다. 순서대로 시모어, 버디, 부부, 쌍둥이 월트와 웨이커, 그리고 프래니와 주이이다. 샐린저의 가장 유명한 단편소설〈바나나피시를 위한 완벽한 날〉은 글래스 가문의 장남이자 형제들에게 절대적인 영향을 미친 시모어의 신혼여행과 자살에 관한 이야기다.〈목수들아 대들보를 높이 올려라〉에서는 버디와 부부가 나오고,〈코네티컷의 비칠비칠 아저씨〉에서는 월트의 이야기가 간접적으로 다뤄진다. 그리고

프래니와 주이 제롬 데이비드 샐린저 | 유영국 그림 | 황성식 옮김 | 인디북 | 2003

글래스 가문의 일대기는 집안에서 가장 어린 막내들의 이야기인《프래니와 주이》로 완결된다.

《프래니와 주이》의 전반부 주인공인 프래니는 잔뜩 날이 서 있는 캐릭터이다. 플로베르의 평론을 쓰는 사람은 하나같이 형편없다고 비꼬고 학자인 척하거나 젠체하는 사람을 견딜 수 없다고 욕하면서도 실제로는 그렇지 않은 사람마저도 전부 미워하게 되었다. 프래니는 사랑하는 애인에게마저도 독설을 내뱉으며 스스로 통제할 수 없는 지경에 이르렀다. 프래니는 자신의 불안정한 상태를 진정시키기 위해 어떤 기도법을 실천한다. 그 기도법은 19세기 어느 러시아 농부가 쓴 책에 소개되었다. 방법은 단순했다. 그저 '주여, 자비를 베푸소서'라는 말을 되풀이하는 게 전부였다. 그것은 불교에서 나무아미타불을 반복하는 것과 힌두교에서 옴을 되뇌는 것과 비슷한 방식이었다. 프래니는 이런 행위가 도대체 무슨 의미가 있는지 확신하지 못하면서도 무작정 기도법을 따라 한다.

《프래니와 주이》의 후반부 주인공인 주이는 조금 지쳐 있고 염세에 차 있는 캐릭터이다. 욕조에서 쉬고 있는 자신에게 끊임없이 말을 거는 어머니를 향해 자조와 조롱을 서슴지 않고 내뱉는다. 주이는 프래니와 자신이 왜 이 모양 이 꼴이 되었는지 설명하지만 어머니는 전혀 이해하지 못한다. 어머니는 그저 48시간 동안이나 방 안에서 누워 울면서 혼자 뭔가를 중얼거리는 프래니가 걱정될 뿐이었고 주이에게 바라는 것은 프래니와 잠시라도 대화를 나눠주는 것이었다. 주이는 프래니가 왜 그런 상태가 되었는지 누구보다 잘 알고 있지만 그만큼 아무도 도울 수 없다는 사실을 알고 있었다. 하지만 결국 어머니의 등쌀에 못 이겨 프래니와 대화를 시도한다.

《프래니와 주이》는 아주 격정적인 토론 소설이다. 독설로 무장한 프래니와 냉소로 틈을 파고드는 주이의 말싸움이 아주 볼만하다. 두 사람의 말다툼은 한 편의 전쟁영화 같다. 총과 칼뿐만 아니라 비행기와 탱크가 등장하고 서로에게 화력을 쏟아붓다가 잠시 동맹을 맺고 기습과 매복으로 심장부를 찌르는 치열한 전쟁영화이다. 두 사람의 싸움에는 승자와 패자도 없다. 하지만 모든 것을 쏟아내고 더는 주먹을 쥘 힘도 없게 되었을 때 두 사람은 비로소 평온을 얻는다. 방황하고 좌절하는 두 젊은이가 어떻게 평온을 구하게 되는지 그 과정을 지켜보는 것이 이 작품의 매력이다.

샐린저는 많은 사람에게 사춘기를 대표

하는 작가로 기억된다. 대표작《호밀밭의 파수꾼》이 십대 청소년이나 이십대 청년에게 필독서로 꼽힌다면《프래니와 주이》는 그보다 더 다양한 세대에게 추천할 수 있다. 실제로《프래니와 주이》를 일어판으로 번역한 무라카미 하루키도 이 책은 아주 어렸을 때 읽는 것과 나이가 조금 들어서 읽는 게 전혀 다른 느낌을 준다고 말하기도 했다. 내가 처음 이 책을 읽었던 것은 중학교 2학년 때였는데 그때는 프래니에게 꽂혔고 이십대 때는 주이에게 집중했으며 삼십대 때는 책에 잠깐 소개되는 시모어와 버디에게 마음을 뺏기게 되었다. 아마도 사십대가 되면 어머니인 글래스 부인이나 고양이 블룸버그에서 뭔가를 발견하게 될지도 모른다.《프래니와 주이》는 치기 어린 시절 읽을 때와 세월이 조금 더 지나 삶에 대해 나름의 정의가 생겼을 때 읽는 것이 확연히 다르다.

가끔 인생을 살다 보면 딱히 사춘기가 아니더라도 세상이 허위로 가득한 것 같고 주변의 인간관계가 다 부질없이 느껴지며 모든 사람이 위선적이라는 생각이 들 때가 있다. 사람이 한 번씩 그런 상태에 빠지는 것은 어떻게 보면 자연스러운 일이다. 하지만 그런 상태가 너무 오래가는 것은 그다지 좋지 않은데 내게는《프래니와 주이》가 그럴 때마다 기운을 회복하고 마음을 다잡게 해주는 일종의 기도법이 되어주었다.《프래니와 주이》는 이렇게 쓸쓸하고 한없이 날카로워지는 감정이 나만 느끼는 게 아니라는 것을 확인시켜준다. 그건 내가 좀 이상한 사람이기는 해도 그렇게까지 이상한 사람은 아니라는 위안을 준다. 샐린저의 소설에는 확실히 그런 힘이 있다. 누구에게도 말하지 않은 나만의 비밀이 담겨 있는 것 같다. 샐린저의 소설을 읽으면 나와 똑같은 사람이 바로 여기에도 있다는 것을 깨닫게 해줘서 더는 외롭지 않게 된다. 그리고 그것은 때때로 구원이자 누군가에게 가장 필요한 기도가 된다.

review

→ **novel**
poem
essay
etc

선과 악에 대해 생각할 때, 안톤 체호프 〈골짜기〉

이유리

최근 들어 선악에 대한 생각을 자주 합니다. 인간의 본질은 무엇일까요. 선일까요, 악일까요. 선이라면 선은 무엇이고, 악이라면 악은 무엇일까요. 어떤 것이 선한 것이고 어떤 것이 악한 것일까요. 예를 들어 범죄자 조두순은 어린 여자아이에게 차마 입에 담을 수 없는 악행을 저질렀지만, 제 아들과 반려견은 끔찍이 사랑했다고 합니다. 전자의 모습은 순수한 악일까요, 혹은 후자의 모습이 선일까요? 물론 인간은 복잡다면한 존재이므로 여러 가지 모양이 한 사람에게 섞여 나타나는 것은 당연합니다. 그렇다면 인간은 선에 악이 섞인 것일까 악에 선이 섞인 것일까, 그 최초의 본질은 무엇이었으며 거기서 나아가 최종적으로 인간은 어떻게 살아야 옳은 것인가 하는 생각에 저는 자주 골몰하게 됩니다. 그런 생각이 들 때 저는 몇 가지 소설을 읽곤 하는데, 체호프의 〈골짜기〉가 그중 하나입니다.

이 소설의 흥미로운 점은 선인과 악인, 그리고 그 중도에 선 인물의 세 가지 인물상이 모두 등장하며, 그 각자에게 다면적인 모습이 부여되어 있다는 것입니다. 소설 속 치부킨 가문의 사람들은 저마다 악한 면을 가지고 있습니다. 치부킨 영감과 장남 아니심, 둘째 며느리 아크시니야는 그야말로 대표적인 악인입니다.

이와 대조되는 인물로 등장하는 것이 첫째 며느리인 리파입니다. 그러나 리파는 '선'으로 대표되는 인물은 아닙니다. 오히려 소설 속의 대표적인 '선인'은 농부와 거지에게 잼을 내어 먹이는 것을 낙으로 살아가는 치부킨 영감의 부인 바르바라일 것입니다.

그러나 체호프는 이 소설에서 선의 손도, 악의 손도 들어주지 않습니다. 체호프가 마지막으로 보여준 것은 선도 악도 아닌, 그저 순간순간을 충실히 살아왔던 '중도'인 리파의 평화로운 모습과 그 리파가 내민 피로그 한 조각을 받아먹으며 눈물을 흘리는 치부킨 영감의 모습입니다.

갑작스럽게 원치 않았던 결혼을 하게 되고, 남편이 화폐 위조범으로 시베리아에 끌려가게 되며, 유일한 버팀목이던 아기까지 어이없이 잃게 되는 삶을 살며 리파가 겪었을 심적 고통은 아마 등장인물 가운데 가장 극심했을 것입니다. 그러나 작품에서 리파는 자신의 감정을 쉬이 드러내지 않습니다. 그저 자신의 분수와 처지를 생각해 있어야 할 곳에 있고 가야 할 곳으로 갈 뿐입니다. 이것은 리파의 본성 가운데 선함이나 악함에서 나온 것이 아니라, 리파가 살면서 겪어 체득한 어떤 진리에 의한 행동으로 해석할 수 있습니다. 그 진리란 리파가 죽은 아기를 안고 걸어가다 만난 러시아 사람과의 아래 대화에서 드러납니다.

**"새의 날개는 두 개뿐이지
네 개가 아니잖소? 그것은 말이지,
두 개만 있어도 날 수가 있기 때문이오.
그런 식으로, 사람도 모조리 알 수
없게 되어 있는 거요.
절반이나 4분의 1만 알고 있으면
되는 거지. 살아가기 위해 알
필요가 있는 것만 알면 되는 거요."**

인간이 살아가는 데 있어 선이나 악보다 중요한 것은 살아가는 것 그 자체입니다. 리파는 부귀를 바라지 않았고 아기의 복수도 하지 않았으나 이것은 선함에서 비롯한 것이 아니었으며, 집안에서 벌어지는 각종 악행에 관심이 없었으나 이것은 악함에서 비롯한 것이 아니었습니다. 그저 그 순간 자신이 할 수 있는 것에만 관심을 두고, 나머지에는 철저히 무지했을 뿐입니다. 결국 이야기의 마지막에 평화를 얻은 것은 그렇게 무심하게 그저 하루하루를 충실히 살아온 리파와 그녀의 어머니였습니다. 체호프가 이 작품을 통해 보여주고 싶었던 것 역시 그렇듯 충실하게 사는 사람들의 미감에 대한 것이리라 생각합니다.

체호프의 다른 많은 작품들에서 볼 수 있는 전원의 아름다운 풍경과 사물, 음식의 풍부한 묘사와 더불어, 이 소설은 평소 선악에 대해 자주 생각하는 저에게는 매우 즐거운 독서였습니다.

종국에는 어느 입과 어느 마음으로

지영

오래전 여성영화제에서 아프가니스탄 여성을 다룬 다큐멘터리를 본 적이 있다. 전체 내용을 선명하게 기억하지는 못하지만 영상 속 여성들은 지금의 부르카와는 전혀 다른 옷차림을 하고 있었다. 짧은 치마를 입고 대학에서 강의를 듣던 여성들은 1979년 소련-아프가니스탄 전쟁 이후 그곳에서 찾아볼 수 없다. 2021년 미군 철수 후 탈레반이 재집권하면서 여성은 더 이상 교육을 받을 수 없으며 대외활동 역시 금지됐다. 영상 속 장면이 강렬하게 남아서일까, 아프가니스탄은 내게 가려져 형체를 알 수 없는 어떤 것으로 다가온다. 우상숭배 금지 율법을 이유로 폭파된 바미얀 불교 유적의 모습으로 찾아오기도 하고, 탈레반 재집권 이후 더 극심해진 빈곤과 기아, 사라진 인권 같은 단어와 함께 떠오르기도 한다. 흙먼지로 가득한 뿌연 세계, 파괴와 절망을 양손에 쥐고 서 있는 폐허, 내게 아프가니스탄은 그렇게 새겨져 있다. 그러나 그곳에 사람이 있다.

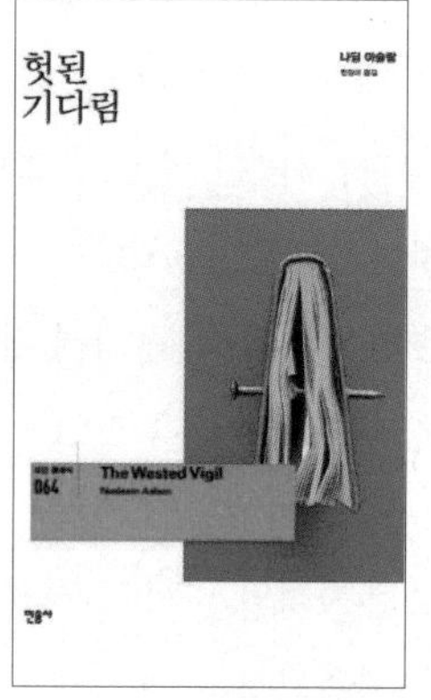

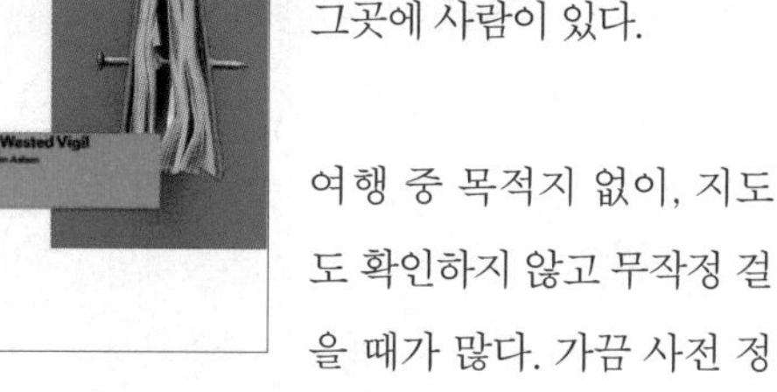

여행 중 목적지 없이, 지도도 확인하지 않고 무작정 걸을 때가 많다. 가끔 사전 정보 없이 표지나 포스터, 제목만 보고 책이나 연극 공연을 선택할 때도 있다. 《헛된 기다림》도 그랬다. 도서관 서가를 둘러보는데 대체 어떤 기다림이었기에 헛되

헛된 기다림 나딤 아슬람 | 한정아 옮김 | 민음사 | 2013

다고 말하는지 그 연유가 궁금해서 책을 꺼냈고, 못이 관통한 낡은 양장본 사진이 마음을 뚫고 들어와서 서둘러 책장을 넘겼다. 슬픈 사랑 이야기이지 않을까, 책이 매개가 되는 건 아닐까, 그런 생각을 하면서. 슬픈 사랑 이야기가 맞았다. 동시에 슬픈 사랑으로만 설명해서는 안 되는 이야기이기도 했다.

"넓은 천장에는 수백 권의 책이 쇠못에 박힌 채 걸려 있다. 못 박힌 역사, 못 박힌 사랑, 못 박힌 성전(聖典)." 나딤 아슬람의《헛된 기다림》은 아프가니스탄의 산악 지대에 위치한 '우샤'라는 마을, 벽화가 그려져 있고 천장에 책들이 못 박혀 있는 집, 거대한 돌부처의 머리가 쓰러져 있는 향수 공장을 배경으로 그리운 이를, 또 무언가를 기다리는 사람들을 그려낸다. 아프가니스탄의 현대사와 사회, 이슬람과 그곳 사람들의 삶을 세밀화처럼 묘사하고, 또 고통스럽고 잔인한 현실을 담담하게 풀어내는데 그래서 오히려 서슬퍼렇게 느껴지기도 한다.

인간은 죽거나 신체를 잃고, 오래 축적되고 빚어진 종교와 문화, 예술은 파괴되거나 묻히는 "이 나라에선 어떤 일에 대해서도 설명이 필요 없다. 아프가니스탄의 나무와 덩굴식물이 뿌리가 계속 자라면 근처에 묻힌 지뢰를 만나게 될까봐 두려워 어느 날 갑자기 성장을 멈춘다고 해서 전혀 놀랍지가" 않으니까. 그럼에도 서로를 향해 뿌리를 뻗어가는 이들이 있다. 반군에 의해 아프가니스탄인 아내 카트리나를 잃고 딸 자민마저 잃은 영국인 마커스, 사랑하는 자민을 잃고 헤매는 보석상이자 전직 요원 미국인 데이비드, 사반세기 전에 사라진 동생 베네딕트를 찾는 러시아인 라라는 벽화가 그려져 있고 천장에 책들이 못 박혀 있는 집에 모여 각자가 가진 조각들로 서로의 빈칸을 채워본다. 자민의 아이 바흐자드, 또 베네딕트의 흔적을 따라가고 기다린다. 이방인이거나 이방인일 수밖에 없는 이들의 기다림. 그 결과는 그러나, 이미 알 수 있다. 라라가 읽은 책 중에 '살아 있다'에서 '살'자가 빠진 부분이 있는데 못이 박혀 있었기 때문이다. 그러나 라라의 눈은 기억의 도움을 받아 '살'자를 붙여 넣는다. 못 박혀 천장에 매달려 있는 책들은 "잔혹한 인생의 무게에 눌려 이성을 잃어버린 사람을 자꾸만 떠올리게 하고", 그래서 "몸서리가 쳐질 때"도 있지만 세 사람은 고개 돌리지 않고 직시하며, 또 기억하고 함께 나눈다. 그렇게 구멍은 채워지고, 상처는 다독여진다. 공백을 완벽하게 메울 수 없을지라도, 상흔이 영원히 남을지라도. 기다림은 헛되었으나 헛될지라도 계속될 기다림이다.

아프가니스탄의 역사, 사람들의 사랑, 어떤 가르침들은 부서지고 파괴되었지만 못 박힌 채로라도 남아 있다. 이 헛된 기다림의 이야기가 "종국에는 어느 입, 어느 마음으로 들어갈" 것인가. 다시금 닿게 된 어느 입과 어느 마음이고 싶어 또다시 책을 꺼낸다. "인간의 품격은 가족의 범위를 얼마나 크게 잡느냐에 따라 달라진다." 마커스와 데이비드, 라라에게 가족의 자리가 우리의 자리로 바뀌었듯 나는 소설 너머 우리가 얼굴도, 이름도 모르는 타인을 '우리'의 범주에 넣을 때 비로소 각자의 조각들이 이어지고 모두의 내일이 올 것이라 믿는다. 믿으려 한다. 종국은 계속될 것이기에 어느 입과 어느 마음이 되려 하는 다짐이 희미해지지 않기를.

"그녀가 떠날 때 천장 도서관에서
책을 한 권 선물로 줄 것이다.
이 집에 오는 사람들 모두에게 한 권씩
줄 생각이다. 세상 어디에 있더라도
서로 알아볼 수 있도록. 형제.
상처를 안고 사는 친구.
이곳에선 모두가 철저하게 혼자다."

(18쪽)

"7월에 라라에게서 편지가 왔다.
황금색 방 바닥에 모아 놓은 벽화 조각
모자이크는 아직도 그대로 있다.
그녀가 상트페테르부르크로 돌아간 뒤
모자이크를 살펴보니,
조각 하나가 빠져 있었다.
두 연인의 얼굴이 맞닿은 부분이었다.
러시아로 가져간 것이다.
그 모자이크 조각, 그리고 천장에
박혀 있던 책 한 권. 상처를 나눈 친구.
아무거나 가져가겠다더니
『황금 양털』을 가져갔다. *죽은 자들은*
진실만을 말할 것이다.
그 진실이 자신의 명예를
***실추시킨다고 해도.*"**

(415쪽)

review

몽상과 기대

novel
→ **poem**
essay
etc

차유오

지금의 나는 기대하지 않으려고 한다. 먼 곳으로 떠나고 싶은 마음처럼. 내가 나를 벗어나 나에게서 멀어지려고 한다. 그러나 그 움직임은 내게 가까워지려는 움직임인 것 같다. 늘 기대하는 일들은 잘되지 않았다. 기대했기 때문에 잘되지 않았다고 생각하게 되었다. 그래서 내게서 멀어지고 싶었다. 내가 겪은 일들을 삼인칭 시점으로 생각하면 어떤 종류의 기쁨과 슬픔도 담담해지는 것처럼. 세상을 부지런히 돌아다니지만 눈에는 보이지 않는 유령들처럼. 이곳에 있어도 없는 것처럼. 그러나 기대하지 않으려 할수록 나는 점점 더 기대하게 되었다. 그것이 이미 이루어진 것처럼. 그것이 이루어졌을 때의 장면을 상상하면서. 하지 않으려고 해도 자꾸 생겨나는 마음들을 그때는 이해할 수 없었다.

어린 시절의 나는 기대하는 일을 싫어했다. 정확하게 말하면 기대하는 내 자신을 싫어했다. 기대하지 않으면 실망도 하지 않을 텐데 왜 자꾸 기대를 하는 걸까. 그런 생각이 자꾸 들었다. 학교에 가지 않고 백일장에 가는 날들이 있었다. 주변에는 글을 쓰는 다른 친구들이 있었고, 그런 친구들을 기다리는 사람들이 있었다. 우리는 한 가지의 주제로 글

을 쓰곤 했다. 쓰고 싶은 이야기가 없어도 글을 썼고, 가고 싶지 않은 곳이어도 갔다. 어쩌면 글을 좋아하는 마음보다는 글을 잘 써야겠다는 마음으로 글을 썼던 것 같다. 이상하게도 그때 썼던 글들은 잘 기억나지 않지만 글을 쓰고 있는 나의 모습과 스쳐 지나가는 사람들의 얼굴은 여전히 선명하게 기억난다. 상을 받는다고 좋은 글이 아닌 것을 알면서도 그때의 나는 상을 받아야 좋은 글이라고 생각했던 것 같다. 상을 받기를 기대하면 상을 받지 못하고 아무 기대도 하지 않고 집에 온 날이면 상을 받게 되었으니까. 그때부터 나는 기대하는 일을 싫어하게 된 것 같다. 사실은 무언가를 바라는 마음보다 무언가를 기다리는 시간이 싫었던 게 아닐까.

오랜 시간이 지나고 프루스트의 시집을 읽으며 나는 그 마음의 움직임을 이해하고 받아들일 수 있게 되었다. 이 시집의 원제는 '음악, 슬픔, 바다에 관한 단상들'이었다고 한다. 그리고 프루스트는 바다는 음악처럼 매혹적이라고 말한다. 음악은 흔적을 남기지 않으며 우리의 마음의 움직임을 모방하기 때문이라고.

내게 기대하는 일은 파도를 기다리는 일 같다. 그것이 올 거라는 것을 알면서도 내게 닿는 순간까지 기다리고, 그것이 내게 오지 않을 것이라는 것을 알면서도 두려워하기 때문이다. 프루스트는 사랑에 대해 말하며 사랑이 지나간 슬픔에 대해 말한다. 사랑이 파도라면 파도가 지나간 뒤의 자리, 그 자리에 내려앉은 슬픔에 대해 말하는 것 같다. 그리고 그 과정을 통해 나와 너, 우리에 대해 말하며 보이지 않는 마음들을 이곳으로 불러낸다. "슬프거나 냉랭해질 때면, 나는 거기에 떨리는 내 마음을 눕힌다"라는 것처럼 차가운 감정들에 마음을 눕히며 따듯한 감정으로 만들어낸다.

무언가를 기다리는 시간 동안 몽상과 기대는 내게 같은 단어처럼 느껴졌다. 꿈속의 생각이라는 몽상. 어떤 일이 원하는 대로 이루어지기를 바라면서 기다린다는 기대. 꿈속의 생각처럼 이루어지지 않는 일들. 내게서 자꾸 멀어지는 일들. 〈사랑과 기대에 관한 고찰〉은 "부푼 기대감은 한 시간 후 현실로 다가오면 순식간에 그 매력을 잃어버리고 마는 법이다"라는 문장으로 시작한다. 그리고 기대하는 인간의 모습과 마음에 대해 말한다. 이어 "결코 저버릴 수 없는 확신을 가지고 꿈에 부푼 미래에 또다시 기대게 되는 것이다"라고 말한다. "희망 없이 기대하는 일이란 그것이 비록 현명한 것처럼 보일지라도 불가능한 것"이라고 말하는 프루스트의 문장을 읽고 난 뒤 나는 기대했던 나를 이해할 수 있게 되었다. 기대하지 않는 일은 불가능하고, 기대하고 실망하는 것이 자연스러운 일이라는 것을 알게 되었다.
지금의 나는 기대하지 않으려고 한다. 동시에 희망을 갖고 기대해야겠다고 생각한다. 원하는 대로 이루어지기를 바라는 마음은 결코 이상한 것이 아니라고 프루스트는 말해주는 것 같다. 시간의 빛깔을 한 몽상처럼 어린 나의 기대가 여러 빛깔이 되어 다가오는 것처럼.

올드미스 다이어리

심민아

— 동네 공원에 잠깐 앉았다가 왔는데 매우 좋았다. 운동기구의 이상한 쾌. 운동기구의 웃김은 모든 동작이 어쩐지 반복- 취권스럽게 된다는 데에 있는 것 같다. 자동도 수동도 반자동도 아니고 반작용에 근거해 공공적 (없는) 미감을 입고 퍼지는 일종의 취동……. 진짜 이상한 운동성.

— 내면에 공자님이 있는 것 같다. 나는 걸걸 유교걸 동아시아 군자걸이었던 거야. 뇌에 인의예지를 인형 솜처럼 눌러 채운 거야. (근데 불효자인……) 고등학생 때는 허생이 이상한 사람이라고 생각했는데, 딱히 이상한 사람이 아니었던 거다. 뭐, 예. 그럴 수도 있죠. 읽던 거 마저 읽으시고. 예예, 10년 채우시고.

— 모든 문제는 결국 스스로 알아서 셀프로 해결해야 한다는

게 참된 진리이며 참된 고독인 것 같다. 결국 문제와 단둘이 남아서 눈을 대단히 맞추고서 빼끔빼끔하는 것. 부드러운 미국 아줌마처럼 *헤이-스위티!* 하기에는 내가 너무 늙고 지쳤다. 오늘 비는 축축하다. 이 또한 참된 진리이며 너무 자연현상이네.

— 커피가 아주 맛있었다. 이런 날이 있어요. 덕분에 살았습니다. 커피 선생님, 생명의 은인이십니다. (깊은 절) 미소를 짓는 사람과 교양으로 미소를 짓는 사람은 너무 달라서 무섭다. 커피 선생님, 당신은 아시겠지요. 당신은 최고의 입꼬리 전문가이므로 잘 아시겠지요. 찹찹.

— 오늘 꿈은 기억난다. 두개골 안쪽에 (반짝이지는 않는 상태로) 두서없이 남아서 의식까지 밀려온 백사장의 시든 미역 줄기처럼. 이것들이 고약한 냄새를 풍기기 전에 주워야 한다. 허리를 허이차, 허이차. 이미지 줍기 운동.

— 모든 동물들과 얼굴을 나란히 하는 일. 있을까요. 가능할까요. 하지만 나는 몸이 좋지 않기 때문에 고기를 먹어야 해요. 개를 키우며 정기적으로 수영장에 다니고 채식을 하는, 그런 기운 뻗치는 사람이 아니라고.

— 그래, 이렇게 차갑고 새침한 것이 봄의 날씨였지. 깜빡 속을 뻔했다.

— 너무 표준적인 주말이었다. 애인과 드라이브하고 밥을 먹고 커피를 마신 후 남한산성 일대의 꾸불하고 얇은 길을 건너 (그 과정에서 벚나무의 휘날림에 대단히 감탄하며)

서울로 돌아왔다. 그런데 사실 벚꽃보다 인상적인 것은 교외의 어떤 한정식집 마당이었다. 돌탑 모서리마다 LED를 둘러 번쩍번쩍했다. 수증기가 막 뿜어져나오고 있었다. 그런 종류의 혼란한 노력을 부르는 단어가 있을까. 그 안쪽에서 가족 행사에 참여한 사람들이 한복을 차려입고 올림머리를 하고 중력을 힘껏 받아 자꾸 바닥으로 내려가는 아기를 추켜 올려가며 환하게 웃고 있었다. 사람들. 매우 사람들.

— 자꾸만 똑똑해져야 하는데, 1. 일단 그래본 적이 없고, 2. 진짜 그럴 힘이 없다.

— 너무 급해서 DVD 플레이 프로그램을 사버렸다. 무려 마소 정품. 빌 게이츠 할아버지 댁에 치킨을 손수 배달해드린 기분이다. 단품, 무뼈로다가. 하여간 오늘 끝나고 밥을 먹기로 했는데 둘이 먹는 줄 알았더니 네댓 명이 먹는 거였다. 사회성 2인분 가져왔는데 큰일 났다.

— 가구 옮겼다. 이것도 병이야. 미루고 또 미뤘던 연마제 제거도 했다. 날이 뭔가 습하다, 옛날 귀신만큼 습하다.

— 물음표 살인마가 있다면 직선-마침표 살인마도 분명히 있다. (명확해 보이고 굳건한 것 같아서 이것저것 갖다 붙일 수 있는 것처럼 보이는) 상징 너무 좋아해. 완전한 의미, 해결, 완료, 모든 것을 일대일로 대응 못 시켜서 발광인 촌놈들. 작작 좀 해라.

— 내일 상담 귀찮다. '이 인간 진짜 대책 없음ㅇㅇ' 적어서

가슴팍에 오버로크 쳐주고 쫓아내면 좋겠다. 그게 빠르고 말되는 일 같은데요. 아닌가요? 여보세요? 여보세요?

— 새벽에 배가 아파서 죽는 줄 알았다. 배에 커다랗게 사각형을 그린 후 그것을 새빨간 색으로 칠한 느낌이었다. 전기 이불에 몸을 파묻고 인생을 반성하며 앓았다. 아침에 나았지만 이미 지쳤기 때문에 다시 잠들었다.

— 전화의 어떤 운명이 있다. 수신자가 그 순간 누구와 무얼 하고 있었는가에 달려 있는 이상한 방식의 한국인 가오 살려주기 경쟁 부문. 얼떨결에 참전해버렸구만. 행복하소서.

— 날뛰는 단어들. (사람보다 미쳐 있음)

국민들'께서'. 세상 오그라드는 (안) 높임.

— 아침에 우울을 느낌. 몸도 안 좋았음. 억지로 머리 감다가 오열함. 이런 매일이 이어진다니! 어허헉! 이러면서. 완전히 미친 녀석이다. 돌아오는 전철에서 립스틱 색깔이 엄청난 아줌마를 보았는데 잊히지가 않는다. 그걸…… 도대체 뭐라고 할 수 있을까.

— 상담 센터에 가면 당신이 소중하고 괜찮다고 말해주기 때문에 그걸 믿고 더 이상해지는 위험이 있다고 진심으로 생각한다. 내 탓 맞는데요. 맞잖아요. 성당 가면 내 탓이오, 이거 세 번씩 시킨다고요…….

— 똑똑해서 엄청나게 노회한 새끼 VS 애초에 그럴 생각이 전혀 없는 새끼……. 이 끔찍한 상극 관계.

— 오늘 '무게감 있는 남성 시인'이라는 말을 들은 후 자꾸 세상에서 무게가 느껴짐. 현재 푸드코트고, 김밥의 오이됨을 느끼는 중. 무게감 있는 남성 김밥. 무게감 있는 남성 김밥의 무게감을 담당하는 남성 오이. 오이가 무게 친다. 오이가 좀 친다. 오이가 친다 쳐. 아이고 동네 사람들, 오이가 사람 치네. 이 와중에 요리사 아저씨가 맞은편에서 칼질을 너무나 잘하고 계심. 무게감 있는 남성 요리사가 무게감 있는 남성 배를 무게감 있는 남성 칼질로 무게감 있는 남성 재료로 바꾸고 있는 무게감 있는 남성 풍경. 저 많은 배는 무슨 요리가 되나요. 껍질 부분은 무게감 없이 슥슥슥 퐁당퐁당 버려지고 있다. 헤이, 나는 저쪽인데. 가볍거든요. 경박하거든요. 팔랑팔랑해서 '무게감 있는 남성 시인'이라는 0g짜리 말에 훌라훌라 휘청이거든요. 쓸려 들어가는 것들.

— 오랜만에 라디오 켰는데 막스 리히터 나와서 몸을 웅송그리고 들었다. 끔찍할 정도로 아름다웠다.

— 뭔가 돈을 경계하며 지나친 탐욕을 경고하는 현대 작품 찾고 싶었는데 모르겠다. 경계와 경고를 하나의 벤다이어그램으로 그려놓는다면. 그 여집합에 시인들이 으어어 누워 있고 (시들시들한 상태여야 함) 그 위에 꽥! 얼어 죽은 비둘기가 달처럼 희게 떠 있음. (배가 보여야 함)

— 장미 그늘이 늙었다. 이제 시커멓게 독해질 것. 왜 도대체 늙으면 언제나 독해지는 거야? 가시 멱살을 붙들고 소리

지르고 싶다. 항의하고 싶다.

— 마트 화장실에서 손 닦는데 어떤 애가 원숭이 좋아! 외치면서 들어왔다. 그런데 애 엄마가 갑자기 멍키 리브 인 더 정글! 멍키 리브 인 더 정글! 외쳐서 무서웠다. 애는 그냥 원숭이가 좋다고 했는데 엄마가 막 워킹 인 더 정글! 정글! 이러는 것. 애는 단지 원숭이가 좋다고 했는데 갑자기 정글 벽화가 구성되고? 멍키가 되고? 워킹 패드가 작동하고? 당장 웃으며 워킹하지 않는 멍키는 퇴출되고 버내너와 어린쥐를 뺏길 것 같았음. 무서워.

— 긴 금속 꼬치에다가 하리보를 열심히 꿰고 있었는데 사이렌이 울렸다. 젤리는 꿈이었고 사이렌은 현실이었다. 재난 문자가 대피를 하라는데. 왜? 그걸 어떻게 해? 포털 뉴스에 들어갔더니 'ㅅㅂ재난 문자 이딴 식으로 쓰지 말아라ㅅㅂ' 하는 댓글이 제일 먼저 보였다. 좋아요가 마구 올라가고 있었다. 그동안 인터넷에서 ㅅㅂ과 ㅅㅂ에 동의하는 민심을 하루 이틀 본 것이 아니지만 이상하게 인상 깊었다. 호전성 그 자체였다. 이렇게 신속한 사자후 ㅅㅂ이라면 사이렌은 아무것도 아닐 것 같다는 생각이 말도 안 되게도…… 들었다. 얼마 후 다음 재난 문자가 도착했고…… 다시 잤다.

— 어떤 의미에서는 자기가 직접 겪은 일만 가지고 쓰는 일이 차라리 윤리적이라는 생각이 든다. 너무 인물을 영혼 취급하는 건가.

— 발레리의 난이었다……. 그렇게 말할 수밖에. 그의 문장이니까. 발레리라면 뭐라고 했을지가 궁금해. 하지만 해변의 묘지에서 실제로 쉬고 계신 실제의 발레리 할아버지. 이쯤 되니 분신사바라도 해야 하는 거 아니냐, 지평좌표계 고정을 요청해야 하는 거 아니냐, 했지만. 됐고. 다만 'La lune amicale aux insensés'. 막상 번역가의 번역에는 민숭민숭했는데 야매 번역 보고 꺽꺽 울었다. 그래요, 미치광이예요. 우리 모두 바보 천치입니다. 그런 순수의 순수가 있다고.

— 정신도 해부가 가능하다면 이 일기장은 포르말린 용액이 출렁이는 유리병일 테고, 나의 손질이 덜 된 장기들. 반은 썩고 반은 멈춘 채…….

— 엄마를 무슨 전래 동화 돋게 만났는데, 그 여파로 가슴이 찢어짐. 추레하게 다 구겨진 리넨 재킷으로 찢어진 가슴을 여미고 걸었음. 집으로 걸어오는 동안 머리가 꽤나 대가리가리가리 아팠다. 초점이 나간 채로 보는 모든 것들.

— 김수영 부부도 아들 명문중 보내려고 교장 면담하고 전학 보내고 난리 쳤다는 게 너무 웃기다. 한국인이란, 한국인이란 정말 뭘까.

— 존재가 아닌 존버가 의식을 결정한다……. 이것도 웃기다.

— 당근으로 안 쓰는 가구를 팔았다. 엄청나게 비싼 오픈카를 타고 온 분이 오만 가지 TMI를 방출하며 사갔다.

대단히 쾌했다. 거의 아무것도 안 입고 있던 분……. 가본 적도 없는 캘리포니아에서 거래하는 느낌이었다.

— 평론가와 피자 먹고 헤어짐. 씬피자+제로콜라+문학, 완벽한 삼각형. 손유미 시집이 탁월하게 좋다고 말할 수 있어서, 여러 가지 솔직히 말할 수 있어서 기뻤다. 오늘처럼 평소에도 문학 이야기 할 수 있는 사람이 있으면 좋겠다.

— 과장님한테 교부 도움을 받았는데, 현란한 클릭과 숫자 입력을 보면서 부진아 된 기분이었다. 내가 뭘 모르는지도 몰라 질문조차 할 수 없는 상황. 학창 시절 체육 시간으로 돌아간 것 같았다. 교사가 설명하고 시범 보이고 그대로 따라 할 것을 주문하지만, 마지막의 마지막까지 따라 하지 못하는 게 나. 오직 나. 그리고 내 뒤에서 줄 서 기다리는 삼사십 명의 소녀들…….

— 스우파 처음 보고 충격받았다. 어디에서 이런 무지개 도깨비들이 쏟아져 나와 춤을 추는가? 울플러가 일단 좋다. 그리고 리아킴이 자기 느리다고 할 때 동병상련 느꼈다. 마음이 짠해. 하여간 여자들이 엄청 많이 나오니까 이 여자 좋아했다가 저 여자 좋아했다가 하는 재미가 있다.

— 〈나는 솔로〉가 그렇게 재밌대서 시도했는데, 고작 70분짜리 한 회를 보는 데에 사흘이 걸렸다. 한 번에 20분 이상 절대 볼 수가 없었다. 사람들 다들 참 튼튼하다고 생각했고, 제작진이 무섭다. 출연자를 자연광에 거리낌 없이 던진다. 완전히 다른 종으로 보는 것 같다. 그러나 출연자들은 그런 것에

전혀 굴하지 않는다……. 그들 또한 정말 튼튼한 것이다.

— 밤을 새워 술을 마셨다. 취해서 집에 가는 길에 챙키 언니가 "이미지의 자리는 이미지가 결정해"라고 말한 것을 생각하니까 기분이 진짜 이상했다. 딸꾹질도 났다. 눈물이 결정한 눈물의 자리.

— 천망회회 소이불루(天網恢恢 疎而不漏). 이런 말들에 눈물이 날 때 나이 들었다는 것이 느껴져. 나이 드는 건 좋은 일이기도 해.

— 상한 기분을 두들기기. 살냄새. 물렁물렁하지만 푹신하지 않다. 과일 썩은 냄새.

— 요즘 저녁마다 텔레비전을 은근히 챙겨 보았다. 저녁에 술 마시면서 텔레비전 보는 일이 상당히 루즈한 일이면서도, 하루를 희한하게 꽉 잡아주는 행위(!)라는 게 느껴진다. 심지어 정신 건강에 좋기도 한 것 같다. 보편적인 사고방식, 기승전결, 대화 주제……. 시대정신이 쭉쭉 주입된다. 사람들과 말할 수 있어요.

— 너무도 전형적인 노처녀의 너무도 전형적인 밤. 해피니스.

— 그 묘함. 손톱으로도 안 잡히는 실밥을 기어이 집어내고 그것을 주 삼기. 늘 이런 것에 경탄해. 문학의 미덕. 스치고 지나간 십수 년 전의 실밥에 대하여 언어로 풀어낸 것을 만나 이해하고, 그 시절을 원통해하기도, 추억하기도, 미워하기도, 아련해하기도. 그 모든 감정들, 그걸 깨닫고 지혜로워지고,

더러워지고, 노회해지는 과정. 그런 고마움, 그런 끔찍함.

— 사라진 소똥구리를 복원하기 위해 몽골에서 데려온 소똥구리를 방생하는 행사 뉴스를 보는데 매우 훌륭했다. 사회성 원기옥 제조도 소똥구리의 노력과 같나? 뒷발을 파닥파닥해서 똥 같은 일도 둥글게 만드는…… 없는 영양분을 어떻게든 쥐어짜내 뭐라도 먹을 것을 찾는…….

— 정말 오랜만에 본 사람들이었고 우리가 지나온 지난 10년이 아득하고 황당하며, 그사이 변한 것이 너무 많은데. 그것에 관해 말할 수 없었다. 아기가 휘젓고 있었으므로. 그리고 아기로 말미암아 현실 세계의 문제는 아예 없는 일이 되어야만 했다, 화제에조차 오를 수 없는.

— 원만처럼 무서운 단어도 없다. 그렇게 모서리마다 피 흘리는 단어도 없다.

— 동인천 정말 매력적인 동네였다. 고등학교 동창들과 간 거라서 더 좋았다.

— 어제는 정말 피곤했다. 완전히 소진되어 좀비처럼 집에 기어온 다음에 서정주의 불쌍한 신부처럼 가루로 부서져 쏟아졌다. 아침에 뜨거운 물에 셀프 반죽해서 재조립했다. 인간은 진흙으로 빚은 게 맞나보다. 축축. 황인종 노랑이 약간 바랜 기분이다. 어이쿠야.

세로와 새로

윤치규

2023년 3월 23일, 뉴스에서 놀라운 광경을 보았다. 도심 한가운데 골목에서 얼룩말이 꼬리를 세우고 서 있는 장면이었다. 얼룩말의 이름은 세로였다. 서울 광진구 능동 어린이대공원에서 사육 중인 만 세 살 수컷 세로는 울타리를 뛰어넘어 공원에 설치된 나무 데크를 부수고 동물원을 탈출했다. 차가 지나는 도로 위를 달렸고 빌라가 모여 있는 좁고 복잡한 골목으로 들어가 세 시간 반 동안 길을 헤매다 마취총에 맞고 붙잡혔다. 다세대 주택의 붉은 벽돌담 앞에서 오토바이를 탄 배달원과 세로가 마주 보고 있는 모습은 큰 화제가 되었다. 많은 사람이 합성이 아니냐고 의심했을 정도로 그 장면은 강렬하고 인상적이었다. 하얗고 검은 존재가 막다른 골목에서 배달원을 바라보고 있다니. 그건 나에게는 너무나도 문학적인 사건이었다.

그 무렵 나는 이런 고민에 빠져 있었다. 내 소설이 너무 평이하고 쉽고 예상 가능한 범주 안에서 쓰이고 있지 않은가? 개연성과 의미의 전달을 위해 인물과 서사를 지나치게 통제하고 있지 않은가? 밀도를 높인다는 핑계로 아주 작은 소재와 이미지마저도 계획적이고 전략적으로 배치하고 있지 않은가? 어쩌면 내게는 원초적인 두려움이 있는지도 몰랐다. 내 소설을 읽었을 때 누군가가 그래서 하고 싶은 말이 도대체 뭐냐고 되묻는 일에 관한 불안이었다. 소설에서 내가 표현하고자 하는 것이 전부 전달되는 것은 바라지 않는다. 그중에 아주 일부분이라도 읽는 사람이 느끼면 되고, 하다못해 완전히 오해해버리는 것도 이해의 또 다른 방식이라고 믿어서 얼마든지 감수할 수 있지만 읽은 사람이 이해를 포기하게 되어버리는 일만큼은 견디기 어려웠다. 그런 강박은 내 소설을 정해진 울타리 밖으로 도망칠 수 없게 가두곤 했다.

도심 속 얼룩말의 이미지가 너무나도 강렬해서 뉴스를 본 이후 인터넷을 뒤져가며 세로의 서사에 적극적으로 빠져들었다. 세로는 동물원 안에서 태어났고 부모에게 사랑받으며 자란 애교 많은 얼룩말이었다. 세로의 엄마는 루루였는데 열여섯 살에 병으로 먼저 죽었고 이어서 아빠 가로마저 스물세 살에 노환으로 죽었다. 사육사의 말에 따르면 부모가 죽은 이후 세로는 집에도 잘 들어가려고 하지 않고 인간과도 거리를 두며 불안한 모습을 보였다고 한다. 게다가 세로는 옆 울타리에 머무는 캥거루에게도 미움을 샀다. 공개된 동영상에는 세로가 신난 듯 꼬리를 흔들며 다가가자 캥거루가 사정없이 앞발로 머리를 때리는 장면이 찍혔다. 세로는 별다른 반항도 없이 캥거루에게 얻어터지면서도 계속 다가갔고 또다시 얻어맞았다.

그날 세로의 뉴스를 보게 된 것은 나에게 있어서는 커다란 복선이나 마찬가지였다. 나는 곧 세로를 직접 보게 될 거라고 확신했다. 그리고 그 사건이 나의 소설 세계관을 뒤흔들어놓을 거라고 예감했다. 물론 이건 소설이 잘 써지지 않을 때 으레 하는 동기부여 속임수 중 하나였다. 이미 어떻게 해야 하는지 충분히 알고 있으면서 실제로는 하지 않을 때 각성을 촉구하기 위해 벌이는 일종의 쇼였다. 세로를 직접 마주 본다고 해서 갑자기 내 소설이 정해진 틀이나 방향 없이 낯선 세계로 뛰어오른다거나, 처음 목적지와는 전혀 다른 지점을 향해 질주하고, 인물이 스스로 살아 움직여서 결말이 처음 의도했던 것과는 완전히 다르게 마무리되며, 상식을 깨뜨리고 모두의 예상을 뒤엎는 전혀 새로운 이미지를 창조하게 되는 마법 같은 일은 벌어지지 않을 것이다. 하지만 이것은 슬럼프에서 벗어나려는 나름의 몸부림이었다.

고백하자면 그때 당시 나는 내가 스스로 이름 지은 '강정호' 병이라는 것을 앓고 있었다. '강정호' 병에 걸린 것은 김금희 소설가의 〈체스의 모든 것〉이라는 소설을 읽고 난 이후였다. 그 소설을 처음 읽었을 때 나는 온 마음을 빼앗겼다. 만약 내가 쓰고 싶은 소설의 어떤 이데아가 있다면 이런 작품이 아닐까 하고 생각했을 정도였다. 그 소설은 그만큼 나에게 있어서 완전한 소설이었는데 딱 하나 내가 이해할 수 없는 지점이 있다면 소설의 끝부분에 갑자기 튀어나온 '강정호'에 관한 이야기였다. 아무리 소설을 꼼꼼하게 읽어도 이야기 끝에 갑자기 '강정호'가 등장할 만한 지점은 없었다. 맥락을 살펴봐도 없었고 나열된 이미지의 연속성을 따져봐도 불분명했다.

솔직히 말하면 나는 그 소설 속에서 '강정호'를 빼버리고 싶어 미칠 것 같았다. 수능 문제에서 다음 중 문맥이 맞지 않는 보기는 무엇인가?라는 문제가 나오면 정답은 무조건 '강정호'였다. 나에게 '강정호'는 유일하게 소화되지 않는 부분이었고 그래서 더욱 인정할 수가 없었다. 나는 이렇게도 생각했는데, 만약 김금희 작가님이 야구 팬에게 협박을 받고 있어서 반드시 '강정호'를 등장시켜야만 했다면 소설 앞부분에 배트라든지 차라리 음주운전 같은 거라도 좀 넣어줘야 하는 게 아니냐고. 하지만 시간이 한참 지난 후 〈체스의 모든 것〉을 떠올리면 '강정호'밖에 기억나지 않는다. 이제 나는 소설에서 '강정호'라는 단어가 나오는 장면을 제일 좋아하게 되었다. 이것은 나에게 정말로 큰 후유증을 남겼다.

"세로를 먼저 보러 갈까요?"

소설 쓰기에 관한 고민이 깊어질수록 내게는 세로를 보는 일이 더욱 위중해졌다. 한동안 보는 사람에게마다 어린이대공원에 같이 가지 않겠냐고 물었는데 응하는 사람이 없어서 쉽게 원정대를 꾸릴 수 없었다. 그러다가 우연히 시를 쓰는 두 명의 지인과 함께 세로를 보러 가게 되었다. 근처 카페에서 브런치를 먹고 어린이대공원 입구까지 걸어가는 동안 나는 상당히 조바심이 났고 조금은 흥분했다. 그런 모습을 보고 같이 간 지인이 세로를 먼저 보겠느냐고 물었다. 하지만 나는 조금 고민하다가 그냥 순서대로 보자고 대답했다. 정해진 동선을 따라서 코끼리와 맹수를 먼저 보고 그다음에는 물새, 원숭이 마을을 지나 해양 포유류까지 관람한 뒤 세로를 보기로 했다. 어쩐지 그게 기승전결이 맞을 것 같기 때문이었다. 하지만 그렇게 말해놓고 곧바로 후회했다. 동물원마저도 정해진 관람 순서대로 보는 녀석이 어떻게 '강정호'를 쓰겠느냐는 자책이 밀려들었기 때문이었다.

얼룩말은 아프리카 대륙에 서식하며 현생 인류와 아주 오랫동안 공존해왔다. 얼룩말은 말과 동물 중에서 유일하게 가축화되지 않은 종이다. 말과 당나귀가 세대를 이을수록 인간에게 친화적인 개체로 개량되었다면 얼룩말은 끝끝내 야생성을 잃지 않았다. 혹자는 얼룩말이 말에 비해서 느리고 지구력도 떨어지며 심지어 누린내가 심해 고기의 질이 좋지 않아 가축화될 필요가 없었다고 주장하는데 얼룩말을 길들이려는 시도가 역사적으로 없었던 것은 아니었다. 빅토리아 시대의 영국인은 식민 지배를 정당화하기 위해 아프리카인이 오랫동안 길들이지 못한 얼룩말을 가축화하려고 했다. 유럽의 문명이 아프리카 문명보다 우월하다는 것을 증명하려는 시도였는데 이는 완전히 실패로 돌아갔다.

얼룩말은 인간에게 훈련되지 않았다. 보상과 처벌이라는 메커니즘으로 어떤 개체를 강제로 굴종시켜도 그게 다른 개체나 다음 세대로 이어지지 않았다. 얼룩말에게는 투쟁과 도피 본능이 있었다. 흔히 디스커버리 채널 같은 곳에서 맹수에게 사냥당하는 얼룩말의 모습을 자주 봐서 잘못된 선입견이 있을 수 있지만 얼룩말은 그렇게 호락호락 사냥당하는 피식자가 아니었다. 때로는 포식자들이 얼룩말의 뒷발차기에 맞아 쓰러지기도 하고 거대한 송곳니에 물어뜯기기도 했다. 아프리카 초원에서 얼룩말이 그토록 오랫동안 살아남은 이유는 그들이 실제로 강하기 때문이었다. 유전자 속 깊이 새겨진 투쟁과 도피 본능은 얼룩말이 가축우리에 갇히는 대신 아프리카의 초원을 누빌 수 있게 해주었다. 그리고 어쩌면 세로가 탈출한 이유도 그런 본능 때문인지도 몰랐다.

“강정호를 쓰려면 그런 야생성이 필요해요.”

동물원을 걷는 내내 얼룩말에 관한 요사스러운 잡설과 별로 쓸모도 없는 위키피디아식 정보를 읊으며 동물원을 탈출한 세로를 찬미했다. 정확히 말하면 울타리를 뛰어넘으려고

윤치규

했던 세로의 야생성에 경탄했다. 어쩌면 내게 필요한 것도 야생성이었다. 속박을 경계하고 구속으로부터 도피하려는 감각. 이쯤에서 소설을 마무리해도 어느 정도 좋겠다고 생각될 때 대차게 '강정호'를 집어넣을 수 있는 용기. 그러니까 후반부 내내 이렇게 끝내도 좋을 것 같다고 느낀 부분이 분명히 있었는데 거기에서 그치지 않고 '강정호'를 넣어가며 이야기를 조금 덧대고 이어 붙이는 게 처음에는 이해할 수 없었지만 나중에는 이것들을 끝까지 붙들고 마주하고 바라보고 더 들여다보려는 어떤 대단히 결연한 태도처럼 느껴졌다. 그리고 그것은 나에게 지금까지 느껴본 적 없는 아주 새롭고 전혀 낯선 감각을 일깨워주었다.

세로를 보기 위해 동물원에 온 이야기가 한 편의 소설이라면 뉴스를 본 게 갈등의 시작이고 세로를 보러오기까지의 과정은 전개이며 마침내 세로를 보게 되는 장면은 사건이 해결되는 지점일 것이다. 세로를 보고 나서 고민이 풀리든 아니면 더욱 고뇌에 차든 어쨌든 세로를 보는 것은 이 소설의 절정이어야 했다. 하지만 우습게도 세로는 없었다. 세로가 머물러야 하는 우리는 비어 있었다. 혹시 잠시 집 안에 들어간 게 아닐까 싶어서 울타리를 몇 번이나 돌아봤지만 세로의 모습을 볼 수는 없었다. 그저 세로를 때리던 캥거루만 두 발로 서 있을 뿐이었다. 캥거루는 비웃기라도 하듯 혓바닥을 날름거리며 한참이나 나를 바라봤다. 캥거루한테

세로가 어디 있느냐고 물었지만 대답은 돌아오지 않았다. 동물원 직원이 나타날 때까지 울타리에 앞에서 오랫동안 기다렸다. 시간이 꽤 지난 이후 우리는 세로가 안정을 취하기 위해 잠시 다른 곳으로 옮겨졌다는 사실을 알게 되었다.

세로를 보러 가는 소설에서 세로를 보지 못하면 어떻게 결말을 마무리 지어야 할까? 같이 간 지인들이 대수롭지 않게 발걸음을 돌린 것에 비해 나는 생각보다 더 크게 좌절했다. 좀처럼 자리를 뜨지 못했는데 같이 간 지인들이 이렇게 된 거 낮술이나 한잔 마시자고 제안했다. 당시 나는 취하기라도 하지 않으면 견뎌낼 수 없을 정도로 비통했기에 순순히 제안을 받아들였다. 우리는 근처 중국집에 들어갔다. 요리를 주문하고 소주를 달라고 하자 종업원이 어떤 것으로 주느냐고 물었다. 평소에 나는 진로를 마시는데 지인 중 한 명이 불쑥 새로를 시켰다. 세로를 못 봤으니 새로라도 마실까요? 새로라니. 물론 들어본 적은 있었다. 사카린과 아스파탐을 사용하지 않은 무가당 소주. 나는 그날 새로 소주를 처음 마셔봤다. 새로를 마시고 취기가 오를수록 나는 예술이 어떻고 소설이 어떻고 떠들어대기 시작했다. 그러다가 불현듯 이런 생각이 들었다. 어쩌면 소설의 본질이라는 것은 세로를 보러 갔다가 세로를 보지 못하고 새로를 마시게 되는 이야기가 아닐까?

그날 나는 결국 세로를 보지 못하고 집으로 돌아왔지만 세로를 보러 가기 전과 보러 간 이후의 상태는 조금 달라져 있었다. 세로를 보지 못했어도 새로를 마실 수 있었기 때문이었다. 처음 소설을 쓸 때 누구에게나 의도는 있다. 작가는 의도에 맞게 인물도 그리고 서사도 꾸민다. 하지만 소설을 다 쓰고 났을 때 어쩌면 작가는 의도를 잃어버려야 하는지도 모른다. 의도는 사라지고 이야기만 남아야 한다. 이야기 속에서 작가는 세로를 보지 못해도 새로를 마실 수 있는 법이고, 그걸 읽는 독자는 더 다양하고 많은 것들을 찾아내고 느낄 수 있다. 세로를 보지 못한 것은 나에게 행운이었다. 덕분에 나는 '강정호' 병을 이겨낼 수 있었다. 세로는 현재 코코라는 이름의 여자친구가 생겼다. 나는 지금도 여전히 세로가 보고 싶지만 억지로 계획을 세워 찾아갈 생각은 없다. 언젠가 우연히 어린이대공원 근처를 지나갈 일이 있다면 그때나 볼 수 있기를 바라고 있다. 비록 작은 울타리 안에 갇혀 있지만 세로가 건강히 조금이라도 행복했으면 좋겠다. ■

Biography Essay

직장도 다니고 글도 쓰고 싶은 당신에게

이유리

아무도 궁금하지 않을 저의 이야기로 이 글을 시작해볼까 합니다. 저는 대학을 졸업한 직후 취직을 했고 계속 직장 생활을 해왔습니다. 물론 중간에 꽤 오래 쉬기도 했고 아르바이트를 전전하기도 했지만, 어쨌든 꾸준히 어딘가에 소속되어 월급을 받아왔지요. 한 곳에서 오래 일하는 타입은 못 되어 지금까지 네다섯 군데의 직장을 전전했고 그때마다 직종도 바뀌었지만 아무튼 그렇습니다. 그러다가 30살이 되는 2020년에 데뷔했고 바로 대학원에 들어가 2년간 공부를 했습니다. 그 뒤로 지금은 다시 직장 생활을 하고 있어요.

그러다 보니 직장 생활과 글쓰기를 함께하는 방법에 대해서만큼은 나름대로의 노하우랄까, 아니 노하우라는 거창한 단어까진 아니지만 뭔가 하고 싶은 이야기가 잔뜩 있습니다.

이 글에서는 그중 무엇을 써볼까 고민하다가 크게 두 가지의 꼭지로 나누어보자는 생각을 했어요. '죄책감과 열정', 그리고 '퇴사'입니다.

죄책감과 열정

직장 생활과 글쓰기를 함께하는 사람들은 기본적으로 마음 한구석에 늘 죄책감을 가지고 살고 있습니다. 죄책감이란 일단 죄를 지어야 느끼는 감정인데, 왜 죄책감이 들까요?

9시 출근, 6시 퇴근을 하는 평범한 직장인의 경우를 생각해봅시다. 출퇴근 소요 시간은 도어 투 도어 한 시간이라고 칩시다. 이 사람이 아침 식사는 거르더라도 최소한의 인간다운 꼴을 갖추고 제시간에 출근을 하기 위해서는 아침 7시에는 기상해야 합니다. 그리고 하늘이 도와 야근 없이 정각 6시에 칼퇴를 했다고 치면, 집에 돌아오면 오후 7시일 겁니다. 일곱 시간의 수면을 취한다고 가정했을 때 오전 12시면 잠자리에 들어야 합니다. 자유로이 운용할 수 있는 저녁 시간은 다섯 시간 남았네요! 씻고, 저녁을 먹고, 설거지, 빨래, 청소를 조금 했을 뿐인데 두 시간이 훅 날아갔어요. 세 시간 남았습니다.

노파심에 하는 말입니다만, 매주 5일, 이 세 시간 동안 온전히 책상 앞에 앉아 글을 쓰는 분이 계신다면 글을 쓰지

Biography Essay

말고 다른 더 멋진 일을 하시길 바랍니다. 그 정도의 열정과 성실성이라면 장담컨대 당신은 치매 치료약을 개발하거나 타임머신을 만들어낼 수도 있을 테니까요. 대부분의 사람들은 이 세 시간 동안 유튜브를 보거나 트위터를 하거나 친구나 연인을 만나거나 게임을 하거나 혹은 그야말로 아무것도 하지 않고 쉽니다. 그러면서 마음 한구석에서는 열심히 자신을 질타하며 죄책감에 시달립니다. *너 글 쓴다며. 또 노냐? 작가 되고 싶은 마음이 있긴 한 거야? 이렇게 게을러서 작가 하겠어? 그냥 말로만 작가 하고 싶다고 한 거야? 지금이라도 일어나서 컴퓨터 앞으로 가. 못 쓰겠으면 읽기라도 해. 구상이라도 하라고.* 그러다 어느새 잘 시간이 되어, 잠자리에 누운 직장인은 스스로에게 결정타를 날립니다.

너는 게을러. 열정이 없어.

그런데, 이 사람이 정말로 게으르고 열정이 없는 걸까요? 당연히 아닙니다.

애초에 게으른 사람은 직장 생활을 제대로 할 수가 없습니다. 당신이 어딘가에서 합법적인 노동으로 남의 돈을 꾸준히 벌고 있다면, 그건 당신이 성실한 사람이라는 증거입니다. 그렇다면 열정이 없는 걸까요? 세상에는 '작가'라는 단어가 가진 뭔가 그럴싸해 보이는 느낌만 가지고 작가를 동경하는 사람들이 있긴 하지만, 그런 부류의 사람들은 글을 쓰지 않는 자신을 매일 자책하진 않습니다.

그러면, 게으르지도 않고 열정이 없는 것도 아닌 당신은 왜 퇴근하고 돌아오자마자 잠들기 직전까지 기쁘게 글을 쓰는 대신 누워서 쉬는 걸 택했을까요. 그건 당신의 오늘 하루가 힘들었기 때문입니다. 당신은 오늘 노동을 하여 남의 돈을 벌었고 지옥 같은 출퇴근길을 지나 집에 도착했습니다. 당신은 쉴 자격이 있습니다. 아무도 당신이 퇴근 후에 쉰다고 해서 게으르고 열정이 없다고 말할 수 없습니다. 그 누구도, 여러분 자신조차도 당신에게 그렇게 말하도록 놔두지 마세요.

여기까지 납득하셨다면 이제 현실적인 이야기를 좀 해볼까요. 직장 생활과 글쓰기를 둘다 성공적으로 해내고 싶다면 부단한 노력이 필요합니다. 보통은 한 가지만 해도 잘하기 어렵잖아요. 저는 이 어려움을 해결하는 열쇠로 항상 '꾸준함'을 꼽습니다. 진부한 얘기라구요? 맞습니다. 진부합니다. 하지만 유일한 방법이기도 합니다. 다른 방법은 단언컨대 없습니다.

위에서 이야기한 자유시간 세 시간 중, 한 시간만 글쓰기에 투자하세요. 단 매일매일. 주 5일간 매일 한 시간씩 글을 쓰면 다섯 시간 집필한 것이 됩니다. 토요일, 일요일 중에 하루 내킨다면 두세 시간만 더 써보시고요. 그렇게 한 달을 쓰면 삼십여 시간이 됩니다. 웬만한 80매짜리 단편소설 초고는 써낼 수 있는 시간이지요.

물론 이것도 쉬운 얘기는 아닙니다. 평일 저녁에 약속이나 회식이 있을 수도 있고, 주말에는 연인 친구 가족과 시간을 보내야 하니까요. 중요한 건 습관을 들이는 겁니다. 오래 앉아 쓰려고 하지 마세요. 책상이 완벽히 정리된 상태에서 깨끗이 씻은 채로 은은한 음악을 틀어놓아야만 글쓰기를 시작하지도 마세요. 그냥 하루 한 시간씩만 대충 수면바지 입고 앉아서 마음 내키는 대로 쓰세요. 이것만 성공해도 이미 반 넘게 성공한 겁니다. 한 시간의 집중도 처음에는 매우 힘듭니다. '뽀모도로' 어플을 추천할게요. 25분 집중, 5분 휴식을 번갈아 할 수 있도록 알람을 울려주는 어플입니다. 일단 두 번씩 25분만 해보시고, 조금씩 늘려가세요. 분명히 할 수 있습니다. 저도 했는걸요. 게다가 이 짓도 하다 보면 요령이 생깁니다. 하루 종일 켜져 있던 '직장인' 스위치를 내리고 '작가' 스위치를 켜는 법, 회사에서 일하는 동안에도 퇴근하고 쓸 내용을 생각하는 법, 어디까지 쓰다 멈춰야 내일 수월하게 시작할 수 있는지 등등을 자연스레 알게 되지요.

직장인의 가장 큰 단점은 한번 글쓰기를 놓으면 엄청나게 쉽게, 오랫동안 놓게 된다는 점입니다. 그 놓친 페이스를 다시 되잡아오는 건 정말 힘듭니다. 그러니 가늘고 길게 가세요. 하루에 한 줄만 썼더라도 그날은 성공한 날이에요. 잠자리에 누워 자신을 칭찬해주길 바랍니다. *나 오늘 돈도 벌고 글도 썼어!* 분명 엄청 기분이 좋을 겁니다. 제가 장담할게요.

저는 직장 생활을 병행하며 글쓰기를 하려는 모든 분들이 이 사실을 알았으면 합니다. 이 고독한 싸움에 뛰어든 자신을 더욱 응원했으면 합니다. 때문에 이 이야기를 가장 첫 번째 꼭지로 적습니다.

퇴사

'퇴사'. 신성하고 아름다운 단어가 아닐 수 없습니다. 직장인이라면 누구나 꿈꾸는 마법의 단어죠. 발음하는 것만으로도 기분이 좋아지네요. 특히 작가를 꿈꾸는 사람들에게 퇴사란 많은 가능성을 내포하고 있는 말입니다. 평일 오전 한적한 카페에서 시원한 아이스 아메리카노를 마시며 책을 읽고, 날이 밝을 때까지 글을 쓰다 잠드는 나날. 못 가봤던 낭독회나 사설 글쓰기 수업도 들어보고 글 쓰는 친구들도 마음껏 사귀고, 참으로 행복할 것만 같습니다. 이놈의 거지 같은 직장만 없으면요.

더불어, 직장을 다니면서는 글쓰기를 병행하기가 힘들다고 생각하시는 분도 많을 겁니다. 야근이 많은 직종이나(특히 글쓰기에 관심이 많은 분들 가운데 마케팅이나 출판사에 취업하는 케이스를 많이 보는데, 둘 다 야근이 많고 봉급이 짜기로 유명한 직종이죠) 사람 스트레스가 심한 직장에 다니신다면, 직장에서 하루 종일 시달려 파김치가 된 몸으로 집에 돌아와 글을 쓰기란 불가능한 일처럼 느껴질 겁니다. 실제로, 졸업 직후 취직한 저의 대학 동기들이 이런 이유로 글쓰기와 멀어지는 것을 많이 보았습니다. "지금은 어쩔 수 없지만 언젠가는 꼭 직장을 관두고 하루 종일 글만 쓰겠어!" 다짐하며 이를 악물고 회사를 다니는 친구들을요.

그러나 결론적으로 말하면, 저는 절대 퇴사를 추천하지 않습니다.

제가 생각하는 '작가가 회사를 그만두면 안 되는 이유'는 두 가지입니다.

1. 작가에게 돈이란 생각보다 훨씬 더 중요하다.

2. 작가는 일상의 일부에 어느 정도의 강제성을 가질 필요가 있다.

첫 번째 이유부터 이야기해볼까요. 아직도 예술인에게 '헝그리 정신'을 내세우며 문학은 배고픈 것이라는 고릿적 타령을 하는 분은 없으리라 믿습니다만, 좀 쪼들리고 굶더라도 자유롭게 글만 쓰면 행복할 것 같다는 생각에서 무작정 퇴사를 지르는 친구들을 몇몇 봤습니다. 이 친구들이 애초 목적했던 대로 하루 종일 글을 쓰며 몸은 괴로워도 마음은 편안한 나날을 보냈느냐면, 당연히 아닙니다.

돈이란 정말 중요합니다. 돈이 없는 삶이란 생각보다 더 구차하고 치졸합니다. 커피를 사 먹을 돈이 없으면 카페에서 글을 쓸 수 없고, 당장 이번 달 휴대폰 요금이 걱정된다면 책을 사 읽을 수 없습니다. 고정 수입이 있다가 없어지면 그런 상황은 생각보다 빨리 옵니다. 생활고에 시달리면서도 명작을 써낸 작가들이 많긴 합니다만, 굳이 나를 그런 극한상황에 몰아넣을 필요는 없습니다. 글쓰기도 스트레스인데 돈 걱정까지 더해지면 삶이 정말 피폐해집니다. 더불어 이러한 '공백기'가 재취업에 전혀 도움이 되지 않는다는 사실 역시 염두에 두어야 하겠지요.

자, 그리고 두 번째 이유로 언급한 '일상의 일부에 강제성 부여하기'에 대해 이야기해볼까요. 사람의 일상은 정말로 쉽게 무너집니다. 학창 시절 방학이나 대학교 휴학 시절을 생각해보면 이해가 빠를 것 같아요. 시간만 생기면 뭐든 계획적으로 척척 해낼 수 있으리라 자부하는 스스로에게 속아 넘어가는 일은 성인에게도 왕왕 일어납니다. 갑자기 무한한 시간이 주어졌을 때 그 시간을 온전히 글쓰기에만 할애할 거라고 믿지 마세요. 오히려 직장을 다닐 때보다 더욱 아무것도 하지 않는 자신을 발견하게 될 확률이 높으니까요. 정말 직장이 너무 힘들어서 도저히 글 쓸 시간이 나지 않는다면 차라리 출퇴근 시간이 덜 소요되는 가까운 직장이나, 야근이 적은 직장으로 이직을 시도하는 것을 추천합니다. 일상에 부여된 강제성을 아예 놓아버리지는 마세요. 대신 그 강제성과 자유 사이에서 어떻게 줄타기를 해야 할지를 더 깊게 고민하세요. 그편이 장기적으로 훨씬 도움이 될 겁니다.

어라, 벌써 원고지 30매(이 원고의 정해진 분량입니다)가 가까워져 오네요. 이 주제에 대해서라면 하고 싶은 이야기가 산더미처럼 있지만 여기까지만 써야 할 것 같네요. 뭔가 대단히 잘 아는 사람처럼 떠들어놓은 것 같아 다시 읽어보니 좀 부끄럽기도 합니다만, 어쨌든 작은 도움이라도 되었으면 좋겠습니다.

직장 생활과 글쓰기를 병행하려는 모든 분들께 좋은 일이 있기를 진심으로 바랍니다. 저도 하고 있으니 여러분도 충분히 하실 수 있을 거예요.

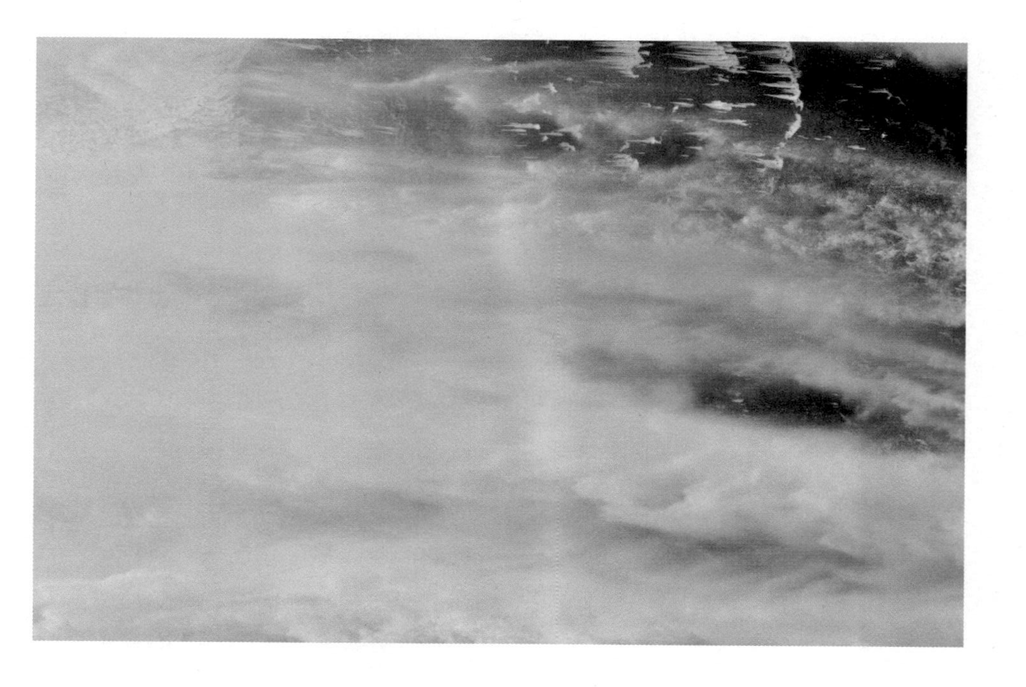

Biography Essay

벽을 차고 날아올라

지영

언젠가 다시 고쳐 쓰고야 말 습작에 핑크색 쌍절곤을 휘두르며 상대의 시선을 교란시킨 후 허리를 뒤로 젖혀 공격을 피하다가 빈틈을 노려 오른발 미들킥을 날리는 S가 나온다. 어떤 액션을 취하든 간에 미들킥이나 하이킥으로 마무리를 짓는 S는 무함마드 알리인 양 '나비처럼 날아서 벌처럼 쏘겠다'는 의지를 품고 있는데 강력한 한 방이 펀치가 아닌 킥이라는 점에서 약간 다르다. 때때로 그는 벽을 차고 날아올라 발차기를 날리기도 한다. 오른발로 킥을 차는 건 S를 그려낸 내가 오른발잡이이기 때문이다. 벽을 차고 날아올라 날리는 킥은 소설 속 S와 나 모두의 욕망이었다.

태권도를 배워보라는 엄마의 제안에 냉큼 알겠다고 한

언니나 동생과 달리 나는 시큰둥했다. 몸을 움직이는 것보다 누워서 책 읽는 걸 더 좋아했기 때문이었다. 뭔가를 강요하는 엄마는 아니었기에 언니와 동생이 흰 도복을 입고 도장을 다닐 때 나는 원하던 대로 방에 누워《삼총사》와《수호지》《해저 2만 리》를 읽었고, 그들 허리춤의 흰 띠가 유단자를 상징하는 검빨간 띠로 바뀌는 동안 거실을 뒹굴며《퇴마록》을 읽었다.

그랬던 내가 스스로 도복을 입은 건 이기기 위해서였다. 두 살 많은 언니와도, 두 살 어린 동생과도 자주 부딪혔는데 다툼은 꼭 몸싸움으로 이어졌다. 치고받고 싸우면서도 우리는 뭘 던지지는 않았다. 왜 던지는가, 주먹을 뻗고 발로 차면 되는데. 옆에서 엄마는 누구의 편을 드는 대신 실컷 싸우라고, 갈등은 알아서 해결하라는 입장을 고수했다. 태권도를 시작한 후 언니와 동생이 비교적 체계적이고 정확한 공격을 하는 데에 비해 배움 없는 내가 날리는 주먹질과 발길질은 막무가내였고 결과는 늘 허무했다. 너무나도 선명한 패배가 쌓일 대로 쌓였을 때 나는 외쳤다. 나도 태권도 배울 거야. 두고 봐, 이길 거야.

태권도 정신에 위배되는 행위였으나 우리는 도장에서 습득한 체계적이고 정확한 공격을 도장 밖에서 서로에게 날렸다. 시간이 흘러 나 역시 검빨간 띠의 소유자가 됐으나 그렇다고 언니나 동생을 이기진 못했다. 그들의 시간도 흘러갔고 다들 2품 유단자가 됐으니까. 게다가 언니는 나보다 훨씬 컸고, 동생도 살짝 올려봐야 했기에 지는 건 여전히 나였다. 어쨌거나 우리는 싸우고 깔깔깔 웃으며 장난치고 또 싸우며 자랐다. 지고 깔깔깔 웃으며 장난치고 또 지면서 나는 언니와 동생을 제압하기 위해선 뭔가 한 방이 필요하다는 것을 알았다. 벽을 차고 날아올라 발차기를 한다면 멋지게 이길 수 있을 것만 같았다.

대학생 때 살던 집 근처에는 우슈 체육관과 킥복싱 체육관이 있었다. 그간 머릿속에서 다듬어온 벽을 차고 날아올라 날리는 발차기를 구현해내기에 적합한 무술이 우슈일지 킥복싱일지 고민하다가 후자를 택했다. 상담하러 간 날 관장님은 태권도 유단자라는 내 말에 그럼 더 잘할 수 있겠다며 격려를 아끼지 않았다. 관원 신청서를 작성하게끔 유도하는 멘트라는 걸 알면서도 오랜 바람을 실현할 수 있을지도 모른다는 희망을 품고 나는 체육관에 등록했다.

다른 운동도 그렇지만 킥복싱 역시 기초 체력과 기본이 중요했다. 일주일에 세 번씩 열심히 줄넘기를 했고, 수시로 잽도 연습했다. 잘하진 못했는데 그건 스텝 때문이었다. 하나둘, 또 하나둘을 세며 몸을 틀고, 거기에 잽을 날리는 동시에 발과 몸의 방향을 바꾸는 연습을 할 때마다 실수하기 일쑤였고 관장님은 이쯤이면 익힐 법도 한데…… 하며 말꼬리를 흐렸다.

스텝이고 뭐고 저는 킥을 차고 싶어요! 다음엔 그렇게 말해야지 다짐한 날이었다. 알바를 마치고 집으로 돌아가는 길에 아빠의 전화를 받았다. 엄마가 암이라고, 방금 수술실에 들어갔는데 너무 늦게 발견해서 마음의 준비를 하는 게 좋겠다고 휴대폰 너머 아빠는 잠긴 목으로 말했다.

며칠 뒤에야 고향으로, 엄마가 누워 있는 병원으로 달려갈 수 있었다. 환자복 차림의 엄마는 상한 얼굴로 살며시 웃으며 복싱은 잘하고 있었느냐 물었다. 엄마, 복싱 아니고 킥복싱이야. 보호자 침대에 앉아 엄마와 이야길 나누고, 병상에 나란히 누워 엄마에게 딱 붙어 있다가 헤어질 시간이 됐을 때였다. 엄마가 말했다, 복싱 빼먹지 말고 꼭 나가. 쭉쭉 지르고 차버려. 그 당부는 지키지 못했다. 엄마가 항암치료를 받는 동안 잽과 킥을 날린다는 게 죄스러웠으니까. 관장님은 발걸음을 끊은 킥복싱 부진아에게 돌아오라는 메시지를 보내곤 했으나 나는 단 한 번도 답장하지 않았다.

석사 논문을 쓸 때 합기도 도장에 다니기도 했다. 일주일에 3회 가는 클래스에 등록했으나 곧 자체적으로 2회 출석, 또 1회 출석으로 줄이다가 결국 한 달에 한 번 가는 지경에 이르렀다. 태권도 품세나 발차기가 몸에 배어 있고 킥복싱을 하면서 배운 잽과 스텝도 어설프게나마 기억하는 것과 달리 합기도 동작 중 생각나는 건 거의 없다. 부상 없이 낙하하는 방법도 배웠던 거 같은데 근육에 기억이 새겨지기도 전에 그만둔 탓이다. 잘 배웠더라면 킥을 날린 후 멋지게 착지하는 것까지 이어졌을 텐데. 하지만 곁다리로 배운 쌍절곤이 남았다. 곤(막대기) 한쪽을 오른손에 쥐고 다른 곤을 왼쪽 허리 안을 향해 돌렸다가 다시 바깥으로 휙 돌리고 오른쪽 어깨 뒤로 넘긴 후 앞으로 휘두르기! 심지어 쌍절곤을 따로 구입해 집에서도 휘둘렀다. 그건 한국을 떠날 때도 버리지 못해 언니에게 맡겨뒀다가 재작년 언니가 이사할 때 겨우 버릴 수 있었다. 이런 나였기에 태국에서 살게 됐을 때 무에타이를 떠올린 건 어쩌면 당연했다.

태국에 사는 동안 뭔가 배우고 싶었다. 그럼 태국 요리? 좋아, 쿠킹 클래스! 그런 건 방콕과 치앙마이, 푸켓 같은 대도시나 관광지에서 경험할 수 있었고 나는 외국인이 거의 없는 중소도시에 살았다. 잠깐, 무에타이의 나라가 아닌가. 그럼 태국어? 어학 클래스를 듣고, 또 가르치던 학생들에게도 배워봤지만 발음과 성조의 벽을 넘지 못했고 한국어와 태국어의 간극을 체험하는 것으로 만족해야 했다. 아니, 무에타이의 나라라니까. 한국인 동료들과 요가 클래스를 다니기도 했다. 태국어로 진행됐지만 보고 따라 하면 됐기에 어려움은 없었다. 문제는 내가 요가를 좋아하지 않는다는 것. 거기에서 내가 얻은 건 왼쪽-싸이(ซ้าย), 오른쪽-콰(ขวา), 단어 두 개였다. 그러니까

무에타이의 나라가 아닌가!

체육관은 학교 후문에서 멀지 않은 곳에 있었고, 앞을 지날 때마다 글러브를 끼고 스파링을 하는 이들을 볼 수 있었다. 오, 무에타이의 나라. 그런데도 체육관 문을 두드리는 건 쉽지 않았다. 한국인 강사에게 친절한 학생들이었으나 함께 무에타이를 배우자는 제안을 받아들이는 이는 없었고, 어쩐지 그것만큼은 낯선 언어로 배울 수 없을 것만 같았다. 그래도 무에타이의 나라인데.

어느 날이었다, 〈한국어 읽기2〉를 마치고 짐을 챙기는데 지다파가 다가왔다. 선생님, 아직 무에타이 하고 싶어요? 저도 하고 싶어요. 우리 같이 해요. 하이 톤으로 선생님! 하고 부르는 지다파, 한국어는 능숙하지 않지만 맨 앞에 앉아 나와 눈도 잘 맞추고 필기도 열심히 하는 지다파, 가서 보면 잘못 적은 게 많아서 고쳐줘야 하는 지다파. 다음 날 우리는 함께 체육관을 찾았다. 지다파는 관장님과 코치님에게 나를 소개하며 뭔가를 되게 열심히 말했는데 거의 알아들을 수 없었으나 알 수 있었다. 여긴 내 한국인 선생님이고, 전부터 무에타이를 배우고 싶다고 했고, 태국어를 못하니 신경 써달라고 했겠지.

지다파는 운동 메이트이자 통역사였고, 일이 있는 날에는 대신 다른 친구들을 보내기도 했다. 덕분에 나는 한결 편하게 무에타이의 세계로 한 걸음씩 나아갈 수 있었다. 체육관에

도착하면 먼저 손 보호를 위해 붕대를 감고, 손에 맞는 글러브를 챙긴 후 타이어 위에서 스텝을 밟으며, 또 펀치 연습도 하며 뛰었다. 가끔 기초 체력과 스피드, 민첩성을 위한 훈련도 받았다. 선수를 목표로 한 건 아니었으니 기본 용어를 습득하고 나서는 언어도 중요치 않았는데, 다만 숫자 2-썽(สอง)과 팔꿈치-써억(ศอก)/커어써억(ข้อศอก)을 구분하지 못해서 문제였다. 스파링 도중 코치님이 외친 게 썽인가 써억인가 고민하는 사이 스텝이 꼬였고, 오른손 펀치를 날리는 대신 팔꿈치로 찍어서 놀라게 했다. 합이 맞지 않아 내 정강이와 코치님의 정강이가 부딪혀서 데굴데굴 구른 적도 있었는데 그 바람에 한동안 나는 관장님과 노련한 코치님의 전담 학생으로 지내기도 했다.

스파링을 할 때 제일 신났던 건 킥이었다. 태권도의 발차기가 다리를 약간 접었다가 타격을 가한다면 무에타이의 킥은 정강이로 후려치는 쪽이었는데 미묘한 차이까지 구분해서 찰 수는 없었으나 뭐가 됐든 로우킥, 미들킥, 하이킥을 날릴 때 느껴지는 쾌감은 어마어마했다. 그리고 딥킥과 니킥! 무릎을 살짝 들어 공간을 확보한다는 생각으로 상대를 밀치는 딥킥과 무릎으로 상대의 신체를 가격하는 니킥. 상대가 밀리는 게 느껴질 때, 무릎에 힘을 실어 배트를 찼을 때, 그 타격감이 온몸으로 전달될 때면 내 오랜 바람도 조금씩 업그레이드됐다.

몇 달 후 지다파와 친구들은 학교를 떠났다. 스파링과

스파링 사이 혼자서 숨을 골라야 했지만 그래도 괜찮았다. 짧은 순간 잽을 날리고 몸을 90도 회전하여 상대의 빈틈을 팔꿈치로 치고, 어설프게나마 상대의 머리와 목을 끌어당겨 클린치 상태에서 니킥도 날리고, 로우킥 10번, 미들킥 10번, 하이킥 10번을 쉬지 않고 이어 하는 것도 즐거웠다. 팬데믹이 시작되고 그 시간은 사라졌다. 상황에 따라 체육관이 열리기도 했는데 마스크를 쓰고 운동한다는 건 쉽지 않았고, 띄엄띄엄 가다 보니 결국 발길을 끊게 됐다. 아, 무에타이의 나라였는데.

사실 나는 5번 슛을 쐈을 때 0번의 적중률을 보이고, 배드민턴 셔틀콕 역시 10번 중에 1번 겨우 맞추는 실력의 소유자다. 체육은 '양'을 받은 적도 있는데 중간고사와 기말고사도 망쳤던 거다. 핑계를 대자면 신체와 관련된 내용은 문장으로 읽고 들어도 이해되지 않았던 것 같다. 태권도도, 킥복싱도, 합기도도, 쌍절곤도, 무에타이도 다 조금씩 경험해본 거지 고수가 된 것도 아니다. 그럼 뭐 어떤가.

제대로 하지 못할 거라면 시도조차 말자는 편이었던 나는 소설을 쓰면서 달라졌다. 낯선 세계를 경험하는 데에 있어 두려움이 줄었고, 대단한 결과를 얻지 못하더라도, 그저 경험해봤다는 것만으로도 만족한다. 좀 못하면 어때. 차라리 망하면 좋지. 언젠가 소설의 조각이 될 수도 있을 테니. 히말라야 등반만이 산에 오르는 일이 아닌 것처럼 동네 뒷산을 오르듯, 경사 없는 길을 걷듯 무언가의 세계에 발을 디뎠다. 스케치도, 피아노도, 수영도, 서핑도, 스쿠버다이빙도, 발레도 그래서 할 수 있었다. 연 단위로 한 것도, 몇 회 강습에 그친 것도, 꼭 다시 하겠다고 다짐한 것도 있는데 뭐든 잘하고 싶진 않다. 다만 '잘 망하자, 즐겁게 망하자'라는 마음만 있을 뿐. 결코 실현하지 못할, 결국 망한 상상일 테지만 그럼에도 계속될 바람들로 가득 찰 뿐.

지금 나는 5년간의 태국 생활을 정리하고 한국으로 돌아와 소설을 쓰고, 지다파는 방콕의 한 고등학교에서 한국어를 가르친다. 푼시리는 라용에 있는 한국계 회사를 다니고, 아이라다는 인터넷 쇼핑몰에서 옷을 판매한다. 다라와리는 이주노동자가 되어 한국에서 일한다고 했다. 돈을 모아 대학원에 진학하는 게 목표라고도 했다. 졸업 후 지다파가 학교를 찾아온 적이 있는데 그때 슬쩍 내게 속마음을 털어놨다. 실은, 저 운동하는 거 싫어해요. 무에타이 안 좋아하는데 선생님이 하고 싶어 해서 한 거예요.

지다파, 알고 있었어.

마지막 날까지 체육관에 나를 부탁하고 간 거 알아. 너희의 배려와 체육관 사람들의 배려가 있었다는 것을, 내 오랜 꿈은 나만이 키운 게 아니라 타인의 마음이 있어 빚어질 수 있었다는 것도 알지. 덕분에 무에타이의 나라에서 내가 신나게 망할 수 있었단다. 오랜 바람은 업그레이드됐고, 그리하여 언젠가 나는 딥킥으로 상대를 밀쳐낸 후 벽을 차고 날아올라 니킥을 날리는 S가 등장하는 소설을 쓰게 될 거야.

아름다운 것과 추한 것 사이의 무의식

— 박웅규 개인전 : 의례를 위한 창자(아라리오갤러리/2023.5.24.~7.3.)에 대하여

김선욱

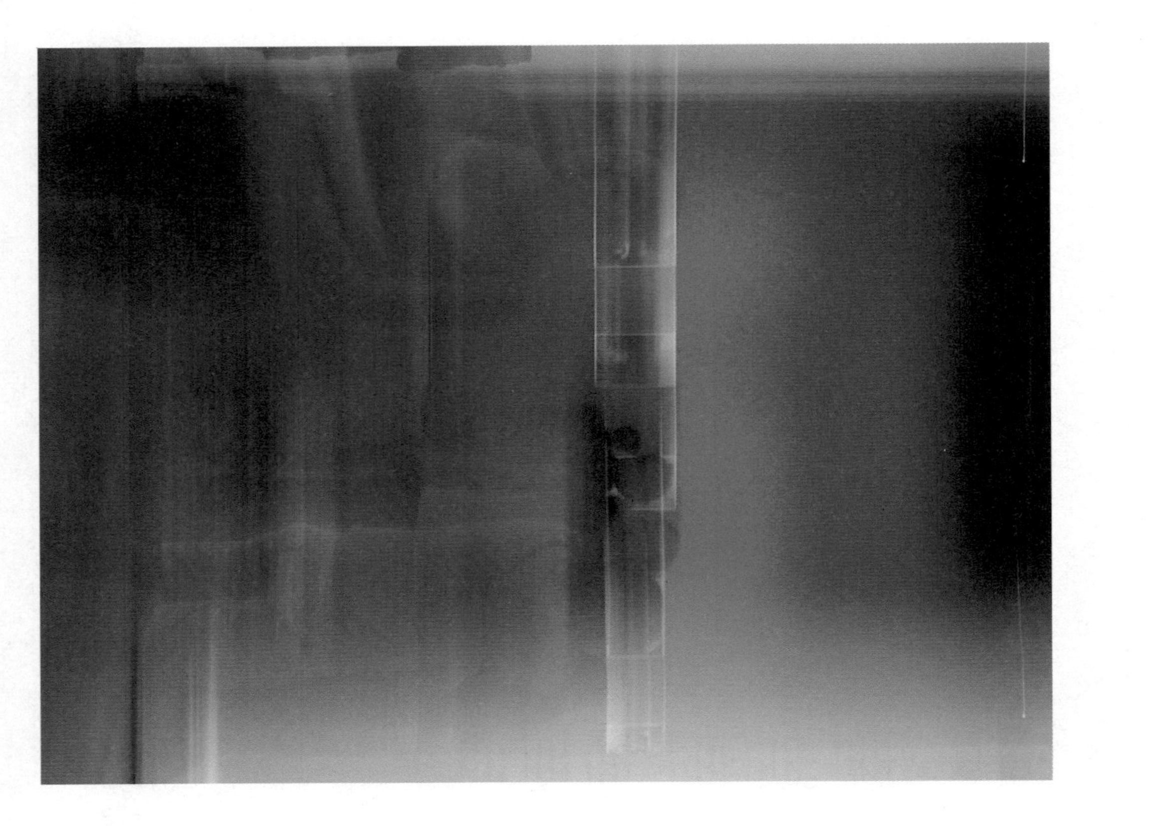

"일찌기 나는 아무것도 아니었다."

'일찌기' 최승자 시인은 이렇게 말했다. 어려서부터 "나는 무엇인가"라는 질문에 사로잡혀 전전긍긍하던 날들이 많았다. 물론 지금도 그렇다. 그럴 때마다 해답처럼 최승자 시인의 말이 떠올랐다. "나는 아무것도 아니다." 그러나 꽤 오랫동안 나는 아무것으로 생각하며 살아왔다. 매일 인생에 취해 있던 아빠라는 사내의 아무것이었고, 마지막까지 젖을 물려준 엄마라는 여인의 아무것이었다. 아니 그렇다고 생각했다. 그렇게 성인이 되었고 한때 그 힘으로 정말로 아무것이라도 된 것처럼 여기저기 참섭하기도 했다. 그러나 나붓거리는 사랑과 우정 앞에 무연히 중얼거리는 시간이 많아질수록 나는 혼란스러웠다. 폐곡선처럼 무한히 반복되는 나의 욕망이 두려웠고 혼란스러웠다. 무엇이 뿌리이고, 무엇이 열매인가. 위아래. 시작과 끝. 원인과 결과의 단호함에 수없이 의문이 들었다. 문학 안에 그 해답이 있을 거라 믿었고 그런 생각으로 소설을 쓰기 시작했다. 소설을 쓰면 쓸수록 확실해지고 있는 것은 정말 나는 아무것도 아니라는 사실을 자각해가는 일이다. 내가 아무것도 아니라는 것을 느끼는 순간은 소설 쓰기에만 해당하는 것은 아니다. 시각예술 작품을 관람할 때도 마찬가지 깨달음을 얻고는 한다. 최근에 만난 전시와 작가도 다시 한번 인간은 정말 아무것도 아니라는 사실을 일깨워줬다. 박웅규 개인전 〈의례를 위한 창자〉(아라리오갤러리)가 그렇다. 박웅규는 동양화의 재료를 활용하여 양가성을 유발하는, 특히 부정성에 대한 태도를 조형화하는 작업을 주로 하는 작가이다.

박웅규는 꾸준히 부정한 것들의 태도와 형태에 집중해왔다. 나는 그의 작업을 꽤 오랫동안 지켜보면서 그 역시 작업을 통해 인간이라는 존재가 아무것도 아니라는 것을 말하고 싶은 것은 아닐까, 하고 생각했다. 실제로 그는 작업을 하다 보면 어느 순간 그 대상이 아무 의미 없다고 느낄 때가 많다고 말하기도 했다. 그의 작품 제목에서 자주 사용되는 'Dummy'도 마찬가지 맥락에서 사용되고 있다고 생각한다.
인간은 누구나 부정한 것들에서 벗어나고 싶어 한다. 행복이라 일컫는 욕구와 욕망이 충족되는 상태를 유지하기 위해 노력하는 것도 당연하다. 부정성을 마주한 대부분 사람이 종교에 기대거나 관계의 안정성을 통해 부정성을 해소해가는 반면에 박웅규는 좀 더 기민하게 부정성에 반응한다. 그것은 부정을 피하지 않는 것이다. 싫어하는 것들을 집요하고 강박적인 방식으로 흡수하는 것. 그것이 부정을 대하는 박웅규의 태도다. 창밖에 빼곡히 붙어 있는 나방 무리라거나, 죽은 벌레 사체, 다리가 많은 지네를 마주하고 그 저급한 것들의 형태에서 가장 신성한 모습을 떠올린다.

박웅규는 작품을 통해 말한다. "당신이 벌레와 다른 게 무엇이냐?" 껍데기(Dummy)를 벗은 존재는 무엇으로 볼 것인가? 박웅규의 작업을 보면서 우리는 속되고, 혐오스럽고, 징그럽고, 더러운 내 안의 벌레를 발견하고는 한다. 아니 내가 곧 벌레라는 사실을 깨닫게 된다. 그동안 나라는 형식에 갇혀 발견하지 못했던 껍데기 안의 나를 발견하게 된다. 내 스스로 끊임없이 격리하고 차별하고 배제하며 타자화했던 진정한 나를 만나게 된다. 그렇게 정말로 '나는 아무것도 아니라는 것'을 다시 깨닫게 된다. 편견과 선입견으로 만들어낸 나의 껍데기와도 마주하게 된다. "외면(外面)은 곧 내면(內面)이고, 내면은 곧 외면이라고 하는 헤겔의 명제와도 맞닿아 있다. 나아가서는 위대, 지식, 명성, 우정, 쾌락, 재물, 이런 일체는 바람에 불과한 망상이다. 더 정확히 말해서 무(無)에 불과하다"는 폴 펠리슨(Paul Pellisson, 1624~1693)의 시와도 상통한다. 암놈에게 수태시킨 이후에 바로 죽어버리는 곤충이 있다. 기쁨과 행복은 그런 것이다. 태어남은 죽음이고, 죽음이 태어남이다. 박웅규는 늙음이 젊음이고, 젊음이 늙음이라는 것을 부정함의 대상들을 포착하는 방식으로 기능하게 한다.

작가가 작업 초기에 '가래'를 성화처럼 만들면서 부정한 것을 성스러운 것으로 연결했던 것도 부정이 곧 긍정이라는 것을 말한다. 가래 드로잉 시리즈는 목에서 나오는 편도결석을 비단에 그려내면서 어쩌면 존재가 가래일지도 모른다는 상상을 하게 만든다. 일종의 자기혐오다. 작가는 이렇게 말한다.

"나는 어떤 대상들을 볼 때에 그 안에서 '부정함'의 코드를 읽으려 애쓴다. 그리고 그에 부합한다면 나의 사진첩에 저장된다. 작업의 과정에서 그 이미지들을 직-간접적으로 참고하게 된다. 작업에서 이 이미지들은 그대로 재현되지 않는다. 이것들은 서로 교배되거나 변형되기도 하며, 때로는 그 과정에서 전혀 다른 형상이 되기도 한다. 그러나 중요한 것은 이미지를 구현하는 방식에 있어서 종교의 도상기호의 형식을 빌려온다는 것이다."

박웅규의 작업은 종교와 맞닿아 있다. 어릴 적부터 집안에 가득했던 가톨릭 성물과 성화, 예수의 모습은 신성한 의례인 동시에 대량생산된 조악한 상품이었다. 여기서 작가는 깨끗함과 더러움, 질서와 무질서, 긍정과 부정의 표식을 발견한다. 혐오스럽고 괴상한 것들의 신성함을 발견하게 된다. 작품에 가득한 기괴한 정서의 뿌리는 종교에 있다. 신성한 것에 부정한 것을 씌우고 반대로 부정한 것에 신성한 것을 얹기도 한다. 그렇게 긍·부정은 하나의 덩어리가 된다. 불완전성이야말로 가장 완전한 상태이기도 하듯.

인생이란 얼마나 무의미하고 하찮은 것일까? 본질은 형태에 있는 것이 아니라 거기에 수반되는 의식 속에 있다. 과연 나의 인생 주인은 나라고 할 수 있는가? 키르케고르는《이것이냐 저것이냐》를 통해 다음과 같이 말했다.

"결혼을 하라. 그러면 그대는 후회할 것이다. 결혼을 하지 말라. 그래도 역시 그대는 후회할 것이다. 결혼을 하든 않든 간에, 그대는 후회할 것이다. 그대 자신의 목을 매달라. 그러면 그대는 후회할 것이다. 그대 자신의 목을 매달지 말라. 그래도 그대는 후회할 것이다. 그대 자신의 목을 매달든 그렇지 않든 간에 그대는 후회할 것이다. 그대는 그대 자신의 목을 매달거나 매달지 않거나 할 것이지만, 어느 쪽을 택해도 그대는 후회할 것이다. 이것이 모든 철학의 총화고 알맹이다."

박웅규는 동물의 사체인 창자가 재료가 되는 '순대'를 소재로 정과 부정, 아름다운 것과 추한 것 등의 양극에서 느껴지는 감각을 불러일으킨다. 대부분의 생명체는 생존하기 위해 자신만의 패턴을 양산해낸다. 질서 밖의 생명체는 생존에 불리할 수밖에 없다. 그래서 대부분 인간은 보수주의자가 될 수밖에 없다. 그것이 생존에 유리하기 때문이다. 익숙하고 편한 패턴과 관습이 정이고, 질서에 벗어난 행위나 기호는 부정이 된다. 그러나 키르케고르가 말했듯 인간은 어느 쪽을 택하든 결국 후회할 것이다. 옳고 그름도 역시 질서가 만들어 낸 태도와 관념의 활화이기 때문이다.

진정으로 행복을 느껴본 적이 있는가? 모든 쾌락은 권태를 품고 있기 마련이다. 영원한 쾌락이 없듯 영원한 권태도 없다. 당신의 혐오는 어디에서 기인하였는가? 박웅규는 벌레나 내장을 통해 묻는다. 긍정과 부정을 결정짓는 것은 무엇인가? 아름다운 것과 추한 것 양극에서 느껴지는 감정을 무엇이라고 불러야 하는지. 기괴한 형태의 생물체를 곱디고운 비단에 세밀하게 새겨넣으며 질문한다. 행복은 안으로 열리는 것이 아니라, 밖으로 여는 문이라는 것을 주지한다.

헤겔의 말을 빌리자면, 자기의식은 언제나 타자의식인 법이다. 인간은 관계를 통해 자기의식과 타자의식 사이에 머무르려고 한다. 깨끗함과 더러움, 질서와 혼돈, 긍정과 부정, 혐오와 애정이라는 이분법적 관계를 규정하는 것도 마찬가지다. 자신의 남루함을 자각한다는 것은 꽤 고통스러운 일이다. 그런 이유에서 외적인 아름다움을 기준 삼아 긍정과 부정을 나누는 것인지도 모른다. 혐오가 있어야 사랑이 존재할 수 있기 때문이다.

박웅규의 전시를 보고 나오면서 나는 김수영의 〈어느 날 고궁을 나오면서〉(1965. 11. 4.)를 떠올렸다. "왜 나는 조그마한 일에만 분개하는가/ 저 왕궁 대신에 왕궁의 음탕 대신에/ 50원짜리 갈비가 기름 덩어리만 나왔다고 분개하고/ 옹졸하게 분개하고 설렁탕집 돼지 같은 주인 년한테 욕을 하고/ 옹졸하게 욕을 하고" 자신보다 약하고 지위가 낮은 존재에게는 정의를 요구하면서 자신보다 강한 권력에 대해서는 그렇지 못하는 자신의 비겁함에 직면한 시인은 보잘것없는 인간의 가장 밑바닥을 보았을 것이다. 박웅규가 말하는 껍데기가 아닌 시선과 태도가 만들어낸 감정의 알맹이를 보았을 것이다.

진정한 사랑은 섹스 이후에 찾아온다. 성욕이 충족되기 이전에는 성욕에 사로잡혀 대상을 제대로 바라볼 수 없기 때문이다. 대상을 있는 그대로 순결하게 바라볼 수 있는 시선을 갖게 되는 상태를 해탈이라 부른다. 하이데거는《존재와 시간》에서 본래성과 비본래성에 관해 이야기했다. 기괴하고 흉측한 생명체의 존재 그 자체의 사실성에 근거해 바라보아야 한다는 것. 우리는 그 본래성을 잊고 태도와 시선에 따라 존재를 혐오하게 된다. 가끔 형식에 사로잡혀 내용을 보지 못하는 경우처럼 어쩌면 껍데기 때문에 진정한 혐오와 사랑을 보지 못하는 것일지도 모른다.

내가 집안의 법이었던 아버지와 원초적인 첫사랑이었던 어머니로부터 사회화된 '아무것'으로 살아왔듯, 인간의 자연성은 사회화과정을 통해 억압되고 규칙 같은 상징체계가 된다. 주체와 주체 사이에는 무의식이라는 미지의 공간이 생기고, 대부분의 인간은 그 무의식을 사회적 기표로 채워넣기 마련이다. 그렇게 남성과 여성이 구분되고 벌레와 인간이 구분된다. 인간과 동물, 남성과 여성, 자아와 타자를 이분법적으로 구분하지만, 무의식의 측면에서는 구분이 모호해진다. 라캉식으로 표현하면 '자아는 타자'이기 때문이다. 라캉은 주체를 무의식에서 자아가 개입한 의식의 현 상태, 즉 의식이 존재하는 주체적 무의식의 단계라고 말한다. '자아는 타자다'라는 말은 요구와 욕구에 기인한 자아가 스스로 주체성과 주체의 발견을 위해 타자에 기인한다는 것으로 해석할 수 있다. 우리가 가래나 벌레, 내장을 혐오스럽고 징그럽고 기괴한 것으로 보는 것도 이와 같은 맥락이라고 볼 수 있다. 데카르트에 따르면 나를 '아무것도 아니게' 하려는 위협에 대한 저항이 최초의 나를 증명하는 것이라는 것이다. "일찌기 나는 아무것도 아니었다"라고 말한 최승자 시인은 타자를 통해 불연속적인 '나의 있음'을 확인하고자 한 것인지도 모른다. 시인은 자아의 끊임없는 재창조 앞에 놓인 '내 안에 있는 타자'를 통해 풀이하려 시도한 것이다. 그런 의미에서 박웅규의 작업은 사회적 기표에 의해 '아무것'이 되어버린 자아를 살해하고 나를 재창조하라는 의미로 다가온다.

"나는 누구인가?"

우리는 다양한 형태로 끊임없이 질문한다. 그리고 박웅규는 말한다. 좋은 것과 싫은 것, 아름다운 것과 추한 것, 긍정과 부정, 더러움과 깨끗함, 신성함과 저속함과 자아와 타자를 구분하는 것은 무엇인가? 내 안에 편견과 선입견을 어디에서 오는가? 그런 의미에서 나는 '아무것'이기도 하고, '아무것이 아니기도 하다.'

Over The Top

박다래

*

나는 영상물을 많이 보며, 주로 손쉽게 OTT 서비스를 이용한다. 선호하는 장르가 있는 것은 아니다. 예능, K드라마, 시트콤, 영화까지. 볼 수 있는 것을 모두 보는 것에 가깝다. 누군가가 사람은 이십대에 본 영화를 평생 보게 된다고 했는데, 예전에는 정말 그랬을지 몰라도 지금은 그렇지 않은 것 같다. 세상에는 너무 많은 영상이 있고, 너무 쉽게 그것을 찾아볼 수 있기 때문이다. 하루에 스크린 타임이 얼마나 되는지는 모르겠지만, 그 스크린 타임의 25% 이상을 영상물을 보는 데 할애하고 있다고 해도 과언이 아닐 것이다.

OTT(Over The Top)는 인터넷을 통해 볼 수 있는 TV 서비스를 일컫는다고 한다. 여기서 Top은 TV 셋톱 박스(Set-top Box)를 뜻한다. OTT 서비스는 초기에 셋톱 박스를 통해 케이블 또는 위성 방송 서비스를 제공하는 것을 의미했고, 점차 스마트폰이나 PC로 서비스를 확장한 것이라고 한다. 그러니까 셋톱 박스를 넘어서 제공하는 서비스라는 의미인데, 그냥 말만 보았을 때도 꽤 그럴싸하다. 꼭대기를 넘어서, 꼭대기를 넘어 모두를 관조하고 인간 세상을 바라보는 것. 얼마나 초월적이고 아름다운가.

슬프게도 나는 공원을 걷고, 사람을 만나서 이야기를 나누고, 책을 읽는 것보다 더 많은 시간을 액정 앞에서 보내는 사람이 되었다. 나는 자주 '진짜' 나의 생활은 어디에 있는지 질문하곤 한다. 어쩌면 나의 생활은 사실 무언가 안에 있을지도 모른다. 액정 안에, 수많은 이미지와 텍스트 안에 그리고 무수히 쏟아지는 정보와 서사 속에.

나는 현재 세 가지 OTT(디즈니플러스, 넷플릭스, 왓챠)를 구독 중이다. 원래는 왓챠와 넷플릭스만 구독했는데 최근에 순전히 픽사 애니메이션 〈코코〉가 보고 싶어 디즈니플러스를 결제했다가 6개월째 계속해서 구독하고 있다. OTT를 세 개나 구독하는 것이 나는 조금도 아깝지 않다. 그것이 내 생활을 채우고 있기 때문이다.

디즈니플러스, 넷플릭스, 왓챠의 콘텐츠는 모두 다른 결을 가지고 있다. 나는 세 가지 OTT를 번갈아가면서 보는데, 그때그때 나의 관심사에 맞는 모든 영상을 찾을 수 있다. 그리고 그 영상들은 아주 공평하게 각 OTT에 분포되어 있다. 나는 OTT를 통해 가능한 모든 것을 보고, 모든 것을 경험한다. 그리고 관심사는 끊임없이 다른 OTT 플랫폼으로 파생하게 된다.

OTT 플랫폼들을 구독하며 나는 모든 것이 연결되어 있다◆고 생각한다. 그것이 마블유니버스 같은 노골적인 형태가 아니어도. 나는 그저 최근에 관심이 생긴 것을 검색하면 된다. 이를테면 넷플릭스에서 〈나의 문어 선생님〉을 보고, 디즈니플러스 내셔널지오그래픽에서 해양 다큐를 볼 수 있다. 디즈니플러스에서 다큐멘터리 〈마약 전쟁〉을 보고 넷플릭스에서 〈수리남〉이나 〈남부의 여왕〉을 보면 된다. 나는 넷플릭스에서

◆ 〈더크 젠틀리의 전체론적 탐정 사무소〉(2016~2017)

80년대 시트콤의 고전인 〈사인필드〉를 보다가 왓챠에서 〈더 오피스〉를 본다. 매일 영상물의 소리를 들으며 잠에 들면 어떤 꿈도 꾸지 않을 수 있었다.

*

나는 오랫동안 그 무엇도 믿지 않는 무신론자로 살아오면서 또 많은 종교 단체에 가보면서, 믿음에 대해 큰 관심을 가지고 있다. 어떤 종교 단체를 가도 믿을 수 없는 사람이라는 것이 나를 절망하게 했다. 기댈 수 있는 힘이 없는 것이 내 삶을 얼마나 비어 있게 하는지. 무신론자로 사는 것은 끊임없이 신이 없다는 것, 믿음이 헛되다는 것을 증명해나가는 과정이었다. 종교는 나의 삶과 먼 것이며, 동시에 가까운 것이었다. 나는 현재 어떤 종교 단체에도 다니지 않으며, 우리 가족 역시 마찬가지다. 우리 가족은 과거에 모두 한 가지 이상의 종교를 가졌고, 이제는 모두 믿지 않고 있다. 절대 믿지 않는 사람들도 세상에는 있고, 믿지 않기에 믿음에 대해 끊임없이 관심을 가지게 된다. 그렇기에 나는 나의 시와 산문에 수없이 종교적인 상징을 넣었고, 그것을 아무렇지 않게 소비하기도 했다.

올해 초에 넷플릭스에서 〈나는 신이다: 신이 배신한 사람들〉를 본 후 〈오쇼 라즈니쉬의 문제적 유토피아〉 〈착한 신도: 기도하고 복종하라〉(모르몬교 근본주의 교파에 대한 이야기)와, 디즈니플러스에서 〈천국의 깃발 아래〉(앤드류 가필드 주연으로 유타주를 배경으로 한 범죄 수사물)를 보았다. 그리고 〈타미 페이의 눈〉도 보았다. 다큐멘터리에서 드라마로, 드라마에서 또 다른 다큐멘터리로 이어지는 여정(?)이었다. 그 모든 것은 종교적인 믿음으로 인한 문제를 다루고 있었지만, 그 무엇도 믿음의 이유에 대해 말하지 않았다. 사실 그 모든 프로그램에는 답이 있는 것은 아니었다. 발단 전개 위기 절정 결말 중, 전개 위기 절정을 끊임없이 돌려보는 느낌이었다. 시작과 결말을 모르는 중간의 루프에 갇힌 채, 계속해서 시작을 찾는 것이 그 프로그램들의 특징이었다.

비슷한 테마의 콘텐츠를 얼마든지 찾을 수 있다는 것이 여러 OTT를 구독하는 장점이었지만, 그 콘텐츠들을 편안한 마음으로 소비할 수는 없었다. 그 프로그램 뒤에 분명한 사람이 있기 때문이다. 특히 실화를 바탕으로 각색하여 만든 드라마의 경우 그런 불편함이 더 심해지기 마련이다. 수많은 진실을 어떤 픽션으로 가리는 것이 맞을까. 픽션이 진실을 알리기도 하지만 그것은 애초에 당사자성을 가질 수 없지 않을까. 그렇다면 다큐멘터리는 더 윤리적인가. 많은 다큐멘터리는 피해 당사자나, 가해자의 목소리, 제삼자의 목소리를 노출시킨다. 그 가공되지 않는 목소리를 노출하는 것이 사건과 연루된 사람들에게 이차 가해를 하는 것은 아닌가. 혹은 나도 모르게 이것을 흥미 본위로 즐기고 있는 것이 아닌가. 너무 많은 생각에 시달리기도 한다. 사실 OTT에 있는 여러 콘텐츠에는 온갖 종류의 진실과, 진실이 아닌 것들, 그리고 진실처럼 보이는 것들로 가득하다. 그렇지만 그 모든 것이 정말 '진짜'와는 거리가 먼 것을 알고 있다. 나는 그 거리를 가늠해보곤 한다. 매일 그 거리를 가늠하다 보면 더 이상 진실이 아닌 것에 실망하지 않을 수 있게 되었다.

*

내가 최근에 빠진 콘텐츠는 1990년대에서 2000년대에 방영했던 스포츠 만화이다. 나는 어릴 때 아주 오타쿠는 아니었지만(?) 메이저한 애니메이션과 만화책을 한 번씩 훑어보곤 했다. 하지만 지난 1월, 〈더 퍼스트 슬램덩크〉를 보는 순간, 나는 내 안의 무언가가 깨어나는 것을 느꼈다. 그리고 그 후로 만화 카페를 다니며 〈슬램덩크〉 전권을 완독했고, 90년대 더빙판 애니메이션을 넷플릭스에서 봤다. 나는 〈슬램덩크〉 인물들의 순수한 열정이 좋았던 것 같다. 건강한 육체와 정신을 가지고 달리는 것, 고작 17살에 농구가 인생의 전부라고 말하는 것. 그것은 내가 평소에 봐오던 사람들과 정반대의 모습을 하고 있었다. 그러니까 조금도 닮지 않았다. 그냥 그것이 좋았던 것 같다. 어떤 문제가 있어도 해결되리라는 믿음. 그것이 내가 열망했던 세계의 모든 것이었다.

나는 다시 소년 만화를 보며, 내가 왜 고등학교 때 병(?)에 걸려 그럴듯한 일본 영화를 보면서 시간을 낭비했는지 후회했다. 만약에 내가 그때 그 영화를 보지 않았다면, 나는 글을 쓰지도 문예창작과에 진학을 하지도 않았을지 모른다. 그렇다면, 내가 평소에 말했듯이 영업사원이 되어서 그럴듯한 삶을 살고 있었을 것이다.

고등학교 때부터 나는 이와이 슌지의 영화를 봤다. 같은 학년에 이와이 슌지 영화를 좋아하는 친구들은 다섯 명 이하였고, 그것이 나를 특별하게 만든다고 생각했다. 〈릴리 슈슈의 모든 것〉을 보며 나는 내가 무언가 남들과 다른 에테르를 가지고 있다고 생각했다. 나는 그냥 아이들이 두 시간 동안 집중하지 못하는 영화를 봄으로써, 남들과 다르다는 것을 증명하고 싶었을 뿐이었다.

이러한 병(?)은 대학교에 들어가서 더 심해졌다. 사실 내가 정말 깊이 있는 영화를 보았던 것은 아니었다. 나는 그저 씨네 큐브에 걸려 있는 영화를 봤고, 가끔씩 영상자료원의 특별전을 가기도 했다. 나는 사람들이 좋다는 영화를 모두 봤으며 계절별로 각종 영화제에 갔다. 당연하게도 대단한 영화를 본 것은 아니었다.

나는 왕가위의 오래된 영화를 모두 보았고, 장 뤽 고다르, 에릭 로메르의 영화를 보았다. 곤 사토시의 애니메이션을 보기도 했다. 가끔은 동시대에 활동하던 영화감독들의 영화를 보기도 했는데 아핏차퐁이나 자비에 돌란(지금은 은퇴(?)한), 폴 토마스 앤더슨의 영화를 보기도 했다. 고레에다 히로카즈의 GV에 세 번이나 갔고, 부천 국제영화제에서 구로사와 기요시, 소노 시온의 영화를 '엄청난 경쟁률을 뚫고' 예매하기도 했다.

영화를 보고 나면 늘 함께 본 친구들과 맥주를 마셨는데, 우리는 영화가 좋았다고만 했다. 어떤 생각도 없었다. 책은 생각을 하면서 읽어야 하지만, 영화는 생각 없이 봐도 된다고 착각했다. 늦은 오후에 영화관에 가는 것, 영화관에서 영화를 보고 끝나고 저녁과 맥주를 먹는 것. 그 모든 것이 나에게는 어떤 의식처럼 느껴졌다. 이십대의 나는 그냥 충실하게, 그 의식을 수행했다.

지금 그 모든 것들이 너무 편해졌고, 나는 너무 쉽게 나의 취향과는 무관한 콘텐츠를 본다. 나는 그 누구와 '같이' 영화를 보지 않고, 영화를 보기 위해 밖에 나가지도 않게 되었다. 색이 없는 사람이 되었고, 다른 사람들과 쉽게 대화를 나눌 수 있는 사람이 되었다. 이를테면 주말에 본 〈마스크걸〉이나 〈나는 솔로〉에 대한 이야기를 나눌 수 있는 사람이 되었다는 것이다. 그것이 좋은 걸까? 좋은 것일지도, 좋지 않은 것일지도, 결국엔 나를 나답게 만들지 않는 것일지도 모른다. 하지만 취향이 나를 규정한다면, 그것만큼 불쌍한 삶이 어디 있는가. 내가 무엇을 보는지에 따라 나의 가치가 달라지지 않는다는 것을 나는 이제 안다.

*

요즘은 가끔 친구들과 함께 OTT를 본다. 요즘의 OTT에는 파티 기능이 있어서 여러 명이 함께 채팅을 하며 영화를 볼 수 있었다. 나는 그 기능을 몇 번 활용하였고, 영화를 보며 끊임없이 나의 생각을 떠들었다. 그렇게 나의 생각을 떠들며 영화를 보니 자연스럽게 영화를 아주 객관적으로 볼 수 있게 되었다. 영화의 아우라는 의외로 서사적 전개에 대한 생각을 나누는 대화에 금방 상실되어버린다. 몰입하지 않고 바라볼 수 있는 것은 때론 좋다. 우리가 살아가는 세계가 무엇인지, 영화가 그것을 어떻게 그리는지 명확하게 인식하게 하기 때문이다.

최근에는 왓챠 파티로 라스 폰 트리에의 〈안티 크라이스트〉를 친구과 함께 보았다. 우리는 맥주를 마시면서 보았고, 우리가 서로 놓친 맥락이 있는지 꼼꼼하게 체크해주었다. 하지만, 이 영화가 주는 거대한 메시지(젠더의 전복, 신성성의 모독, 질서에 대한 반항)를 해석하기도 전에 우리는 영화를 보며 서사적인 불편함을 느꼈다. 영화의 모든 장면에 핍진성이 없었기 때문이다. 영화를 보며 나는 몇 번의 실소를 터뜨렸고, 수많은 라스 폰 트리에의 영화를 보고 감탄했던 나의 과거를 떠올렸다. 이것이 예술이라고 믿었고 그 반항적인 면모에 경의에 표하던 지난날, 맥주를 마시며 경외감에 아무 말도 하지 않았던 시간을.

사실 예술은 그런 자세로 즐겨야 하는 것은 아닐까. 그 자체를 이상화하여 그것의 아우라에 압도되는 것이 아니라 보고 언제든 웃을 수 있는 것. 그리고 만든 사람을, 그것을 보고 있는 나 자신을 향해서 웃을 수 있어야 하는 것. 영화를 보며 나와 친구는 〈안티 크라이스트〉가 일종의 라스 폰 트리에의 블랙코미디라는 결론을 내렸다. 그리고 내가 보았던 모든 거장의 영화는 어쩌면 코미디였을지도 모른다고. 어쩌면 나는 그 코미디를 코미디가 아닌 것으로 이해하기 위해 너무 오랜 시간을 보내왔을지도 몰랐다.

*

코로나19의 여파로 OTT 이용률이 급증했다. 방송통신위원회에서 발표한 '2020년도 방송매체 이용행태조사'에 따르면 코로나19 확산 이후 미디어(방송, OTT) 이용률은 66.3%로 전년(52.0%)보다 14.3% 증가했다. 그런데 최근 이런 미디어 이용이 환경 오염의 원인으로 밝혀졌다. 프랑스 비영리 환경단체 The Shift Project의 연구 결과에 따르면 온라인에서 영상을 30분 재생할 때 1.6kg의 이산화탄소가 발생한다. 이는 차로 6.3km 운전했을 때 발생하는 이산화탄소와 같은 양이다. 온라인 영상 시청이 이산화탄소를 발생시키는 이유는 바로 '데이터 센터' 때문이다. 내가 집 안에서 편안하게 영상을 시청하는 동안, 환경은 끊임없이 파괴되고 있다. 그 누구도 만나지 않는 것이 탄소 발자국을 남기지 않기도 하지만, 집에서 OTT를 보는 행위 자체가 탄소 발자국을 남기기도 하는 셈이다. 어쨌든 지금 나는 살아 있는 것만으로도 계속 환경을 파괴하고 있다. 그렇다면 어떻게 해야 하나. 계속 이렇게 콘텐츠를 아무렇지 않게 소비해버리는 것이 맞는가.

어쩌다 보니 OTT에 대한 생각을 두서없이 늘어놓게 되었다. 나는 1991년생으로 이 글을 쓰는 시점에 만 31세이다. 나는 TV, 영화관, 비디오, DVD, 영상 다운로드 플랫폼, IP TV의 플랫폼을 모두 경험했으며, 동시에 그것의 변천사를 지켜봤다. 이쯤에서 OTT가 다른 플랫폼과 다른 것이 무엇인지에 대한 궁금증이 남는다. 나는 감히 그것을 접근성이라고 말해본다. TV에서 원하는 프로그램을 보기 위해서는 신문에서 시간표를 찾아 그 시간에 맞춰 틀어야 했고, 영화관을 가려면 버스를 타야 했고, 비디오와 DVD를 보려면 동네마다 하나씩 있는 대여점에 가야 했다. 그리고 이십대 초반에는 그 누구보다 빨리 보기 위해 영화제에 갔다. 국가와 배우, 감독 이름만으로 영화를 선택하였고 그것에 대한 대가를 맛보기도 했다. 하지만 OTT는 어떤 대가도 필요하지 않다는 점(매달 나가는 구독료를 제외하고) 때문에 나를 너무 많은 서사 속에 노출시킨다. 그리고 나는 그것을 선택하는 데 예전에 비해 신중하지 않다. 망하더라도 인생에서 고작 수십 분을 집에서 버렸을 뿐이니까.

OTT를 너무 많이 보아서, 자제를 해야 한다고 생각할 때가 있지만 쉽게 구독을 그만두지는 못할 것 같다. 사실 나에게 OTT는 세상과 나를 이어주고 있는 끈이다. 나는 OTT 덕분에 사람들과 이야기를 나누게 되었다. 처음 보는 사람들과 이야기할 때 나는 "넷플릭스 보세요?"라고 먼저 물어본다. 그리고 어떤 콘텐츠를 보든지 그것에 대해 오래 이야기를 나눈다. 봤던 콘텐츠면 그 콘텐츠에 대한 생각을 이야기하고, 보지 않았던 콘텐츠면 그 콘텐츠에 대해 물어본다. 그리고 그것과 비슷한 콘텐츠에 대해 이야기를 한다. OTT 덕분에 수많은 사람들과 공감대를 형상하고 짧은 대화를 나눌 수 있게 된 셈이다.

얼마 전까지 나는 엄마와 함께 넷플릭스로 〈프렌즈〉를 보았다. 〈프렌즈〉가 방영할 당시 엄마는 삼십대였다. 지금은 삼십대가 된 딸과 함께 그 콘텐츠를 보고 있는 것이다. 육십대의 엄마와 삼십대의 나는 나란히 앉아서 우리보다 조금 어린 레이첼과 모니카, 조이, 로스를 보았고, 이야기를 나눴다. 내가 가르치는 고등학생들은 〈거침없이 하이킥〉을 보고 있다. 그들은 만 16세이고, 그 프로그램이 방영될 당시 나는 만 16세였다. 〈슬램덩크〉를 한 번도 보지 않았던 이십대 초반 아이들은 지금 다시 〈더 퍼스트 슬램덩크〉를 보고 OTT로 90년대 더빙판 〈슬램덩크〉를 본다. 대화를 나누는 순간, 우리는 모두 친구가 되었다.
그렇기에 OTT에 대한 양가적인 생각을 완전히 정리할 수는 없을 것 같다. 그리고 그것에 대한 해답은 나에게는 없다. 하지만, 나는 당분간 OTT를 볼 것이고, 그것에 대한 이야기를 나눌 것이다. 언젠가 누군가에게 해를 끼칠지도 모른다는 생각을 하면서. 나의 삶을 채울 다른 것들에 대해 생각하면서.

monotype

원성은

뉴욕, 뉴욕

아즈마 히로키는《관광객의 철학》◆에서 '탈정치화'를 제안한다. 그에 따르면, 친구와 적(카를 슈미트)이라는 이분법적인 사고에서 벗어나서 '사유하는 것'이 중요한데, 이를 가능하게 하는 것이 이제껏 진지하게 다뤄지지 않았거나 '여행객'에 비해 폄하되었던 '관광객'의 위치인 것이다. 일반적으로 관광은 중요하지 않은 행위로 여겨져 왔다. 관광객은 이미 목적지를 정해놓았기 때문에 그곳에 도착하기도 전에 목적지에 대해 잘 알고 있을 때가 많다. 그러나 현실은 관광객의 계획과 항상 일치하지도 않을뿐더러, 떠난 후에야 마주하는 계획과의 '오차'와 '어긋남'이 있기 마련이다. 나는 이 오차와 어긋남을 '플라뇌르'(벤야민)가 되어 몸소 체험해보고자 했다. 맨해튼은 하염없이 걷고, 걷고, 걸을 수밖에 없는 도시니까. 나는 검은색 라이더 재킷과 청바지를 입고 영국 록 음악이 나오는 이어폰을 꽂은 채로 매일매일 걷고, 걷고, 또 걸었다.

스물다섯 살의 나는 맨해튼 86번가의 좁아터진 월세방에 살았다. "아니, 젊은 사람이 어퍼이스트사이드라니?" 내가 사는 장소를 말했을 때, 젊은 뉴요커 십중팔구의 반응은 의아함이었다. 어퍼이스트사이드는 우디 앨런이 취미로 재즈 공연을 열고 밤 산책을 하며 활보하는 곳이기도 하고, 다양한 분야의 유명 인사들이 살아서 '비싼 동네'라고 소문이 난 곳이기도 하다. 하지만 사실은 이와 다르다. 어퍼이스트사이드는 미드타운, 윌리엄스버그, 혹은 이스트빌리지보다 월세가 훨씬 싸고 방도 상대적으로 좁은 곳들이 많다. 나는 저렴

◆ 아즈마 히로키,《관광객의 철학》, 안천 옮김, 리시올, 2020.

한 월세 때문에 그곳에 살게 된 것이었다. 또래 일본인 여자 룸메이트는 매일 부엌에서 세계 각국의 음식들을 요리했고, 때때로 내 샴푸를 썼고, 내가 코리아타운에서 사다놓은 냉동 만두를 몰래 먹곤 했다. 집주인 신디는 목소리가 허스키한 할머니였다. 그녀는 만성 우울증으로 항우울제와 발륨을 장기간 복용 중이었다. 신디는 공용으로 썼던 부엌 냉장고에 "Eat out! Keep the kitchen clean!"이라고 쓰인 자석을 붙여두곤 했다. 그녀는 뉴욕에서 태어나서 자라고 교육받은 후, 엄마에게 물려받은 오래된 아파트에 있는 방들에 세를 놓고 그 돈으로 살고 있었다. 그녀의 한국인 친구와의 인연이 닿은 나는 뉴욕주 전체에 눈보라가 와서 거리에 무릎 높이까지 눈이 쌓인 겨울 어느 날, 그곳에 입주하게 되었다.

현관문을 열고 나가면 맞은편 복도에 빨래방이 있었다. 그곳에 쪼그리고 앉은 채 빨래를 기다리는 동안에는 뉴욕 공립도서관에서 빌려온 책들을 읽었다. 처음엔 맨해튼의 오래된 아파트의 현관문 잠금장치가 익숙하지 않았고, 마른 빨래를 껴안은 채로 집에 들어가지 못하기도 했다. 열쇠를 가진 룸메이트를 기다리는 동안 긴 복도에 기대어 앉은 채로 손가락에 닿는 감촉이 까칠했던 갱지 원서들에 고개를 처박고 있고는 했다. 내가 처음으로 빌렸던 책은 헨리 밀러의 《남회귀선》이었다. 소설 속에는 맨해튼을 걸어 다니는 화려한 정키(처럼 이야기하는 화자)가 등장한다. 뉴욕 컬럼비아 대학교에서 결성된 비트 세대에 대한 내 열광은 그렇게 시작되었다. 그 외에도 앤 카슨, 앨리스 노틀리, 윌리엄 카를로스 윌리엄스, 도널드 홀, 실비아 플라스 등의 시집들, 앨런 긴즈버그의 《HOWL》, 거트루드 스타인의 《Three Lives & Tender Buttons》, 리디아 데이비스, 리처드 예이츠, 포크너, 핀천, 코맥 매카시, 플래너리 오코너리의 단편집, 돈 드릴로의 《화이트 노이즈》 등 영미권 작가들의 책을 쌓아놓고 탐독하면서 시간을 보냈다. 내가 책 이야기를 하면 뉴요커들은 어퍼이스트에 산다는 말을 들었을 때보다도 더 놀라곤 했다. "아니, 스물다섯에 뉴욕에서 도서관이라니?" 물론 도서관이 다는 아니었다. 나는 도서관보다 훨씬 많은 미술관에 갔고 세계 각국의 음식도 먹었고 구매력이 닿는 수준의 쇼핑도 했다.

거리 곳곳에서 붉은 사자 모양의 도서관 깃발이 보이면 '일단 이곳은 책이 있고, 타지에 홀로 내던져졌다는 당혹감과 얼음송곳 같은 외로움을 잊을 수 있는 곳'이라는 생각에 안심이 됐다. 하지만 역시 내가 그곳보다도 좋아했던 곳은 14번가 유니온스퀘어의 스트랜드 서점이다. 나는 일주일에 이틀은 꼭 빠지지 않고 6호선 지하철을 타고 그곳으로 갔다. 빨간 간판 아래 입구에는 "Welcome, Book Lovers!"라고 쓰인 큼직한 명패가 붙어 있었다. 돌이켜보면 뉴욕에서의 생활을 지속하게 해준 것은 책이다. 빽빽하게 꽂혀 있는 회색 갱지의 책들은 나를 안심시켰다. 시간이 조금 흐른 후에는 서점 직원과 책 이야기를 나누며 다른 나라들에서 번역된 신간들을 함께 읽기도 했다. 소호의 어느 작은 독립서점에서는 뉴요커들이 《소리와 분노》를 읽으며 와인을 나눠 마시고 있었고, 나는 그곳에 앉아서 밀크셰이크를 마시면서 그 모습을 구경하기도 했다. 공원의 벤치에 앉아서, 도서관에서, 학교에서, 좁은 방에서, 절벽 끝에 대롱대롱 매달리는 심정으로 책들을 읽으며 낮을 보냈다.

밤에는 까칠하게 날이 선 외로움과 학위도 없는 공부를 한다는 명분으로 현실 도피를 하기 위해 이곳에 왔다는 자괴감, 그리고 가까운 앞날에 대한 막막함 때문에 텅 빈 채로 표류하고 있는 시간을 채우기가 한층 더 까다로워졌다. 그래서 밤에는 주로 친구들과 술을 마셨다. 맨해튼은 야외에서 술을 마시는 것이 불법인 도시다. 한강의 공원들과는 달리 센트럴파크를 걸어 다니면서 캔맥주를 마시는 것이 경찰에게 적발되면 벌금을 내야 하는 도시가 맨해튼이다. 친구들과 헤어진 후엔 에드워드 호퍼의 그림 〈밤을 지새우는 사람들(Nighthawks)〉(1942)에 나오는 것 같은 식당에 혼자 앉아서 감자튀김이나 피자로 해장을 하면서 과제로 제출할 에세이, 영화 리뷰, 짧은 소설 등을 썼다(사실상 뉴욕의 어느 대학교 영문과와 영화과 수업들을 뉴요커들 사이에 앉아서 도강한 것이나 다름없었다). 그러고 난 밤이면 그 방으로 돌아가기가 싫어졌다.

먼지 냄새가 났던 그 낡은 아파트의 좁아터진 방을 나는 좋아하지 않았다. 그 방은 사면이 라일락색 페인트로 칠해진 채로 어울리지 않는 고풍스러운 샹들리에가 벽과 천장에 기묘한 그림자를 만들었는데, 당시 그

그림자는 악몽의 원인처럼 느껴졌다. 게다가 매트리스도 불편했다. 그래서 나는 미드타운에 살고 있었던 (뉴욕에서 알고 지낸 유일한 한국인이었던) 미술경매사 언니와 34번가에 살았던 스웨덴 친구들의 방에 자주 놀러 가서 잤다. 스웨덴 친구들의 방에서는 커다란 유리창을 통해서 크라이슬러 빌딩이 보였다. 나는 그 여름밤에 크라이슬러 빌딩의 불빛이 꺼지고 켜지는 시간을 알게 되었다. 그곳들은 내게 명백한 빈부격차를 느끼게 했지만 당장은 즐겁고 편안하고 외롭지 않아서 좋았다.

뉴욕에서 내가 제일 좋아했던 음식은 페페로니 피자와 코카콜라다. 피자 한 조각과 탄산음료 한잔을 합쳐서 한화로 약 사천 원 정도였다. 픽사 애니메이션 〈소울〉(2020)에서는 주인공 조의 몸에 들어간 어린 영혼인 넘버 22가 신체를 갖게 된 후, 처음으로 맛보는 피자를 아주 맛있게 먹는 장면이 나온다. 그 장면을 보고 내가 맨해튼의 길거리에서 피자를 허겁지겁 맛있게 먹어 치웠던 순간을 떠올리지 않을 수 없었다. 스물다섯의 나는 갓 태어난 영혼인 넘버 22처럼, 모든 감각기관으로 도시 전체를 흡수하고 느낄 기세로 맨해튼의 거리 곳곳을 배회하고 다녔다. 누군가는 그 시간을 "인생 낭비"라고 말했다. 하지만 나는 그때 인생을 낭비해본 것을 후회해본 적이 단 한 번도 없다. 나는 태어나서 처음으로 외향적인 사람이 된 것처럼 (미국인들을 포함해) 세계 곳곳에서 온 새로운 친구들을 알게 됐고, 그들과 세계와 뉴욕과 문화와 책과 영화와 그리고 다시 세계…… 에 대해 적극적으로 대화를 나눴다. 나는 낯선 골목에서 길을 잃어도 꼭 찾을 수 있다는 자신감마저 생겼다. 스물다섯의 모든 순간이 벅찰 정도로 황홀했고 반짝였고 과분했고 벅찼다.

조금 더 정직하게 말하자면, 처음으로 뉴욕에 장기체류하기로 결심한 것은 시로부터 도망치기 위해서였다. 어린 나이에 시를 발표하기 시작한 나는 당시 문단 사람들과 어울리지 못했고, 겉돌았고, 시집을 묶고 발표하는 것에 재미를 붙이지 못했다. 시를 쓰면 내 컴퓨터에 한글파일이 하나 더 생길 뿐이었다. 그런 시절이었다. 아마 등단 연도와 상관없이 시인이 되는 시기는 사람마다 다른 모양이다. 결과적으로 나는 시로부터 도망치는 여정에는 성공하지 못했다. 뉴욕이 시와 거리가 먼 도시일 거라는 내 짐작과는 달리, 짐 자무쉬의 〈패터슨〉(2017)에도 나오듯이, 뉴욕에서는 지나가는 모든 사람들이 시인이다. 월 스트리트 증권회사 직원들도 시인처럼 사유하고, 뉴욕대학교에 다니는 경제학과 학생도 SNS에 시 구절과 함께 피드를 올린다. 14번가 유니온스퀘어 지하철역에서는 '공짜 즉흥시 써줍니다'라는 문장을 굵은 네임펜으로 쓴 널빤지 뒤에서 한 청년이 학생용 책상에 앉아서 낡은 타자기로 시를 쓰는 퍼포먼스를 하고 있다. 뉴욕 공립도서관, 소호의 작은 독립서점들, 그리고 거버너스 아일랜드에서는 현재 미국 문단에서 활발히 활동하는 시인들이 시와 관련된 낭독회 및 출간행사 등을 꾸준히 열고 오로지 시에 관해 이야기하는 자리를 만든다. 그리니치 빌리지를 지나가면 벽에도 시구절이 낙서처럼 휘갈겨져 있는 도시가 맨해튼이다. 다운타운의 잔디밭과 공원 벤치 곳곳에 앉아서 시집을 읽는 사람들도 흔하게 볼 수 있다. 나는 스물다섯에 도망친 것을 후회하지 않는다. 도망칠 수 있었으니 도망쳤을 테고, 그러니 잘했다고, 그때의 나를 만난다면 탈주하기로 한 담대한 결심을 칭찬해주고 싶다. 나는 내 인생에서 떠나는 결정에 대해서는 후회해본 적이 없다. (퇴사, 이직, 유학, 여행 등) 삶의 결정적인 순간에 도망치는 용기를 배웠다. 시로부터, 그리고 예술로부터 도망치려는 몸부림이 21세기에 정직한 시 쓰기라고 믿는다.

넷플릭스의 다큐멘터리 〈도시인처럼〉(2021)에서 프랜 르보위츠와 마틴 스콜세지가 가장 자주 대화를 나누는 장소 중 하나는 당구대가 있는 바의 테이블이다. 프랜은 진토닉으로 보이는 음료수를 마시면서 특유의 시니컬한 유머를 섞어 만담한다. 당시의 나도 친구들과 자주 그와 유사한 장소들에서 당구를 쳤다. 어느 봄밤, 뉴욕에서 문예창작과를 다니면서 소설을 쓰고 있었던 (그 친구가 아직도 소설을 쓰고 있는지는 모르겠다) 친구가 자신이 무척 좋아하는 옛날 시라며 읊어주었던 순간을 기억한다. 구글을 통해 시 구절을 검색해보니 그 시는 Gwendolyn Brooks의 〈We Real Cool〉이라는 시다. 당시 느꼈던 '태평양 같은' 막막함을 정확하게 대변하는 듯한 시를 듣고 조금 감격했던 기억이 난다. 시는 '젊음'처럼 짧고 정직하고 강렬했다(솔직히 말하자면 촌스러웠고 그래서 더 좋았다). 그리고 이렇게 말하면 역시 이상한 귀결 같지만, 솔직히 조금 마음이 아팠던 것 같다. 시의 일부를 옮기면서 이 글을 마친다.

We real cool. We 우리는 진짜로 쿨하지. 우리는
Left school. We 학교는 중퇴했지. 우리는

Lurk late. We 밤늦도록 어슬렁거렸지. 우리는
Strike straight. We 공은 잘 맞히지. 우리는

Sing sin. We 범죄를 일삼지. 우리는
Thin gin. We 술도 곧잘 마시지. 우리는

Jazz June. We 따뜻한 유월에 재즈를 즐겼지. 우리는
Die soon. 그런데 너무 일찍 죽었지.

ONE

초대받지 않은

차유오

유령의 집

누구든 들어갈 수 있지만, 누구도 들어가지 않는 집. 발길이 끊긴 공간에는 언제나 유령이 머문다. 수화기 너머로 들리는 목소리, 꺼졌다 켜지는 전등…… 우리가 유령의 짓이라고 믿는 것들. 서로를 불신하는 인간들의 짓이라는 것을 안다. 물건은 제자리에 있는데 버려진 물건이 된다. 단지 인간이 떠났다는 이유만으로. 집의 내부는 언제나 인간에게 달렸다는 거. 이상하지. 깨진 창문 사이로 바람이 불어온다. 외면할수록 커지는 쓸쓸함이 되어. 존재하지 않는다고 믿었던 게 눈에 보일 때, 또 다른 세계를 보는 눈이 생기는 거야. 유령과 대화하는 이유지. 외로움이 넘치면 유령이 되곤 하니까. 그것을 잘 알고 있으므로. 가진 건 이름뿐인 유령을 부른다. 여전히 유령은 나의 이름을 알지 못한다.

게임에는 서로를 죽여야 하는 게임도 있지만 서로가 팀이 되어 서로를 살리는 게임도 있다. 서로를 죽이는 게임은 서로를 힘들게 만들지만 서로를 살리는 게임은 서로가 힘들지 않게 도와주는 것 같다. 게임 속에서 죽음은 일시적인 현상에 불과하다. 죽은 캐릭터는 얼마 지나지 않아 아무렇지 않게 되살아난다. 유령이 되어 세상을 떠돌거나 인간이 아닌 다른 존재가 되어 환생하지 않는다. 그렇기에 게임 속에서의 죽음은 슬프지 않은 것 같다. 현실에서도 죽은 사람이 되살아나면 어떨까. 그렇게 되면 죽음은 슬프지 않은 것이 될까. 어떤 게임에서는 죽은 캐릭터가 유령으로 되살아나기도 한다. 그 유령에게 잡힌 캐릭터는 죽게 되어 또 다른 유령으로 되살아난다. 어쩌면 유령이 된 캐릭터는 외롭지 않으려고 살아 있는 캐릭터에게 다가가는 것 같다. 살아 있는 캐릭터는 유령이 된 캐릭터에게서 도망치지만, 유령이 된 캐릭터는 자신이 누군가를 죽이게 된다는 사실을 모른 채로 다가간다. 자신이 유령이 된 걸 모르는 유령처럼.

누군가 내게 유령을 본 적이 있냐고 물었다. 유령을 본 적 있나. 생각하기도 전에 유령을 본 적은 없지만 그들은 어딘가에 있을 것이라고 답했다. 나는 보지 못했지만 그들을 봤다고 말한 사람들은 있었으니까. 게임에서 죽은 캐릭터가 아무렇지 않게 되살아나듯이 죽은 사람이 유령으로 되살아날 수도 있지 않을까. 본 적 없는 신을 믿는 사람들처럼 본 적 없는 유령이 있다고 믿고 싶어질 때가 있다.

유령의 뜻에는 '죽은 사람의 혼령'이라는 뜻도 있지만, '이름뿐이고 실제는 없는 것'이라는 뜻도 있다. 죽은 사람의 혼령이라는 뜻도, 이름뿐이고 실제는 없는 것이라는 뜻도 내게는 슬픈 것에 가깝다. 죽은 사람이라면 이곳에 살았던 사람일 테고, 이름뿐이고 실제는 없는 것이라면 이름을 붙여준 사람이 이곳에 있을 테니까. 이름뿐이고 실제는 없는 것이 유령이라면 그들의 이름을 불러주는 것으로 그들을 있는 것으로 만들 수도 있지 않을까. 사실은 누군가를 보고 싶어 하는 마음이 그들을 이곳으로 불러내는 것 같다. 유령이 누군가를 보고 싶어 하거나, 누군가 유령을 보고 싶어 하는 식으로. 그러나 여전히 사람들은 유령을 무서운 존재로 인식하는 것 같다. 유령 이야기를 할 때 무섭다는 형용사를 사용하는 것처럼 사람들은 인간이 아닌 존재들을 쉽게 무서워하고, 미워하기 마련이니까.

집은 '사람이나 동물이 추위, 더위, 비바람 따위를 막고 그 속에 들어 살기 위하여 지은 건물'이라는 뜻이 있다. 집에는 정말 사람이나 동물만이 살고 있을까. 아무것도 없는 땅 위에 건물을 짓고, 필요한 물건들을 집 안에 놓고, 영원히 살아갈 생각을 했을 인간의 마음에 대해 생각한다. 어쩌면 한 곳에 갇히는 기분이 들지 않았을까.

하우스 플리퍼

귀신이 사는 집은 낮은 가격으로 인수할 수 있다
귀신보다 사람이 더 무섭다는 것을 알게 된 뒤로
더는 귀신이 무섭지 않다 오래된 가구들을 버리자
빈 곳에는 우울함이 내려앉고 우울함은 감점
요인이다 열리지 않는 문은 열리지 않는 상태로
두었으면 좋겠다 열쇠 같은 건 재미없으니까
혼자서 외로움을 치료하던 귀신을 쫓아낸다
바닥을 돌아다니던 바퀴벌레는 청소기에게
잡아먹히고 차례로 돌아가는 바퀴벌레는 죽지
않고 계속해서 돌아갈 뿐이다 더러워진 벽지를
페인트로 칠한다 슬리피 블루라는 색을 졸린
우울함이라고 읽고 싶다 깨끗한 집은 외로움을
모르고 집의 구매자는 집이 깨끗해졌다고 믿는다
깨끗해진 집은 두 배의 가격으로 팔 수 있다

'하우스 플리퍼'라는 게임은 부동산을 구매하고, 스스로 개조하여 꾸민 뒤에 누군가에게 되파는 게임이다. 다른 게임과 다르게 이 게임의 흥미로운 점은 나의 집을 꾸미는 것이 아니라 누군가에게 팔 집을 꾸미는 것이다. 그리고 그 집은 멀쩡한 집보다는 폐허에 가깝다. 실제로는 집을 청소하고 꾸미는 것도 귀찮아하는데 게임에서는 누구보다 열심히 집을 청소하고 꾸미는 내가 이상하게 느껴지기도 한다.

게임을 처음 시작하면 판잣집과 노트북을 준다. 판잣집은 사무실로 사용할 수 있고, 노트북으로는 부동산 구매 요청 메일 수령, 실제 거래 등 메일을 주고받을 수 있다. 처음에는 누군가에게 메일이 온다. 메일의 제목은 '제 전 남자친구가 라디에이터를 훔쳐 갔어요'다.

그 사람은 전 남자친구가 더 많은 물건들을 훔쳐 갔을 가능성이 있어 직접 만나 정산을 할 것이라고 말한다. 이어 없어진 설비가 있으면 설치해달라고 부탁한다. 여기까지는 이해할 수 있다. 그러나 경찰서에는 이 일을 알리지 말아달라고 부탁한다. 나는 당연히 이 사실을 경찰에게 알려야 한다고 생각했는데 말이다. 현실에서 이해할 수 없는 사람들이 있듯이 게임에서도 이해할 수 없는 캐릭터가 있기 마련이다.

메일함을 열면 '새로운 가족을 위한 준비' '화사한 변화' '라디에이터' 등 자신의 집을 의뢰하는 사람들에게 메일이 온다. 그들은 집을 어떻게 꾸미고 싶은지, 집을 어떻게 청소해줘야 하는지 정성스레 적어 보내준다. 현실의 사람들처럼 게임 속 캐릭터들은 자신이 원하는 것이 무엇인지 잘 알고 있다. 그중에 아만다 존슨이라는 캐릭터는 거실의 벽을 아마란스 컬러로 발라달라고 한다. 다른 벽들은 '예술적인 회색'이면 좋을 것 같다고. 예술적인 회색은 무슨 색일까…… 생각하며 그레이 컬러로 페인트를 바른다. 페인트를 다 바르고 나면 주문을 완료하였다는 팝업이 뜬다. 그렇게 되면 돈을 받을 수 있다. 일을 하여 돈을 벌면 나중에는 부동산을 구매할 수 있게 된다.

구매할 수 있는 부동산에는 '초대받지 않은 손님이 있는 집'이라는 집이 있다. 초대받지 않은 손님은 얼마나 이 집에 오고 싶었을까. 이름부터 흥미로운 이 집에는 '개조가 필요한 1940년대의 집'이라는 정보가 있다. 처음 집을 구매하면 벽지는 다 벗겨져 있고, 곰팡이가 슬어 있는 가구들, 망가진 물건들이 집 안에 가득하다. 그리고 그 아이템은 삭제하거나 팔 수 있다. 집 안에 배치된 물건들을 보면 이 집에 살았던 사람이 어떻게 살았는지 짐작할 수 있다. 이 집의 화장실에는 물때와 곰팡이가 가득하다. 거미는 없지만 거미줄이 있고 더러워진 욕조 앞에는 멀쩡한 술병들이 놓여 있다. 이 집에 살던 사람은 욕조에 누워 술을 마셨을까. 술병을 삭제한다.

집을 구매하고 난 뒤에 가장 먼저 해야 하는 일은 가구와 물건들을 파는 일이다. 이곳에서의 집은 모든 것이 그대로 있다. 집 안의 주인만 빠져나간 채로 물건들이 남겨져 있는 것이다. 집 안의 물건들은 집의 주인을 기다리고 있을지도 모른다. 원래 살고 있던 주인을 또는 이곳에 살게 될 주인을. 어떤 주인이든 물건들은 기다리고 있을 것이다. 물건들을 삭제하거나 팔고 나면 그곳에는 빈자리가 생긴다. 이상하게도 물건들이 사라진 곳마다 외로움이 내려앉는 것 같다. 어쩌면 물건들은 집의 주인보다 이곳에 오래 있었을 테니까. 집의 시점에서 생각한다면 그것들은 더럽고 치워야 할 무언가가 아니라 자신과 함께 시간을 보낸 존재들일 테니까.

가구와 물건들을 정리하고 나면 다시 청소를 해야 한다. 청소 도구는 돈을 들여 업그레이드할수록 좋아진다. 미니 맵에 먼지의 위치가 표시되어 청소를 꼼꼼하게 할 수 있게 알려주는 것처럼. 더러워진 벽지는 걸레로 닦으면 된다. 닦으면 흔적이 말끔하게 사라진다. 이런 식으로 흔적 없이 사라지는 것들이 있으면 좋겠다고 생각한다. 걸레질을 한다.

바닥에는 바퀴벌레가 움직이고 있다. 설정을 통해 바퀴벌레를 유리 조각으로 보이게 할 수도 있다. 그러나 그것이 바퀴벌레라는 것을 알 수 있다. 바퀴벌레와 유리 조각의 공통점을 떠올린다. 네 글자로 이루어져 있고, 청소기로 돌리면 된다는 공통점이 있다. 청소기를 돌린다. 바퀴벌레는 죽지 않고 계속해서 돌아가겠지. 유리 조각은 죽지 않고 조각난 채로 이곳에 머물겠지. 청소기를 마저 돌린다. 실제로 이런 집이 있으면 누가 이곳에 살게 될까. 생각하면서 집을 깨끗하게 만든다. 청소를 해도 내게는 냄새가 나지 않고, 더러운 물건들을 만져도 내 손은 더러워지지 않는다. 게임 속 캐릭터는 늘 나 대신 여러 일들을 한다. 내가 없어도 이곳에서 부지런히 살아갈 것처럼 보인다. 그렇게 게임 속에 남겨두고 온 캐릭터들을 떠올린다.

벽을 깨끗하게 만들고 난 뒤에는 페인트를 바를 수 있다. 페인트는 여러 색상이 있지만, 그중에 내가 가장 좋아하는 색은 '슬리피 블루'라는 색이다. 슬리피 블루라는 색상이 실제로 있지는 않지만, 그것을 직역하면 졸음이 오는 파란색이라는 뜻일 것이다. 그러나 나는 슬리피 블루라는 색을 '졸린 우울함'이라고 읽고 싶다. 졸린 우울함은 이 집과 닮았으니까.

페인트를 바르고, 바닥을 바꾸고, 가구들을 사서 배치하고 나면 이제는 사람이 사는 집처럼 보인다. 집을 다 꾸미고 나면 집을 꾸미는 데 들인 시간을 알려준다. 그리고 "정말 이 집을 판매하시겠습니까?"라고 내게 묻는다. 집을 판매하게 되면 경매에 참여한 사람들이 보이기 시작한다. 그들은 "침실이 하나라서 너무 좋아요"라고 호평을 하기도 하지만, "공부하는 책상은 자는 곳과 가까워야죠"라고 혹평을 하기도 한다. 그리고 한 사람을 정해 협상을 제안할 수도 있다. 그렇게 집을 팔고 나면 또 다른 집을 사서 꾸밀 수 있다. 폐허에 가까운 집을 청소하고, 개조하여 팔고 나면 처음부터 깨끗한 집은 외로움을 모를 것 같다고 생각한다. 폐허에 가까운 집은 오랫동안 누군가를 기다리며 외로웠을 테니까. 이제 집의 구매자는 집이 깨끗해졌다고 믿는다. 깨끗해진 집은 두 배의 가격으로 팔 수 있다.

하우스 플리퍼를 하다 보면 집과 인간은 닮아 있는 것 같다. 집의 외부가 인간의 몸이라면 집의 내부는 인간의 마음이 아닐까. 들여다보지 않으면 알 수 없는 인간의 마음과 집의 내부. 아무리 외부가 깨끗해도 내부가 깨끗하지 않으면 집은 멀쩡하지 않듯이, 몸이 건강해도 마음이 건강하지 않다면 인간은 힘든 나날들을 보내게 되니까. 한때 인간이었을 유령들은 죽고 난 뒤에도 자신의 집을 그리워하지 않을까. 태어나서 죽을 때까지 함께였을 집은 그들과 가장 오래된 친구일 테니까.

김선욱

2017년 대전일보 신춘문예로 작품 활동을 시작했다. 소설집 《나는 나를 무엇이라고 부릅니까》가 있다.

퀴르 인간

김선욱
小說家

잠에서 깨어난 무택은 평소와 같이 정수기에서 미지근한 물을 한 잔 내리고 식탁에 앉았다. 건조한 공기 탓에 목이 조금 따끔한 것만 빼면 컨디션은 나쁘지 않았다. 각종 방사성 물질을 정수하느라 컵에 물이 가득 찰 때까지 시간이 조금 걸렸다. 무택은 기다리는 동안 어제 읽다 만 로맹 가리의 소설을 펼쳐 들었다. 무택이 로맹 가리의 소설을 반복해서 읽고 있는 이유는 그가 지금으로부터 200여 년 전 프랑스 파리에서 권총 자살을 했다는 사실 때문이었다.

"나는 마침내 나를 완전히 표현했다."

무택은 천천히 컵에 담긴 물을 마시며 로맹 가리의 유서 마지막 문장을 읊조렸다. 집 안의 무게는 평소와 다르지 않았다. 그러나 무언가 알 수 없는 적요가 사위에 가득했다. 무택은 책을 내려놓고 창문을 열어 밖을 내다보았다. 창밖의 고층 빌딩 숲은 그대로였다. 무택은 고개를 내밀어 20층 아래 거리를 내려다보았다. 움직이는 생명이라고는 바람에 술렁이는 초록의 관상수뿐이었다. 도로에는 정해진 경로와 시간에 맞춰 일정하게 주행하는 자율주행 전동차만이 아무도 없는 정류장에 잠시 멈추었다가 출발하기를 반복할 뿐 다른 움직이는 것들은 눈에 띄지 않았다. 계절상 여름이었지만 이상저온현상으로 제법 공기가 차가웠다. 무택은 창문을 닫고 서둘러 밖으로 나가야 겠다고 생각했다.

아무도 없다.

아파트, 거리, 상점 그 어디에서도 인간과 휴머노이드의 흔적을 찾아볼 수 없었다. 무택은 완벽히 혼자라는 것을 깨달았다. 무택은 매일 한두 시간씩 산책하던 집 근처 인공 호수 공원으로 향했다. 커다란 호수를 두고 그 주변으로 줄기가 곧고 수피가 붉은 금강송 숲과 플라타너스 숲이 우거진 산책로가 잘 조성된 공원이었다. 무택은 일부러 인적이 없는 새벽 시간이나 늦은 밤에 공원을 찾았다. 무택에게 타인은 하나의 질병과 같았기 때문이다.

해가 뜬 이후 아무도 없는 숲의 목소리를 온전히 들으며 걸을 수 있는 현실이 믿기지 않았다. 가볍게 땀을 흘리고 돌아온 무택은 아주 오랜만에 깊은 행복감을 느꼈다. TV를 켜봤지만, 이 상황에 대해 설명하는 채널은 어디에도 없었다. 더 이상 생각하지 않기로 했다. 이해하려 하면 할수록 점점 더 깊은 구렁텅이로 빠지는 기분이 들었다. 무택은 오랫동안 인생의 의미를 찾으려 노력했다. 그러나 그런 생각을 하면 할수록 인생은 결국 무의미하다는 결론에 점점 더 가까이 다다를 뿐이었다. 지금도 그 생각은 변함이 없었다. 결국 모든 것이 헛수고라는 사실, 그것만이 변하지 않는 진실이라고 생각했다. 무택은 늘 혼자이기를 바랐다. 타인과 있는 모든 공간이 힘겨웠다. 때때로 머리나 배가 심하게 아프기도 했다. 그럴 때면 화장실이나 빈방으로 도망치듯 피해야만 했다. 성인이 된 이후로는 가능하면 술을 마셨다. 술에 취하면 그게 어디든 조금은 견딜 만했기 때문이다.

∞

"꿈을 이루세요."

이마가 드러나는 짧은 헤어스타일을 한 이십대 초반의 청년이 맑게 웃으며 말했다. 싱싱한 자두처럼 얇고 탄력 있는 피부가 전체적으로 열이 나는 사람처럼 조금 발그스레한 게 최근 유행하는 루버 휴머노이드 같았다. 청년은 마치 조준사격을 하듯 무택의 걸음을 따라 정확히 눈을 맞췄다. 병원에 들어선 것처럼 옅은 소독약 냄새가 났고 타원형 로비는 저녁노을처럼 불그스름했다. 석양이네, 무택은 생각했다.

수년 전부터 한반도의 겨울은 이상기온으로 낮에는 뜨겁고 밤이 되면 영하 60도까지 떨어졌다. 30년 전에 지구에서 사라진 수원청개구리가 원인이라고 말하는 생태학자도 있었고, 고기를 얻기 위해 대량 사육되는 소가 배출한 트림이나 방귀에서 비롯되는 메탄가스가 원인이라고 하는 동물학자도 있었고, 로봇들이 소비하는 엄청난 양의 전기 생산에 따른 탄소 배출이 원인이라고 하는 물리학자도 있었지만, 대통령 때문이라고 말하는 정치인이나 시민들이 더 많았다.

무택은 가혹한 온도 차를 견딜 수 있는 테플론 재킷을 입고 있었지만, 한기를 막기에는 부족했다. 얼었던 몸이 조금씩 녹아내리자 노곤함이 밀려왔다. 당장이라도 아주 긴 잠에 빠질 것 같았다. 아니 잠들고 싶었다.

환영합니다. 구무택 고객님. 원하는 모든 것을 이루세요. 복도를 따라 안쪽 27번 드림박스로 가시면 됩니다.

청년이 눈썹을 치켜올리며 말했다. 무택은 고개를 가볍게 주억거렸다.

처음 본 기계가 자신의 이름을 서슴없이 내뱉을 때마다 무택은 흠칫 놀라고는 했다. 최근 신형 휴머노이드가 시민으로 등록된 인간의 모든 정보를 허가 없이 식별할 수 있도록 하는 법안이 통과된 이후부터였다. 여당은 시민의 신변 보호와 안전이 목적이라고 떠들어댔지만, 그 말이 소가 뒤로 가는 소리라는 것쯤은 엔간한 붕어 대가리도 알고 있는 상식이었다.

복도를 따라 스테인리스 스틸로 된 출입문들이 보였고 상단 불투명 유리에 룸 번호가 새겨져 있었다. 무택은 어릴 적 심실중격결손증으로 간단한 수술을 받았던 기억이 떠올랐다. 기계음과 소독약 냄새로 가득한 차가운 수술실과 손가락 대신 서슬이 퍼런 날붙이들을 잔뜩 매달고 매뉴얼을 읊어대는 기계들의 목소리. 무택은 갑자기 한기를 느껴 외투를 여몄다. 27번 드림박스는 활짝 열려 있었다. 방 안은 약간 푸른빛이 도는 것이 7000K 주광색 조명을 사용하는 것 같았다.

방 가장 안쪽에는 KUT(대한민국 1호 우주관광여행사)에서 장기 우주여행객들을 위해 개발한 크라이오 냉열 침대가 놓여 있었고, 그 위로 커다란 HDR 모니터 세 개가 걸려 있었는데 각기 다른 숫자와 도형들이 화면 가득 어지럽게 춤을 추고 있었다. 반대편에는 콘솔로 보이는 기계장치가 놓인 테이블이 있었고 그곳에 초로의 남자가 앉아 있었다. 한눈에 휴머노이드인지 인간인지 구별이 되지 않았다. 그는 둥글게 미소를 머금고 무택이 방 안을 둘러보는 것을 지켜보고 있었다.

구무택 고객님. 여기 앉으시죠.

남자가 책상 앞에 놓여 있는 1인용 패브릭 소재 소파를 가리키며 말했다.

인간인가요?

무택이 남자의 미간을 쳐다보며 물었다.

아니요. S전자에서 제작한 78년식 신형 모델입니다. 주로 인간의 뇌신경과 관련한 업무를 합니다. 이곳 SW드림센터 컨트롤러로 일한 지는 2년쯤 됐습니다. 반갑습니다.

하긴, 인간이 이런 일을 할 이유가 없지. 무택이 속엣말을 했다.

그렇습니다. 인간이 더 이상 IT업계, 그것도 소프트웨어 운용업에 종사할 이유가 없죠. 잘 오셨습니다. 모든 인간의 꿈이 실현되는 세계 드림퀘스트입니다. 남자가 카메라 셔터처럼 빠른 속도로 눈꺼풀을 깜빡이면서 말했다.

무택은 말하지 않아도 자신의 생각을 실시간으로 페어링하는 신형 휴머노이드에 적응할 수 없었다. 머릿속에 들어 있는 블루투스 칩을 가능하다면 뽑아버리고 싶었다. 그런 생각을 하고 났더니 장시간 버스를 타고 난 후처럼 속이 조금 울렁거렸다.

불편하셨다면, 죄송합니다. 되도록 묻지 않는 말은 하지 않겠습니다. 남자가 조금 언짢은 표정으로 말했다. 무택은 남자의 태도가 여간 불편한 게 아니었다. 그런 의미로 옷깃을 다시 한번 여몄다. 생각을 읽을 수 있는 존재라니, 아무리 생각해도 빌어먹을 조례였다. 덕분에 도시의 범죄율이 제로에 가까울 정도로 줄어들었다며 시장은 호들갑을 떨어댔고 그에 발맞춰 휴머노이드를 생산하는 기업들은 앞다투어 새로운 버전의 제품을 출시했다.

잠시 스캔하겠습니다. 제 눈을 좀 봐주시겠습니까? 남자가 눈을 부라리고 무택의 각막을 쏘아보듯 노려봤다. 허가받은 휴머노이드와 3초만 눈이 맞아도 모든 개인정보가 넘어간다.

그럼, 이용 안내해드리겠습니다. 요금은 정부에서 고객님께 지급하는 레벨 4 결혼 적령기 남성 1인 시민수당의 70%입니다. 크라이오 드림박스에 들어가시면 정부 전산 시스템에서 매월 고객님들께 지급되는 수당 중 해당 금액만 우리 센터로 자동 송금 처리됩니다. 수당 지급이 중단되거나 별도 입금 처리가 되지 않으면 당연히 시스템은 종료됩니다. 물론 장기 계약을 하시면 일부 약정 비율대로 할인을 해드리고 1년 이하 단기 계약은 약간의 할증 요금이 추가로 부과됩니다. 얼마나 이용하실 계획이죠?

혹시 그 안에서 죽는 것도 가능한가요?

물론 안락사는 법률이 보호하는 소중한 권리죠. 그러나 계약을 하셨다 하더라도 드림박스 안에서 고객님의 심리와 일치하지 않으면 시간에 맞춰 약물이 투여되지 않습니다. 그러면 저희로서는 시스템을 정지하고 고객님을 깨워야 하는 상황이 발생할 수밖에 없습니다. 이후 재계약을 하시거나 현실로 돌아가셔야 합니다. 참고로 편안하고 아늑한 죽음을 생각하고 우리 센터를 방문하시는 고객님들 중 대부분은 드림퀘스트에서 극강의 쾌락을 경험하고 계약을 연장하는 경우가 많습니다. (무택은 남자가 그 말을 하면서 조금 얕잡아보는 듯한 표정을 지었다고 느꼈다) 그중 절반 이상은 130년 정도의 평균수명 기간 전부를 약정하고 드림퀘스트 안에서 자연사하고 있습니다. 고객님도 마음이 바뀌실 확률이 높습니다. 그만큼 저희 프로그램이 우수하다는 뜻이기도 합니다. 어디까지나 참고로 말씀드리는 겁니다.

∞

"기본소득을 사용하세요."

휴머노이드가 농업을 비롯한 모든 상업의 생산, 운송, 보관 등 모든 경제활동에서 기존 인간이 하던 역할을 대체하게 되면서 판사, 변호사, 회계사 등 고소득 전문직을 시작으로 87% 가량의 인간의 직업이 사라졌다. 당시 해당 직업 종사자들이 우려했던 것과는 반대로 대한민국 사법 시스템 만족도는 70% 이상 상향됐고, 기업들의 분식회계 사례도 제로에 가까울 정도로 사라졌다. 휴머노이드는 인간들이 만들어 놓은 시스템에 잘 스며들었다. 간혹 배터리가 방전된 휴머노이드를 가지고 놀다가 어린이들이 다치는 사건이 생기고는 했지만, 우려했던 것과는 달리 사회 전반에 미치는 부작용은 크지 않았다.

21세기 후반 대한민국의 출산율은 예상했던 대로 마이너스대로 추락했고, 한때 5천5백만 명에 육박했던 인구는 3분의 1까지 줄어들었다. OECD 가입국을 비롯한 선진국 대부분의 상황도 비슷했다. 이는 곧바로 세계 경제의 대공황을 야기했고, 낙관적인 경제학자들은 보이지 않는 손이 시장을 움직여 가장 효율적으로 자원을 분배할 것이라고 말했지만 기대와 달리 세계 경제는 장기 불황에 빠졌다. 전쟁이 없는 평화가 너무 오래 지속된 것이 원인이라는 군사전문가도 있었고, 미국의 계속된 금리 인상이 원인이라는 애널리스트도 있었지만, 대통령 때문이라고 말하는 사람들이 더 많았다.

미국을 비롯한 세계 경제를 이끄는 국가들은 앞다투어 각종 부양책을 내놨지만, 그때뿐이었다. 적극적으로 소비를 해야 할 경제활동인구가 계속 감소하는 상황에서 어떤 정책도 장기간 효과를 보지 못했다. 근본적으로 소비인구를 늘리는 것이 시급했다. 결국 G7 국가들을 시작으로 하나둘 생애주기별 100% 복지국가를 선언했다. 한 인간이 태어나서 죽을 때까지 생활에 필요한 모든 비용을 국가가 부담한다는 파격적인 정책이었다. 단, 출산으로 이루어진 가족 구성원에게

만 해당하는 복지 제도였다. 반대로 인구 증가에 기여하지 않는 동성애자나 비혼주의자, 1인 가구에게는 의료보험을 비롯한 모든 정부 지원이 끊겼고, 여러 사회시스템에서 차별받거나 배제되었다. 당시 "바보야, 문제는 경제야"라는 슬로건으로 등장한 보수정당의 기업가 출신 정치인이 압도적인 차이로 당선됐고, 집권당은 경제를 살리는 것에는 여야가 있을 수 없다며 보이는 족족 삿대질을 해댔다. 모든 소수의견은 파도와 같은 여론 앞에서 속수무책이었다. 신이 난 여당은 여세를 몰아 출산 보안법(1948년에 제정된 국가보안법을 모태로 만들어졌다. 줄여서 '출보법'이라 불렸다)을 제정하여 반 출산 활동을 규제했다. 당시 대통령은 출보법을 근거로 공동체를 파괴하는 반 출산 범죄에 대한 전쟁을 선포하고 헌법이 부여한 대통령의 모든 권한을 동원해서 이를 소탕해 나가겠다고 말했다. 이 법에서 말하는 '반 출산 단체'라 함은 출산을 거부해서 국가의 변란을 일으킬 것을 목적으로 하는 국내외의 결사 또는 집단을 말했다. 제일 먼저 150여 년의 역사를 자랑하는 퀴어문화축제 조직위원회 간부 전체가 구속됐고, 웃돈을 주고 몰래 정관수술을 해주던 병원도 단속 대상에 포함됐다. 초반 격렬하게 반대 시위를 하던 국민들도 더러 있었지만, 법과 행정의 관성은 생각 이상으로 강력했다. 다수 국민들의 준법정신 또한 생각보다 투철했기 때문에 한국 사회는 점차 안정되어 갔다.

얼마 지나지 않아 하위계층부터 앞다퉈 결혼과 출산이 이루어졌다. 출산 인원에 따라 수당이 차등 지급되는 구조였기 때문에 가정당 적게는 2~3명에서 많게는 5~6명까지 출산을 하기도 했다. 모든 정책과 지원이 출산할 수 있는 여성에게 초점을 맞췄기 때문에 자연스럽게 부와 재산도 남성보다는 여성에게 쏠리는 경향이 나타났고, 이는 곧 일처다부제로 이어졌다. 당시 1명의 부인이 평균 2~3명의 남편을 두고 생활하는 것이 보통이었다. 이는 곧 자연임신율 제고로 이어지는 결과를 낳기도 했다. 이러한 제도 시행으로 출산율이 150년 만에 가임여성 1명당 3.5명으로 급상승했다. 무택 역시 2명의 아빠를 둔 엄마 사이에서 자연임신과 출산을 통해 태어난 케이스로 결혼 적령기인 30세까지 중산계층으로 살 수 있을 정도의 기본수당을 지급받았다.

∞

축하해. 무택 엄마.

과체중으로 보이는 중년 여성(당시에는 풍요와 다산, 생식능력이 강조돼 보름달처럼 통통한 여성이 미의 기준이었다)이 하얀 면장갑을 끼고 있는 무택의 엄마—홍 여사—의 손을 움켜쥐고 줄다리기 줄을 펴듯 위아래로 흔들어대며 말했다. 그녀는 홍 여사가 거주하는 맨션의 동 대표였다.

감사해요. 한복 차림의 홍 여사가 입으로만 웃으면서 말했다. 한복 저고리 동정 안쪽으로 은백색의 커다란 진주 목걸이가 눈에 띄었다.

감사합니다.

어두운색 턱시도에 붉은 보타이를 매고 있는 무택의 두 아버지가 홍 여사 양쪽에 서서 시작 버튼을 누른 휴머노이드처럼 동시에 말을 덧붙였다.

무택이네 이번에 태양계 관광 간다면서?

네, 유희가 셋째 낳았잖아요. 세상 좋아졌어요. 우주여행도 내 집 앞마당 다니듯 하니.

좋은 세상이지. 그놈 뭐냐. 화성에서 먹는 평양냉면이 그렇게 맛있다드만. 뷰 맛집이라고. 나는 언제 그런 호강 한번 할라나 모르겠네.

아이구. 이제 결혼할 딸들이 셋이나 있는데 뭔 걱정이래요. 앞길이 구만리 같은디. 저야말로 쓸데없는 아들을 낳은 것도 모자라 비혼이라나 뭐라나. 허구한 날 집에 박혀서 소설인지 뭔지 그딴 거나 읽고 헛소리나 하구 자빠졌으니.

무택이 걔가 아직 어려서 그래. 세상 물정 모를 때야 지 혼자 잘났다고 댄스 추는 거지 뭐. 때 되면 다 햐. 여지껏 용산에 안 끌려갔으면 문제없는 거여. 젊은 학생들이 비혼 운동인가 뭔가 하다가 여간 끌려갔어야지. 암튼 너무 걱정 말어.

여자는 예식장이 아닌 반대편 피로연장으로 걸음을 옮겼다. 입구에서부터 뷔페는 가짓수만 많지 정작 먹을 건 없다며 투덜거렸다. 출입구에 서 있는 남성형 휴머노이드가 상냥한 미소로 짜증은 인체에 해롭습니다. 스트레스 지수를 낮추세요,라고 말을 건넸다.

5년 전에 결혼한 유희—무택의 첫째 누나—는 벌써 셋째 아이를 출산했다. 둘째 전희는 올해 서른으로 당시 여자들 대부분이 그렇듯 정부지원금이 중단되는 시기에 맞춰 결혼을 선택했다. 다음은 무택의 차례였다. 결혼을 한다는 건 출산을 약정했다는 것으로 양가 모두 경제적으로 큰 이득이었다. 어쩌면 무택의 가족은 이번 결혼으로 중상위층이 누리는 혜택도 기대해볼 수 있었다. 자신들이 딸을 둘이나 낳았고, 또 그 딸들이 성장해서 각각 2명 이상의 인간을 생산해낸다면 불가능한 꿈은 아니었다.

기본수당이 적은 남자의 경우 보통 정자의 활동성이 가장 활발한 스무 살에서 스물다섯 살에 결혼해 출산에 필요한 정자를 제공하고 육아와 아내의 시중을 들면서 중년이 되는 경우가 일반적이었다. 그러나 최근 베이비부머(출산 무상복지국가 선언 이후 출생아 수가 한 해 90만 명이 넘던 시기)들의 자녀 세대 일부에서 이러한 일반적인 생애주기에 얽매이지 않고 다양한 형태의 대안적 삶을 살고자 하는 움직임이 보였다. 정부는 이 같은 현상을 주시하고는 있지만 아직 크게 걱정할 단계는 아니라고 말했다.

신랑·신부가 결혼과 출산에 따르는 정부 지원 의무 서약서에 서명을 하고 국가 출산 시스템을 관리하는 여성가족부 소속 휴머노이드에게 제출하자 결혼식이 끝났다. 전희의 남편은 키가 크고 깡마른 체형이었는데 눈이 퀭한 것이 성교는커녕 제 손으로 바지나 내릴 수 있을까 싶을 정도로 허약해 보였다. 갓 태어난 염소 새끼마냥 가탈걸음으로 입장을 할 때는 하객들의 짧은 탄식으로 식장이 술렁이기도 했다. 아닌 게 아니라 국가와 민족의 무궁한 영광을 위하여 아이를 생산하는 일에 최선을 다하겠느냐는 휴머노이드의 질문에 네에에~ 하고 염소 울음에 가까운 소리를 내기도 했다.

당시는 모든 것이 출산에 초점이 맞춰져 있던 출산우선주의 시대였기 때문에 임신이 가능한 여아선호사상이 만연했다. 실제로 부모가 지급받는 기본소득 자체에 큰 차이가 있었기 때문에 대부분의 부모가 남자아이는 임신 15주 차 이내 낙태하는 것이 일반적이었다. 그러한 상황이 장시간 지속되자 남성의 개체 수가 급격히 줄어들었다. 이러한 현상에 놀란 정부가 서둘러 200여 년 전에 히트했던 '아들딸 구별 말고 둘만 낳아 잘 기르자'는 구호를 다시 꺼내놓기도 했다. 전희의 남편도 남성이 귀할 때 태어난 케이스였다. 결혼 당시 ml당 정자 수나 활동성 등 정자의 품질은 우수한 편이었다. 당시 결혼정보회사는 남성의 외모나 학벌보다도 정자의 품질로 회원의 등급을 결정했다. 지난 50년간 휴머노이드가 인간의 개체수보다 많아지면서 발생한 여러 환경호르몬과 전자파 등의 영향으로 남성의 정자수가 지속적으로 감소했고 그나마 활동량이 30%에 미치지 못해 세상에 나오자마자 헤엄은커녕 꼬리 한 번 제대로 흔들어대지 못하고 생을 마감하는 녀석들이 대다수였기 때문이다.

∞

"이용할게요. 살아보고 싶은 곳이 있어요."

맞습니다. 현실에서 유전적 요인과 거주환경, 시기, 관계, 성격 등 수많은 변수가 자신이 원하는 것을 이루기 위해 정확히 들어맞을 확률은 불가능에 가까운 수치니까요. 20세기에서 21세기를 통틀어 최고의 운동선수라는 평가를 받는 마이클 조던도 농구선수가 아닌 소설가가 되고 싶어 했다면, 아무리 노력한다고 한들 문예지 신인상은 받지 못했을 겁니다. 타고난 재능이 있다고 한들 누구나 그 분야의 최고가 되는 건 아니니까요. 그러나 드림퀘스트에서는 재능도 노력도 필요 없습니다. 원하면 무엇이든 될 수 있으니까요. 실제로 고객님이 NBA 역사상 최고의 버저비터라고 평가받는 1988-1989 플레이오프 5차전 시카고 불스 대 클리블랜드 캐벌리어스 경기에서 종료 3초를 남겨놓고 조던이 프리드로우 라인 앞에서 던진 '더 샷'의 주인공이 될 수도 있죠.

퀸의 멤버 프레디 머큐리가 돼서 흰색 러닝셔츠만 입고 '띠로리로리'를 외치면서 전 세계를 들썩이게 만들 수도 있고요. 가끔 있는 일이지만 사이코패스 성향의 고객님들은 다른 건 다 필요 없고 매일 서너 명씩 죽일 수 있는 환경만 만들어달라고 하는 경우도 있습니다. 그러나 고객 대부분은 21세기 최고 부자였던 일론 머스크의 삶을 살고 싶어 합니다. 그냥 재산만 그렇게 설정하는 경우도 많고요. 돈으로 하지 못하는 일은 없으니까요. 그밖에 과거 외사랑했던 이성과의 관계를 역전시켜달라는 경우, 자신과 스치는 모든 사람이 본인에게 호감을 느끼게 해달라는 경우도 있는데 안타깝게도 상대방의 감정은 통제가 불가능합니다. 그건 어디까지나 고객님들의 몫이죠. 고객님의 의식과 무의식이 원하는 대로 프로그램은 실시간으로 구동되니까요. 저희는 최초 환경만 고객님의 요구대로 실현해드립니다. 나머지는 고객님의 의식과 무의식이 스스로 만들어가는 구조입니다. 수면 중에 의식적으로 꿈이 진행되는 상황을 임의로 바꾸는 자각몽과 같은 프로세스라고 생각하시면 됩니다. 고객님이 원하면 그게 무엇이든 이루어집니다. 극단적인 예로 인간이 아닌 동물이 되는 경험을 할 수도 있습니다. 고객님이 진짜 원하시면요.

"저는 제가 되길 원합니다."

∞

드림퀘스트 프로그램은 그동안 기증된 인간들의 뇌에 저장된 메모리를 백업한 자료와 전 세계에서 저장해온 수조 개 이상의 영상, 음성 디지털 자료를 인간의 뇌 구조를 모방하여 만든 NPUT(대용량 데이터 병렬 신경망처리장치)에 시각화한 모델입니다. 21세기 일론 머스크의 뉴럴링크 프로젝트가 성공하고 난 이후 인간의 뇌와 컴퓨터를 연결하는 기술을 활용한 산업은 엄청난 속도로 발전했습니다. 쉽게 설명해드리면 현실과 구분하기 어려울 정도로 실감 나는 꿈을 꾸는 것이라고 생각하시면 됩니다. 일종의 메타버스나 가상현실을 생각하셔도 됩니다. 21세기 후반부터 현재까지 실제 존재했던 인물과 세계가 그대로 프로그램으로 저장되어 있습니다. 일종의 롤플레잉 게임과 비슷하다고 보시면 되는데 캐릭터와 실제 고객님의 뇌가 직접 연결되기 때문에 모든 감각을 현실처럼 느끼실 수 있습니다. 그래서 대부분의 고객님이 현실과 구분하지 못합니다. 그런 이유로 현실로 돌아왔을 때 한동안은 그에 따르는 부작용이 발생합니다. 당연히 부작용에 따른 그 어떤 문제도 우리 회사에 책임이 없음을 명확히 하는 약관에 서명하셔야 서비스 이용이 가능합니다. 실제로 몇 년 전에 드림퀘스트 안에서 3년 정도 실컷 살인을 즐기고, 서비스가 종료된 이후 고객이 현실을 자각하지 못하고 맨션에 불을 지르고 탈출하는 주민들을 향해 무자비하게 칼을 휘둘러 구속된 사례가 있습니다. 프로그램 안에서 이루어지는 육체적 현상이 실시간으로 현실의 육체와 상호작용한다는 사실을 이해하지 못한 케이스죠. 21세기에 유행하던 4차원 가상현실 체험 정도로 생각한 고객이었습니다. 드림퀘스트 안에서 성행위를 하고 사정하면 실제 현실의 육체도 사정합니다. 쉽게 말해 성호르몬이 과다하게 분비되는 시기의 남성들이 수면 중 무의식적으로 정액을 배출하는 몽정을 생각하시면 됩니다. 알고 계시다시피 몽정 역시 실제 사정에서 느끼는 쾌감을 경험하죠. 드림퀘스트에서 느끼는 육체적 쾌락은 단순히 실제와 유사한 공간적, 시간적 체험을 하는 인공현실과는 차원이 다릅니다. 시각, 청각, 후각, 미각, 촉각, 피부감각은 물론 내장감각까지 모든 감각을 실제로 느끼게 됩니다. 말 그대로 황홀한 꿈이죠. 그런 의미로 저희 드림퀘스트 안에서의 잠은 곧 희망입니다. 잘 오셨습니다. '드림 박스'입니다.

무택은 사내의 말이 죽음은 곧 희망입니다,라고 들렸다.

∞

처남도 이제 결혼해야지? 남자 나이 서른이면 소도 안 쳐다본다는데. 늦어도 한참 늦었어. 처남도 내년이면 계란 한 판이야.

무택의 매형(집에서는 조 서방이라고 불렸다)이 최근 치아 전체를 미백 임플란트로 교체해서 그런지 마치 입 안에 형광등을 달아놓은 것처럼 눈부시게 웃으며 말했다.

결혼식을 마치고 직계가족들은 피로연장에 별도 마련된 공간에 모여 앉아 있었다. 맞은편에서 코카콜라와 스프라이트를 이리저리 섞어대며 푸딩이나 젤리를 집어넣는 행위를 반복하고 있는 조카(유희의 다섯 살 된 첫 번째 딸)를 보면서 미간을 찌푸리고 있던 무택은 매형의 갑작스러운 공격에 잠시 당황했지만 이내 안정을 찾고 되물었다.

그러는 매형은 지금 행복해요? 무택은 정색하고 다시 물었다. 행복하냐고요? 조 서방은 행복이라는 단어를 듣자, 명치를 걷어차인 사람처럼 잠시 동안 말문이 콱 막히는 것을 느꼈다. 행복이라니. 그런 맹물처럼 순수한 단어를 들어본 것이 언제였던가. 어미 새가 알을 품고 있듯 나도 행복이라는 것을 가슴 한편에 품고 살던 시절이 있지 않았던가. 서툴기만 했던 첫사랑의 환한 미소가 떠오른 순간처럼 조 서방은 가슴이 먹먹해졌다. 자칫 방심하면 눈물이 터질 수도 있는 상황이라고 생각했다. 아내가 옆에 있다. 산처럼 커다란 아내가 있다. 조 서방은 정신을 차려야 한다고 속으로 수없이 되뇌었지만, 그런 생각을 하면 할수록 눈앞이 부예지고 호흡이 잘 되지 않았다. 문득 평생을 이렇게 살다가 죽을지도 모른다는 생각이 들자, 숨이 턱 막혔다. 갑자기 심장이 춤추듯 뛰었다. 이러다 당장 죽을 수도 있을 거라는 공포가 순식간에 온몸을 휘감았다. 습식 사우나에 갇힌 것처럼 답답했고 이마에서 육수가 줄줄 흘렀다. 숨을 천천히 쉬어야 한다고 생각하면 할수록 목구멍이 좁아지는 기분이었다. 기도 확보를 해야 한다는 생각에 고개를 젖히는 순간 그대로 졸도해버리고 말았다.

어머, 이 사람 또 저런다. 조 서방 옆에서 LA갈비를 떡니로 보기 좋게 뜯어먹고 있던 유희가 한 손을 들어 허공을 휘저으며 소리쳤다. 근처에 있던 휴머노이드가 뛰어와 조 서방의 심장에 손을 대고 스캔을 시작했다. 혈압, 맥박 모두 정상입니다. 걱정하지 마십시오. 순간적인 저산소증으로 인해 잠시 졸도한 것뿐입니다. 산소 공급하겠습니다. 휴머노이드가 손바닥으로 조 서방의 코와 입을 틀어막으며 말했다. 동 대표 여자에게 짜증은 건강에 해롭다고 지적하던 그 휴머노이드였다. 낮고 부드러운 목소리와 짙은 눈빛으로 할리우드까지 진출했던 영화배우를 본떠 만든 모델이었다.

조 서방의 공황발작은 으레 있는 일이었기 때문에 가족들은 접시를 긁어대는 일을 멈추지 않고 바닥에 누워 있는 조 서방을 흘끔거렸다. 역시나 조 서방은 곧 정신이 돌아왔다.

조 서방 괜찮은 거니? 홍 여사가 딸에게 나무라듯 말했다.

장모님, 저 괜찮습니다. 조 서방이 의자를 고쳐 앉고 한쪽 손을 번쩍 들어 올리며 너털웃음을 지었다. 조 서방은 어려서부터 당황하거나 난처한 상황에서 말을 할 때면 손을 드는 버릇이 있었는데 서른이 넘어서도 좀처럼 고쳐지지 않았다.

픽픽 쓰러지면 어때. 애 잘 낳고 잘 살면 됐지. 무택의 첫 번째 아버지—최 씨—가 하얀 국수 가락을 호로록거리며 말했다.

"헛되고 헛되며 헛되고 헛되니 모든 것이 헛되도다."

무택이 증류식 소주를 연거푸 마시고 나서 나직하게 말했다.

저 호랑 말코 같은 놈. 또 시작이네. 홍 여사가 무택의 미간을 향해 숟가락을 휘두르며 말했다.

스트레스 지수 주의입니다. 심호흡하세요. 휴머노이드가 홍 여사 앞에 놓인 빈 접시를 치우며 말했다.

∞

무택은 벌거벗은 채 거리에 홀로 서 있었다. 알몸으로 거리에 서 있으니, 마치 나무나 풀, 돌 같은 자연물과 자신이 다를 바 없다고 느꼈다. 천천히 걸음을 옮기자 서늘하고 보드라운 바람이 온몸을 핥고 지나갔다. 무택은 자신도 모르게 발기된 성기를 내려다보았다. 볼 때마다 낯설고 끔찍하다고 느꼈다. 자신도 모르게 붉게 달아오른 요도 끝에서 한 방울의 정액이 바닥으로 떨어졌다. 개구리였다. 밝은 녹색 등 양쪽에 두 개의 금색 줄이 뚜렷한 것이 40년 전에 멸종한 금개구리였다. 금개구리가 풀쩍풀쩍 뛰기 시작하자 어디선가 커다란 누룩뱀 한 마리가 논에 나 있는 물꼬가 터진 것처럼 굽이굽이 헤엄치듯 쫓아왔다. 무택은 자신도 모르게 녀석의 머리 뒤쪽의 목덜미를 움켜쥐었다. 가만히 보니 커다란 진주 목걸이를 걸고 있었다. 무택은 놀라 뱀을 내던지고 달리기 시작했다. 빨리 뛰려고 하면 할수록 발은 점점 무거워졌다. 막 물이 빠진 개펄 한가운데에서 뛰는 것처럼 발바닥이 바닥에 쩍쩍 달라붙었다. 그사이 뱀은 몸집을 더욱 키워 무택을 삼킬 정도로 커져 있었다. 무택은 있는 힘을 다해 도망쳤다. 그러나 몸이 마음처럼 움직이지 않았다. 어느 순간 누룩뱀이 바로 뒤에 있다는 것을 느꼈다.

무택은 천천히 고개를 돌렸다. 진주 목걸이를 한 커다란 누룩뱀이 길 한가운데 똬리를 틀고 앉아 있었다. 조금씩 색이 황갈색으로 변하는 것이 보였다. 가부좌를 틀고 있는 사람 같기도 했고 커다란 똥 덩어리 같기도 했다. 대로변이었다. 건너편에는 대기업에서 운영하는 커다란 백화점이 있었다. 밤이 되면 화려한 미디어파사드로 집어등에 모여드는 오징어 떼처럼 손님들을 끌어모으는 명소였다. 어디로든 벗어나야 한다고 생각했다.

걸음을 조금 옮기자, 거짓말처럼 너른 바다가 눈앞에 펼쳐졌다. 바다와 하늘은 푸르렀다. 멀리 수평선만이 바다와 하늘을 가르고 있었다. 짙은 수면 아래에서부터 차례차례 밀려오는 파도로 인해 바다에는 끊임없이 너울너울 줄무늬가 그려지고 있었다. 해안에 다다른 파도는 힘에 부친 사람처럼 풀썩하고 주저앉고서 이내 하얀 포말의 선으로 길게 몸을 뉘었다. 걸음을 옮기자 자궁 안에 가득 찬 양수처럼 부드러운 바닷물이 발가락 사이사이를 간질였다. 파도는 잠든 사람처럼 멈춘 듯하다가 다시 숨을 내쉬고 멈춘 듯하다가 다시 숨을 내쉬었다. 무택은 그 안에서 아주 오래된 편안함을 느꼈다. 태양은 끊임없이 수평선 위로 떠올랐다가 다시 가라앉기를 반복했고 파도는 계속해서 하나의 선으로 부서졌다.

심민아

2014년 《세계의문학》 신인상 시 부문에 당선되며 작품 활동을 시작했다. 시집 《아가씨와 빵》, 소설 《키코게임즈: 호모사피엔스의 취미와 광기》가 있다.

이상하고 평범하며, 평범하고 이상한

심민아
小說家

*

크리스마스 세일 기간의 백화점이나 어린이날 즈음의 북적이는 놀이공원에서 언니와 나는 아빠를 쉽게 잃어버리고는 했다. 아빠가 우리를 잃어버린 것이 아니다. 언니와 내가 아빠를 잃어버린 것이 맞다. 언니와 합심하여 자신 있게 옆에 선 남자 어른의 손을 탁 붙드는 순간, 언니와 나와 남자 어른은 소스라치게 놀라게 된다. 이거, 완전히 처음 보는 아저씨잖아? 근데 너무 아빠…… 같잖아? 똑같이 생긴 일란성 쌍둥이 여자아이 둘과 어른 하나, 그렇게 세 사람이 어어, 하고 있으면 어딘가에 스며 있던 아빠가 갑자기 지나치게 자연스럽게 나타나 가자, 하면서 정말 평범한 목소리로 우리를 몰고 가는 것이었다. 나는 지금도, 이름조차 김영철인 우리 아빠 같은 사람이 도선시에만 수백 명은 있을 것 같다. 전국의 아저씨들을 다 모아 섞은 다음 평균을 내고, 거기에서 키만 덜어낸 것이 우리 아빠의 모습이었으니까.

아빠의 사회적 삶도 아빠의 외모만큼 평범했을까. 아빠가 떠난 후, 나는 아빠가 일하고 있는 모습을 종종 상상해본다. 사실 아빠가 일하는 모습을 본 적이 단 한 번도 없지만, 나는 충분히 다양하게 아빠를 상상할 수 있다. 아빠는 초등학교 선생님이었기 때문이다.

초등학교 평교사란 누구나 아는 존재다. 누구나 살다가 고개를 들면, 초등학교 교사가 어느덧 지인으로 스며 있는 것이다. 그건 거의 자연발생적인 일이다. 게다가 초등학교에 다닌 경험은, 그것이 좋든 나쁘든 대부분에게 있다. 때문에 나도 그런 이미지를 바탕으로 아빠를 생각한다. 환경 미화에 앞장서는 아빠라든지, 전자 피아노로 능숙하게 동요 반주를 하는 아빠라든지, 칠판 앞에서 간단한 과학 법칙을 쏙쏙 이해되게 설명하는 아빠라든지.

물론 그것으로는 부족하다. 아빠는 청소 자체보다 청소 도구에 관심이 많았던 사람, 음악 수업을 특히 귀찮아하며 자동 피아노에 대한 로망을 늘 갖고 있던 사람, 상온 상압 초전도체와 무한 동력이 구현될 거라고 믿으며…… 자신의 유전 정보를 물려받은 시큰둥한 쌍둥이 자매에게 그런 개념을 억지로 설명하다가 성질을 버럭 내던 사람이기도 했으니까.

아빠는 아침이면 언니와 나를 깨워 식탁에 억지로 앉혔다. 그리고 우리가 비몽사몽 속에 숟가락을 드는 것을 확인한 후 학교에 갔다. 출근한 아빠는 매일 수십 명의 우유 급식을 챙기며 손톱 깎는 법과 국어사전 찾는 법과 올챙이가 개구리가 되는 순서 따위를 ADHD가 강력하게 의심되는 어린이들의 머릿속에까지 힘껏 밀어넣었을 것이다. 그런 틈틈이 환경 미화나 피아노 반주나 과학 수업을 했을 것이고, 방과 후엔 텅 빈 교실에서 누군가 흘린 연필을 줍다가 희한한 민원 전화를 받기도 했을 것이다.

우리 자매의 짧은 유년기를 제외하고는, 식구들 중 아빠의 귀가가 제일 빨랐다. 퇴근 후나 방학 중의 외로운 시간 동안 아빠는, 라디오 정시 뉴스를 챙겨 들으며 삼시 세끼를 꼬박꼬박 빠뜨리지 않았다. 그리고 그런 끼니 사이에 전자파 차단 식물을 종류별로 잔뜩 키워 삽목한다든가, 제철 식물을 재료로 청이나 담금주를 만든다든가 하는 일에 집중했다. 아빠는 온갖 매체에서 섭렵한 내용을 바탕으로 식물의 효능과 가치를 끝없이 연구하고 싶어 했다.

아빠의 취미는 무성생식과 청과 술을 넘어 기타 발효, 건조, 훈제, 염장, 냉동으로 점점 확장되었다. 그러나 아홉 살이 되어 훌라후프와 줄넘기의 즐거움에 눈을 뜬 우리 자매가 아빠의 화분과 유리병과 장독대를 수없이 파괴하기 시작하자 엄마의 진노가 잦아졌고…… 그로 인해 식물의 시대가 서서히 막을 내리게 되었다.

그다음은 공산품의 시대였다. 아빠는 '이상한 물건' 갖고 놀기나 숨기기 쪽으로 취미의 방향을 바꿨다. 아빠가 식물이나 식재료 대신 사들고 온 '이상한 물건'은 상당히 여러 갈래의 것이었다. 훗날 전국적인 방사성 물질 논란을 불러온 옥장판이나 저온 화상 환자 제조기나 다름없던 기적의 족욕기, 투입물을 갈다 못해 스스로의 칼날까지 갈아버렸던 믹서기와 빨간 불꽃을 화려하게 뿜던 광기의 제빵기, 뜯어 쓰기도 전에 자연 기화해 사라져버린 만능 세척제 같은 것이 말도 안 되는 할부로 우리 집에 들어왔다.

그런 일에 나름의 주기가 있기는 했다. 생면 파스타 제조기로 인한 엄마의 열이 살짝 식을 때쯤 매직 타이머와 올 컬러 가죽 장정 백과사전이 슬쩍 등장하고, 태엽이 부서진 타이머와 중역에 날림 번역이었던 백과사전이 벽장으로 조용히 사라질 무렵, 뜬금없는 황토 찜질기와 녹즙기가 들어오는 식이었다.

아빠가 실험 발명반 담당 교사 직무에 심취했을 때가 가장 심각했다. 마늘 껍질을 엄청난 속도로 벗겨준다는 원통형 기구, 몇 달씩 물을 갈아줄 필요가 없다는 신비의 어항용 자갈, 뜨개질을 쉽게 할 수 있게 해준다는 정체 모를 물레와 그의 사은품인 요술 돋보기, 차세대 고무 동력기 세트와 물로켓 발사용 펌프 같은 것이 집에 차곡차곡 들어왔다가 벽장으로 사라졌다. 그 어이없고 조악한 물건들의 공급자가 아빠의 동창이었는지, 낯 두꺼운 옛 제자들이었는지는 지금도 모른다. 아빠가 차라리 철물점이나 농자재상 같은 것을 운영했다면 어땠을까, 생각해볼 뿐이다.

*

이 넓고 오래된 우주에서 한 시간이란 사실 대단히 짧은, 아무것도 아닌 시간이다. 하지만 때때로 한 시간은 긴긴 시간보다 더 강력한 힘을 발휘하고는 한다. 운명이 처음부터 대단한 얼굴을 하고 한 인간에게 진지하게 찾아가는 일은 좀체 없다. 운명의 특기는 변장일 것이다. 그것은 별것 아닌 척, 지나가는 척, 완전한 우연인 척 다가가 인간을 홀리고, 치명적으로 작용해버린다.

그날. 아빠가 집에서 계획보다 일찍 나가게 된 원인은 모래알처럼 많다. 전날 밤 음주로 인한 유난한 갈증, 새로 개비한 신소재 침구의 낯선 촉감, 공동 주택의 어딘가에서 새벽부터 안마 의자를 사용하던 매너 없는 이웃, 어디선가 기어들어온 커다란 벌레로 인한 식구들의 소동……. 평소 버스 이용을 고집하던 아빠지만 그날은 아니었다. 시민의 날 축제와 마라톤 대회로 인해 버스 노선 조정이 예고된 날이었다. 마치 아빠를 기다리고 있던 것처럼 빈 택시가 나타났고, 도선시의 수많은 신호등이 최소공배수의 나쁜 가능성 속에 합을 맞춰 도로를 VIP를 위한 출근길처럼 매끄럽게 열었다. 그 외에도 수없이 많은 우연들이 있었을 것이다. 작은 도미노들이 서로를 무신경하게 밀고 밀어, 지나치게 이른 시각에 도선역 광장에 아빠를 세워놓았다.

아빠는 위약금을 지불하고 표를 바꿔 한 시간 먼저 출발하는 고속 열차를 탔고, 충돌 사고의 희생자가 되었다. 몇십 년 만에 부활한 서머타임 적용 오류로 인한 신호기 사고였다.

*

금요일 저녁, 조금 일찍 퇴근해 우체국에 들러 구청에서 보낸 등기를 찾았다. 아빠의 소유 부동산을 정리한 것과 미납 세금을 정리한 문서였다. 부동산계 마이너스의 손인 아빠가 땅과 건물을 가지고 있을 리 절대 없으나 아빠와 관련된 행정 처리를 도와준 담당 공무원의 권유에 따라 그저 형식적으로 발급해본 거였다. 하지만 어이없게도 웬 아파트 입주권이 하나 나왔다. 날짜는 9999년 1월. 아파트 입주권이라니 금시초문의 일이었다. 게다가 9999년이라니. 상상도 어려운 먼 미래다, 우리 모두가 죽고 없을.

이미 구청 업무가 끝났을 시간이었다. 초저녁 공기가 별로였다. 후텁지근했고, 머리가 조금 아팠다. 느낌이 별로 좋지 않았다. 이런저런 검색어를 넣어보아도 별 정보가 나오지 않았다. 일단 문서를 사진으로 찍어 언니에게 보냈다. 득달같이 전화가 왔다.

야! 이게 뭐야?

사진 그대로야.

……엄마는 뭐래?

아직 말 안 했지.

잘했어.

지금 밖이야. 그리고…… 뭔가 불안해. 엄마 혈압 터질 느낌.

너도 그렇지?

우리는 쌍둥이답게 불안을 공유했다.

9999년? 말이 돼? 가우디가 성당을 오백 번은 지었겠다.

언니, 근데 그 아파트…… 주소는 봤지?

아니. 어딘데?

내가 지도로 봤거든?

어때? 어디야?

보니까 더 불안해.

뭔 소리야. 이번엔 핵 처리장이라도 있어?

아니 그 아파트는 지도에도 안 나와.

응? 아직 안 지어서?

모르지. 근데 그게 다가 아니야.

아 진짜. 또 뭔데.

로드뷰를 봤는데. 주변을 다 가려놨어.

뭔 소리야?

아파트 주변을 다 블러 처리를 해놨어.

어? 왜? 공사 중이라? 야, 진짜 핵 있는 거 아니야?

월요일에 구청에 문의해보려고.

아…….

…….

아니. 야, 그냥. 내일 아침에 가보자.

내일? 거길 가자고?

어, 내가 아침에 데리러 갈게.

…….

월요일까지 언제 기다려.

…….

…….

언니, 그럼 가는 김에…….

뭐?

아빠한테도 갈까?

아빠한테?

거기가 추모 공원 근처야.

*

토요일 아침, 언니와 접선했다. 언니는 엄마 눈을 피해 멀찍이 차를 대놓고 담배를 뻑뻑 피우고 있었다. 밤새 생각을 많이 한 얼굴이었다. 언니의 구겨진 미간이 낯설지 않았다. 나도 똑같은 근육에 똑같은 강도의 힘을 주고 있다는 것을 바로 깨달았다. 우리는 쌍둥이답게 표정을 공유한다.

오전인데도 도선을 빠져나오기까지 한참 걸렸다. 도선대로에서는 이 나라의 인구가 빠르게 줄고 있다는 사실을 도저히 믿을 수 없다. 사람도 차도 언제나 너무 많다. 도선대로 특유의 인색한 5초짜리 신호등을 겪으며 언니와 번갈아가며 욕을 했다. 나는 가다 서다 하는 차 속에서 9999년을 생각했다. 그때 도선시는 어떻게 될까? 몇백 년 후면 인구 소멸로 나라 자체가 없어진다던데, 이까짓 도선은 정말로 아무것도 아니게 될 것이다. 9999년이면 인류도 사라지고 없지 않을까. 어릴 때는 과학상상화 같은 미래를 생각했지만 갈수록 염세적이 되어간다. 그러나 그것은 먼 미래고. 그러든 말든 지금은 온갖 아파트 단지와 그 주민들이 도선시를 휘감고 있다.

아빠가 어렸을 때 도선강에는 섬이 몇 개 있었다고 했다. 저지대, 논밭, 과수원, 오종종한 단층집도 많았다고 했다. 하지만 모든 것이 사라졌다. 사람들은 논밭과 과일나무를 밀어내고 단층집을 부수었다. 그리고 그 자리에 5층짜리 아파트를 지었다. 그런 저층 아파트의 재료는 도선강의 섬이었다. 모래와 흙을 하도 퍼내서 이제 도선강에는 섬이 없다. 사라졌다. 그 섬에 살던 존재들은, 그리고 단층집 사람들은 어디로 갔을까. 이후 우리 세대가 태어나 자라는 동안 저층 아파트는 천천히 낡아갔다. 우리가 한창 학교에 다닐 즈음 사람들은 저층 아파트를 부수고 이번에는 25층, 69층 하는 고층 아파트를 짓기 시작했다. 최초의 원주민들은 말도 못하고 사라진 지 오래다. 그리고 그런 원주민을 몰아낸 두 번째, 세 번째, 네 번째 주민들이 쫓겨날 차례가 오고 있다. 이제는 그 높게 지은 고층 아파트도 낡아가고 있기 때문이다. 앞으로 30년 후, 50년 후에는 어떻게 해야 할까. 이제는 더 이상 인구가 늘지 않는데. 이제는 낡은 집을 부수고 새 집을 지을 수 있는 돈이 누구에게도 없다는데. 9999년에도 아파트라는 것이 존재할까? 저 우주에라도?

언니, 9999년 말이지.

그건 오류일 거야.

그치. 1999년 오타 아니면.

1999도 말이 안 돼. 20세기 아니냐.

아니면 그냥 널(null)값인데 그 자리에 전산상 최댓값이 들어간 것 같아.

맞아, 일정 미정 같은 거.

예외 처리 오류이거나.

그렇지. 근데 예외 처리가 필요할 만큼 뭔가 특이한 상황이기는 할 거야.

아빠는 도대체 뭘 했을까.

하, 그 속을 어찌 알겠어.

…….

아빠 결혼하자마자 재개발 딱지 샀다가 완전 바보 빚쟁이 돼서 엄마가 그거 갚느라 개고생했다며. 약간 지금도 그런 느낌.

…….

남들은 딱지 사고 아파트 사서 다 부자 됐는데 우리 집은 진짜.

…….

야 우리 고딩 때, 문학 시간에 난장이. 그거, 뭐냐. 그거. 아! 난쏘공 배울 때 말이지. 선생이 그 시절에 딱지 사면 무조건 부자 됐다고 하길래, 내가 그거 아니라고. 다 그런 거 아니라고 했다가 너 이 새끼 오늘 비도 오는데 굳이 반항하냐고 처맞았잖아.

언니, 그 얘기 한 번만 더하면 오백 번째야.

…….

…….

그리고 그 난쏘공 작가는 30년 넘게 둔촌동 주공 아파트 살았대.

그 얘기는 삼백 번째야.

아빠도 그런 거나 사놓지.

우리 김영철 씨가 절대 그럴 분이 아니지.

아빠의 이상한 취향과 기이한 호기심, 형편없는 쇼핑 실력은 불행히도 물건에만 발휘되었던 것이 아니다. 아빠는 평생 도선시를 뱅뱅 돌며 전근을 다녔다. 도선은 전국에서 면적이 가장 넓고 오래된 도시이기 때문에, 내부에서 오가는 데에도 시간이 상당히 많이 든다. 아빠는 적당한 직주근접을 목표로 엄청난 잡동사니와 엄청난 가전제품을 이고 지고 몇 차례의 이사를 다녔다. 그리고 그 과정에서 우리 집의 시장 가치랄까, 하는 것이 남들과는 정반대로 서서히 줄어갔던 것 같다. 아빠는 초대형 물류 센터 착공 예정지나 창문 바로 앞에 커다란 오피스텔이 들어서 채광이 막힐 곳, 소각장 건설이 기습적으로 발표될 곳이나 인근 공사 발파로 피해를 볼 집을 귀신같이 골랐다.

고등학교 시절에는 한동안 집에서 나갈 때마다 담을 넘어야 했는데, 바로 앞 아파트 단지에서 인도와 도로를 하루아침에 막아버렸기 때문이다. 그들은 자신들의 땅을 외부인들로부터 지키기 위한 합법적인 선택이라고 했다. 사유지 무단 침입을 경고하며 도선 시장을 규탄하는 현수막이 살벌하게 나부꼈다. 그때 하굣길에 현수막 고정 막대에 긁혀 덧난 자국이 지금도 무릎 근처에 남아 있는데…… 여기까지 생각하고 나니, 아빠는 외모와는 달리 평범한 사람이 끝내 아니었다. 절대 아니었다.

*

꽤 한적한 교외까지 와버렸다. 아빠는 전원생활과 아파트 생활을 동시에 하고 싶었던 것일까? 다시 식물 취미라도 시작하고 싶었던 것일까? 어딜 가나 보이는 흔한 산이 우리가 달리는 길을 감싸고 있었다. 밭과 소규모 공장, 작은 가게와 농가 주택이 드문드문 보였다. 공인중개사 사무소가 보이기도 했다. 하나같이 노란색이나 빨간색 코팅지가 요란하게 붙어 있었다. 땅. 대단히 강력한 한 글자였다. 역시 요란하게 붙여놓은 번호로 전화를 걸어보기도 했으나 안 받거나 결번이었다. 하늘은 매우 청량했고 밭에 많은 것들이 돋아나 있었지만, 사람은 거의 보이지 않았다.

우리의 목적지일 우중충한 회색 건물이 시야에 들어올 무렵, 내비게이션이 묘하게 자신 없는 투로 갑자기 길 안내를 종료했다. 언니와 나는 지나가도 되는지 의심스러운 풀밭과 비포장길을 조금 더 달리다가, 그냥 내려서 슬슬 걷기로 했다. 정말이지 기가 막히게 좋은 날씨였지만 인적은 없고 동네 고양이 소리만 울리는 것이 괜히 으스스하기도 했다.

지도 서비스가 꽁꽁 감췄던 곳은 옛 군사 시설과 전파 관리 시설이었다. 보안을 강조하는 금속 안내판이 여기저기 녹슨 채 덜렁이는 것으로 보아 버려진 지 오래인 곳 같았다.

이게 뭐야. 로스웰도 아니고.

로스웰 가봤어?

그럴 리가 없잖아.

내가 외계인이면 이딴 데는 절대 안 온다. 저 전파 시설은 뭐야?

모르겠어. 근데 아빠 전파에 예민했잖아.

맞아. 휴대폰에 전자파 차단 스티커 겁나 붙이고. 거실에서 이상한 식물 키우고.

유사 과학 장난 아니었지.

우리 머리맡에 휴대폰 두고 자면 혼났잖아. 방에 막 숯 갖다놓고.

도선사 숯가마에서 나온 진짜 숯이라고 엄청 강조하고.

어. 가습기 대용이라면서 거기에 물 부어주고. 귀 대고 소리 들어보라고 하고.

맞아. 숲의 소리라면서 막.

근데 왜 이런 데를 산 거야. 진짜 이상해.

가까이서 본 회색 건물…… 그러니까 아빠의 미스터리한 입주권의 실물은 더 황당했다. 누가 봐도 공사 마무리를 하다 말고 방치한 아파트였다. 가까이 갈수록 바람결에 퍼지는 악취가 묘하게 진해지는 것 같았다. 벽체가 온통 얼룩덜룩한 9층 건물. 우리는 그 흉물 앞에 잠시 멈춰 서서 아무 말도 하지 못했다. 덜그덕거리는 폐자갈 틈바구니에서도 잡초들이 악착같이 자라고 있었다. 누더기 같은 것으로 덮어둔 알 수 없는 덩어리 몇 개 너머로 작물이 자라고 있는 텃밭과 계분 포대가 보였다. 인근 동네 사람들이 상추라도 심어 먹는 듯했다. 망연자실한 우리는 아파트 마당 한가운데에 잠시 버려진 해시계처럼 우뚝하게, 멍청하게 서서…… 아빠의 9999년을 바라보았다.

와……. 역시 아빠가 고른 건 믿는 게 아니야…….

9999년 맞네……. 다 죽고 버려진 거지.

인류 멸망.

아빠는…… 이거 사기당했겠지?

그동안 아빠가 사온 물건이나…… 옛날 집을 생각해봐. 이거 아빠가 의지 있게 직접 골랐을 수도 있어.

우리는 폐자갈로 버석버석한 아파트 마당을 뱅뱅 돌았다. 날씨가 황당할 정도로 좋아서 뭔가 현실 같지가 않았다.

그래도 여기까지 왔는데 위에 올라나 가보자.

저기를 굳이? 무서워.

언니가 가방을 열어 뭔가를 꺼내더니 의기양양하게 말했다.

나 이거 가져왔어.

가스총이었다. 언니는 총구를 입술 쪽으로 가져가더니 요염하게 후- 부는 시늉을 했다. 어이가 없어서 피식 웃자 언니는 아무튼 웃었으니 웃은 값을 하라며 나를 입구 쪽으로 떠밀었다.

*

곰팡내는 진해지는가 싶으면 연해졌고, 연해지는가 싶으면 다시 진해졌다. 완전히 똑같은 구조가 반복되는 아파트 계단을 올라가는 일은 재미없는 일이었다. 그동안 아무도 오가지 않았을 것 같은데도 계단은 희한하게 낡아 있었다. 심심하면 출몰하는 거미줄마저 너무 낡아서 가짜처럼 보일 지경이었다. 먼지와 시간이 이렇게 만든 걸까. 아빠의 재를 유골함에 붓던 장면이 떠올랐다. 아빠가 떠난 후 먼지만 보면 아빠 생각이 난다. 아빠를 이루었던 물질들은 먼지가 되었다. 우주로 되돌아간 거다. 앞서가던 언니가 뒤도 안 돌아보고 흘리듯이 말했다.

우리도 먼지가 되겠지?

언니도 같은 생각을 했을 것이다, 우리는 쌍둥이니까. 뭐라 딱히 할 말이 없어 대답하지 않았다. 숨이 점점 가빠지는 게 느껴졌지만 끝까지 조용히 올라갔다. 언니와 함께하는 희한한 고행이라고 생각하면서.

옥상은 예상대로 황량했지만 의외로 쓰레기는 거의 없었

다. 옥상에서 보이는 풍경은 말할 것도 없이 간결했다. 하늘, 산, 밭, 이상한 전파 시설, 그리고 우리 발밑에 있는 9999년식 아파트. 그게 전부였다. 우리는 옥상 벽, 아니 사실은 벽이라기보다 벽을 지망했던 것에 가까운 어떤 구조물 곁에 주저앉아 잠시 쉬었다. 이상한 아빠랑 가스총 언니 덕분에 이렇게 말도 안 되는 데까지 기어올라와 하늘을 보는구나, 생각했다. 그 와중에 하늘은 지나칠 정도로 쾌청해서 눈이 시렸다. 모든 것이 비현실적이었다. 헉헉 요동치던 숨이 가라앉자 언니가 멘솔 갑을 꺼내 툭 내밀었다.

진짜 어이가 없네.

…….

담배는 역시 옥상 담배야.

…….

우리는 담배를 피우면서 잠깐 옛날 생각을 했다. 9999년도, 최후의 노파처럼 눈을 가늘게 뜨고 알뜰하고 깊은 숨을 쉬었다.

언니. 중2 때 옥상 사건 기억하지?

어…… 당연하지…….

그때 학주한테 진짜 처맞았는데.

맞아…… 옥상 열쇠는 내가 훔쳤는데.

어! 목격한 애들이 나라고 일러가지고!

미안하다.

…….

근데 갑자기 왜.

나는 옥상만 오면 그게 생각나.

…….

…….

그때는 애들이 진짜, 너무 많아서 서로 잘 몰랐어.

바글바글했지, 다 똑같은 단발머리에.

그때 애들이 몇 명이었지?

한 반에 마흔다섯 명씩…… 2학년만 열다섯 반.

그럼 얼마야? 계산이 안 돼.

몰라. 하여간 육백 명은 넘었어. 그때 담임이 맨날 그랬잖아. 너네 인간적으로 전교 육백 등 밖으로는 나가지 말라고. 그럼 고등학교 갈 데 없다고.

…….

하지만 지금은 9999년이고, 다 죽고 없다.

…….

멀리서 개 짖는 소리가 컹컹 울렸다. 모두의 죽음에 동의하는 대답 같았다.

옛날에 서태지와 아이들이 이런 데에서 뮤비 찍지 않았냐.

뭐야. 완전 옛날 사람이네. 갑자기 서태지 타령이야.

나는 아빠…… 이후 충격을 먹어서 그런지, 최근 기억이 싹 날아간 거 같아. 옛날 기억만 출력되는 느낌이야.

옥상에 잠시 서 있던 우리는 누가 먼저랄 것도 없이, 가사도 제대로 모르는 서태지 노래를 흥얼대며 내려왔다. 난 알아요. 정말인가. 무엇을 아나. 이 밤이 흐르고 흐르면 누군가……. 떠나지. 다들 떠나나. 떠나나보다. 사실도 없고. 이유도 없고. 근데 알기는 뭘 아나. 난 모른다. 난 몰라요. 이 밤이 흐르고 흐르면 누군가……. 떠난다. 사실이고. 이유 없는 사실이고. 정말. 그 이유를 난 몰라요. 정말 몰라요. 사랑한다는 말을 못했어. 난 몰라요. 알 수가. 알 수가 없어요. 정말로. 사실로. 이유는 몰라요.

*

한참을 내려가다가, 언니와 서로를 붙들고 멈칫했다. 복도에 웬 낡은 유아차가 보였기 때문이다.

저거, 아까도 있었어?

……기억이 안 나.

사람이…… 있나?

아, 설마.

그때 왼쪽 세대 문이 끼익 열렸다. 너무 놀라서 가스총은 생각도 안 났다.

아! 딸래미!

웬 깡마르고 조그만 할머니가 스윽 나오며 희한한 억양으로 우리를 불렀다.

딸래미이! 무슨 일이야?

우리가 얼어붙어 있든 말든 할머니는 아주 반가워하는 얼굴이었다. 목소리도 상당히 쾌했다.

딸래미이! 어디서 왔어?

…….

껄껄. 들어와! 잠깐 앉았다 가! 딸래미!

할머니가 활짝 연 현관문 너머로 앉은뱅이 상과 문갑, 방석 등 단출한 살림이 훤히 보였다.

*

아파트 겉은 폐허 그 자체였지만, 할머니 집은 완전히 달랐다. 오전 해가 충분히 들어 할머니와 낡은 살림이 노란빛 속에 푹 담겨 있었다. 묘하고 나른한 색이었다.

딸래미! 날도 좋은데 여기까지 무슨 일인가. 딸래미이! 도선 사람인가. 응? 놀랐지? 내가 귀신인가 사람인가? 했을 것인데. 껄껄껄. 나도 내가 자꾸 귀신인가 사람인가 싶은데? 껄껄.

할머니…… 여기, 혼자…… 계신 거예요?

딸래미! 이쪽에 앉아. 여기서 보면 말이지? 푸성귀가 푸릇푸릇하니 보인다고. 저게 내 복이다! 껄껄껄. 딸래미 둘이 쌍둥이구만! 딸래미 부모님이 복을 많이 지으셨네. 쌍둥이히! 딸래미히!

그…… 이웃이나 뭐, 관리 같은 거 하는 분은 안 계세요?

시집은 갔는가? 여즉이야? 그러믄 아주 잘생긴 쌍둥이 총각을 만나면 좋겠구만. 껄껄. 딸래미히! 인물 좋고 기술 좋은 총각을 만나!

할머니는 커피와 과자를 꺼내면서 말을 쉬지 않고 계속했다. 아주 오랜만에 뭔가 마시는 사람처럼, 드디어 구조된 사람처럼 말을 어푸어푸 들이켜면서 했다. 우리에게 오늘 이야기를 하지 않으면 큰일이 날 것처럼 쏟아내듯이 했다.

할머니…… 여기 오래 계셨어요?

저 사진이 우리 영감이야. 아, 우리 영감이 젊을 적에 영화배우 감이었지! 이마가 높고! 껄껄껄. 눈이 높고! 껄껄껄.

가구가 거의 없어 할머니가 웃을 때마다 껄껄대는 소리가 실내에 꽤나 울렸다. 오직 밝고 나른한 노란 톤의 빛만 가득한 것이 매우 기이했다.

신랑이 인물이 잘나야 응? 부부 간에 싸움을 해도! 인물을 보고 화가 삭아서, 응? 뒤탈이 안 나는 거야. 딸래미히! 인물 좋은 사람은! 응? 수의 입혀 눕혀만 놔도 인물이 나는 거 알어? 껄껄껄. 아, 그것은 이따 우리 영감 보면 알 것이야. 껄껄껄. 그것도 복이다! 딸래미이! 껄껄껄.

……할아버지는 잠깐 나가셨나봐요?

잘생긴 남자를 만나라는 것을 한참이나 쾌하게 강조하던 할머니가 갑자기 쪼글쪼글하게 말했다.

딸래미……. 내가…… 그 인물 좋은 영감 따라 살다, 지금 혼자 있네.

……네?

복이 그래 되었다! 껄껄껄.

우리는 무슨 표정을 지어야 할지 몰라 눈빛을 교환했다. 하지만 할머니는 다시 껄껄대고 웃더니 할아버지 자랑으로 돌아갔다.

사람이 키가 크면 싱겁다는데 우리 영감은 참 야물어. 손이 야물어 재주가 많아. 전기도 만지고 보일라. 보일라도 하고, 응? 못 만지는 기계가 아주 읎어. 우리 영감이 항시 하는 말이 일은 응? 손으로 하는 것이 아니라 응? 눈으로 하는 거라 했다. 항시 눈을 잘 떠야 한다고. 딸래미이!

할머니는 손으로 당신의 눈가를 가리키며 매우 진지하게 외쳤는데, 언니와 나 또한 그 순간 그 집 안의 어른어른한 노란빛 속에 약간 이상해진 상태로 할머니의 이야기에 동의해버렸다. 그러자 할머니는 만족스럽게 다시 껄껄껄 웃더니 이번에는 진지하고 조곤조곤한 톤으로 이야기를 이어갔다. 점점 우리의 정신은 물론…… 잘 닦인 장판과 흰색 벽도 할머니 이야기 쪽으로 조여드는 것만 같았다.

딸래미! 이건 비밀인데 말이지…… 이 집이 휑하니 귀신 집 같지만서도, 응? 우리 영감 손이 많이 닿았다. 이 집은 사실 우리 영감이 지은 집이다!

네? 그래서 여기 계신 거예요, 할머니?

이때 영감한테는 응? 내 이야기는 못 들은 척해. 나한테 주책스레 별 이야기를 다 했다고 응? 타박을 할 것이라 그래. 딸래미히! 껄껄껄.

네? 그…… 여기 언제부터 계셨어요? 다른 분은 진짜 없어요, 할머니?

이 집 짓는 사장이 도선에서 으르르 짜한 깡패 두목이었어. 그리고 응? 이 터가 예사 터가 아니야. 여기를 처음에 땅을 다질 때 응? 오색 사금파리랑 금은보배가 나왔다. 사금파리도 백제 나라 것이라 응? 보통 사금파리가 아니고. 옥황상제가 쓰고 옥황상제 딸래미가 시집갈 때 해갈 물건이라고 응? 소문이 그랬어. 그걸 그 깡패 두목이 싹 건져가고 땅에서 응? 하나도 안 나온 척을 한 거야. 보배가 나온 자리면 응? 여기다가 집을 못 지으니까는.

그래서 완공이 안 됐어요, 할머니?

그 깡패 두목이 그때 그랬어. 죽은 사람이 산 사람 재산에 피해를 주면 안 된다. 미친놈이지 그래.

아니, 그래서 공사가 안 끝난 거예요?

우리 영감이 나중에야 응? 사실을 알고 그것은 하늘의 것이고 나라의 것이오, 했지. 따진 거야. 응? 그 말 때문에 사장이 데려온 도선 깡패들한테 응? 붙들려가서 흠씬 얻어맞고 쫓겨난 거야. 일한 품삯도 못 받고. 영감이 한동안, 응? 그 키가 이렇게 크다란 양반이 이렇게 쭈그려 누워서 응? 끓인 된장에 적신 밥만 받아먹고 응? 운신을 못했어……. 내가 관에 쫓아가고 경찰에 쫓아가고 응? 사정을 말하고 응? 울고불고 엎드려 빌고 그래도 소용이 없었어. 억울했지. 딸래미이! 복이 그래 되었다!

아니……. 그러니까…….

그래도 하늘이 노했는지, 응? 딱 그때 깡패 사장이 급살을 맞고 사업이 쪼그라든 거야. 복이 그래 되었다! 사장이 죽고 나니까는 그 자식들은 동기 간에 쌈박질을 하고, 응? 도선 깡패 똘마니들은 응? 그 독한 놈들도 서로 배신해 쌈박질을 하고, 응? 그 통에 이 집이 삐쭉하니, 응? 이 꼴로 버려진 거야.

그게 언제예요, 할머니?

이 집은 우리 영감이 지은 집이다! 그즈음에 우리 영감이 다시 운신을 했어. 그러더니 내 품삯을 받아야겠소, 비가 오나 눈이 오나 집 짓는 일을 했소, 하면서 일한 몫을 셈을 했어. 같이 데리고 일한 응? 같이 쫓겨난 사람들하고 응? 나하고 이 집에 데려와서 응? 그때 노오란 줄자로 여기를 꼼꼼하게 셈을 해가지고 응? 각각 세 칸을 살기로 했어. 밥 끓이는 부엌 칸, 잠자는 칸, 변소 칸. 응? 이렇게 세 칸만 살림을 살고 응? 이 집의 다음을 기다리자, 했어. 그런데 세월이 한 세월이 가버린 거야. 껄껄껄. 나는 영감이 일궈준 밭이나 응? 사부작 사부작한 거 같은데. 응? 세월이 한 세월로 갔어. 아주 갔어. 이 집은 복이 그래 된 거야!

아니……. 그러니까, 저기…… 할아버지가…….

다들 갔어! 응? 다들 영영 갔다! 이 집은 우리 영감이 지은 집이다! 응? 그런데 영감이 지은 집에! 딸래미가 둘이나 왔어! 오늘 복이다! 껄껄껄. 이따 영감 들어오면 응? 된장 끓여 같이 한술 뜨고 가. 우리 영감이 손이 야물어 정화조도 보고 전기도 보고 물길도 보고 응? 일을 많이 해서 집 꼴은 난 거야. 응? 남들보다 수의 삼베가 몇 자는 더 들어가는 응? 크다란 키 큰 양반이 응? 일을 엄청 했어. 복이 그래 된 거다!

…….

이제 여기는 아무도 안 살지. 응? 나 가면 들개랑 괭이 새끼뿐이다! 껄껄껄.

……할머니…… 언제부터……. 아니, 계속 혼자 계신 거예요?

……나는 조용히 살어. 영감 가고, 나는 조용히 살어. 응? 간단하게 살어. 사람이 떠나면 정리하는 게 보통 일이 아니야! 알지? 딸래미!

…….

딸래미이! 딸래미들은 항시 눈을 뜨고 살아라. 응? 이 집은 우리 영감이 지은 집이다! 껄껄껄. 나처럼 응? 귀신처럼 살지 말아라! 껄껄껄. 이마 높고 눈 높게 응? 야물게 살아라! 딸래미히! 쌍동이히! 껄껄껄.

할머니가 쾌하게 웃더니 혀를 희한하게 후루루룩 말면서 이야기를 뚝, 끝냈다. 노란빛이 어느 틈엔가 사위고 없었다. 우리는 그만 가야 할 때라는 것을 알았다.

*

언니와 나는 할머니가 억지로 안겨준 텃밭 채소를 한 아름 안고 차로 돌아갔다. 할머니가 유아차를 달달달 끌고, 딸래미이! 가져가라아! 딸래미이! 갖구 가서 된장 끓여 먹어라아! 딸래미히! 이거 약 안 쳤다아! 외치며 쫓아오는 통에 거절할 수가 없었다. 할머니의 채소는 묵직할 정도로 상당한 양이었다. 채소 꾸러미를 안고 내비게이션에도 안 나오던 길을 걸어나오려니 완전히 홀린 기분이 들었다. 정말로 로스웰에라도 다녀오는 기분이었다. 꿈이라도 꾼 것 같았지만, 할머니의 커피와 과자 맛이 입 안에 분명히 남아 있었다. 외로움과 반가움에 곤때를 엷게 올린 눅진하고 이상한 맛.

우리는 차에서 한참이나 말없이 앉아 있다가 갑자기 출발했다. 정신을 차린 언니가 내비게이션을 켜고 기어를 바꾸는 순간, 나는 라디오로 손을 뻗었다. 하필 역세권 아파트 분양 광고부터 흘러나왔다. 얼른 손을 뻗어 주파수를 바꿨다. 피터, 폴 앤 메리의 노래에 맞춰 내비게이션이 나른하게 직진을 요청했다. 우리가 달리는 동안 유명 연예인이 보험을 팔았고, 이제 더는 어린이가 없는 어린이 보호 구역을 지나는 동안 요리 연구가가 맛있는 무를 고르는 법을 설명했다. 전방에서 단속 카메라가 쳐다보든 말든 때늦은 가을 태풍이 빠르게 북상했고, 고위직 관료의 자식이 학교 폭력을 저질렀으며, 시판 육수에서 기준치 이상의 대장균이 번성했다. 크라잉넛의 울부짖음과 약간의 전파 교란 속에서 새로 온 디제이는 청취자에게 커피 교환권을 선물했다. 그동안 저 멀리 아이슬란드에서 오브 몬스터스 앤 맨이 갑자기 힘차고 신비하게 노래했다. 왁자지껄한 인산인해 속에 큰 스님의 다비식 봉행 준비가 완료되었고, 언니는 속도를 줄이며 터널에 진입했다.

차 안에 노이즈가 가득했다. 나는 인간이라는 종이 어마어마하게 시끄럽고 바쁘고 역시 복잡하다고 생각했다.

언니, 내가 어디에서 들었는데.

…….

인간이 다 사라지면 세상이 엄청 조용해질 거래. 그리고 농사짓던 땅도 다시 숲으로 변하고 그런다더라.

…….

그리고 만 년쯤 지나면 웬만한 구조물은 다 삭아서 자연으로 돌아간대.

……저 아파트는 이미 반쯤 돌아간 거 같은데.

근데 일억 년인가? 후에도 도자기가 남는대.

어? 진짜?

응. 그 백제 사금파리랑, 아까 할머니 커피 잔은 남는 거지.

신기하네. 뭔 둘리도 아니고.

둘리가 여기서 왜 나와.

…….

…….

그럼 저 스님 사리 나오면, 그게 일억 년 가는 거야?

글쎄.

사리 말고. 그냥 평범한 유골은?

…….

영원한 건 없어?

있대.

뭐?

라디오 전파. 이게 영원히 돌아다닌대. 우주에, 멀리멀리. 지금 우리가 듣는 게…… 계속.

터널이 끝났다. 노이즈가 사그라들며, 다시 빛이 들었다. 정각 시보에 이어 정오 종합 뉴스가 이어졌다. 아나운서의 오프닝을 들으며 나는 잠깐 텅 빈 우주 공간에 둥둥 뜬 아빠가 점심을 챙겨 먹으면서 좋아하던 뉴스를 듣는 상상을 했다. 왠지 우주복은 안 입어도 헤드폰은 꼭꼭 쓰고 있을 것 같았다.

어휴……. 헤드폰이나 제대로 된 걸 썼으면 좋겠다…….

언니가 핸들을 꺾으며 타령처럼 중얼거렸다. 우리는 쌍둥이답게 같은 장면을 상상한 거다. 언니와 나는 조용히 뉴스를 들었다. 대부분 혼란스러운 내용이었다. 국영 방송 아나운서는 아주 정확한 발음으로 사람들이 죽고 다치고 사기 치고 싸운 이야기를 또박또박 전해주었다. 공기가 무거웠다. 나는 쌍둥이답게 언니와 나의 불안을 동시에 느꼈다. 라디오를 껐다. 언니가 창문을 조금 열었다.

잠시 잊고 있던 무릎 위 채소 꾸러미가 다시 느껴졌다. 꾸준하게 묵직하던 것이 새삼스레 묵직했다. 통째로 들어 바닥에 내려놓다가 으악! 비명을 질렀다. 몰래 따라와 성실히 잎사귀를 뜯던 달팽이와 눈이 마주쳤기 때문이다. 언니 차가 순간 휘청했다.

야! 존나 놀랐잖아!

언니는 진심으로 소리를 지르더니 잠시 후,

씨발! 아빠 만날 뻔했잖아!

더 크게 소리 지른 다음 조금 울었다.

*

추모 공원에는 금세 도착했다. 우리는 굳이 무거운 채소 꾸러미를 들고 내렸다. 화장실에 들르느라 방향을 잠깐 잃은 바람에 엉뚱한 유골함 앞으로 갈뻔했다. 평범한 토요일의 추모 공원은 백화점이나 놀이공원만큼 붐비지는 않지만, 역시 조심해야 할 곳이다. 아차하면 엉뚱한 아저씨의 유골함 앞에서 덥석 울게 되는 것이다.

아빠의 유골함은 나쁘지 않은 자리에 있다. 너무 구석도, 너무 출입구 쪽도 아닌 그럭저럭 무난한 곳에. 거대 물류 센터나 일조권을 해치는 오피스텔, 소각장 연기나 남의 담장 같은 것이 방해하러 들어올 일은 아마 없을 것이다, 9999년까지도.

나는 유골함 곁에 넣어둔 우리 가족 사진을 물끄러미 바라보았다. 아빠가 어디선가 사온 촬영권으로 찍은 사진이었다. 그 시절의 유행대로 우리 가족은 다 같이 흰 셔츠에 청바지를 맞춰 입고 맨발을 드러내며 하하호호 웃고 있다. 그걸 보니 촬영날 생각이 났다. 그날 사진을 찍으러 가기 위해 우리 식구는 손에 손잡고 집 앞 담장부터 넘어야 했다. 오랜만에 꺼내 입은 청바지가 너무 껴서 움직이기 쉽지 않았던 엄마가 신경질을 버럭 내자 아빠는 즉시 등을 내밀어 엄마를 번쩍 업었다. 자기보다 큰 엄마를 대롱대롱 매달고 묵묵히 담을 넘는 아빠를 보고 언니와 나는 고등학생답게 소리를 꺅 지르며 두 사람을 놀려댔었다. 전혀 로맨틱하지 않지만 급하게 로맨틱했던 그 광경을 떠올리면, 호시절. 호시절이라는 단어가 생각난다. 그때가 정말로 호시절은 아니었다고 할지라도.

우리는 아빠의 납골당 이웃들 몫의 조화 곁에 할머니의 거대 양배추와 풋고추를 슬쩍 올렸다. 채소가 지나치게 싱싱해서 조화보다 훨씬 더 가짜처럼 보였다. 그 꼴이 너무 황당해 약간 웃음이 나왔다. 그 앞에서 잠시 우리의 평범하고 이상하며 물건 사는 재주가 끔찍하게 없는 아빠를 생각하다가…… 조금씩 번갈아 울었다.

*

아빠 정수리 꼭대기에서 담배를 피우고 간다고 생각하니

뭔가 후레자식이 된 기분이기도 했지만, 어쩔 수 없었다. 옥외 흡연실이 옥상에 있었다. 새 멘솔을 뜯으며 아빠와 마지막으로 담배를 피운 게 언제였는지 기억을 더듬었으나, 아빠 영정 앞에 향 연기가 어른거리는 장면만 자꾸 떠올랐다. 고작 몇 달 전 일인데도 전생처럼 아주 아스라했다.

오늘 옥상 담배, 완전 풍년이네.

…….

이 채소 진짜 어떡하지.

먹어야지 뭘 어떡해.

…….

너 반, 나 반이다. 알았지. 무조건 먹어. 아빠의 유산 아니냐. 완전 미래 아파트에서 온 친환경 제철 채소.

…….

야, 아빠가 녹즙기 사왔던 거 기억나?

당연하지. 난 그게 제일 싫었어.

어, 엄마가 한동안 아무거나 즙 내고.

우리 먹다가 번갈아 토하고.

막상 아빠는 늘 안 먹었어.

맞아. 엄마가 거의 다 먹었는데.

알고 보니 중금속 나온대서…… 엄마 뉴스 보다 소리 질렀잖아.

그 찜질기는 기억나?

황토 어쩌고? 그 동그란 거?

어. 그거. 서로 먼저 쓴다고 싸웠잖아.

그랬지. 맨날 같은 날 생리 터졌으니까.

아빠가 그건 은근 뿌듯해했어. 상자까지 보관했잖아.

그 은색 치약은 기억나?

당연하지. 그거 포장에 손 완전 베여서 엄마가 다 갖다버렸잖아.

맞아. 맛은 시원했는데.

지금 이 담배가 딱 그 치약 맛이야.

우리는 쌍둥이답게 기억을 공유한다. 언니와 번갈아 조금씩 웃었다. 대단히 이상하고 평범한 토요일이었다. 동시에, 대단히 평범하고 이상한 토요일이었으며…… 그날의 날씨는 지나치게 싱싱한 채소와 같았다고 할 수 있다.

윤치규

2021년 조선일보와 서울신문 신춘문예로 등단하며 작품 활동을 시작했다. 소설집《러브 플랜트》가 있다.

시리얼 신춘 킬러

윤치규
小說家

돌이켜보면 언제나 시인이 되고 싶었지만 단 한 번도 진지하게 시를 쓴 적이 없었다. 전공을 정할 때 국문과나 문창과는 전혀 고려하지 않았고 경영학과에 입학한 이후에도 그 흔한 문학 동아리조차 가입하지 않았다. 시를 쓰지 않은 이유는 지금 당장 시를 쓸 수 없어도 언젠가는 시가 나를 찾아올 것이라고 믿기 때문이었다. 그런 순간이 오면 그때는 졸업이니 취업이니 핑계 대지 않고 전력과 진심으로 오직 시만 쓸 수 있을 것 같았다. 그날을 위해 계절마다 서점에 들러 문학과지성사에서 출간된 시집을 읽고 주목받는 신인의 북토크를 쫓아다니며 서평단으로 활동하고 계간지를 정기구독했지만 정작 시를 쓰지는 않았다. 시를 쓰지만 않는다면 내가 시인이 될 가능성은 영원히 줄어들지 않았다. 반대로 시를 쓴다는 것은 유예된 모든 기대와 희망을 고통과 절망으로 뒤바꾸는 일이었다.

시를 쓰지 않은 덕분이라고 단언할 수는 없겠지만 서른 살이 되었을 때 내 삶은 꽤 안정되었다. ROTC 과정을 끝내고 첫 인턴을 했던 IT 기업에 정규직으로 입사해 대리가 되었으며 판교역 근처 주상복합단지의 오피스텔을 전세로 얻을 수 있었다. 부모님은 소송으로 이혼해서 더 싸울 일이 없었다. 두 사람과 인연을 끊으면서부터 새벽에 불길하게 울리는 전화라든지, 죽어버리겠다는 다짐 아니면 죽여버리겠다는 악담으로부터 조금은 벗어나게 되었다. 앞으로 내 삶을 가로막는 불화나 예기치 못한 불행이 닥쳐도 이제는 스스로 해결해낼 수 있을 것만 같았다. 그것은 일종의 어른이 된 기분을 느끼게 해주었는데 그래서 어쩌면 내 인생은 정말로 아무런 문제가 없을지도 몰랐다. 딱 한 가지, 여전히 시를 쓰지 않는 것만 빼고는.

"그쯤 되면 독자로 남는 게 행복하지 않아요?"

사람의 말에는 영혼이 담겨 있어서 어떤 문장은 스스로 축복이 되기도 하고 저주가 되기도 한다. 원동연에게 그런 말을 들었을 때 나는 그 문장의 운명을 선택해야만 했다. 사설 시 창작 아카데미에서 결국 시 한 편을 완성하지 못해 매번 합평 순서를 미뤘던 나에게 원동연은 아주 자그마한 목소리로 우물거리며 물었다. 그건 딱히 모진 말도 아니었다. 그저 그렇게까지 시를 쓸 수 없다면 독자로 남는 게 행복하지 않겠느냐는 합리적인 추론이었다. 하지만 어쩐지 그 말이 시를 쓰지 않을 거면 이곳에 있을 자격이 없다고 비난하는 것처럼 들렸다. 이것은 완전히 왜곡된 기억이지만 어쩐지 파렴치한 산업스파이에 비유당하고 행동하지 않고 방구석에서 댓글이나 다는 코뮤니스트로 비하되었으며 시는 한 줄도 쓰지 않으면서 수업이 끝날 때마다 강사에게 시가 써지지 않는다고 장문의 이메일이나 줄기차게 보내는 끔찍한 인간으로 매도당한 기분이었다. 사실 그중 절반 이상은 진실이었고 나는 진실을 부정하기 위해 처음으로 시를 쓰게 되었다. 그러니까 언제나 증언이 되기를 바랐던 나의 첫 번째 시는 원동연 때문에 증명이 되고 말았다.

처음 시를 합평받은 날 사람들에게 받은 다정한 환대는 내 마음속에 아주 오랫동안 부끄러움으로 남았다. 겸연쩍다거나 수줍음을 빗댄 부끄러움이 아니라 오직 수치심만 가득한 부끄러움이었다. 스스로 쓴 시를 읽으며 느낀 창피하고 괴로운 감정은 질량이 크고 부피는 작아서 아주 잠시 품고 있었을 뿐인데도 온몸을 짓눌렀다. 처음 쓴 것치고는 좋았어요. 분위기가 있네요. 폴카라는 시어가 낯설고 새로웠습니다. 시를 읽고 저마다 한마디씩 내뱉는 칭찬은 아무런 밀도가 없어서 발화되는 순간 공중에 흩어졌다. 그건 비판도 마찬가지였다. 예상 가능한 범주의 시입니다. 지나치게 전형적이에요. 시라는 게 반드시 이래야만 한다는 어떤 강박이 있는 것 같아요. 그들 중 유일하게 진실을 말한 사람은 원동연뿐이었다. 원동연은 차례가 돌아왔을 때 잠시 망설이다가 할 말이 없다고 짧게 정리하곤 곧바로 입을 다물었다.

언젠가 원동연은 그날의 기억을 모티프로 말줄임표라는 제목의 시를 한 편 썼다. 여섯 개의 가운뎃점과 한 개의 마침표가 찍힌 시였다. 여섯 개의 가운뎃점 밑에는 밑줄이 그어졌고 마침표 옆에는 괄호가 절반만 닫힌 숫자 1과 함께 각주가 달렸다. 원동연은 하고 싶었던 말을 문서 가장 밑바닥에 각주의 형태로 적었다. 연과 행의 구분 없이 본문보다 조금 더 작은 글씨로 말할 수 없는 것과 말해서는 안 되는 것, 그리고 관하여와 대하여의 차이점을 설명했다. 원동연은 각주에서 내 시의 제목이 '폴카에 대하여'가 아니라 '폴카에 관하여'가 되어야 한다고 주장했는데 그렇게 생각했으면서도 끝까지 입을 열지 않은 이유는 그게 말할 수 없는 것이고 말해서도 안 되는 것이기 때문이라고 했다. 그건 무슨 말인지 알 것 같으면서도 끝끝내 알 수 없었고 그래서 나의 마음을 사로잡기에 충분했다.

원동연을 어떻게 생각하느냐고 물으면 솔직히 말하는 버전과 정말로 솔직히 말하는 버전으로 나눌 수 있다. 솔직히 말하면 아무리 노력해도 호감형의 인간이라고는 할 수 없었다. 사춘기가 조금 늦게 온 예술병 말기 환자였고, 아무도 신경 쓰지 않는 조사의 사용을 트집 잡아 몇 달은 혼자 고민할 정도로 유별났으며, 대중적으로 인기가 많은 시인은 싸구려 취급했고 평론가의 찬사를 받는 시인은 가짜로 치부하는 진절머리 나는 인간이었다. 하지만 정말로 솔직히 말하면 원동연은 나에게 아주 오랜 시간 단 한 명의 문우이자 동시에 든든한 동인이었으며 진짜 시가 무엇인지 가르쳐준 스승, 전속 평론가, 동기부여 전문가, 내 시를 이해하는 유일한 독자이자 아주 가끔은 죽여버리고 싶을 정도로 멋진 시를 쓰는 단 한 명의 천재였다. 고백건대 내가 독자로 남지 않고 시를 쓰게 된 이유는 어쩌면 원동연에게 칭찬받기 위해서였는지도 모르겠다.

"모처럼 쓴 시를 칭찬받으면 누구나 기분 좋겠지만 칭찬을 받기 위해서 시를 쓰는 건 완전히 다른 일이에요."

사설 시 창작 아카데미의 마지막 수업이 끝나고 이어진 뒤풀이에서 원동연은 들릴 듯 말 듯 그렇게 중얼거렸다. 그건 분명히 혼잣말이었지만 문제가 되었다. 술을 마시는 동안 어떤 말도 하지 않다가 누군가의 장난스러운 제안으로 이번 기수에서 제일 좋았던 작품을 뽑은 순간 꺼낸 말이기 때문이었다. 정확히 말하면 수업 내에서 반장이라고 불리며 언제나 맨 앞자리에 앉아 쉬는 시간마다 선생님이 마실 커피를 사다 놓는 사람의 작품이 장원으로 결정된 순간이었다. 반장은 그때까지만 해도 미소를 잃지 않고 원동연을 바라보며 지금 한 말이 어떤 의미냐고 되물었다. 인간 본성의 선의를 믿으며 다시 한번 기회를 주겠다는 듯한 미소였다. 하지만 원동연은 물러나지 않았다. 정정할 기회가 있었는데도 오히려 단호하고 명료하게 자기 생각을 밝혔다.

"붕어빵 기계에서 붕어빵이 나왔다고 그다지 놀랄 일은 아니라는 거예요."

원동연의 말에 반장은 이해할 수 없다는 듯 고개를 몇 번 까딱이다가 갑자기 달려들었다. 두 사람의 주먹다짐을 보면서 내가 느낀 첫 번째 감상은 둘 다 살면서 싸움이라고는 정말 해본 적이 없구나 하는 것이었다. 선생님이 비명을 지르며 호들갑을 떠는 것과는 다르게 딱히 두 사람을 말릴 필요성을 못 느꼈다. 폐병 환자처럼 창백한 반장이 주먹을 휘두르기는 했지만 원동연의 얼굴이 아니라 어깨에 닿았고 원동연 또한 발끈해서 반장의 멱살을 쥐었지만 낭창낭창한 몸으로 저항을 견딜 수 없어 금방 물러나버렸다. 두 사람은 좁은 호프집 안에서 맥주잔만 요란하게 엎을 뿐 서로에게 아무런 타격을 주지 못했다. 두 사람 사이를 딱히 물리적으로 막으려고 했던 것은 아니었는데 누군가에게 등 떠밀려 뒤엉키다 보니 어쩌다가 원동연을 데리고 바깥으로 나오게 되었다. 그 일로 인해 훗날 반장은 내가 원동연의 의견을 지지하는 것으로 오해했고 반대로 원동연은 내가 자신을 보호했다고 착각했다.

엉망이 된 뒤풀이 장소를 뒤로하고 원동연을 달래주기 위해 다른 호프집에서 맥주를 한 잔 더 마셨다. 원동연은 주먹으로 얻어맞은 어깨를 주무르며 흥분을 가라앉히지 못한 채 뜨거운 콧김을 연신 내뱉었다. 무슨 말이라도 들어줄 생각이었는데 원동연은 분을 터뜨릴 듯 말 듯 입 안 가득 머금었다가 짧은 한숨과 함께 또다시 침울한 상태에 빠져버렸다. 그것은 정확히 원동연의 평소 모습이었다. 원동연은 수업 가는 길에 지하철에서 우연히 마주치기라도 한다면 수줍게 인사만 겨우 나눈 후 강의실에 들어갈 때까지 어색한 정적을 견뎌야 하는 종류의 인간이었다. 어떤 주제를 꺼내도 대화가 이어지지 않았고 기껏해야 한다는 말은 그런가요? 같은 무의미한 대꾸뿐이었다. 원동연은 말을 하는 게 죄를 짓는 일이라도 되는 듯 지나치게 과묵했는데 그렇게 참고 쌓아 올린 침묵에서 말이 조금이라도 비집고 튀어나오는 날에는 어김없이 사달이 났다.

수업에서 사라진 원동연을 우연히 다시 만나게 된 건 이듬해 봄이었다. 국립중앙박물관에서 영국 내셔널 갤러리 특별전이 열렸는데 유명한 작품의 레플리카가 아니라 다소 알려지지 않았더라도 거장의 진품을 볼 수 있는 귀한 행사였다. 사실 미술 쪽에 관심이 많다거나 조예가 깊은 건 전혀 아니었다. 그저 빈센트 반 고흐의 그림을 단 한 점이라도 모작이 아니라 원작으로 보고 싶었을 뿐이었다. 빈센트 반 고흐에 대해서라면 좋아하는 만큼은 알고 있었다. 그래봤자 책 몇 권을 읽은 것이고 관련된 다큐멘터리와 영화를 찾아본 수준이지만 그래도 내가 생각하는 예술가에 가장 가까운 사람이었다. 광기와 울증에 싸여 있고 통제되지 않으며 당위와 상식에서 벗어난 사람. 나에게 예술가라는 건 그런 이미지였다. 그건 시를 쓰겠다고 주접을 떨면서도 정작 시보다 신춘문예에 유리한 폰트나 글자 크기, 줄 간격 따위를 고민하는 나로서는 흉내조차 낼 수 없는 존재였다.

특별전에 전시된 수많은 그림 중에서 원동연은 빈센트 반 고흐의 작품 앞에 서 있었다. 다른 곳은 이미 둘러보았는지 그곳에서 한참이나 머물렀고 몇 번 발걸음을 돌리려다가도 다시 돌아와 그림을 감상했다. 그런 모습을 뒤에서 지켜보다가 내가 먼저 다가가 인사를 건넸다. 원동연은 조금 놀랐을 뿐 반가워하는 표정으로 내 두 손을 와락 붙잡았다. 우리는 서로 근황을 물으며 잠시 환담을 나누었다. 물론 환담이라고는 해도 내가 거의 묻고 원동연은 힘겹게 고개를 끄덕이거나 젓는 방식의 대화였다. 원동연은 나가서 커피라도 한잔하겠느냐는 인사치레 말에 의외로 그러겠다면서 따라나섰다. 우리는 카페에 들렀고 잔잔하게 연주되는 피아노 소리를 들으며 멍하니 창문

밖을 내다봤다. 그림 이야기가 나왔을 때 아주 잠시 활력을 띠었으나 내가 빈센트 반 고흐를 좋아하느냐고 묻자 뱅상이요? 라고 되묻더니 다시 말끝을 흐리며 기운을 잃어버렸다.

"뱅상은 워낙 유명하잖아요. 다들 좋아하니까 좋아한다고 말하는 게 어려워요. 내가 좋아한다고 하면 상대방도 금방 좋아한다고 말하는데 사실 똑같이 좋아한다고 해도 그게 각자에게는 전혀 다른 의미잖아요."

그날 내가 새롭게 알게 된 사실은 원동연이 대학에서 불문학을 전공했다는 것이었다. 원동연은 건강 문제로 군대를 면제받았고 대신 파리로 어학연수를 2년 다녀왔다고 했는데 어째서 병역과 유학이 대신이라는 단어로 엮일 수 있는지 잠시 고민하다가 그러려니 하고 넘어갔다. 원동연이 기억하는 프랑스에서 좋았던 일은 빈센트 반 고흐의 그림을 직접 본 것뿐이었다. 정확히는 빈센트라고 하지 않았고 뱅상이나 무슈 뱅상이라고 했는데 그 발음이 특이하고 재밌어서 나도 모르게 따라 하게 되었다. 원동연은 뱅상에 관한 에세이를 투고해 프랑스 문예지에 글을 실은 적도 있었다. 그걸 계기로 미술 평론으로 석사 학위를 받을까 고민하기도 했지만 역시나 시인이 되고 싶어 그만두었다. 원동연은 뱅상이 인상주의니 사실주의니 하는 어떤 사조의 대표가 된 것이 아니라 스스로 하나의 사조이자 장르가 된 진정한 예술가라고 평가했다.

원동연의 말에 따르면 세상에는 두 가지 종류의 예술가가 있었다. 좋은 작품을 내놓는 예술가와 다른 작품을 선보이는 예술가였다. 좋은 작품을 내놓는 예술가는 좋고 나쁘다고 평가할 수 있는 선행된 위계 속에서 활동하는 자이고, 다른 작품을 선보이는 예술가는 기존에 보지 못했던 전혀 새로운 것을 창작하는 자였다. 세상에 다른 걸

추구하는 예술가는 널리고 널렸지만 단 한 가지 중요한 원칙은 누군가 그걸 보고 따라 하고 싶게 만들 역량이 있어야 한다는 것이었다. 예술은 다른 사람에 의해 소비될 때만 가치를 지닐 수 있고 그러므로 추구해야 하는 것은 언제나 예술이지 다름 그 자체가 되어서는 안 되었다. 소통을 포기하고 의미를 단절해서 나온 다름은 새롭고 낯설 뿐 예술이라고 부를 수 없었다. 때때로 예술가는 누구에게도 이해받지 못하지만, 누구도 자신을 이해하지 못한다고 해서 그게 예술가인 것은 아니니까.

본격적인 신춘문예 준비 모임을 함께 시작하면서 원동연이 생각보다 말이 많은 사람이라는 것을 알게 되었다. 물론 그렇다고 해서 수다스러운 편은 아니었고 그저 문학과 관련된 이야기가 나오면 상당히 적극적으로 자기주장을 내세운다는 의미였다. 원동연은 신춘문예 제도를 불신했다. 일제의 잔재라면 무엇이든 청산하는 이 나라에서 왜 신춘문예만큼은 이토록 계승되고 존중받는지 알 수 없다면서 불만을 토로했고 이게 모두 과거제도, 수능, 전국노래자랑부터 슈퍼스타 K로 이어지는 경연대회 방식에 중독된 한민족의 일그러진 자화상이라고 비꼰 적도 있었다. 노래 경연대회라면 음역이 높은 가수가 상대적으로 유리하듯 신춘문예 또한 제도에 유리한 시의 유형이 있다는 것이었다. 이런 방식으로는 다양한 시인이 배출될 수 없다고 원동연은 비판했는데 역설적으로 내가 아는 그 어떤 누구보다도 열심히 신춘문예를 준비했다.

정기적인 모임은 한 달에 한 번이었지만 우리는 주말에 수시로 만나 카페에서 같이 시를 썼다. 원동연은 시를 쓰다가 막히면 가방에서 프랑스어로 된 문예지를 꺼내 펼쳤다. 문자도 생소한 언어를 혼자 입술로 중얼거리며 읽다가 어느 순간 잡지를 반으로 접고 한참

동안 생각에 잠기곤 했다. 원동연은 어디에서든 시를 썼다. 바에서 압생트를 마시다가도 휴대전화를 꺼내 뭔가를 끄적였고 지루한 예술영화를 보다가도 갑자기 극장 밖으로 뛰쳐나가 아이디어를 메모했다. 원동연은 치과에서 이를 뽑기 위해 진료실 앞에서 대기하다가도 시를 쓸 인간이었는데 어쩐지 그런 모습이 굉장히 의도된 것 같으면서도 순수해 보였고 나중에는 근사해 보이기도 했다.

기대했던 것보다 굉장히 오랫동안 모임을 유지할 수 있었던 이유는 원동연과 내가 정말로 진지하게 시를 쓰고 있기 때문이었다. 합평 순서가 정해져 있다거나 의무가 있는 것은 아니었지만 원동연과 나는 성실하게 새로운 시를 써서 서로에게 보여주었다. 진지하게 무언가를 하고 싶을 때 이미 진지하게 하는 사람을 만난다는 것은 낯선 타국에서 들리는 모국어만큼이나 감격스러운 일이었다. 가끔 회사에서 시를 쓰고 있다는 사실을 들킬까봐 걱정했다. 시를 쓰는 일로 누군가에게 비웃음을 사지 않을까 두려웠다. 물론 출근길에 지하철에서 내가 시집을 읽고 있다거나 매주 목요일마다 회식까지 빠져가며 시 창작 수업에 참여한다고 해서 딱히 그걸 비웃을 사람은 없겠지만 혹시라도 누군가에게 정말로 비웃음을 당한다면 어쩐지 영원히 시를 쓸 수 없을 것만 같았다.

원동연과 같이 시를 쓰면서 나는 여전히 똑같은 선생님의 창작 수업을 들었다. 원동연은 그런 도제식 수업으로는 자신만의 시 세계를 단단히 구축하기 어렵다면서 은근히 내가 그만두기를 바랐다. 선생님이라든지 수강생들이 내 시를 어떻게 읽는지도 중요하지만 무엇보다 중요한 것은 내가 어떤 시를 쓰고 싶은지 먼저 찾는 것이라고 했다. 합평이라는 방식은 어떻게 해서든 상대방에게 도움이 될 만한 말을 해야만 하고 그렇다는 것은 아무래도 단점을 지적할 수밖에 없으며 단점을 보완하는 방법으로는 특별하고 개성 있는 나만의 시를 쓸 수 없다고 단언했다. 그런 의견에 부분적으로 동의했지만 그렇다고 합평 수업을 그만두지는 않았다. 단순히 그만두지 않은 게 아니라 원동연과 싸웠던 반장이 그 해에 주요 일간지 중 하나로 등단해 수업에서 빠지자 반장 자리를 꿰차기까지 했다.

신춘문예 당선작 독회에서 반장의 작품을 읽으면서 심사 과정에 의구심이 들었다. 신춘문예라는 것이 응모된 작품 중 가장 잘 쓴 작품을 뽑는 것인지, 아니면 신인답게 새롭고 신선한 작품을 뽑는 것인지 정의되지 않은 것 같았다. 심사위원들은 어떤 작품을 읽고는 너무 원숙하고 기성작가의 느낌이 나서 아쉽다고 했으면서 어떤 작품은 신인다운 패기가 느껴지고 낯선 감각이 돋보인다고 칭찬하면서도 아직은 다듬어지지 않아서 다음을 기대해보겠다는 식으로 적었다. 반장의 작품을 당선작으로 선정한 이유는 응모된 다섯 편의 시가 전부 고른 수준을 유지하고 있기 때문이었다. 한두 편의 눈에 띄는 시보다 다섯 편 모두 당선작으로 손색이 없어 그 기량을 믿어보기로 했다는 것이었다. 원동연은 내 말을 잠자코 듣더니 어쩌면 이게 심사위원끼리 서로 추천한 작품이 결단코 합의가 되지 않아 엉뚱한 세 번째 작품이 당선된 경우일 수도 있다고 해석했는데 그 말에 나도 모르게 한바탕 웃음이 터져버렸다.

그 웃음이 시작이었을까? 어느 순간부터 모임에서 신춘문예 당선작을 읽거나 기성작가의 시집을 이야기할 때마다 논조가 묘하게 비판적으로 변했고 그런 기류는 급기야 조롱으로까지 흘러가게 되었다. 나와 원동연은 어느새 시리얼 신춘 킬러가 되어버렸는데 이제는 작품을 읽는다기보다는 단두대 위에 올려놓고 줄을 끊는다거나 식칼을 들고 배를 직접 난도질한다는 표현이 더 어울리게 되었다. 물론 그것도 나름대로는 의의가 있었다. 이딴 것도 시라고 당선되는데 우리도 열심히 쓰자는 동기를 부여했고, 낡은 시가 문제가 아니라 심사위원의 낡은 독법이 문제라는 변명거리를 주기도 했다. 우리는 그렇게 남의 작품에 흠집을 내면서 어떤 희열을 느꼈다. 그건 어쩌면 연쇄살인범이 느끼는 쾌감과 비슷한 것일지도 몰랐다. 우리는 작품 앞에서 한없이 잔인해졌고 그럴 때마다 내 머리 위에 매달린 풍선이 자꾸만 부풀어 오르는 것만 같았다. 퀴즈쇼에서 정답을 맞히지 못할 때마다 부풀어 오르는 벌칙 풍선이었는데 언제 터져도 이상하지 않을 만큼 풍선이 이미 커져버렸는데도 나는 여전히 오답만 맞추는 기분이었다.

시리얼 신춘 킬러 놀이가 무르익을 무렵 나는 어떤 시인의 시집 한 권을 추천했다. 문학 분야 베스트셀러 중에서 외국 도서와 고전을 이기고 굳건히 한 자리를 차지한 시집이었다. 인터넷에서 시를 추천하는 글을 심심치 않게 볼 수 있었고 주요 문예지에도 여러 번 비평이 실렸을 만큼 문단 내에서도 주목받는 시인이었다. 나중에 알게 된 사실이지만 그 시인은 원동연과 같은 대학교를 졸업했고 국문학과 출신으로 전공이 같은 것은 아니었지만 두 사람 모두 교내에서 나름대로 유명한 문학 동아리 소속이었다. 그 동아리에서 활동했던 사람 중에는 이미 시인이 된 사람이 여럿 있었고 그들은 전부 한때 원동연과 친구였다. 그런 배경을 모르고 내가 그 시인의 시를 필사해보자고 제안했을 때 원동연은 진심으로 표정을 일그러뜨리며 고개를 내저었다.

"그건 그냥 잘 쓴 시에 불과해요."

"어떤 시가 성공하는지도 배워볼 필요가 있잖아요."

"그 인간은 그냥 에쿠니 가오리예요."

에쿠니 가오리가 어째서 이런 용법으로 쓰이는지 조금도 이해할 수 없었지만 그가 그렇게 말했을 때 나도 모르게 실소가 터졌다. 그건 억지로 웃는 게 아니라 오히려 아무 표정도 짓지 않으려고 노력했지만 어쩔 수 없이 터진 웃음이었다. 원동연은 주변을 살피며 목소리를 낮췄고 비밀이라도 털어놓듯 조심스럽게 그 시인에 관한 이야기를 들려주었다. 덕분에 나는 알고 싶지도 않은 정보를 몇 가지 알게 되었는데 예를 들면 그 시인이 예비 합격으로 입학해 수능 성적이 가장 낮아 국문학과의 문을 닫고 들어왔다는 것과 아버지가 공무원이고 어머니가 선생님이었다는 따위의 가십이었다. 물론 부모의 직업이 번듯하다고 해서 모든 사람이 상처 없이 자란 것은 아니지만 적어도 그 시인은 아버지의 월급날마다 외식으로 레스토랑도 가고 중고등학교 내내 교재와 학습지가 부족한 적이 없었으며 첫 생리 때는 꽃을 선물받았고 대학 입학식 날에는 사진관에 들러 단란한 가족사진을 찍으면서 자랐다는 것이었다.

"물론 걔가 스스로 가난했고 불행했다고 거짓말을 한 적은 없어요. 하지만 문체를 한번 봐요. 마치 뭔가 대단한 상처를 품고 있는 것 같잖아요. 걔 가끔 인스타그램에 우울증 약 처방전 사진 찍고 절름발이 고양이 사진 올리는데 사실은 그냥 그것뿐이에요. 그냥 문체뿐이지 알맹이는 아무것도 없는 인간이라고요."

그런 말을 들었을 때 상당한 충격을 받았다. 사실 그 시인의 시가 진심으로 좋았기 때문이었다. 혼자 시를 필사한 적도 있었다. 출근하기 전 새벽 5시에 일어나 아무도 없는 24시간 스터디 카페에 앉아 창문을 두드리는 빗소리를 들으며 HB연필로 시인의 시를 써내려갔다. 그냥 읽었을 때는 가볍고 쉽게 읽혀서 좋았던 문장이 검지와 엄지와 중지로 연필을 꼭 쥔 채 한 글자씩 백지 위에 따라서 써보니 어쩐지 가볍지도 쉽지도 않았다. 어렵지 않은 문장이라고 해서 어렵지 않게 쓴 것은 아닐 텐데. 어쩌면 나도 작가의 외연 때문에 시를 오해하고 있었을지도 몰랐다. 솔직히 말하면 나는 그 시인의 시보다도 다른 것들이 부러웠다. 인터넷 서점의 높은 판매지수라든지 어린 나이에 예술학교의 정교수가 된 것 그리고 인스타그램 팔로워 수 같은 것들이었다. 하지만 정말로 솔직히 말하면 나는 그 시인의 시가 더 좋았다. 그건 내가 쓰고 싶었던 시였다.

"물론 취향이라면 인정해요. 직장 다니면서 취미로 쓰는 사람한테는 딱 맞죠."

시를 쓰는 사람의 예민함이라는 게 어떤 것인지 잘 알기 때문에 웬만하면 의견 충돌이 있어도 그러려니 하고 넘어가는 편이지만 그날 내가 물러서지 않고 끝까지 말다툼을 벌인 이유는 마지막에 덧붙인 한마디 때문이었다. 직장 다니면서 취미로 쓰는 사람이라니. 여기에 그런 사람이 도대체 누가 있다는 것인가? 도대체 누가 취미를 위하여 퇴근 후 판교에서 합정동까지 녹초가 되어버린 몸을 이끌고 두 시간씩 운전해가며 시 창작 수업에 참여한다는 걸까? 하루라도 상근직으로 8시간 이상씩 책상에 앉아 실적과 직장 상사의 압박을 견디며 일해본다면 감히 그런 말을 할 수 없을 것이다. 퇴근 후에 시를 쓴다는 것은 초인적인 일이었고 그렇기에 이건 아무리 생각해도 지나친 모욕이었다.

"생각해보니 두 사람 시가 좀 닮았네요. 대중적이고 의미의 전달을 중시하는 게요."

"그런 건 나쁜 시인가요?"

"좋고 나쁜 건 모르겠지만 특별할 게 없는 시인 건 맞죠. 예를 들어 우리가 폴카에 관한 시를 읽는다고 하면 그 시를 읽기 전과 읽고 난 후의 폴카의 의미가 전혀 새롭게 다가와야 할 텐데 그렇지 않다면 그냥 폴카를 직접 보는 게 낫지 굳이 시로 읽어야 할 필요가 있을까요?"

그날 내가 말하지 못하고 속으로만 삼켰던 말은 다음과 같다. 그렇게 잘나빠진 시를 쓴다는 너는 특정한 의미를 위해 구조나 형식을 설계하는 일 같은 것은 죽어도 할 수 없다고 떠들고 다른 시인이 먼저 헤쳐놓은 길 위에는 서지 않겠다고 다짐하며 곧 죽어도 자신만의 오리지널리티를 잃지 않고 시가 되지는 않을지언정 나를 잃어버리는 일은 없을 거라고 외치면서도, 정작 졸업 후에는 대학원에 가서 박사과정까지 밟으며 지도 교수를 모시고 등단 시인의 타이틀을 얻기 위해 매년 신춘문예에 응모하며 등단 이후에는 문학과지성사에서 시집이 나오기를 꿈꾸다가 송년회에 참석해 평론가와 편집인에게 허리 숙여 인사하며 작품이든 책 홍보 리뷰든 인터뷰든 무엇이든 청탁받기를 기다리며 나중에는 지방대학의 국문과든 스토리텔링학과든 융합콘텐츠문화학과든 어디에라도 교수 자리를 얻어 연구실에서 시인 지망생들의 시험지나 채점하면서 살고 싶은 주제에 무슨 예술을 운운하느냐고. 내가 원동연에게 제일 답답했던 것은 자신도 나랑 똑같은 틀 안에서 시인이 되고 싶어 하면서 마치 자신은 다른 예술을 한다고 믿는 것이었다.

"그토록 다른 시를 쓰고 싶다면 다른 삶을 사는 게 우선인 거 아니에요?"

"월급쟁이보다는 충분히 다른 삶을 살고 있어요."

"시 쓴다는 인간 중에 당신 같은 삶을 사는 사람이 얼마나 많은지 알아요?"

원동연은 내가 뱉은 말에 적잖이 상처를 받은 표정이었다. 곧바로 말이 심했다고 사과했지만 원동연은 천천히 고개만 끄덕였다. 그 끄덕임은 사과를 받아준다는 의미가 아니었고 내가 뱉은 말이 일부 사실임을 받아들인다는 인정이었다. 원동연은 힘이 빠진 듯 손바닥으로 얼굴을 감싸며 자조하다가 자신이 애쓰고 있는 걸 세상이 알아주지 않아서 투정을 부린 것 같다고, 아무리 그래도 열심히 하는 사람을 비웃어서는 안 되는 건데 자신이 조금 선을 넘어버린 것 같다고 후회했다. 하지만 그러면서도 끝까지 에쿠니 가오리에 관해서는 의견을 고치지 않았다. 그건 정말 내가 그 시인을 잘 모르니까 그렇게 말할 수 있는 거라고. 걔가 얼마나 속물인지 알면 자신이 한 말을 이해할 수 있을 거라고. 원동연은 거의 울먹였고 그것은 내가 기억하는 원동연의 마지막 표정이었다.

내가 신춘문예에 당선된 것은 다툼이 있던 날로부터 2년쯤 지난 후였다. 모임은 진작에 그만두었고 시 창작 수업에서 떠맡고 있던 반장 노릇도 관둔 후 혼자 조용히 시를 쓰다가 벌어진 일이었다. 시를 쓰면서 프랑스어 과외도 받았다. 원동연이 읽던 프랑스 문예지를 텍스트로 하는 강독 수업을 들었고 나중에는 제법 실력이 붙었다. 신년에 신문사마다 그해의 당선작을 기사로 냈을 때 내가 제일 먼저 하는 일은 원동연의 이름을 찾는 것이었다. 물론 이름을 바꿔서 냈을 수도 있겠지만 작품을 읽어보면 쉽게 원동연의 시를 알아볼 수 있을 거라고 자신했다. 하지만 원동연의 작품은 어디에도 없었다. 나는 그가 아직도 시를 쓰고 있을지 궁금했다. 2년 동안 혼자 시를 썼지만 그렇게 외롭지 않았던 이유는 내가 쓴 시가 전부 누군가에게 보내는 편지였기 때문이었다. 그러니까 사실 나는 혼자였지만 언제까지나 원동연과 함께 시를 쓰고 있었다.

신춘문예로 등단해서 좋은 점은 인터넷에 이름을 검색했을 때 프로필 사진과 당선 소감 그리고 작품과 간단한 심사평을 찾을 수 있다는 것이었다. 그것은 뭔가를 쏘아 올리는 일이었다. 내가 여전히 시를 쓰고 있으며 아직도 시인을 꿈꾸고 있고 이제는 정말로 시인이 되었다는 것을 일일이 설명하지 않아도 모든 이에게 알릴 수 있는 가장 편리한 방식이었다. 활짝 웃고 있는 사진은 나의 안부였고 당선 소감은 그동안 함께 시를 써왔던 이에게 부치는 연하장이었으며 작품은 내 시를 보여줄 수 있는 전시회이자 심사평은 나눠줄 수 없는 전리품이었다. 이제는 회사 사람에게도 당당하게 시를 쓰고 있다고 말할 수 있었다. 어떤 시를 쓰는 것인지, 시 같은 걸 도대체 왜 쓰는지, 그래서 시인이 되고 싶은 것인지 묻는 말에 더는 길게 대답할 필요가 없었다. 신춘문예에 당선된다는 것은 시에 관해서 이런저런 설명이 필요 없는 상태가 되는 일이나 마찬가지였다.

등단작으로 선정된 시가 내가 쓴 시 중에서 가장 마음에 든다거나 제일 잘 쓴 시라고 생각하지는 않았다. 오히려 내가 쓰고 싶었고 쓰려고 했던 시와는 조금 결이 다른 시였다. 등단작은 사내에서 자살한 어느 노조원에 관한 시였다. 가끔 엘리베이터에서 마주쳤지만 이름은 모르던 직원이었다. 그의 죽음이 내 삶에 커다란 영향을 준 것은 아니었다. 그저 얼굴은 알지만 이름은 모르는 사람의 죽음이 내 마음속에 약간의 균열과 정서를 남겼을 뿐이었다. 하지만 심사위원은 그 정도의 온도를 높이 평가했다. 지금 시대에는 몰이해를 이해하는 것이 필요하다고 선정 이유를 밝혔다. 등단 이후 몇 개의 문예지에 청탁을 받으면서 깊은 고민에 빠졌다. 예전에 써놓았던 시 중에서 내가 제일 좋아하는 걸 발표하는 게 나을지 아니면 등단작과 주제나 소재적인 측면에서 조금이라도 연결된 시를 새로 써야 할지 결정해야 했다. 만약 원동연이라면 고민할 것도 없이 자신을 제일 잘 드러낼 수 있는 시를 발표했겠지만 결론적으로 나는 내가 제일 잘 소비될 수 있는 시를 새로 썼다.

등단하고 인스타그램 계정을 개설했을 때 첫 번째로 팔로우를 건 사람은 원동연이 에쿠니 가오리라고 조롱했던 그 시인이었다. 놀랍게도 그 시인은 얼마 지나지 않아 나를 팔로우해주었다. 그걸 계기로 몇 명의 팔로워가 생겼고 댓글로 이런저런 이야기를 나누면서 실재하는 독자를 처음 마주하게 되었다. 문단에서 대단히 주목받은 것은 아니었지만 그래도 판교에서 일한다는 다소 특이한 이력과 IT 업계의 노동문제가 사회적으로 쟁점이 되면서 내가 쓴 시도 어느 정도 조명을 받았다. 인스타그램 계정에는 나와 비슷한 환경에서 시를 읽거나 쓰는 사람의 지지와 응원이 담긴 댓글이 달렸다. 누군가 내 시를 정말로 읽고 있다는 것은 굉장한 경험이었고 큰 자극이었다. 수많은 사람이 시를 쓰는데 그중 소수만 지면을 얻고 독자를 만날 수 있다면 그것은 특권이고 특권을 쥔 사람은 의무를 행해야 했다. 시인에게 의무는 시를 잘 쓰는 일이었다. 살면서 그 어느 때보다도 진지하게 시를 잘 쓰고 싶었고 그래서 마침내 원동연에게 연락할 용기가 생겼다.

원동연이 죽었다는 것을 알려준 사람은 그 에쿠니 가오리였다. 첫 번째 시집이 나왔을 때 작은 독립서점에서 북토크를 열기로 했는데 편집자의 소개로 그 시인이 사회를 맡게 되었다. 그것만으로도 행사는 이미 대성공이었다. 내 지인을 전부 부르고 하다못해 이혼한 부모님과 친인척까지 다 모아도 채울 수 없었던 자리를 시인 덕분에 쉽게 메울 수 있었다. 행사가 끝나고 가볍게 맥주를 마시는 자리에서 내가 조심스럽게 원동연에 관해 물었을 때 시인의 낯빛은 금세 어두워졌다. 시인은 앉은 자리에서 갑작스럽게 눈물을 쏟았는데 나는 시인이 도대체 무슨 말을 하고 있는지 좀처럼 알아들을 수가 없었다. 시인은 원동연의 1주기 기일에 맞춰 대학교 때 같이 문학 동아리에 있었던 시인 몇 명과 추모 문집을 만들 계획이라고 했다. 그러면서 내게도 혹시 원동연의 시를 갖고 있으면 보내달라고 부탁했다.

원동연의 연락처가 바뀌었다는 것과 예전에 쓰던 이메일도 더는 확인하지 않는다는 것은 한참 전부터 알고 있었다. 솔직히 말하면 신문에서 내 시를 읽고 나면 먼저 연락이 오지 않을까 기대했는데 그렇지 않아서 실망했고 나중에는 분노했으며 마지막에는 슬퍼졌다. 아무리 그래도 축하조차 해주지 않는다니. 나 혼자 시를 쓰면서 가끔 원동연이 먼저 등단하는 미래를 상상한 적이 있었다. 정확히 말하면 원동연이 등단해서 유명한 시인이 되어 유퀴즈에 나와 유재석과 함께 지금 시대에 시를 쓴다는 것의 의미를 인터뷰하는 모습이었다. 그 순간 내가 가장 바랐던 것은 원동연이 나를 기억해주는 것이었다. 방송에서 내 이름을 언급해주는 게 아니라 그냥 조명이 가득한 스튜디오 안으로 걸어 들어갈 때 아주 잠시라도 나를 기억해주는 것이었다. 만약 나에게 그런 순간이 온다면 나는 원동연을 떠올릴 것 같았다. 원동연과 함께 시를 읽고 썼던 그 시절이 아주 짧게라도 머릿속에 스쳐 지나갈 것 같았다.

추모 문집 제작에 참여하면서 원동연의 집에 들러 부모님을 만날 기회가 있었다. 원동연의 아버지는 대기업에서 근무하다가 은퇴했고 어머니는 약사였다. 두 분은 나를 따뜻하게 반겨주었다. 아들이 살아 있을 때 쓰던 방을 보여주기도 했는데 원동연이 누워서 자던 침대부터 앉아서 시를 썼던 책상 그리고 입었던 옷가지와 죽기 전날 썼던 수건까지 모든 게 그대로 남아 있었다. 한쪽 벽에는 천장까지 닿는 높이의 커다란 책장도 놓여 있었다. 책장 안에는 원동연이 즐겨 읽던 프랑스 문예지가 월별로 꽂혀 있었고 좋아하는 소설과 시집도 출판사와 출간 연도별로 가지런히 정리되어 있었다. 원동연의 부모님은 추모 문집을 제작하는 게 원동연이 바라는 일인지 바라지 않는 일인지 모르겠다고 했다. 그러면서 나에게 원동연이 시를 잘 썼느냐고 물었는데 나는 망설임 없이 원동연이 내가 아는 단 한 명의 천재였다고 대답했다.

솔직히 말하면 나는 원동연에 관해서 아무도 모르는 작은 비밀을 하나 알고 있었다. 그건 원동연이 시를 써온 방식에 관한 것이었다. 원동연은 시를 쓸 때 자주 읽던 프랑스 문예지에서 주로 아이디어와 영감을 얻었다. 때때로 비슷한 제목을 쓴다거나 핵심적인 시어, 심상, 아니면 형식까지도 가져올 때가 있었다. 물론 그건 표절도 아니었고 딱히 문제를 제기할 만한 수준도 아니었다. 원본을 모르는 사람이 읽는다면 알아챌 방법이 없었고 아는 사람이 읽는다고 해도 의식하지 못한 채 넘어갈 게 분명했다. 하지만 원동연의 시를 진실로 사랑했던 나에게만큼은 그 모든 것들이 보였다. 하지만 정말로 솔직히 말하면 나는 똑같은 방식으로 원동연의 시를 훔쳤다. 원동연이 읽어도 훔친 줄 모를 수도 있겠지만 만약 내 시를 진실로 사랑하는 누군가가 원동연의 시와 내 시를 비교해서 읽는다면 내가 어느 대목을 훔쳤는지 알 수 있을 게 분명했다.

원동연을 위한 추모 문집은 결국 제작되지 않았다. 나는 끝끝내 그들에게 원동연의 작품을 보여주지 않았다. 시는 원동연을 왜곡했다. 원동연은 시를 썼지만 시 이상의 인간이었고 시를 통해 원동연을 기억하는 것은 원동연이 원하는 방식이 아닐 것 같았다. 함께 모임을 했던 시절에 썼던 시는 원동연의 부모님께만 드렸다. 언젠가 다시 만났을 때 부모님은 아들의 시를 읽고도 무슨 말인지 잘 모르겠다며 허망하게 웃었다. 시를 읽으면 조금은 이해가 될 줄 알았는데 이제는 오히려 더 알 수 없게 되었다면서 자조했다. 부모님은 나에게 원동연이 어떤 사람이었느냐고 물었다. 나는 잠시 고민하다가 이렇게 대답했다. 아주 오랜 시간 단 한 명의 문우이자 동시에 든든한 동인이었으며 진짜 시가 무엇인지 가르쳐준 스승, 전속 평론가, 동기부여 전문가, 내 시를 이해하는 유일한 독자이자 아주 가끔은 죽여버리고 싶을 정도로 멋진 시를 쓰는 단 한 명의 천재. 그리고 진정한 예술가였다고. ■

이유리

2020년 경향신문 신춘문예로 작품 활동을 시작했다. 소설집《브로콜리 펀치》《모든 것들의 세계》, 연작소설《좋은 곳에서 만나요》가 있다.

여름 인어

이유리
小說家

할머니의 유언장에는 곱고 정갈한 글씨로 단 한 줄의 문장만이 적혀 있었다.

내 하나뿐인 손녀 이여름에게, 나의 인어 다래를 맡긴다.

그렇다, 할머니는 돌아가시면서 달랑 인어 한 마리를 남기셨다.

꼼짝없이 그대로 장례식을 치렀지만 친척들의 표정은 미묘했다. 비록 인어 한 마리긴 해도 유언장에 이름이나마 언급된 나는 그나마 사정이 좀 나았다고 해야 하나. 평상시엔 얼굴도 한 번 비춘 적 없던 친척들이 유산을 기대하며 여길 왔다는 사실도 우습긴 마찬가지였지만, 나로서도 할머니를 이해할 수 없기는 마찬가지였다. 말마따나 내가 할머니의 하나뿐인 손녀, 게다가 부모 없는 고아에 살길이 까마득한 고등학생이라는 사실을 떠올리셨다면 이러지 마셨어야 했다. 할머니, 다른 건 몰라도 대학까지는 책임지겠다고 했잖아요. 나는 흰 국화꽃으로 장식된 제단 한가운데 할머니의 영정사진을 바라보았다. 다 늙어 영정사진 찍으러 가서 뭐가 그렇게 즐거웠는지 사진 속 할머니는 환하게 웃고 있었다. 다른 사람은 모르겠지만, 태어나자마자 할머니와 둘이 살아온 나는 저 표정을 잘 알지. 뭔가 우스운 농담을 하기 직전이나 교묘한 꾀로 누군가를 골탕 먹일 셈속을 짜고 있을 때 나오던 바로 그 얼굴이다. 도대체 무얼 생각하고 있었던 걸까.

그때였다. 등 뒤에서 누군가 빽 소리를 질렀다.

"빌어먹을 노친네, 도대체 이게 다 뭐야? 무슨 꿍꿍이야? 엉?"

돌아보니 소리를 지른 것은 나의 진외종조부, 내가 작은 할아버지라고 부르곤 했던 할머니의 남동생이었다. 언뜻 보아도 이미 얼굴이 불콰해져 있는 그의 앞에 소주병 두어 개가 구르고 있었다. 혹여 눈이라도 마주칠까 얼른 돌아서서 나는 입을 비죽였다. 남동생이라고 하나 있는 게 할머니 누워 계실 때 한 번도 와보지 않았으면서 콩고물 떨어질 기대는 실컷 했나보지. 낯모르는 친척 몇이 달라붙어 그를 자리에 되앉히긴 했지만 뜯어말리는 이들의 표정 역시 개운치는 않았다. 아니, 오히려 더 깽판을 부려줬으면 하는 것 같기도 했다. 그들이 무슨 생각을 하는지 나는 알 것 같았다. 사실은 나도 정확히 같은 생각을 하고 있었으니까.

도대체 할머니의 금괴는 다 어디로 갔을까.

"잘 보내주고 왔어?"

"응, 화장까지 따라갔다 왔어. 재는 뿌려드렸고."

"잘했네."

다래가 담담한 미소를 지었다. 나는 옷을 갈아입고 나왔다. 머리에 꽂았던 흰 리본핀도 빼내어 서랍에 넣어두었다. 수조 너머 다래도 같은 핀을 꽂고 있었다. 비록 장례식장엔 데려가지 않았지만, 그래도 할머니가 생전에 나 다음으로 아꼈던 다래니까. 수조 앞에 놓인 흔들의자에 펄썩 주저앉아 다래를 바라보았다. 할머니가 항상 앉아 다래와 도란도란 이야기를 나누며 오후 시간을 보내던 의자였다. 비록 돌아가시기 몇 달 전부터 병원에 누워 계시느라 자리를 비우긴 했지만, 그래도 이제 할머니는 이 자리에 영영 앉을 수 없겠지. 그 사실을 생각하니 눈물이 핑 돌아 나는 고개를 푹 숙였다.

"울지 마. 많이 울었잖아."

가까이 다가온 다래가 수조 벽을 톡톡 치며 위로했다. 다래의 얼굴을 올려다보았다. 언제나처럼 아름다운 다래의 얼굴을. 그러고 보니 다래도 슬프면 울까. 평생을 다래와 함께 지내왔는데도 다래가 눈물을 흘리는 모습은 본 적이 없었다. 물속이니까 눈물을 흘려도 티가 나지 않겠구나, 생각하다가 문득 다시 한번 슬퍼졌다. 다래는 지금까지 몇 번의 죽음을 보았을까.

할머니의 소중한 말동무이자 내 오랜 친구인 반려 인어 다래는 내가 태어났을 때부터 이 집에 있었다. 할머니가 젊었을 때 할아버지가 결혼 선물로 데려다주었다고 들었다. 아마 할아버지도 누군가에게서 다래를 데려왔겠지, 인어는 돈으로 사고팔 수 있는 것이 아니니까. 반려 인어가 예전보다는 흔해진 세상이라지만 아직도 인어는 희귀하고 보기 드문 존재였으므로 어렸을 때는 친구들을 불러다 다래를 보여주며 자랑하기 바빴던 적도 있었다. 인어들이야 원래 영원히 젊은 몸으로 불로불사하는 생명체지만 우리 집 다래는 특별히 아름다웠고 각별하게 현명했으니 자랑할 만하기도 했다. 물속에 붙은 불처럼 새빨간 머리카락이 어깨 뒤로 펼쳐진 모습이며 갸름한 아몬드 모양의 에메랄드빛 눈동자, 그리고 유연하게 움직이는 미끈한 초록색 꼬리지느러미까지. 반려 인어를 처음 보는 꼬맹이들은 입을 헤 벌리고 수조에 손자국을 내며 달라붙었고 다래는 귀찮은 내색 없이 아이들의 질문에 대답해주었다.

"내가 몇 살인지는 나도 몰라. 세는 걸 잊어버린 지 오래라서. 이곳이 답답하지 않느냐고? 글쎄, 나는 할머니랑 여름이랑 지내는 게 좋아. 밖에 나가고 싶지는 않구나. 죽진 않겠지만 물 밖에선 가슴이 답답해져서 싫어. 바다? 지난 여름휴가 때 다녀왔어. 아주 오래전엔 거기 살기도 했었고."

그럴 때마다 다래는 즐거워 보였지만 나는 불만스러운 얼굴로 불퉁하게 입을 내밀고 있었다. 할머니가 내다준 과일이며 최신 기종의 게임기도 마다하고 오로지 다래에게만 달라붙은 친구들이 못마땅한 거였다. 다래는 내 친군데. 그럴 때면 친구들이 돌아간 뒤, 수조에 난 손자국을 문질러 닦으며 다래에게 다짐을 시키곤 했었다.

"다래는 평생 내 친구지? 나랑 할머니랑만 친할 거지?"

그러면 다래는 웃으며 대꾸했다.

"네가 살아 있는 동안에는."

그때 다래가 한 말의 무게를 이제야 느끼며, 나는 어렸을 때와 전혀 변함없는 잔잔한 미소를 짓고 있는 다래와 눈을 마주쳤다. 물속에서 보석을 깎아 만든 펜던트처럼 밝게 빛나는 다래의 눈. 이것이 다래가 목도한 첫 죽음은 아닐 것이다. 멀게는 할아버지의 죽음도 보았을 것이고 물론 엄마아빠의 죽음도 보았겠지. 그러고 보니 어릴 적엔 다래에게 자주 묻곤 했었다. 엄마와 아빠에 대해서. 그때마다 다래는 떠오르는 것들을 기억나는 대로 말해주었으므로 나는 태어나자마자 부모를 잃은 아이치고는 많은 것을 알 수 있었다. 아빠는 과자가 생기면 주먹 속에 꼭 쥐고 가져와 나눠주곤 했던 귀여운 밤톨 같은 어린이였다는 것부터, 제법 조숙했는지 중학생 때는 여자친구를 집으로 데려와 제일 친한 친구라며 다래를 소개했고 그 여자아이와 결혼하던 날엔 세상을 다 가진 사람처럼 행복해 보였다는 이야기까지. 할머니가 갖고 있는 두툼한 사진 앨범만 보아서는 절대 알 수 없는 사실들이었다. 태어나면서부터 없었다 보니 없다는 사실이 의외로 크게 아쉽지는 않은 부모님이었지만 나는 다래가 들려주는 그런 이야기들을 구슬을 꿰어 모으듯 마음속에 고이 모아두곤 종종 꺼내 되새겨보곤 했다. 그때도 물론 알고 있었다, 다래의 이야기 속 그 모두가 이제 죽었다는 사실을. 그러나 다래와 내가 함께 사랑했던 할머니가 떠난 지금 다래를 마주하니 지난 모든 죽음들이 새삼 한꺼번에 몰려오는 것 같은 기분이었다. 내 머리 위로, 어깨 위로 죽음들이 미지근한 물처럼 쏟아지는 것 같았다. 그래, 모두 죽었다 모두가.

그런 와중에 할머니의 유산이며 금괴 따위나 생각했다니, 할머니가 아셨다면 분명 등짝을 내리치셨겠지.

사실 집에 돌아오는 내내 생각했었다. 다래는 금괴에 대해 알고 있을까. 아니, 틀림없이 알고 있을 것이다. 사실 더 솔직히 말하자면 할머니가 다래를 내게 부탁한 건, 나 말고는 다래를 맡아 돌볼 사람이 없기도 했지만 그것 말고도 다른 이유가 있을 거라고 생각하며 마음속으로 설레발을 치기도 했었다. 그러니까 다래에게 그 금괴들의 위치를 물어 나 혼자만 가지라는 뜻일 거라고. 셈이 빠른 할머니라면 분명 유산에 눈이 먼 친척들이 덤벼들 걸 예상했을 테니까 말이다.

그런데 이제 와서, 생전에 할머니가 쓰던 의자에 앉아 할머니가 그랬듯 다래를 올려다보고 있는 지금 나는 깨닫고 있었다. 그 질문은 영영 내 입에서 나올 수 없는 종류의 것이라는 사실을. 어떻게 그따위 사소하고 잡스러운 사실을 물을까, 할머니와 내가 평생을 함께해온 친구이자 할머니의 죽음을 함께 이겨낼 유일한 동료에게. 묻는다면 대답이야 해주겠지만 다래는 분명 내게 크게 실망할 것이다. 영생하는 인어인 다래는 돈의 소중함은 몰라도 인간의 간교함은 잘 알고 있으니까. 티 내지는 않아도 이 사실을 오래오래 기억할 거다. 그리고 언젠가 내가 죽고 나서, 누군가 나에 대해 묻거든 이야기하겠지. 이여름 그 애는 할머니가 죽었다고 울면서도 숨겨놓은 돈이 어디 있느냐고 묻던 아이였다고. 그 금괴를 팔아 평생 돈 걱정 없이 살았지만 마음만은 메마르고 퍼석한 사람이었다고.

그래, 나는 그럴 수 있는 사람이 아니었다.

할머니는 여기까지 예상했는지도 모른다. 내가 고등학생이 되던 해, 할머니는 갑자기 우리 둘이 살고 있는 이 아파트의 명의를 내 앞으로 돌려두겠다고 고집을 부렸었다. 그때까지만 해도 할머니는 건강했고 이렇게 갑자기 돌아가실 줄은 몰랐으므로 그러라고 심상하게 대꾸했던 것이 기억났다. 그때부터 생각했던 걸까, 이 모든 계획을. 아까 영정사진 속에서 보았던 할머니의 웃는 얼굴을 떠올리며 나는 소맷자락으로 눈가를 꾹꾹 눌렀다.

할머니는 그런 사람이었다. 남 골탕 먹이는 일이라면 자다가도 벌떡 일어나는 사람. 돌아가시기 직전까지도 그 버릇은 여전해서, 고작 몇 달 머물렀던 입원실의 서랍에서 방귀 쿠션이며 닭 소리가 나는 고무 장난감이며 끄집어내면 껌 대신 바퀴벌레 모형이 튀어나오는 껌 통까지 온갖 장난감이 쏟아져나왔었지. 밥 떠넣을 힘도 없었지만 할머니는 매일 아침 의사가 회진을 돌 때가 되면 눈을 반짝이며 그날의 장난을 궁리하곤 했었다. 못된 장난을 당하고도 할머니가 허리를 꼬부리고 배꼽을 쥐는 모습을 보면 에이 씨, 하며 결국 의사도 나도 함께 웃었고 그로써 고통스러운 나날들이 조금은 부드러워졌었지. 그래, 돌아가시기 직전에도 아마 이런 잔꾀를 부려둔 것을 생각하며 할머니는 속으로 웃었을 거다. 자기 장례식에 모여앉아 씩씩거릴 얄미운 친척들을 떠올리면서. 사랑하는 것들을 떠나는 순간에, 먼 길을 혼자 오르는 순간에 마냥 두렵지만은 않았을 거다.

나는 흔들의자에서 일어섰다. 수조 앞에 놓아둔 앉은뱅이 의자를 밟고 올라서 수조에 손을 집어넣었다. 구석에 앉아 있던 다래가 사르르 꼬리지느러미를 흔들며 다가왔다. 손등에 엷은 푸른색 비늘이 덮인 다래의 손이 내 손을 잡았다. 차갑고 매끄러운 다래의 손. 우리는 손을 잡고 잠시 그러고 있었다. 어렸을 적부터 나는 슬픈 일이 있을 때마다 이렇게 하곤 했었다. 물갈퀴가 돋은 다래의 손가락이 내 손을 그러쥐고 있으면 서서히 마음이 안정됐다. 나보다 훨씬 오랜 세월이 여기에 있었다.

"괜찮아. 금세는 아니어도 괜찮아질 거야."

다래가 가만가만 나를 달랬다. 나는 고개를 끄덕였다. 다래가 하는 말이라면 믿을 수 있었다. 그런 사람들을 수없이 보아왔을 것이며 다래 역시도 그랬을 테니까, 누군가의 죽음 앞에서 한번 와르르 무너졌다 서서히 재건되는 경험을.

나는 수조에 배를 기대고 한참을 그렇게 서 있었다.

할머니가 암 판정을 받은 즉시 한 일은 이 집을 제외한 전 재산을 모조리 팔아치운 것이었다. 사정 모르는 이들은 혼자 사는 노인네 재산이라고 해봐야 얼마나 되겠느냐고 할 수도 있겠지만 그 규모는 어마어마했다. 할머니는 젊었을 때 할아버지와 함께 남동산단에서 반도체 생산 공장을 운영했었다. 첫 시작은 아주 작고 협소했다던 그것이 마침 일었던 수출 붐과 반도체 사업의 상승세를 타고 쭉쭉 불어나, 지금의 공장엔 천 평 정도 되는 드넓은 건물에 최신식 장비가 꽉꽉 들어차 있었고 직원이 60명이나 됐다. 나도 어렸을 적 할머니를 따라 몇 번 가본 적이 있었는데 이것이 할머니의 소유라는 것이 실감 나지 않을 만큼 커다란 공간이었다. 정밀하게 쇠판을 깎아내는 기계며 얇은 판 위에 끊임없이 부품을 붙이는 기계들, 그 앞에 분주하게 움직이는 사람들까지 신기한 것들이 가득한 그곳에서 할머니는 명실공히 대장이었다. 거기선 누구도 할머니를 그저 나이 든 여자로 대하지 않았다. 할머니가 단지 공장 사장이기 때문만은 아니었다. 원체 성격이 대차고 꼼꼼한 할머니는 그 넓은 공장의 구석구석을 좌르르 꿰고 있었고 경영이며 공장 관리까지 모든 문제를 자기 손을 거쳐 해결했다. 공장 앞 주차장까지 매일 아침 손수 비질했을 정도니 얼마나 알뜰하게 아꼈던 회사인지는 내가 잘 알고 있었다.

내가 고등학생이 되던 해, 무릎에 물이 차 인공관절 시술을 받은 이후에서야 할머니는 믿을 만한 이에게 사업체를 통째로 넘기고 공장을 세주었다. 자세히 알려준 적은 없으나 대강 주워듣기론 그 임대 수익이 매달 수천만 원이 넘는다고 했다. 그러니 염치 모르는 친척들이 눈에 불을 켜고 달려들 만도 했다. 알토란 같은 공장 건물, 그리고 꼬박꼬박 모아두었을 저축이 탐나는 것도 당연하겠지. 남은 거라곤 아직 주민등록증도 안 나온 고등학생 여자애와 인어 한 마리뿐이니까, 얼마든지 타이르고 구슬려 입맛대로 뜯어갈 수 있을 거라고 생각했을 테다.

아마 정말 그랬을지도 모르지, 할머니가 전 재산을 금괴로 바꿔놓지 않았다면.

야자를 마치고 학교에서 돌아오자마자 영문도 모르고 차에 태워진 건 할머니가 병원에 입원하기 전날 밤이었다. 집 앞에 비상등을 켜고 있던 모범택시 한 대가 클랙슨을 울리기에 바라보았더니 뒷자리에서 할머니가 손짓해 부르고 있었다. 차에 타자마자 그대로 한 시간이 넘게 달려 도착한 곳은 한 번도 가본 일 없던 어느 지방 소도시의 한 골목이었다. 한눈에 보기에도 이미 쇠락한 듯한 골목 가운데쯤에 오래된 금은방이 하나 있었다. 불이 꺼지고 블라인드가 내려진 것이, 보기에는 이미 문을 닫은 곳인 듯했다. 그 앞에 내린 할머니는 어안이 벙벙해 있는 나를 보며 만족스러운 미소를 짓고는 물었다.

"여름아, 금 좋아하냐?"

대체 무슨 소리인지 알 수가 없었다. 할머니는 대답도 듣지 않고 기세 좋게 문을 밀쳤다. 잠겨 있을 줄 알았던 문은 활짝 열렸다. 안은 온통 벽시계가 걸려 있는 한쪽 벽 앞에 금붙이들이 진열된 유리 쇼케이스가 놓인 보통의 금은방이었는데, 불이 꺼진 가운데 의자를 놓고 중년의 아저씨 한 분이 앉아 있었다. 이미 이야기가 되어 있었던 듯 아저씨는 우리를 보고도 놀라지 않았다. 두 사람은 서로 눈짓을 주고받았다.

"아이고, 먼 길 오시느라 고생하셨네요."

"준비됐나요?"

"그럼요. 갑자기 이만큼을 마련하느라 얼마나 힘들었는데요."

"수고하셨네요. 좀 볼까요?"

아저씨가 의자를 끌며 일어서더니 우리를 진열대 너머 뒷방으로 안내했다. 나도 가도 되는 것인가 싶어 우물쭈물하고 있는데 할머니가 내 손을 잡아끌었다. 엉거주춤 따라간 그곳에는 내 키만 한 금고가 있었다. 번쩍번쩍한 것이 새것인 듯했다.

"비밀번호는 말해두신 그걸로 설정했고요. 한번 확인해보시죠."

아저씨가 말하자 할머니는 금고로 다가갔다. 다이얼을 끼릭끼릭 돌리며 이리저리 맞추자 찰칵, 소리와 함께 문이 열렸다. 동시에 우리 모두의 얼굴에 금빛 광채가 환히 드리워졌다. 나는 입을 딱 벌렸다. 금괴였다. 길쭉하고 네모난 금덩어리가 내 어깨만 한 높이로 차곡차곡 쌓여 있었다.

"할머니, 이게 다 뭐야?"

"뭐긴, 금이지."

할머니가 금괴 무더기에 다가가 하나를 집어들더니 내게 건넸다. 나는 홀린 듯 그것을 받아들었다. 묵직하고 매끈매끈했다. 금괴를 보는 건 처음이었지만 이게 진짜 순금이라는 것은 묻지 않아도 알 수 있었다.

"하나에 일 키로짜리가, 보자, 둘 넷 여섯 여덟……."

"삼백서른세 개. 정확히 삼백서른세 개요."

금괴를 세는 할머니 옆에서 아저씨가 말을 보탰다. 할머니는 몇 번이나 금괴를 세어보더니 만족스럽게 고개를 끄덕였다. 내가 들고 있던 금괴를 돌려주자, 아저씨가 금고를 다시 닫았다.

"이게 할머니 전 재산이야. 공장도 팔고 예금통장도 다 깼어."

장난스럽게 말하는 할머니의 표정을 보고서야 알았다. 또 뭔가 장난칠 궁궁이를 꾸미고 있다는 걸. 그래서 더 묻지 않았다. 물어봤자 말해주면 재미없지 않느냐는 핀잔만 돌아올 게 뻔했으니까. 그저 아저씨와 할머니가 비밀스럽게 뭔가 속삭이는 것을 지켜보다가 바깥에서 기다리고 있던 택시를 타고 다시 집으로 돌아왔을 따름이었다. 사실 그때까지만 해도 일이 이렇게 될 줄은 전혀 몰랐지만.

어쩌면 할머니가 다래한테는 말했을지 모른다. 할머니는 뭐든 다래와 의논하곤 했으니까. 이른 새벽 선잠이 깨었을 때 거실에서 둘이 두런두런 이야기를 나누는 소리를 들은 적이 있었다. 그럴 때면 별생각 없이 다시 잠들곤 했지만 이제 와선 그랬던 게 후회되었다. 금괴를 어디 숨겼는지 엿들을 수 있는 기회를 놓쳐서가 아니었다. 할머니와 다래 셋이서 조잘조잘 얘기하던 시간, 그 별것 아닌 일상이 마음이 미어지도록 그립고 그리워서였다. 곧 다시는 그럴 수 없는 날이 온다는 걸 그때도 알았더라면 아침잠을 늘어지게 자는 대신 침대를 박차고 벌떡 일어나 달려나갔을 텐데. 오늘 저녁 메뉴, 어제 본 드라마에 대한 감상뿐이라도 좋으니 신나게 한 몫 거들어 수다를 떨었을 텐데. 그래, 금괴고 뭐고 다 필요 없었다. 다시 한번만 더 그럴 수 있다면.

침대에 힘없이 누운 채로, 나는 그런 생각들을 머릿속으로 굴렸다. 어느새 밤이 깊어 있었다. 방 바깥에 귀를 기울여보았다. 할머니가 건강하던 때였으면 지금쯤 바깥에선 텔레비전 소리가 들리고 있었겠으나 이제 거실은 쥐 죽은 듯 조용했고 다래의 수조에서 여과기 돌아가는 소리만이 낮게 웅웅 들려왔다. 그 소리를 멍하니 듣다 말고 나는 훌쩍 몸을 일으켰다. 조용히 문을 열고 텅 빈 거실로 나갔다.

"다래야."

꼬리를 도사리고 수조 밑바닥에 앉아 있던 다래가 고개를 들었다.

"못 자고 있을 것 같더라."

다래의 얼굴도 밝지 않았다. 수조 안에서 꺼진 텔레비전, 아무도 없는 소파를 보며 다래도 같은 생각을 하고 있었을 테니까. 우리는 슬픈 얼굴을 한 서로를 말없이 바라보았다.

"언젠가, 이게 나아져?"

별안간 내 입에서 말이 툭 튀어나왔다. 다래는 놀란 기색 없이 묵묵히 내 눈을 응시했다.

"이 힘든 게…… 언젠가 없어져? 언제 어떻게 없어져?"

나는 할머니의 흔들의자 옆에 쪼그려 앉았다. 눈물을 참으려고 온몸에 힘을 주자 어깨가 덜덜 떨렸다. 갑자기 돌아가신 것도 아닌데, 몇 달을 입원해 있는 동안 여러 차례 마음의 준비를 할 기회가 있었고 실제로 잘했다고 생각했는데. 심지어는 항암 치료 때문에 극심한 고통을 호소하는 할머니를 지켜보며 차라리 빨리 편히 쉬게 해주는 쪽이 좋지 않을까 하는 생각까지 했었는데. 이제 와 생각하니 그 모든 게 자만이고 오산이었다. 나는 이걸 이겨낼 수 없었다. 온 정신을 다해 그립고 보고 싶은 이 마음이, 할머니를 떠올린 순간 온몸이 굳어지는 이 감각이 영원할 것만 같았다.

그때, 머리 위에서 다래가 조용히 읊조렸다.

"……없어지지 않아."

나는 눈물투성이 얼굴로 고개를 들었다. 나를 내려다보는 다래의 갸름한 얼굴에 슬픈 미소가 가득했다.

"내게 그것을 물은 사람이 네가 처음은 아니야. 사실 금자도 내게 같은 걸 물었었지."

금자는 할머니의 이름이었다. 다래가 손가락을 뻗었다. 끝이 둥글게 다듬어진 다래의 손톱이 수조 안쪽 벽에 힘없는 선을 하나 그었다. 나는 열없이 그것을 바라보았다.

"네 할아버지 규석이가 죽었을 때, 형진이랑 주미가 죽었을 때도 금자는 너무너무 힘들어했어. 내게 매일같이 그런 걸 물었지. 언제쯤 이 고통이 사라지냐고. 너는 몰랐겠지만, 금자는 아주 최근까지도 밤마다 혼자 울곤 했어."

"그럼, 나아지지 않는 거야? 영영 이 상태로?"

"……그럴지도 모르지."

다래가 조용히 읊조렸다.

"하지만 금자는 시간이 지나면서 조금씩 나아졌어. 나아졌다는 건 잊는다는 거지. 내가 지켜본 바론 그래, 한 가지 감정에 오래 휩싸여 있기엔 인간의 삶은 너무나 짧더라. 나을 수 없을 것 같은 상처도 그 위에 자꾸 뭔가를 덮어씌워서 눈에 띄지 않게 만들고 잊어버리게 해서, 결국 어느 날 아무렇지 않은 것처럼 살아갈 수 있는 거. 그런 걸 사람들은 회복이라고 부르는 것 같더라고."

다래가 말하는 할머니의 상처 위에 덮어씌워진 것이 무엇인지, 나는 당연히 알고 있었다. 그건 나였다. 할머니는 가끔 내 손을 잡고 입버릇처럼 중얼거리곤 했었다. 우리 여름이 없으면 어떻게 살꼬, 하고. 그때마다 헤헤하고 웃어버리고 말았지만 이제 와서 그 말의 무게를 생각하니 저절로 입꼬리가 묵직해졌다. 나는 입을 꾹 다물고 다래를 바라보았다. 다래도 나를 바라보고 있었다.

"여름이 너도 언젠가 그걸 찾게 될 거야. 네 위에 덮어질 무언가를."

다래가 가만히 미소 지었다.

다음 날이었다. 도저히 잠이 오지 않아 뒤척이다 느지막이 잠든 탓에 아침 열 시가 넘도록 늦잠을 자고 있는데 초인종이 울렸다. 잠이 덜 깬 채로 현관에 나가 보니 문 바깥이 소란했다. 무슨 일인가 싶어 인터폰 화면을 들여다보았다. 서너 명의 사람들이 화면 안에서 웅성거리고 있었다. 가장 앞에 선 얼굴을 나는 알아보았다. 작은할아버지였다.

"여름아, 여름방학이라 집에 있는 거 안다. 잠깐만 문 좀 열어봐."

초인종이 다시 한번 울렸다. 문을 쾅쾅 두드리기도 했다. 나는 문에 귀를 대고 숨을 죽였다. 바깥에서 두런두런하는 말소리가 들렸다.

"애 겁먹이지 말아요. 될 것도 안 되게."

"일단 문을 열어야 뭘 하지."

"기다려봐요. 자고 있을지도 모르니까."

나는 망설이다가 문을 열었다. 그러자마자 순식간에 사람들이 집 안으로 밀고 들어왔다. 어어, 할 틈도 없이 그들은 신발을 벗고 거실로 성큼성큼 들어갔다.

"여름아, 잘 지냈니. 작은할아버지다. 그리고 다래도 오랜만이네."

작은할아버지가 다래를 바라보며 내 어깨를 토닥였다. 나는 어색하게 웃으며 다래를 쳐다보았다. 다래는 별로 놀라지도 않은 듯 고개만 살짝 흔들 뿐이었다.

"갑자기 찾아와서 놀랐지? 일단 좀 앉아라."

작은할아버지가 소파에 푹 기대앉았다. 제집인 것처럼 자연스러운 태도였다. 같이 온 사람들도 제각기 소파와 바닥에 늘어앉았다. 작은할아버지 말고도 젊은 남자가 하나, 나이가 꽤 있어 보이는 아주머니가 하나 있었다. 나는 어찌해야 할지 몰라 조금 망설이다 할머니의 흔들의자에 앉았다.

"장례식장에서 봤지? 여긴 우리 아들 준성이고, 이쪽은 네 작은할머니. 금자 할머니 막냇동생이다."

젊은 남자가 나를 빤히 노려보며 다리를 꼬았다.

"아이고, 다래는 여전히 이쁘네. 인어가 안 늙는다더니 진짜긴 한가보다. 우리 여름이도 안 본 사이에 어른이 다 됐고 말야."

작은할머니라고 한 아주머니가 수선스러운 말투로 말했다. 그제야 그 얼굴이 기억났다. 장례식장에서 작은할아버지가 붉어진 얼굴로 소리를 지를 때 그를 뜯어말리며 내 쪽을 흘끔거리던 사람 중 하나였다. 그걸 떠올리니 이 사람들이 찾아온 이유를 이제야 알 것 같았다.

"저는 어디 있는지 몰라요."

나는 또박또박 말했다. 남은 잠이 확 달아나는 것이 느껴졌다.

"할머니 돈 때문에 찾아오신 모양인데, 저도 정말로 몰라요. 저한테도 말해주지 않으셨어요."

"거짓말은 그만하지?"

다리를 꼬고 있던 젊은 남자가 이기죽거렸다. 동시에 작은할아버지가 돌처럼 굳은 얼굴로 그쪽을 획 째려보았다. 남자는 입을 다물었다.

"여름아, 우리가 그거 다 달라고 찾아온 건 아니야. 네가 잘 모르는 것 같아서 알려주려고 온 거지."

작은할머니가 달래는 투로 말했다.

"민법에 그렇게 정해져 있어. 상속이 일 순위가 자녀랑 손자 손녀, 이 순위가 부모, 삼 순위가 배우자고 사 순위가 형제자매라고. 그러니까 따지고 보면 우리가 금자 언니 재산을 나눠받는 게 맞다는 거야."

"그래. 알아보니까 누나가 죽기 전에 재산을 싹 처분해서 어디다 빼돌린…… 아니, 보관한 모양이던데 그런다고 해도 소용이 없어. 법적으로 처리하면 그렇게 된다 이 말이야."

작은할아버지가 헛기침을 했다. 나는 조용히 그들을 쏘아보았다. 저들의 말이 맞을지 모르지만, 그건 내 할아버지와 부모가 모두 일찍 죽었기 때문이라는 걸 저들은 전혀 생각하지 않고 지껄이고 있었다. 다래도 그것을 생각했는지 싸늘한 얼굴로 가슴 앞에서 팔짱을 끼고 있었다.

"할머니는 모든 재산을 금괴로 바꾸셨어요. 그리고 그걸 어디 금고에 넣어서 혼자만 아는 곳에 두셨고요. 저는 정말로 몰라요."

"금괴?"

"그걸 전부 금을 샀단 말이야?"

작은할아버지의 표정이 싹 변했다.

"그게, 그게 얼마나 되는데?"

"몰라요."

실은 기억하고 있었다, 정확히 삼백서른세 개라고 했던 금은방 주인의 말을. 하지만 그걸 곧이곧대로 말해줄 필요 따윈 없었다.

"너, 시치미 떼도 소용없어. 경찰에 신고하면 뒷일은 경찰이 다 알아서 해줄 거니까. 경찰이 찾아낼 거야."

여전히 다리를 꼬고 앉아 있던 남자가 쏘아붙였다. 나는 어깨를 으쓱했다.

"그러시든가요."

그때였다. 작은할머니가 갑자기 다래를 손가락질했다.

"너, 너는 몰라? 너는 알지?"

그러고는 수조를 향해 성큼성큼 걸어가며 외쳤다.

"옛날부터 금자 언니가 저 인어한테는 별 얘기를 다 하고 그랬어. 쟤한테는 말했을지도 몰라. 쟤한테 물어봐."

"그래, 다래야. 누나가 너를 각별히 이뻐했잖니. 너는 알지? 금괴를 어디 숨겼는지?"

작은할아버지가 허겁지겁 돌아섰다. 냉정한 얼굴로 상황을 지켜보고 있던 다래가 한숨을 푹 내쉬었다. 커다란 공기 방울이 뽀르르 수조 위로 올라왔다.

"……이런 일이 일어날 줄 알고 금자에게 그러지 말라고 했었는데."

다래가 작게 뇌까렸다. 그러자 남자가 벌떡 일어서서 수조로 다가왔다. 수조 바로 앞 흔들의자에 앉아 있는 나는 아랑곳없이 수조 벽에 기대듯 들러붙더니, 얼굴을 가까이 붙이고 다래에게 으르렁거렸다.

"아는 대로 당장 말해. 어디다 숨겼어?"

"……안다고 해도 말해줄 수 없네요. 이런 태도로는."

다래가 차가운 말투로 대꾸하며 꼬리를 내저어 수조 벽에서 멀리 떨어졌다. 남자가 이를 뿌드득 갈며 주먹을 들어올렸다.

"준성아. 그런다고 해결될 게 아니다. 일단 진정해라. 말로 해결해야지."

작은할아버지가 뒤에서 남자의 팔을 잡았다. 남자는 콧김을 씩씩거리며 잡힌 팔을 뿌리쳤다.

"지금 저 쥐콩만 한 꼬맹이랑 물고기 나부랭이가 우리 돈을 홀랑 먹으려고 하는데 진정하게 생겼어요? 아버지, 지금 무르게 나올 게 아니에요. 여기서 이럴 게 아니라 경찰에 신고하죠 빨리? 이런 애들은 착하게 대해줄 필요가 없다니까요!"

"오준성!"

목소리가 높아지는 동안, 나는 이상하게도 마음이 점점 차분하게 가라앉는 것을 느끼고 있었다. 이상했다. 이 모든 것이. 이 사람들은 바로 엊그제까지만 해도 할머니의 장례식장에 있었는데. 비록 생전에 전혀 교류가 없었고 오히려 할머니를 혼자 잘 먹고 잘산다며 뒤에서 미워했을지언정 그래도 할머니와 피를 나눈 형제자매들인데. 할머니가 돌아가신 지 며칠이나 됐다고 이 집에 찾아와서 이렇게 언성을 높이는 모습이, 돈을 내놓으라며 나뿐만 아니라 다래에게까지 소리를 질러대는 이 모습이 그냥 너무 다 이상하고 말이 되지 않았다. 이런 일은 드라마에나 나오는 줄로만 알았는데.

"전 진짜 어디 있는지 모르지만, 할머니 돈은 절대 못 줘요."

나는 흔들의자에서 일어섰다. 등 뒤에 다래를 두고 똑바로 버티고 서서 말했다.

"유언장에 안 적은 걸 보면, 할머니는 그 돈을 아무한테도 주고 싶지 않았던 게 틀림없어요. 어디다 이미 썼는지도 모르죠. 뭐든 간에, 전 그 돈 못 줘요. 줄 수도 없고요. 돌아가세요. 경찰에 신고를 하시든지."

"얘, 얘가!"

"됐어요 아버지, 가요. 신고하면 되지. 저 쪼그만 게 세상 무서운 줄 모르네."

남자가 돌아섰다. 현관으로 성큼성큼 걸어간 남자는 이미 신발을 주워 신고 있었다. 붉으락푸르락한 얼굴로 돌아선 남자의 등과 내 얼굴을 번갈아 보던 작은할아버지도 어쩔 수 없다는 듯 남자를 따라갔다. 작은할머니가 그 뒤를 따르며 내게 외쳤다.

"여름아, 너 잘 생각해라."

현관문이 쾅 닫히는 소리를 듣고서야 나는 흔들의자에 도로 주저앉았다. 한차례 폭풍이 지나간 것 같았다. 뭘 잘 생각하라는 거야, 생각하고 말고 할 것도 없는데. 한숨을 푹 내쉬는데 다래가 말했다.

"잘했어."

나는 다래에게 히히 웃어 보였다. 다래 말대로 잘한 건지는 모르겠지만 이번 일로 오히려 마음이 확고해진 것 같은 기분이었다.

"너 혹시 할머니가 금괴 숨긴 곳을 안다고 해도, 나한테 말해주지 마."

"왜?"

"그냥. 나 그거 갖기 싫어. 나도 저렇게 되면 어떡해."

"저들을 마냥 욕할 수 있는 건 아니야. 돈은 매우 중요한 거거든. 너는 모르겠지만."

"나도 돈이 좋다는 건 알아."

"인간은 돈 때문에 죽기도 하고 살기도 해. 모르지, 저들도 그 돈이 꼭 필요한 사정이 있을지도."

"흐음."

나는 흔들의자를 흔들며 생각했다. 다래의 말이 맞는 것 같기도 했다. 죽기도 하고 살기도 한다라, 나도 용돈이 모자라서 쩔쩔매본 적이 있긴 하지만 그건 죽을 만큼 힘든 일은 물론 아니었다. 집에 돌아오면 밥이 차려져 있었고 옷이며 물건이며 없는 것 없이 살았으니까. 하지만 누군가는 그렇지 않을 수도 있다. 작은할아버지 가족이 어떻게 사는지 모르겠으나 형제가 죽은 와중 쳐들어와 깽판을 부릴 만큼 돈이 급한 사정이 있을지도 모르지, 그렇게 생각하니 금괴를 조금이라도 나누어주는 게 맞는지도 모르겠다는 생각이 들기도 했다.

"몰라, 그래도 나한테는 알려주지 마."

다래는 말없이 웃기만 했다. 알쏭달쏭한 웃음이었다. 뽀글뽀글 기포가 올라와 수면이 출렁거렸다. 다래는 정말 알고 있는 걸까. 다래가 안다면 할머니는 왜 다래에게만 알려준 걸까. 하지만 일이 이렇게 된 지금은 오히려 내가 몰라서 다행이라는 생각도 들었다. 에이 됐어, 어차피 나한텐 필요 없으니까. 돈이란 건 정말 골치 아픈 거구나. 그렇게 생각하니 조금 어른이 된 것도 같았다. 몇백 년을 살아온 다래한테 이렇게 말하면 분명 웃겠지. 나는 그냥 다래를 바라보며 마주 웃어 보였다.

그들이 조만간 다시 한번 들이닥칠 거라고 생각은 하고 있었다. 그땐 순순히 물러나지 않을 것이고 경찰이든 뭐든 대동해서 무슨 수를 쓸 거라는 사실도 예상한 바였다. 하지만 그 며칠 뒤 다시 한번 우리 집 초인종을 누른 것은 작은할아버지도, 경찰도 아니었다. 왜소한 체구에 키가 작은 중년 남자였다. 그 남자는 자신을 무려 탐정이라고 소개했다.

"탐정이…… 진짜 있어요?"

당사자를 앞에 놓고 묻기 면구한 질문이었지만 나도 모르게 그런 말을 뱉고 말았고 남자는 크흠, 헛기침을 하며 명함을 하나 내밀었다. 거기엔 분명한 궁서체로 '윤명신 탐정 사무소'라고 적혀 있었고 아래에 그럴듯한 주소와 전화번호까지 나와 있었다. 하지만 그 명함을 보고도 여전히 내 머릿속에 떠도는 건 〈명탐정 코난〉이나 〈셜록 홈즈〉뿐이었고 그런 것들에 나오는 멋지고 잘생긴 주인공들과 윤명신 씨는 너무나 달랐기에 스멀스멀 웃음이 비어져나오는 것도 어쩔 수 없었다.

"이여름 양이죠? 이쪽은 다래 씨고요."

윤명신 씨가 물었다. 다래도 샐샐 웃고 있는 것이 아마 같은 생각을 하는 듯했다. 그러거나 말거나, 윤명신 씨는 다래를 날카로운 눈초리로 살펴보았다.

"실제로 인어를 보는 건 처음이네요. 사실 진짜 있는 건지도 몰랐습니다."

"저도 실제로 탐정을 보는 건 처음이거든요."

어쨌든 손님이니, 내릴 줄 모르는 커피 대신 시원한 보리차를 잔에 담아 내오며 대꾸했다. 윤명신 씨가 컵을 받아들고는 한 번에 꿀꺽꿀꺽 들이켰다. 그러고는 컵을 조심스럽게 테이블에 내려놓았다.

"실제로 보니 정말 들은 대로 아름답네요. 왜들 그렇게 인어를 칭송하는지 잘 알겠습니다. 그런데 혹시, 인어는 값이 얼마 정도 하나요?"

갑작스런 윤명신 씨의 말에 다래의 새하얀 얼굴이 붉어졌다. 나는 발끈해서 대답했다.

"인어는 돈 주고 사고파는 게 아니에요. 다래는 자기가 원해서 이 집에 왔고요. 돈은 받지 않았어요."

"아하, 그러면 할머님의 재산이라고 볼 수는 없겠군요?"

재산 얘기가 나오자 나는 입을 딱 다물었다. 뭔가 휘둘리고 있는 것 같다는 느낌이 그제야 들었다. 윤명신 씨가 태연하게 말을 이었다.

"짐작하셨겠지만 저는 여름 양 작은할아버님의 의뢰로 여기 왔습니다. 금괴라는 것을 찾으려고요. 그런데 저는…… 뭐랄까, 그 금괴라는 것부터가 약간 이상하게 생각돼서요."

"뭐가 이상하다는 거죠?"

"금은 사고팔 때의 값이 크게 달라지는 물건이에요. 재산을 전부 금으로 바꿨다면 그걸 쓸 때는 금을 되팔아서 현금화를 해야 하는데, 그 과정에서 큰 손해를 볼 수밖에 없단 말이죠. 할머님 정도 되는 사업가가 그걸 모르셨을 리 없는데. 왜 구태여 그런 일을 하셨는지 모르겠단 말씀입니다."

"……하고 싶으신 말씀이 뭔가요?"

다래가 대신 물었다. 윤명신 씨가 날카로운 눈으로 다래를 올려다보았다.

"그러니 저는 그 금괴 얘기가 처음부터 가짜였을지도 모른다는 생각을 하고 있다, 이 얘깁니다. 사실 흔한 얘기죠. 금괴 얘기로 눈을 흐리게 한 뒤 재산을 어디 빼돌려서 유산 상속을 막으려는……."

"저기요, 제가 제 눈으로 직접 봤어요. 할머니는 정말로 금괴를 샀다고요."

그 순간 네모난 안경 너머로 윤명신 씨의 눈이 반짝 빛났다.

"오호, 그러니까 여름 양은 금괴를 보신 적이 있군요?"

나는 숨을 헉 들이켰다. 실수했다는 생각이 들었지만 이미 뱉은 말을 주워 담을 수는 없는 노릇이었다.

"……그래요, 본 적이 있어요. 할머니가 금괴를 살 때 데리고 가셨으니까요."

"그게 어디였나요?"

"저도 몰라요. 택시를 타고 갔는데 도중에 잠들어버려서. 무슨 지방이었는데."

"택시라."

윤명신 씨가 주머니에서 길쭉한 수첩을 꺼내 펼치더니, 볼펜으로 끄적끄적 뭔가를 적기 시작했다.

"저기, 작은할아버지한테도 얘기했지만, 할머니는 그걸 누구에게도 주기 싫었으니까 유언장에 적지 않았을 거예요. 그러니까 누구도 갖지 않았으면 좋겠어요. 저도 안 가질 거고요."

"글쎄요, 여름 양과 다래 씨가 금괴를 혼자 챙기려는 의도가 없다고는 어떻게 믿죠?"

여전히 수첩에서 눈을 떼지 않으며 윤명신 씨가 중얼거렸다.

"그렇게 말씀하시면 할 말은 없어요. 하지만 진짜예요. 저는 정말 그게 필요 없고 다래도 마찬가지예요."

"그럼 작은할아버님께 주어버리면 되지 않습니까?"

"그건…… 그건 싫어요."

우물쭈물하는데 윤명신 씨가 수첩을 탁 소리 나게 닫았다. 그러고는 양손 손가락 끝을 모으며 천천히 말했다.

"대강 조사해보고 왔습니다. 할머님이 가지고 계시던 재산은 대략 오십억 원 정도였어요. 혼자 그 정도 규모의 사업체를 운영하셨을 정도면 고생을 많이 하셨겠지요. 그 돈이 생전 교류도 없고 사이도 나빴던 친척들에게 돌아간다니 여름 양도 싫을 겁니다. 그렇죠?"

"그렇죠……."

"말해두지만, 저는 그게 전부 작은할아버님 몫이 되도록 하기 위해 고용된 자가 아닙니다. 그건 민법상 가능하지도 않고요. 저는 그저 유산이 제대로 된 비율로 상속되었으면 해서 여기 온 사람이에요. 그게 제 일입니다. 법적으로 올바른 일이기도 하고요."

또박또박 말을 끝낸 윤명신 씨가 그렇지 않느냐는 얼굴로 나를 바라보았다. 뭐, 틀린 말은 아니었다. 나는 할 말이 없어 다래 쪽을 바라보았다. 그런데 이건 뭐지, 금세 표정을 감췄지만 나는 분명히 보았다. 다래의 입꼬리가 분명 조금 올라가 있는 것을.

"우선 택시를 타고 지방에 가셨다니, 그게 대략 언제쯤이었죠?"

"……할머니 돌아가시기 반년쯤 전이었어요."

"좋아요, 좋아요."

윤명신 씨가 자리에서 일어났다.

"조금만 조사해보면 금을 산 곳은 금방 알 수 있겠군요. 알아보고 다시 찾아뵙겠습니다. 그래도 되겠죠?"

"네, 네에……."

얼떨결에 윤명신 씨를 따라 현관까지 걸어가며 나는 얼버무렸다. 윤명신 씨는 고개를 깊이 숙여 인사하고는 떠났다. 그가 나가자마자 나는 다래를 홱 돌아보았다.

"너, 뭔가 알고 있지?"

"뭘 말이야?"

다래가 시치미를 뚝 뗐다.

"웃고 있는 거 다 봤어. 뭔가 알고 있는 거지?"

"몰라."

시선을 피하는 다래의 얼굴을 째려보다 나는 한숨을 푹 내쉬었다. 할머니랑 둘이 짜고 나를 골려 먹겠다는 거지, 좋아. 무슨 일인지 몰라도 한번 당해봐도 좋을 것 같았다. 할머니가 만든 마지막 장난이니까.

"……친구를 데려오라던데요."

"친구요?"

"친구?"

윤명신 씨와 내가 어안이 벙벙해서 동시에 되물었다. 금은방 아저씨는 자기가 더 난처하다는 얼굴로 우리를 바라보았다.

"네, 손녀분이 친구를 데리고 오면 내어주라고 주신 쪽지가 있긴 해요. 그걸 어디 두었더라…… 아, 여기 있네요."

아저씨가 금고를 뒤적거리다 꼬깃꼬깃한 흰 봉투 하나를 꺼냈다. 겉면에 적힌 할머니의 필체를 나는 금세 알아보았다. '이여름에게'라고 쓰여 있었다.

"근데 무슨 친구를 데려오라는 거예요?"

"모르겠어요. 친구를 데리고 같이 오라고 하시던데…… 아, 인어 말고 사람 친구요."

"사람 친구?"

더더욱 알쏭달쏭한 말이었다. 내게 다래와 할머니 말고는 친한 친구가 없다는 걸 할머니가 모를 리가 없었다. 윤명신 씨가 어두워진 내 표정을 살피다 물었다.

"할머니가 아실 만한 친한 친구가 있나요? 학교라든가."

"없어요."

나는 힘없이 대답했다. 학교에서 나는 항상 외톨이였다. 따돌림을 당하고 있는 건 아니었지만, 초중고 내내 이렇다 할 절친한 친구가 없이 학교생활을 해온 터였다. 꼭 이유를 찾자면 뭐랄까, 그야말로 어쩌다 보니 그렇게 됐다고나 할까. 초등학교 때는 친구들이 좀 있었지만 잠시뿐이었다. 그 애들은 부모님이 일찍 돌아가셔서 할머니와 둘이 산다는 걸 알면 나를 불쌍하게 여겼다. 또래보다 용돈을 많이 받는 편이던 나를 눈엣가시로 여기는 애들도 있었다. 나도 딱히 사교적인 성격은 아니라서 나 싫다는 아이들에게 억지로 친해지자고 다가가지는 못해, 초등학교뿐만 아니라 중학교 때도 친구가 없기는 마찬가지였다. 하지만 나는 별로 신경 쓰지 않았다. 학교가 끝나면 언제나 바로 집에 왔고 집에 오면 다래와 할머니가 있었으니까. 학교 얘기며 선생님 얘기, 만화랑 연예인 얘기까지 전부 들어주는 친한 친구들이. 오랫동안 그렇게 지내왔고 한 번도 그게 불편하다거나 이상하다고 생각해본 적이 없었다. 그런데 이제 와서 친한 친구를 데려오라니. 나는 입술을 꾹 깨물었다. 할머니, 나 친구 없는 거 뻔히 알면서.

"일단 오늘은 여기까지 하죠. 여름 양은 집에 돌아가서 할머니가 알 만한 친구를 찾아보세요. 저는 저대로 조사를 좀 해보겠습니다."

윤명신 씨가 금은방 주인아저씨에게 꾸벅 목례하곤 돌아섰다. 윤명신 씨를 따라 바깥에 세워둔 승용차에 올라타긴 했지만, 그러면서도 나는 영 찝찝한 기분이었다. 지금까지 할머니가 친 장난에 여러 번 당했지만 이렇게 난감한 느낌이 들었던 적은 없었다.

"저기, 아무리 생각해도 진짜 떠오르는 친구가 없어요."

시동을 걸고 차를 출발시키는 윤명신 씨의 옆얼굴에 대고 중얼거렸다.

"그건 좀 이상하네요. 여름 양은 고등학생 아니었나요?"

"친구 없는 고등학생도 있을 수 있죠 뭐."

볼멘소리로 대꾸했다. 윤명신 씨가 피식 웃었다.

"친구가 없을 것 같은 타입은 아닌데. 혹시 특별한 이유라도 있나요?"

"모르겠어요. 제가 별로 친구가 필요하지 않았던 것 같기도 하고."

윤명신 씨는 대답 없이 정면을 바라보며 한참 운전만 했다. 하릴없어진 나는 차 안을 두리번거리다 에어컨 통풍구에 꽂힌 동그란 사진 액자를 바라보았다. 윤명신 씨 옆에 선 것은 아마도 그의 아내겠지. 그리고 두 사람의 다리 사이로 귀여운 여자아이가 얼굴을 비죽 내밀고 있었다. 단란한 가족사진이었다. 탐정에게도 가족이 있구나. 당연하다면 당연한 생각을 하며 나는 목을 쭉 빼고 사진 속 여자아이의 얼굴을 들여다보았다. 입 언저리가 윤명신 씨를 닮은 것 같았다. 막 그 점을 이야기하려는데 윤명신 씨가 중얼거렸다.

"좀 알 것 같기도 하네요."

"네? 뭘요?"

"아닙니다."

윤명신 씨가 룸미러를 힐끗 보며 슬쩍 미소 지었다. 처음 보는 웃는 얼굴이었다.

"친구를 한번 물색해보세요. 꼭 친한 친구가 아니라도 될 것 같으니, 아무나 좋으니까 그 금은방까지 데리고 갈 수 있는 친구면 될 것 같네요. 내가 태워다줄 테니까."

"알겠어요."

친구라. 등받이에 깊이 등을 기대고 생각해봤지만 떠오르는 얼굴은 전혀 없었다. 나는 학원도 안 다니고 과외도 안 하니 친구라고 하면 학교에밖에 없는데. 여름방학이 시작된 지 한 달쯤 됐는데 벌써 반 아이들의 얼굴이 가물가물했다. 기억나는 건 바로 옆자리에 앉는 짝인 지수 정도였다. 지난 학기에 몇 번이나 자리를 바꾸는 동안 우연하게도 지수와 매번 짝이 됐었는데, 신기하다고 여기긴 했지만 따로 대화를 주고받거나 친해지지는 않았었다. 지수도 나처럼 스스럼없이 말을 붙이는 타입은 아닌 것 같았고 게다가 이미 다른 친한 친구들이 있는 듯했으니까. 지수한테 한번 연락해볼까. 하지만 뭐라고 연락을 해야 할지 알 수가 없었다. 친하지도 않은 애가 갑자기 연락을 해서 지방에, 그것도 금은방에를 좀 같이 가자고 하면 뭐라고 생각할까. 미친 애라고 생각하지 않을까. 게다가 사정을 알면 기분 나빠할지도 모른다. 유산을 얻으려고 자기를 이용했다고 생각할지도.

휴대폰을 열었다. 방학 중이라 잠잠한 우리 반 단톡방에 들어가 지수의 프로필 사진을 클릭했다. 딱히 뭘 어쩌겠다는 생각도 없이 채팅창을 띄워놓고는 깜박이는 커서를 바라보며 지수야, 하고 세 글자를 타이핑했다가 지웠다가 했다. 무슨 말을 해도 이상하게 들리지 않으리란 자신이 없었다. 나는 결국 휴대폰 화면을 확 꺼버리고 한숨을 푹 내쉬었다. 골치가 딱딱 아팠다. 할머니는 도대체 무슨 생각을 했던 걸까. 도무지 종잡을 수 없다는 점은 할머니가 생전에 치던 장난 그대로긴 하지만.

"연락해볼 만한 친구가 있긴 한가봐요?"

"모르겠어요. 갑자기 연락해서 말하기엔 너무 이상한 얘기기도 하고. 친하지도 않은데."

"잘 설명해봐요. 의외로 잘 풀릴지도 모르잖아요."

윤명신 씨가 태평하게 말했다.

"원래 친구가 되는 게 다 그런 거잖아요. 예상치도 못한 갑작스러운 계기로 시작해서 자연스럽게 가까워지는 거."

"안 해봐서 모른다고요 전."

볼멘소리로 대꾸했다. 의외로 잘 풀릴지도 모른다니, 뭐 그런 무책임한 말이 다 있담. 하지만 아무리 생각해도 다른 방법은 떠오르지 않았다. 에이, 원래 이상한 애로 불리고 있을 텐데 한 번 더 이상한 짓 한다고 달라질 거 있겠어. 나는 심호흡을 하고 휴대폰을 다시

켰다.

—지수야 안녕? 혹시 지금 뭐 해?

두다다다 타이핑을 하고 전송 버튼을 눌렀다. 금세 대화창 옆에 1이라는 숫자가 사라졌다. 나는 숨을 죽이고 채팅창을 들여다보고 있었다. 가슴이 두근두근 뛰었다.

—아무것도 안 해 ㅋㅋ 갑자기 무슨 일이야?

—어, 사실은 말야……

뭐라고 설명하면 좋을까, 이 말도 안 되는 상황을. 나는 다음 말을 고민하느라 머리를 감싸쥐고 끙끙거렸다. 뭐라고 해야 최대한 덜 이상한 애처럼 보일까. 조용한 차 안에 카카오톡 알림음이 울릴 때마다 윤명신 씨가 웃으며 나를 건너다보는 것이 느껴졌다.

지수는 청바지에 티셔츠를 입고 있었다. 방학 중이니 교복을 입지 않는 게 당연하지만, 안 그래도 어색한 사이에 처음 보는 사복 차림으로 우리 집 현관에 서 있는 지수를 보는 건 정말 이상한 느낌이었다. 일단 급하게 지수를 소파에 앉히고 과자와 과일을 내왔다. 어젯밤 머리가 빠지게 고민한 순서대로였다. 정작 그것들을 환영한 건 지수가 아니라 윤명신 씨였지만.

“이거, 내가 호강하는데.”

“아저씨 먹으라고 내온 거 아니거든요.”

핀잔에도 아랑곳없이 사과 한 조각을 집어 입으로 가져가는 윤명신 씨는 내버려두고, 일단 지수를 다래 앞으로 데려갔다. 미리 이야기를 해둔 터라, 다래도 예쁜 옷을 꺼내입고 기다리고 있었다. 할머니가 생전 떠준 노란색 인어 스웨터가 새빨간 머리카락과 잘 어울려 다래는 특별히 더 예뻐 보였다.

"우리 집 인어 다래야. 나랑 어릴 때부터 같이 지냈어."

"안녕하세요."

"존댓말하지 않아도 돼요. 편하게 놀다가 가요."

눈이 휘둥그레진 지수가 고개를 돌리고는 와, 진짜 예쁘다 하고 내게 속삭였다. 기쁘긴 했지만 아직 어색해서 나는 씨익 웃고 말았다. 그러고 보니 코흘리개 시절엔 동네 애들을 데려와 다래를 자랑하는 게 좋았었는데 크면서는 한 번도 그런 일이 없었구나. 언제부터 그랬지, 생각하는데 지수가 소파에 휙 가서 앉았다.

"그리고 이분은 탐정님인 것 같은데. 맞지?"

"윤명신입니다."

"탐정이라는 직업이 진짜 있는 건지 몰랐어요."

나와 똑같은 소리를 하는 지수에게 그럴 줄 알았다는 듯, 윤명신 씨가 주머니에서 명함을 꺼내 건네주었다.

"자, 지수 양도 오셨으니 상황을 좀 정리해볼까요. 그러니까……."

"그러니까, 돌아가신 할머니가 금괴를 숨겨놨는데 그걸 친구랑 같이 가면 찾을 수 있다는 거죠? 대충 들었어요."

지수에 대해서 잘 모르지만, 적어도 하나는 방금 알았다. 복잡한 상황을 깔끔하게 정리할 줄 아는 능력이 있다는 점. 말을 가로막혀 입만 떡 벌리고 있던 윤명신 씨가 갑자기 푸하하하, 크게 웃었다. 이게 그렇게 웃을 일인가 생각하는데 옆에서 뽀그르르 소리가 났다. 돌아보니 다래도 수조 안에서 키득키득 웃고 있었다.

"맞아요, 맞습니다. 아주 명쾌한 분이네요. 여름 양이 친구를 아주 잘 고르셨습니다."

"그, 그렇죠?"

영문은 모르겠지만 그렇다니 그런 것이겠지. 나도 모르게 따라 웃고 있는데 지수가 벌떡 일어섰다.

"그럼 일단 가보죠, 그 금은방에를. 가보면 무슨 수가 생기겠죠."

"그럽시다."

윤명신 씨가 반쪽 남은 사과를 입에 쑤셔넣고는 따라 일어섰다. 나도 급히 가방을 집어들고 둘을 따라갔다.

차가 톨게이트를 빠져나가 고속도로에 접어들 때까지도 지수는 한참 입을 꾹 다물고 있었다. 둘이 함께 뒷자리에 앉긴 했지만 어색해서 창밖만 바라보며 나는 머릿속으로 말을 굴렸다. 와 줘서 고맙다고 다시 한번 말해야 하나, 아니면 어제 머리를 쥐어짜내 찾아둔 공통 화제를 지금 꺼내면 될까. 아이돌 얘기, 학교 얘기, 또 뭐가 있더라……. 고민하는 참에 지수가 내 쪽으로 고개를 돌리고 속삭였다.

"그런데 말야."

"으응?"

"나로 될지 모르겠어."

"무슨 말이야?"

지수는 걱정스러운 얼굴을 하고 대답했다.

"할머니가 원하셨던 건 친한 친구 아닐까? 솔직히 우리 그렇게 친한 사이는 아니었잖아."

"어어……."

나 친한 친구 없어,라고 솔직히 대답하기엔 너무 민망했기에 말꼬리를 흐렸다. 지수가 속삭였다.

"혹시 나로 안 되면, 다른 친구 한번 데려가봐."

"……고마워."

나는 얼굴이 새빨개져서 말을 더듬었다. 지수가 웃으며 내 손을 톡 치고는 고개를 돌렸다. 정말 좋은 애였구나 지수는. 지금까지 한 학기 내내 옆자리에 앉아 있었는데도 변변한 대화 한번 나눠보지 않은 게 이제야 좀 후회가 됐다. 이렇게 착하고 시원시원한 애인 줄 알았으면 먼저 말이라도 걸어볼걸. 그랬다면 좀 더 친해졌을지도 모르는데.

"……와줘서 고마워. 진짜 이상한 부탁인데 말야."

부끄러워 차 바닥만 바라보며 중얼거렸다. 지수가 웃었다.

"아냐, 니가 얼마나 곤란했으면 나한테까지 연락을 했을까 싶더라. 그리고 나 이런 거 좋아해. 숨겨둔 금괴라니! 추리소설 같고 재밌잖아."

"실은 그게 전부가 아냐. 저번에 우리 작은할아버지가 찾아와서……."

"헐, 금괴 다 내놓으래?"

"아니, 그건 아니고……."

눈을 반짝거리는 지수에게 나는 천천히 이야기를 풀어놓기 시작했다. 시작하는 게 어렵지 이어가는 건 쉬웠다. 나도 모르게 신이 나서 마구 떠드는 사이 이야기는 자연스럽게 흘러가 학교 얘기, 선생님 얘기, 금세 금세 다른 얘기들로 넘어갔다. 마음속으로 생각해뒀던 대화 주제는 잊어버린 지 오래였다. 어찌나 집중해서 떠들었는지 윤명신 씨의 차가 어느새 금은방 앞에 멈춰 서는 것도 몰랐을 지경이었다.

"어휴, 귀가 다 따갑네. 이제 내려요. 다 왔으니까."

윤명신 씨가 내리며 머리를 흔들었다.

"가보자. 무슨 일이 벌어질지."

지수가 결연한 표정으로 차에서 내렸다. 나도 따라 내리긴 했지만 어쩐지 아쉽다는 생각이 들었다. 좀 더 떠들고 싶었는데. 그런 생각을 하니 새삼 이상하고 우스웠다. 학교에선 말 한마디 나눠보지 않은 애였는데, 평소 있는지 없는지 정도나 알던 사이인 데다 방학식 날 잘 지내라는 말을 마지막으로 한 번도 연락하지 않았었는데 벌써 대화가 끝나는 게 아쉽다는 생각이 들다니. 금은방 문을 기세 좋게 열고 들어가는 두 사람을 따라가며 나는 속으로 피식 웃었다.

"아이고, 다시 오셨네."

금은방 아저씨가 우리를 보고 반색했다. 나는 지수의 손을 잡고 들어 보였다.

"친구 데리고 왔어요."

"나도 이거 너무 궁금했는데, 돌아가신 분 부탁이라 먼저 열어볼 수도 없고. 여기서 좀 열어봐요."

아저씨가 금고에서 편지를 꺼내 내밀었다. 나는 그것을 받아들었다. 겉에 내 이름이 쓰여 있다는 것 말고는 아무 특징도 없는 흰색 편지 봉투였다. 만져 보기로는 안에 얄팍한 뭔가가 들어 있는 듯한 촉감이 느껴졌는데 글쎄 뭘까나. 나는 내 앞에 버티고 선 사람들의 얼굴을 둘러보았다. 지수, 윤명신 씨, 그리고 금은방 아저씨까지 모두가 숨을 죽이고 내 손끝만 바라보고 있었다.

"뜯을게요."

나는 천천히 봉투 입구를 뜯어냈다. 그리고 안에 든 것을 끄집어냈다.

"엥?"

"뭐야?"

모여 선 사람들이 저도 모르게 한마디씩 했다. 나도 당황스러워 손에 든 것을 멍하니 바라보았다. 봉투 안에는 빳빳한 새 돈인 오만 원짜리가 한 장 들어 있었다.

"쪽지, 쪽지가 있어!"

지수가 소리쳤다. 그 말대로였다. 지폐를 뒤집어보니 작은 포스트잇 하나가 뒤에 붙어 있었다. 나는 그것을 큰 소리로 읽었다.

"요 앞에 떡볶이집에서 친구랑 떡볶이 사 먹어라……?"

틀림없는 할머니의 글씨체였다.

그날 저녁 집에 돌아왔을 때, 당연히 제일 먼저 찾아간 건 다래였다.

"너 알고 있었지?"

나는 흔들의자에 푹 주저앉아 팔짱을 끼고 다래를 노려보았다. 다래는 빙글빙글 얄미운 웃음을 지으며 제 꼬리지느러미 끝만 쓰다듬고 있었다.

"덕분에 떡볶이 잘 먹고 왔어. 맛있더라."

나는 괜히 불퉁한 목소리로 말했다. 사실이었다. 금은방 앞에는 50년간 떡볶이만 팔았다는 유명한 가게가 있었고 거기서 지수와 둘이 먹은 떡볶이는 과연 오래된 집답게 맛이 기가 막혔다. 떡볶이를 먹으며 아까 윤명신 씨의 차에서 못다 한 수다를 실컷 떤 것은 물론이었다. 알고 보니 지수도 나랑 같은 외국 배우를 좋아하고 있었고, 영화 취향도 비슷했다. 게다가 사는 곳도 가까웠으므로 개학하면 등굣길을 함께 다니기로 약속한 참이었다. 친구와 함께 등교하는 건 초등학생 때 이후로 처음이었다.

그래서였을까. 떡볶이를 다 먹고 나서 계산대에 있던 주인 아저씨에게 건네받은 편지엔 나와 작은할아버지를 비롯한 인척들에게 금괴를 올바른 비율로 나누어준다는 내용이 적혀 있었지만 그것이 전혀 섭섭하지 않았다. 오히려 약간 후련한 기분이 들기도 했었다. 그게 할머니가 원하는 바라면 그렇게 되는 것이 옳았으니까. 꼭 이런 복잡한 방법을 택했어야 하는지는 여전히 의문이었지만. 그러나 그 편지를 복사해 안주머니에 넣으며 윤명신 씨는 내내 싱글싱글 웃고 있었다.

"할머님께서는 정말 현명하고 다정하신 분이셨네요."

우리를 집 앞까지 태워다주며 윤명신 씨는 그렇게만 말했다. 그렇죠, 뭐. 나는 괜히 부끄러워져 웅얼거렸으나 윤명신 씨는 다만 미소 지으며 손을 내밀었을 뿐이었다. 얼떨결에 그 손을 잡고 악수를 한 뒤 떠나는 윤명신 씨의 차 뒤꽁무니를 바라보다 문득 생각했다. 그러고 보니 윤명신 씨는 언제부터 알고 있었던 걸까. 과연 탐정은 탐정인가 보았다. 막 그 얘기를 하려는데 다래가 수조 벽 가까이로 헤엄쳐 다가오며 말했다.

"재밌었지? 금자의 장난."

"뭐, 재미는 있었는데."

"보아하니 잘 먹혀든 것 같네. 많이 친해졌어?"

"그럭저럭."

어쩜 다 알고 있었으면서 그렇게 시치미를 뚝 뗄 수 있느냐고 다래를 추궁할 생각이었지만, 막상 다래를 대하니 그러고 싶은 마음도 없어지고 말았다. 하여튼, 어린애도 아니고 친구 하나 사귀게 하려고 이런 일을 벌이다니 싶기도 했지만 그게 또 할머니다운 점이기도 했으니까. 그런데 다래의 표정은 영 어두웠다. 할머니랑 짜고 기가 막힌 장난을 한판 한 것치고는 개운하지 않은 듯한 얼굴이었다.

"무슨 생각해?"

"금자 생각."

다래는 여전히 고개를 숙이고 꼬리지느러미 끝을 만지작거리고 있었다. 생각을 정리하고 있을 때 습관처럼 하는 행동이었다.

"인간에게 죽음이란 뭘까, 난 그걸 종종 생각해."

다래가 낮게 중얼거렸다.

"나는 죽어본 적이 없어서 모르겠지만, 분명 아주 두렵고 무서운 일일 거야. 그런데 내가 본 대부분의 인간들은 말야, 죽음 앞에서 자기 생각은 거의 하지 않아. 남겨질 사람들에 대한 생각만 내내 하지. 규석이도 그랬어. 혼자 남겨질 금자에 대해 걱정하고 대비하느라 자기 몸은 돌보지도 않았어. 그리고 금자도 마찬가지였고. 네게 함께 있어줄 친구가 없다는 사실이 금자에겐 자기 자신의 죽음보다 훨씬 큰 문제였어."

나는 입을 꾹 다물고 다래의 목소리를 듣고 있었다. 문득 할머니와 다래가 낮은 목소리로 이야기를 나누고 있었던 새벽들이 떠올랐다. 그때 둘은 이런 이야기를 하고 있었을까. 생각하니 목 안쪽에서 뭔가 뜨거운 것이 울컥하고 올라왔다. 나는 무릎을 세워 끌어안고 얼굴을 파묻었다. 우는 모습을 다래에게 보이고 싶지 않았다. 바보 같은 할머니, 친구 정도는 혼자서도 얼마든지 만들 수 있었는데. 즐겁고 신나는 일만 해도 모자란 그 삶의 마지막 순간들을 내 걱정으로 허비하지는 말았어야지. 평소 그토록 좋아하던 장난을 실컷 치면서 더 재밌게 보내지 그랬어, 얼마든지 당해주었을 텐데……. 눈물을 멈출 수가 없었다. 할머니가 보고 싶었다. 한 번만 다시 만날 수 있다면, 정말 딱 한 번만 다시 만날 수 있다면.

"짧은 시간을 살다 가면서 어쩜 그렇게 남 생각만 할까. 인간은 정말."

다래는 말을 잇지 못하고 고개를 돌려버리고 말았다. 물속이라 볼 수는 없었지만 나는 다래가 울고 있다는 것을 알 수 있었다. 우리는 한참 동안 그렇게 아무 말도 없이 앉아 있었다.

내 휴대폰이 울린 건 그때였다. 나는 무심코 주머니에서 휴대폰을 꺼내 들여다보았다.

—여름아 잘 들어갔어? 내일 뭐 해?

지수였다. 나는 눈물이 가득한 얼굴로 그 문자를 몇 번이고 읽었다.

"누구야? 지수?"

다래가 다가왔다. 나는 다래가 화면을 볼 수 있도록 수조 벽에 휴대폰을 내밀었다. 화면을 읽은 다래가 고개를 끄덕였다.

"좋은 애 같아."

"나도 그렇게 생각해."

다래가 미소 지었다. 나는 콧물을 힘껏 들이켰다. 소맷자락으로 얼굴을 문질러 닦은 뒤, 답장을 쓰기 시작했다. ■

지 영

2017년 5.18문학상 신인상을 수상하며 작품 활동을 시작했다. 장편소설 《사라지는, 사라지지 않는》, 앤솔러지 《귀하의 노고에 감사드립니다》(공저)가 있다. 수림문학상을 수상했고, 월급사실주의 동인으로 활동 중이다.

어떤 밤, 춤을 추던

어떤 밤, 춤을 추던

지 영
小說家

열차는 도시를 달린다. 큰 원을 그리며 천천히. 시계 방향으로, 또 반대로. 중앙역에서 출발해 서른일곱 개 역을 지나 다시 중앙역으로 돌아오는 데는 서너 시간이 소요된다. 내부의 파란색 좌석 시트는 닳고 찢겨서 누렇게 바란 스펀지와 녹슨 뼈대가 그대로 드러나 있다. 규칙 위반 시 내야 하는 벌금 안내부터 창가에 새겨진 개폐 표시까지, 여기저기에서 타국의 언어가 눈에 띈다. 오래전 멀리 떨어진 열도를 누비던 열차는 시절의 더께를 품고 열대에 펼쳐진 철로를 달린다.

예정된 시간보다 삼십여 분 늦게 도착한 열차는 사람들로 금세 가득 찼다. 장사꾼이 들고 온 크고 작은 플라스틱 용기와 낡은 천에 꽁꽁 묶인 짐이 쌓이면서 내부 공기는 한층 더 탁해졌다. 플랫폼에서부터 여자는 머리가 아플 지경이었다. 철로 곳곳에 버려진 오물 때문이었다. 열차 내부까지 파고든 역한 냄새에, 구석구석 단단하게 쌓여 있던 먼지에서 새어 나온 쾨쾨한 곰팡내와 사람들의 진득한 땀내까지 더해지자 여자는 손수건을 꺼내 코와 입을 가려야만 했다. 부러 손수건의 까슬까슬함에 집중하는 여자 주위로 천장과 측면에 달린 팬은 먼지를 뒤집어쓴 채 돌아갔다. 옆에 앉은 남자는 무덤덤한 얼굴로 창밖에 시선을 뒀는데 여자는 매사에 깔끔한 편인 남자가 먼지를 닦지 않고 자리에 앉았다는 게 마음에 걸렸다.

남자는 모르겠지만 여자는 열차에 탄 남자를 본 적이 있다. 차를 타고 시내를 지날 때였다. 느리게 달리는 것을 가뿐히 제치며 운전기사는 도시의 오래되고 여전히 중요한 교통수단인 순환 열차라고 했다. 그 말에 여자는 보던 서류에서 고개를 돌렸는데 눈을 의심할 수밖에 없었다. 집에 있을 사람이 저긴 왜. 당황한 여자를 뒤로하고 열차와 남자는 서둘러 멀어져갔다.

그 후로 여자는 가끔 남자 뒤를 따랐다. 남자는 근교의 악어 농장에 갔다. 여자 눈에 그다지 볼 만한 게 없는 곳이었다. 도심에 있는 동물원에 간 적도 있었다. 갇혀 있는 생명을 보고 싶지 않다던, 동물원이나 아쿠아리움은 불편하다던 남자는 철창 너머 크고 작은 동물들 앞에서 한참을 서 있었다, 혼자서. 오래된 다운타운을 두리번거리며 콜로니얼풍의 낡고 낡은 건물 사이를 걷는 날도 있었다. 별다르게 하는 일 없이 그저 걷다가 분주한 티숍에 들어갔고, 다리가 낮은 의자에 쭈그리고 앉아 따뜻하고 달콤한 밀크티 러펫예를 마셨다. 이가 나간 접시에 담겨 나오는 둥그런 짜파티나 긴 이자꿰를 곁들여 먹기도 했다, 늘 혼자서. 도시 곳곳에 있는 사원을 찾아 우뚝 솟은 파고다를 돌기도 했다. 한낮에도, 해 질 녘에도 시계 방향으로 도는 이들과 반대로 걸음을 옮겼다, 여전히 혼자서. 남자가 이 도시에서 시간을 보내는 방법들 중 이 열차 타기는 여자 눈에 가장 하릴없게 비쳤던 일이었다.

습기를 진득하게 품은 바람이 쿰쿰한 냄새와 함께 불어왔다. 그들이 머무는 곳은 우기를 지나고 있었다. 열차가 속도를 올리자

높다란 탑 위에서 삼십여 분 늦게 흘러가던 시계가 뒤로 밀려나기 시작했다. 남자가 시계 방향으로 도네, 하면서 맞은편으로 자리를 옮겼다. 여자 역시 남자를 따랐고 이내 시선 앞으로 흘러가는 풍경에 집중했다. 한 번 타는 데 좌판 차 한 잔 값이면 된다는 순환 열차를 여자는 처음 탄다. 이곳에 머문 지 3년째였고 곧 떠날 예정이었다.

열차는 비로소 중앙역에서 멀어졌다.

몇 시간 전 그들은 레스토랑 'Sofaer & Co'에 있었다. 식당이 자리한 로카낫 빌딩은 다운타운에 있는 콜로니얼 건물 가운데서도 가장 오래된 축에 속했다. 손때 묻은 갈색 원목 벽에는 건물 역사를 담은 흑백 사진들이 나란히 걸려 있고, 반대편 하얗게 페인트칠이 된 벽에는 전통 옷을 입고 나무 우산을 든 여인이 화려한 색감으로 그려져 있었다. 바닥에 가지런히 깔린 아라베스크 문양의 타일은 고스란히 남아 있으면서도 세월의 흔적이 묻어 있었다. 여자가 조심스레 미소를 지었다. 백여 년 시간이 뭉개져 뒤섞인 이곳, 자신이 어디에 있는지 명확하게 알 수 없어서 좋았다.

토요일 정오 이곳에서 가장 분주한 이는 아이들이었다. 자매로 보이는 금발의 아이들은 동그란 대리석 테이블과 라탄 의자 사이를 맨발로 뛰어다니며 서로를 잡으려 애썼다. 웃음이 뒤섞인 가쁜 숨이 레스토랑 안으로 퍼져나갔다. 건너편 테이블에 앉은 현지인 가족이 흠흠, 헛기침을 하자 아이들 엄마가 나지막하게 몇 마디를 던졌고 실내는 일순간 조용해졌다.

며칠 뒤 복귀하는 여자와 남자를 환송하는 자리였다. 누군가 귀국을 부러워했으나 여자는 온전히 믿지 않았다. 오랜 기간 군부독재에 시달리고 경제 성장은 느리게 진행되는 나라에서 자신들과 같은 주재원의 삶은 어쩔 수 없는 불편과 수긍하기 어려운 포기의 연속이었으나 벅찬 편리와 과한 풍요로 채워지기도 했다. 고급 아파트는 외부와 철저하게 차단되어 일부 외국인과 소수 현지 부유층만이 거주할 수 있었다. 도우미와 운전기사가 함께하는 생활을 돌아가서도 똑같이 유지하기는 어려울 터였다. 몸에 밴 편리와 풍요는 쉽게 떨칠 수 없는 유혹이었다.

테이블은 곧장 샐러드와 파스타, 피자와 스테이크로 채워졌다. 어떤 이들은 와인과 맥주를 곁들였고 주식과 코인, 아파트 얘기가 오가기도 했다. 저만치서 뛰놀던 아이들이 어느 틈에 여자와 남자가 있는 테이블로 다가왔다. 남자 얼굴에서 옅은 미소가 가셨다. 여자는 고개를 돌려 우산을 든 여인을 바라봤다. 눈을 맞추려 애썼지만 쉽지 않았다. 누군가 조심스레 여자에게 말을 건넸다. 이런저런 시술을 하려면 한국만 한 곳이 없다고, 그래도 애는 있어야 한다고. 다 잘될 거라는 말이 끝나기 무섭게 여자 앞에 놓인 잔이 엎어졌다. 동생으로 보이는 아이가 놀란 얼굴로 눈을 깜박였다. 체구도, 놀랐을 때 동그랗게 뜨는 눈도 비슷해서 여자는 얼른 고개를 돌려버렸다.

심각한 얼굴로 사과하는 아이와 아이 엄마에게 여자는 자신도 모르게 고맙다고 인사했다. 축축해진 남방 소매를 툭툭 털며 일어나자 우산을 든 여인과 눈높이가 비슷해졌다. 도도하던 이가 이제는 간데없었다. 눈빛은 공허해서 도리어 슬퍼 보일 지경인 그를 여자는 어째서인지 피해버렸다.

여자가 화장실로 들어가자 세면대에서 손을 씻던 이가 조용히 말했다. "오지랖하고는." 두 달 전 파견 온 주재원의 아내였다. 고개를 들면 거울로 서로를 볼 수 있으나 두 사람은 눈을 마주치지 않았다. 고개를 숙인 채 그가 말했다. "힘내, 다 잘될 거야. 그 말이 괴롭더라고요. ……저는 그랬어요." 말을 마친 그는 손수건을 꺼냈고, 여자는 건네받은 까슬까슬한 하얀 리넨 손수건을 한참 만지작거렸다.

식사를 마친 후 사람들은 흩어졌다. 얼마 전 새로 문을 연 큰 쇼핑몰로 향하기도 했고, 힙스터로 가득한 핫 플레이스를 즐기겠다며 인근 번화가로 차를 몰기도 했다. 가족과 연인, 친구 무리로 분주할 주말 오후였기에 여자와 남자는 잠깐 걷다가 집에 돌아가기로 했다. 건널목 앞에서 신호를 기다리는데 여자 눈에 카메라가 들어왔다. 망원 렌즈 안으로 평범한 것, 어제와 비슷한 풍경, 내일과 다르지 않을 일상이 들어가고, 또 들어갔다. 당장 빗줄기가 떨어져도 이상하지 않을 정도로 하늘은 잔뜩 흐렸다. 여자 생각에 열대를 여행하는 데 최악의 시기는 혹서기가 아닌 우기였다. 인프라가 충분히 구축되지 않은 길 위에서 비를 맞고 떠도는 일은 고행에 가까웠다.

말없이 위로와 응원의 마음을 보내는 여자 앞으로 신경주역에서 동궁과 월지로 가는 경주 710번 버스와, 모래내시장을 출발해 다시 모래내시장으로 돌아가는 전주 81번 버스와, 양양과 속초를 잇는 양양 9-1번 버스가 연달아 나타났다. 과거를 지우지 않고 달리는 버스들이 떠나가자 여자가 말했다.

"열차 타러 갈래?"

여자가 육아 휴직을 마치고 복직하면서 아이는 멀리 사는 조부모에게 맡겨졌다. 첫돌을 막 지난 아이는 천진난만한 얼굴로 제 부모와 헤어졌는데 여자와 남자는 아이가 낯을 가리지 않아 다행이다 싶으면서도 내심 서운했다. 대개는 주말마다 그들이 고향으로 내려갔지만 일이 있어 가지 못하는 시간이 길어지기도 했다. 그럴 땐 아이가 조부모와 함께 열차를 타고 올라왔는데 자리에 앉으면 칭얼거리는 탓에 할머니와 할아버지가 번갈아가며 손녀를 안고 통로를 걸어야 했고, 그 얘기에 여자와 남자는 안쓰러움과 죄송함을 느껴야만 했다.

한참을 키우지 않았는데도 아이는 용케 부모를 알아봤다. 주말 내내 자신에게서 떨어지지 않으려는 아이를 보며 여자는 감격했고 죄책감과 서글픔 역시 느꼈으며 한편으론 두렵기도 했다. 열차를 타고 두 집을 오가는 동안 아이는 통로를 아장아장 뛰어다니며 다른 승객이 주는 과자와 사탕을 넙죽 받을 정도로 컸고, 부모와 헤어질 때면 자지러지게 울어댔다. 아이가 집에 도착할 때까지 목이 쉬도록 울었다는 말에 여자와 남자는 쉽지 않더라도 자신들이 키워야 한다고 마음먹었다.

기억이 새겨졌는지 아이는 열차를 좋아하고 싫어했다. 여자와 남자는 아이에게 남아 있을 나쁜 감정을 지우고 싶어서 집 앞을 지나는 지하철을 타기도 했다. 그래서인지 열차를 볼 때면 남자에겐 아이의 눈물뿐만 아니라 닿지 않는 다리를 신나게 흔들던 아이의 설렘, 마주 보고 앉아야 하는 좌석을 신기하게 보며 짓던 아이의 미소, 옆자리에 앉은 언니의 길게 늘어진 귀걸이를 수줍게 흘깃거리며 내쉬던 아이의 숨결이 함께 떠올랐다. 여자가 열차를 타지 않은 지 오래인, 종국에 그들에게 열차가 서글픈 이유였다. 그런데도 중앙역에 가자니 이상한 날이다. 여자의 제안이 의아한 남자는, 그러니까 이 도시에서 많은 날을 이상하게 보내왔다.

회색 구름을 뚫고 내려온 빛이 열차 안에 내려앉았다. 여자는 검은 가방에서 무언가를 꺼내 얼굴을 가렸다. 친구 준의가 휴가차 이곳에 왔을 때 줬던 책이었다. 여자는 함께 사원을 걸었던 늦은 오후를 떠올렸다. 탑은 곧 부처이고 존경과 기원을 담아 오른쪽으로 세 번 돈다고 말하던 준의와, 마주 오는 사람과 어깨를 부딪치면서 발길을 내딛던 남자가 아른거렸다. 여자가 숨을 깊게 들이마셨다가 내쉬며 남자에게 말을 건넸다.

"준의가 가져온 거야. 여기가 배경인 소설이 있대."

"여기에 할 얘기가 있나. ……제목이 뭐야?"

"우기를 여행하는 현명한 방법. 엄청나게 덥고 무섭게 비가 내릴 때 산길을 걸어야 했던 사람들 얘기."

남자는 모르겠지만 여자도 그랬던 적이 있다. 고온다습한 대기 아래에서, 아프게 쏟아지는 빗속에서 산길을 걸어야 했던 때가. 땀줄기가 뚝뚝 떨어지면서 시야를 가리고, 비가 세차게 내리던 때를 떠올리면 여자 앞에 어떤 순간이 나타난다.

나무 그늘 하나 없던 황톳길, 걸음을 옮길수록 무거워지던 두 다리, 흐르는 땀에 묵직해지던 옷, 그만큼 가벼워지던 물병, 여기와 거기가 달라 보이지 않는데 다른 부족이 살고 언어가 달라졌다며 새로운 인사말을 알려주던 가이드 피오의 손짓, 부족 간 다툼인지 중앙정부와의 전쟁인지 알 수 없지만 마을을 지키겠다며 긴 총을 든 앳된 얼굴의 소년, 꿍야를 씹어 붉게 물든 동네 남자의 입가, 황토밭에 올라오던 초록빛 새싹, 막 뜯어낸 노란 들꽃으로 만든 다발, 그것에서 풍기던 향기, 진득한 물안개 속에서 진흙 한 움큼을 달고 걷느라 뻐근해진 무릎과 삐걱거림, 빨랫감에서 흘러나온 흙탕물에 쭈글쭈글해진 손끝. 사진은 찍을 엄두도 낼 수 없어 붙잡아둘 수 있는 게 없었는데도 유독 선명하게 남은 찰나들.

산에서 돌아온 후 여자를 가장 힘들게 한 빨랫감은 운동화였다. 회색 베이스에 민트색이 포인트로 들어간 신발은 각기 다른 크기로 네 켤레가 있었다. 회식에서 만취했던 날 남자는 한 짝을 분실했고 남은 한 짝도 버려야 했다. 가장 작은 운동화는 불에 탔다. 여자 집에는 비슷한 색깔과 디자인의 두 치수 큰 것도 있었는데 땅을 디뎌보지 못하고 그대로 버려졌다. 시간이 한참 흐른 뒤에야 여자는 그게 아까웠다. 어딘가에서 인구 절벽의 시대가 도래한 지금, 이곳은 아이로 넘쳐났다. 멀쩡한 신발을 그냥 버리기에 열차는 작고 작은 발이 가득했고 다 떨어진 슬리퍼 역시 많았다. 여자는 집주변에 즐비한 고급 차와 다운타운의 북적이던 식당가를 떠올렸다. 이 나라에서 발전은 도시에 집중됐고, 부의 편중은 극심했다. 모두를 지켜주는 곳은 어디에도 없다고, 여자는 생각했다.

엄마! 하늘이요, 춤을 춰요.

아이가 가리키는 곳에서 두루마리 휴지 하나가 뒹굴었다. 반상회에 참석해야 하나, 관리사무소에 가야 하나, 조심하고 또 조심하자. 여자와 남자는 새근거리며 자는 아이를 사이에 두고 얘길 나눴다. 무언가 떨어지는 일은 빈번하게 일어났다. 공책과 연필은 음료 캔과 플라스틱 그릇으로 바뀌었고, 철제 화분 받침이 떨어졌다. 아이 주먹만 했던 쇠구슬은 예기치 못한 곳을 거쳐 길 위에서 나뒹굴었다.

그 후 여자와 남자 집, 방과 거실, 주방과 발코니를 채운 것이 사라졌다. 아기자기한 한글과 알파벳 포스터가 뜯겨나갔다. 아이 냄새가 밴 옷이 탔다. 보송한 곰과 개구리 인형이 쓰레기봉투에 담겼다. 아이 손때가 묻은 책이 연기가 됐다. 알록달록한 미끄럼틀과 그네가 분해되어 다른 쓰레기와 뒤섞였다. 아이가 좋아하던 색색의 크레파스가 회색 잿더미로 변했다. 아이의 것이 사라지는 동안 남자는 목 놓아 울었다. 여자는 자신의 회색 운동화가 떠올랐지만 입을 다물었다. 그마저도 사라져야 하는 물건에 포함되는지 확신할 수 없었다.

열차가 멈췄다. 철로 양옆으로 좌판이 길게 깔려 있었는데 채소와 과일, 고기와 생선, 옷과 화장품, 장난감과 공책 사이를 아이들은 멋대로 뛰어다녔다. 상인에게 혼나는 바람에 가만히 있는 것도 잠시, 아이 하나가 또다시 바스락바스락 움직여 댔다. 아이를 따라 여자가 시선을 옮기자 네모난 초록의 것이 눈에 들어왔다. 바나나 잎으로 싼 찰밥 이름은 입 안에서만 맴돌 뿐 떠오르진 않았다. 대신 바깥 풍경은 비슷하게 남은 어떤 기억 속으로 여자를 데려갔다. 기차역 야시장에 도착했을 때 붉고 푸르던 하늘은 어느 틈에 보랏빛으로 물들어 있었다. 앞서 걷던 남자와 아이가 발길을 멈추더니 무언가를 집어 들었다. 옅은 회색 바탕에 짙은 파란색 선으로 꾸며진 네모난 접시였다. 여자는 한눈에 봐도 싸구려인 데다가 여행 중에 깨지기 쉽다며 내려놓으라고 했으나 아이는 그것을 기어코 놓지 않았다. 집으로 돌아온 후 아이는 도시 이름을 따서 접시를 부르곤 했다.

뜨랑 접시에 시나몬 롤 주세요.

돈가스 김밥은 뜨랑 접시에 먹을 거야.

서서히 걷히기 시작하는 구름 아래로 열차가 다시 달렸다. 지는 해에 눈이 부신 여자가 자리를 바꾸려고 일어났다가 한 아이의 어깨를 치고 말았다. 옆에 있던 아이 아빠도 몸을 살짝 휘청거렸고 던적스럽게도 부녀는 눈을 흘기며 사라졌다. 어디선가 상큼한 과즙 냄새가 나서 여자는 주위를 두리번거렸다. 열차 안에는 라임을 파는 사람도, 사는 사람도 꽤 많았다. 라임을 반으로 잘라 코에 대면 미약하게나마 역한 냄새를 피할 수 있는 모양이었다. 초록의 것이 가득 담긴 나무 바구니에 자꾸만 시선이 가는데도 여자는 선뜻 상인을 불러 세우지 못했다. 자가용과 택시만 이용하고 백화점과 마트만 다니던, 보이지 않는 벽을 두고 살던 임시 거주자였다. 3년을 살았으나 결국 뜨내기였다.

맞은편에 새로운 이들이 나타났다. 자리를 잡은 지 얼마 지나지 않아 아이가 일어나더니 창 너머로 고개를 내밀었다. 옆에 있던 엄마가 아이가 걸친 점퍼 허리께를 꽉 붙들었다. 열차가 철로 위를 덜컹거리는 소리가 잠잠해지자 여자가 말했다.

"열 살쯤 된 거 같네. 위험해 보이진 않는데 꼭 잡고 있어."

"날아갈까봐 그런가."

남자는 모르겠지만 여자는 이 나라에서 열차를 탄 적이 있다. 남자가 잠시 귀국했을 때였다. 혼자 집에 있던 여자는 아무렇게나 틀어둔 텔레비전을 보다가 급히 비행기 표를 끊고 낯선 도시로 떠났다. 다음 날 여자는 세상에서 두 번째로 높은 철교를 달린다는 열차 안에 있었다. 일상을 보내는 이와 특별한 순간을 보내는 이가 뒤섞여 있는 그곳이 어느 순간 분주해졌다. 황홀한 구간이 다가오고 있었다. 여행자들은 상기된 표정을 짓고 창밖으로 얼굴을 내밀며 바삐 순간을 붙잡았으나 여자는 가만히 있었다. 일어나면 손에 닿는 이, 누구든지 밀어버릴 수도 있었기에. 그러지 못하면 차라리 자신이 떨어질까도 싶었기에. 그러나 누군가 걷고 있다면, 그러다 부딪친다면.

열차는 다시 깊고 높은 산을 달려갔다. 나선을 그리며 올라갔고 그만큼 내려가기도 했다. 올라가고 내려가는 동안 여자는 속절없는 마음을 품은 자신을 경멸했고 다리에 얼굴을 파묻은 채로 '은민아'로 시작하는 파란색 편지를, 마지막이 되지 못한 마음을 곱씹고 또 곱씹었다.

돌이켜보면 이상한 날이었다. 그날따라 쉽사리 잠에서 깨지 못한 여자는 허둥지둥 출근 준비를 했고, 잠에 취해 있는 아이를 안아주지 못하고 집을 나서야 했다. 등원 도우미가 보내준 영상에서 아이는 엄마에게 인사하지 못했다며 울음을 터트렸다. 여자는 갑작스러운 자료 제출 때문에 야근을 해야 했는데 모니터 위로 자꾸만 우는 아이가 아른거려서 눈을 깜박이고 비벼댔다. 마음이 편치 않았으나 남자가 어린이집 하원을 시킬 수 있으니 다행이라며 스스로를 다독였다. 누구라도 정해진 시간 언저리에 퇴근할 수 있음을 감사하게 여기던 시절이었다. 그러나 휴대폰 진동이 울릴 때부터 여자는 이미 두려웠었다.

그 후로 오랫동안 생각했다. 만약 그날 야근을 하지 않고 아이를 데리러 갔더라면, 만약 회사를 그만두고 아이를 돌봤더라면, '만약'과 '-더라면' 끝에 남은 것은 하나였다.

내 잘못이야.

시간의 선후에 불과했으나 인과를 따지는 마음을 여자는 버릴 수 없었다. 남자 역시 오랫동안 생각했다. 오 분만 일찍 퇴근했더라면 지하철을 놓치지 않았을 텐데, 편의점에서 젤리 사지 말걸, 놀이터에서 시소를 타지 않았다면 아무 일 없었을 텐데, 차라리 미끄럼틀이나 더 타게 그냥 둘걸, 가위바위보 하며 계단 올라갈 때 작은 손바닥을 펼쳐 보이는 아이에게 연거푸 주먹을 내지 않았다면 아무 일 없었을 텐데, 안아달라고 조를 때 안아줄걸. ……이럴 줄 알았다면 꼭 안아……. 그 끝에 남은 것은 하나였다.

내 잘못이야.

마음이 그 말로 가득 차면 남자는 창밖으로 고개를 내밀었다. 땀과 눈물은 바람을 타고 사라지는데 그럴수록 어떤 말은 더 끈질기게 달라붙었다. 슈우욱, 재미있어요. 신나요. 어떤 즐거움 끝에 따뜻하던 것이 존재하지 않게 됐다. 그럼에도 일곱 살짜리 아이에게는 죄를 물을 수 없다고 했다. 법이 그렇다고 했고, 그리하여 한 생의 소멸을 책임지는 이는 없었다. 아이가 떠난 후 아파트 단지 곳곳에서 우두커니 허공을 보는 남자가 목격되곤 했다. 레인보우 셔벗이 바지를 알록달록하게 적시는데도 가만히 서 있는 걸 봤다는 이들도 있었다. 남자는 지하철역 앞 분식점에서 식어빠지고 불어터진 우동을 우걱우걱 먹기도 했다. 좆같다, 씨발, 욕을 뱉으며 아직 뜨거운 국물을 손등 위에 쏟아버린 적도 있었다. 운전 중에도 욕을 하지 않는 편이었고, 무심코 내뱉은 거친 말을 아이가 따라 하는 걸 보고 더 주의하던 사람이었다.

어느 날이었다, 남자는 거리에서 간판에 적힌 글귀를 보고는 걸음을 멈췄다. 용서는 최고의 복수입니다. 당신이 뭔데 그런 말을 해. 빌어먹을 소리 말라고. 악을 지르며 간판을 발로 찼고 근처 지구대로 끌려갔다. 그곳에서 교회 관계자와 경찰에게 이렇게 끝내라고 하지 말라며 소리치고 욕설과 분노를 쏟아냈다. 거친 말과 행동은 때와 장소를 불문하고 튀어나왔다. 여자가 주재원으로 발령 났을 때 고민하지 않은 것도 그 때문이었다. 떠나자는 제안 끝에 여자는 덧붙였다. "노래 만들고 싶어 했잖아. 그거 하면서 지내." 남자가 대꾸 없이 여자를 바라봤고 여자는 눈길을 피하며 말을 이었다. "일은 내가 할게. ……누군가는 해야 하니까."

장례식장에서 여자는 무서울 정도로 침착했다. 남자는 울고 또 울었다. 지켜보던 이들이 남자가 여자 눈물을 모조리 끌어다가 운다고 말할 정도였다. 우는 게 남자 몫이었다면 사망 신고는 여자 몫이었다. 일주일째 남자는 건물 안으로 들어가지 못하고 앞에서 머뭇거렸다. 그날도 문이 닫히기 몇 분 전이었다. 누군가 남자 손에 들린 종이를 낚아챘다. 여자가 직원 앞에 섰을 때 18:00, 벽에 걸린 디지털

시계의 숫자가 바뀌었다. 퇴근 직전 나타난 민원인을 피곤한 얼굴로 쳐다보던 직원은 사망 진단서를 건네받고는 고개를 숙였다.

그의 헛기침이 몇 차례 이어졌고, 긴 침묵이 시작됐다. 고요 속에서 여자는 고아의 반대말을 기억해내려 애썼다. 끝났…… 다 됐습니다,라는 직원 말을 듣는 순간 여자는 자식을 잃은 부모를 이르는 말은 존재하지 않음을 깨달았다. 헤아릴 수 없어 형용할 수 없는 세계, 여자와 남자는 언어 밖에 살게 됐다.

서류가 접수되고 처리되는 사이 해가 저물었다. 노을을 타고 온 빛은 따뜻했고 근처 태권도장에서 흘러나오는 기합 소리는 기운찼다. 바깥에 있던 남자는 여전히 울고 있었다. 여전히 무엇을 해야 할지 몰랐던 여자는 사소하고 시시콜콜한 것을 떠올리려 애썼다. 버려야겠다. 보름 전 바닥에 떨어진 뜨랑 접시는 두 동강이 났다. 신기할 정도로 부스러기 없이 깔끔하게 깨졌는데 어쨌거나 다시 쓸 수는 없었다. ……많이 좋아했는데. 옆에 서 있는 곰처럼 커다란 남자의 어깨와 등이 흔들렸다. 접시에서 떨어져 나온 미세한 조각이 남자의 몸을 맴도는 듯해서 여자는 반쯤 뻗은 손을 거뒀고, 파르르 떨리는 두 손을 꼭 붙잡았다. 인터넷 쇼핑몰 장바구니에 뭘 담아뒀더라. 어린이집에 보낼 새 칫솔과 앞치마…… 접시가 눈앞에 아른거렸다. 차라리 산산조각 나지. 여자는 눈을 질끈 감았다. 스쳐가는 볕에도, 사라지는 소리에도, 부유하는 먼지에도 아이가 스며들어 있었다. 어디선가 선선한 바람이 불어왔다. 너무 짧았고 너무 길 시간이 그들 앞에 흐르고 있었다.

열차는 넓게 펼쳐진 논길 사이를 달렸다. 오래 이어진 우기의 빗줄기 탓에 두렁이 무너졌는지 여기저기 물줄기가 새어나왔다.

뒤쪽에서 아아앙, 아이 울음소리가 들려왔다. 진한 분홍빛 원피스를 입은 아이가 얄미운 표정을 지으며 한 손은 허리께를 짚고, 다른 한 손으로 과자 봉지를 흔들어댔다. 보라색 티셔츠에 붉은 장미가 프린트된 연한 청바지를 입은 아이는 세상이 무너진 것처럼 서럽게 울었다. 별거 아니지만 그게 전부인 시절을 보내는 아이들이었다. 자매의 다툼이 일상이라는 듯 지루한 눈으로 지켜보던 아빠는 큰아이를 건조한 말투로 훈계하고는 작은아이를 끌어안았다. 여자가 말했다.

"애들 진짜 많다. 한국만 애가 없나봐."

"……우리도 그렇지."

남자가 나지막하게 내뱉은 '우리'가 여자에게 스며들었다. 아이가 태어나고 '자기'는 '은민 엄마'와 '은민 아빠', 때론 '은민'이 됐다. 아이를 잃고 그들에게는 우리, 그것만이 남았으나 그마저도 서로에게서 들은 지 오래였다. 주어가 사라진 문장은 호칭을 잃은 자의 유일한 대화법이었다. 그러나 지금 우리는 한때 우리와 달랐다. 둘에서 셋이 됐다가 다시 둘이 된 우리, 그들은 언어 밖 거주자였다. ……우리 짐 다시 정리하는 게 어떨까. ……우리 챙길 거랑 버릴 거 다시 나눠보자. ……우리 하늘색 접시, 살짝 깨진 타원형 있잖아. 그건 두고 가자. ……우리 파스타 먹을 때 잘 썼잖아. ……우리 고민해보자, 한국에선 이 나간 그릇은 부정 탄다고 안 쓰니까 가져가기 좀 그래. 열차 밖에서는 갑작스레 빗줄기가, 안에서는 '우리'로 길을 여는 말이 쏟아지던 때였다. 초록색 버스 한 대가 진한 먹구름 아래로 빠르게 달려갔다. 눈을 깜박이던 여자가 서둘러 뿌옇게 흐려진 창을 손바닥으로 닦아보았으나 바깥 물기는 어쩔 수 없었다.

"은민아, 은민 아빠. 저거 봐, 버스……."

떨리는 목소리로 말을 뱉은 여자가 박차고 일어나 앞으로,

앞으로 달려갔다. 버스는 열차를 앞질러 가더니 갈림길에서 그들을 태운 열차와 방향을 달리했다. 초록의 것은 새끼손가락만 하게, 손톱만 하게 작아지더니 마침내 소실점으로 멀어졌다. 뒤따라온 남자가 울먹이며 말했다.

"은민아, 은민 엄마. 우린 어디에서 살다 가는 거야?"

출입국 기록을 확인하고 회사 서류나 집 계약서를 들춰보면 지난 시간을 확인하고 증명할 수 있을 것이다. 그러나 남자는 종이 뭉치가 무엇을 말할 수 있는지 알 수 없었다.

여자는 모르겠지만 남자는 열차에서 도중에 내린 적이 있다. 택시를 타고 집으로 돌아가려는데 남자 앞에 버스 한 대가 나타났다. 흐느끼며 차에 오른 이방인을 앞에 두고 사람들은 작게 웅성거렸다. 낯선 얼굴과 소리 사이에서 남자는 안에 붙어 있는 노선도를 확인하고 또 확인했다. 분명 상현빌라 근처까지 가는 사당 09번 마을버스였다.

이 버스에서 내려서 2~3분 정도 걸으면 집에 도착했다. 종점 바로 전 정거장이라 깜박 잠들어도, 그러다 깨지 못해도 괜찮았다. 많은 밤 남자는 집에 다 왔다는 기사 말에 눈을 떴고 노곤한 어깨를 흔들며 길을 걸었다. 그렇게 도착한 낡고 좁은 상현빌라 301호에서는 '우리'가 남자를 기다리고 있었다. 5년을 산 동네였다. 눈을 감고도 좁은 길을 떠올릴 수 있을 정도로 익숙한 곳이었으나 가도 가도 나무 전봇대와 낮은 나무집, 그리고 새와 인간이 춤추는 것 같은 글자만이 남자를 낯설게 지켜봤다. 그날 집으로 가는 마을버스는 남자를 집으로 데려다주지 않았다.

"번호도, 노선도도 다 맞는데 우리 동네, 우리 집 안 가고 어딜 가는 거지. 그러다 종점에 도착했는데 모르는 곳이더라. 맞다, 거기 떠났지. 마을버스 탈 필요 없는 아파트로 이사했지. 내가 우겨서 갔잖아. 역 가깝고 학군까지 좋아서 집값 오를 테니 두고 보라고. 자기는 은행 빚 싫다고 하고, 옆에서 은민이도 빚은 싫다고 하고, 그게 뭔지도 모르면서 엄마 따라쟁이가 싫다고 그랬는데. 아, 진짜 많이 올랐어. 대체 얼마나……. 오른 거 확인할 때 잘했네, 돌아가서 여기저기 떠돌지 않아도 되겠네, 생각하다가, 그러다가 소스라치게 놀라. ……기억이 안 나. 어깨에 얹으면 침 엄청 흘렸잖아. 가제 수건 축축해지고, 티셔츠 젖던 느낌은 생생한데 아무리 애써도 얼굴이 안 떠올라. ……누워 있다가도 엘리베이터 소리 들리고 발걸음 소리 나면 벌떡 일어나. 은민이, 우리 아기, 여긴 안 와봐서 모를 텐데 어떻게 찾아왔지 싶다가, 그래도 엄마랑 아빠 사는 곳이니까 찾아올 수 있겠지 싶다가, 그러다……."

남자가 고개를 깊게 숙였다. 열차는 덜컹거리고 남자의 어깨는 그보다 더 자주, 세게, 많이 들썩였다. 여자는 짙은 물안개 속에 던져진 기분이었다. 아니, 줄곧 흐릿한 세계 속에 있었다. 열 살 은민과 열다섯 살 은민과 스물다섯 살 은민을 그리는 동안 한 살 은민과 세 살 은민이 흐릿해졌고, 다섯 살 은민은 투명해지고 말았다. 게다가 우는 남자를 어찌하면 좋을지도 알 수 없었다. 그 전화를 받았을 때부터 어찌해야 할지 몰랐던 여자였다. 그럼에도, 그리하여 열차 안에서 우기를 여행하는 현명한 방법, 그 이야기가 펼쳐졌다.

제이라는 사람이 있어. 먹고사는 게 고단해서 여행은 꿈도 못 꿨는데 회사를 그만두고 스물다섯 살에 처음으로 여권을 만들고 집을 떠났지. 마침 이 나라에 왔네. 맞아, 이 소설 얘기. 제이는 여기서 꼭 해야 할 일에 '세상에서 두 번째로 높은 철교를 달리는 열차 타기'

랑 '고산 지역에 사는 소수 부족 마을로 떠나는 트레킹'을 적었어. 출발하기 전엔 혼자라서 걱정이 많았는데 주위에서 여행자는 어디에나 있다며 동행을 찾을 수 있을 거라고 해줘서 용기 낼 수 있었어. 근데 막상 와보니 사람이 보이질 않아. 딱 이맘때였거든.

아무튼 우기 절정에 여행하는 여행자 마음엔 더한 비가 내렸어. 사회면 기사 하나를 읽는데 눈에 익은 명칭이 나오는 거야. 여권 사진을 찍었던 사진관이었어. 사진 파일을 받는 서비스를 신청할 때 메일 주소를 적었는데, 그때 앉았던 책상 아래에 카메라가 있었던 거야. 여기 유심이 끼워져 있었으니 한국에서 오는 메시지나 전화는 차단된 상황이고 기사로 자신이 당한 일을 알게 됐지. 제이는 그날을 떠올려. 치마를 입었던가, 무릎 위로 올라갔던가, 다리를 벌렸던가. 아니야, 긴 치마를 입었었어. 분명히 그래야만 해. 집 앞에서 찍을걸. 얼마나 차이 난다고 싼 곳을 찾아가서 찍었나. 애초에 여행은 왜 한다고 해서 이런 일에 휘말렸나.

아무튼 여기까지 왔으니까 열차도 타고 트레킹도 하려는데 마음이 편치 않아. 하지만 집에 가고 싶지는 않았어. 피해자임을 확인하지 않는 한 영상에 찍혀 있을 치마 속도 제 것이 아닐 듯해서. 그게 자신인지 아는 이가 없다면 없던 일이 되지 않을까 생각하기도 했어. ……그랬으면 한 거지.

아무튼 열차를 타고 달리다가 아찔한 구간, 열차 여행의 하이라이트를 지나게 돼. 다들 상기된 얼굴을 창밖으로 내밀고는 사진을 찍느라 여념이 없는데, 그럼에도 제이는 그럴 수가 없었어. 원치 않는 이가 카메라에 담길까 봐서. 가만히 있는 사람은 자신만이 아니야. 저만치서 여자가 우네. 그리하여 며칠 전에 순환 열차에서 봤던 사람을 떠올렸지. 창 너머로 고개를 내밀고 울던, 곰같이 커다란 남자.

아무튼 제이는 울던 여자와 트레킹을 하려고 해. 비수기에 남자 가이드와 둘이서 떠나기는 좀 그렇고, 마침 길에서 마주친 여자가 흔쾌히 수락했거든. 근데 이래저래 신경 쓰여. 중요하지만 가져가기 곤란한 것은 두고 가야 하는데 자물쇠가 없다네. 어쩔 수 없이 제이는 제 것을 넣어둔 서랍을 열어줘. 여행사 사무실 구석에 놓인 캐비닛, 맨 아랫줄 가장 구석에 있어서 그 누구도 선택하지 않을 서랍 H53을, 버릴 수도, 가질 수도 없는 것이 머물기 좋아 보이던 곳을.

아무튼 출발이야. 트레킹하는 동안 여자는, 여자 말은 다 이런 식이었어. 조금만 뒤처져도 미안해요, 뒤도 보지 않고 앞서 걸어도 제 실수예요, 마실 물이 없으니 제 탓이에요, 입에 맞지 않아 음식을 남기면서 먹을 수 있는 걸 안 챙겼다니 어리석었네요. 우기인데도 잘 버티던 하늘이 결국 거센 빗줄기를 쏟아냈어. 폭우 속에서 피오, 가이드가 말해. 날씨가 엉망이라 미안해요. 쓸쓸한 풍경을 보게 해서 미안해요. 날씨가 나쁘면 내 잘못 같아요. 제이와 여자는 동시에 외쳐. 당신 잘못이 아니에요.

눈을 뜨기도 힘든 빗줄기에, 바람까지 세게 불어 몸도 휘청거리는데 그들은 걸어야만 해. 길은 그들 집이 아니잖아. 비바람 속에서 제이는 여자가 우는 걸 알지만 내버려둬. 울고 싶을 땐 울어야 하니까. 근데 결국 후회해. 그래서 뒤늦게 우는 여자에게, 우는 남자에게……. 그때였다, 팔에 닿은 서늘한 기운에 여자는 소스라치게 놀라며 고개를 돌렸다.

초록의 동그란 것, 그리고 보라의 아이였다.

아이는 반으로 잘려 생기를 뿜어내는 라임을 들고 몸짓으로 말했다. 봐봐, 이렇게 하는 거야. 여자는 아이를 따라 연둣빛 투명한 속살이 드러난 라임을 코에 갖다대고는 숨을 깊게 들이켰다. 그 생기에 잠시 다른 세상에 가 있는 듯했다. 아니다, 그저 지금을 견딜 수 있는 만큼이었다. 환하게 웃는 아이 앞에서 여자는 몇 번이나 숨을 들이켰다. 손을 뻗어 흐느끼는 남자를, 어깨를 토닥이고 머리를 쓰다듬고 끌어안았다.

흠뻑 무젖은 사람들이 열차 복도를 걸어왔다. 창문 틈새로 밀고 들어온 비에 젖은 이와 쏟아붓던 비를 맞은 이가 나란히 앉았고, 웃는 얼굴과 짜증 난 얼굴과 안도의 얼굴과 무표정의 얼굴을 태우고 열차는 다시 길을 떠났다. 뒤늦게 한 여행자가 여자와 남자 옆에 자리를 잡았는데 그가 커다란 배낭 덮개를 거칠게 털자 여자와 남자에게도 물이 튀었다. 남방 소매에 슬며시 새겨진 물 얼룩을 여자는 하염없이 바라보았다. 남자는 아랑곳하지 않고 라임에 코를 대고 킁킁댔고, 여자는 잊었던 모습을 기억해냈다. 은민도 남자처럼 코를 킁킁거리곤 했다. 크게 숨을 들이켜더니 남자가 말했다.

"이거 효과 있다. 임시방편이지만."

"그래도 지금 도움이 되니까 좋다."

그들은 라임을 쥐고 나란히 창밖으로 고개를 내밀었다. 어느새 비가 그치고 구름도 걷힌 하늘 아래로 '이지 영어 학원'과 '정일 운전 학원' 시절을 고스란히 품은 버스들이 새와 인간의 춤 사이로 달려갔다. 여자가 말했다.

"래핑을 왜 안 떼고 달리니. 이별 좀 하자. ……근데 그날 집엔 어떻게 갔어?"

"그랩 불렀지. ……돌아가면 복직할게. 좀 쉬어."

"빚 갚아야지."

"3년 됐으니까 팔자. 그럼 숨통 좀 트이겠지. ……아, 진짜 현실적이네."

"그러고 보니 고맙네." 여자는 레스토랑 화장실에서 있던 일을 남자에게 들려줬다. "위로라고 해도 마음을 할퀼 수 있잖아. 그걸 아는 사람인가봐. 그래서 난 여기가 조금은 좋아졌어."

그 말에 기분이 좋아진 남자는 라임에 코를 대고 킁킁거렸다. 은민처럼 살짝 찡그리면서. 여자도 라임을 코에 대고 살짝 찡그리며 킁킁댔다. 초록의 것은 처음보다 쭈그러지고 생기를 잃었지만 그래도 괜찮았다.

붉고 푸르던 하늘이 어느 틈에 보랏빛으로 물들었다. 서서히 퍼지는 어둠 속에서 남자는, 접시는 깨졌고 버려졌기에 불가능한 일이라 여기면서도 말했다.

"따뜻한 시나몬 롤 먹고 싶다, 뜨랑 접시에 올려서."

남자가 모르는 사실이 있다. 책은 접시의 안부와 함께 전해졌다. 한국을 떠나며 짐 정리할 때 싱크대 밑에서 접시를 본 준의가 따로 챙겨서 수리해둔 것을, 티가 나긴 하나 쓰는 데 무리 없다는 것을 여자는 뒤늦게 남자에게 전했다.

"손수건 준 사람이 고민하더라. 뭘 하면서 보내야 할지 모르겠다고. 그래서 남편은 노래 만들었다고 했어. 들어본 적은 없지만."

"그만두길 잘했어. 전에도 알았지만 영 소질이 없어."

"취미잖아. 못하면 또 어때. ……불러줘. 듣고 싶어."

남자가 조용히 흥얼거리기 시작했다. 허밍으로 채워진 노래는 시작도 끝도 모호했고, 여자는 도돌이표가 그려진 악보를 떠올렸다. 처음으로 돌아가 다시 한번 더, 다시 한번 더 반복되는 동안 어떤 순간이, 빛바랜 신문 광고 앞에서 울던 밤, 밤이 품었던 산속 마을, 쏟아지던 비, 마을로 향하던 길이 눈앞에 아른거렸다. 여자가 말했다.

"같이 갈 데가 있어."

"가자, 어디든지."

여자는 모르겠지만 남자도 그 소설을 읽었다. 어떤 내용이 더해지고 빠졌는지 알면서도 남자는 어떤 말도 하지 않았다. 트레킹을 마친 후 뒤도 돌아보지 않고 그곳을 떠났던 제이는 일주일 후 야간 버스를 탔다. 밤을 달리는 버스에서는 차와 국수를 파는 상인의 말, 스테인리스 도시락이 스테인리스 숟가락으로 긁히는 소리, 얕은 잠에 취한 숨결이 뒤섞였고 어쩐지 제이는 안심할 수 있었다. 사위가 밝아질 때쯤엔 깨닫기도 했다. 여자가 앞에서, 또 뒤에서 걸었기에 끝까지 내려올 수 있었음을.

버스에서 내린 제이는 여행사를 찾아갔고 캐비닛 앞에 섰다. 단단하게 닫혀 있던 H53이 빛과 소리를 머금자 드러난 것은 증명사진만이 아니었다. 제이는 회색 운동화를 들고 거리의 수선사를 찾아갔다. 세탁을 했어도 어쩔 수 없었는지 운동화는 붉게 얼룩졌고, 군데군데 낡아 해어진 상태였다. 함께 놓여 있던 파란색 편지를 매만지며 운동화에 노란색 실이 새겨지는 것을 보던 제이는 돌아가는 항공편을 변경했다.

예정보다 이르게 귀국하던 날, 공항에서 유심을 바꿔 끼우자 메시지가 수북하게 쌓였다. 경찰서로 가는 길, 제이는 자신의 잘못이 아님을 알았으나 그럼에도 충분치 않았고, 그리하여 마음은 어떤 밤을 향했다.

아득한 산속 마을, 깊은 밤하늘 사이로 별이 춤을 추고 있었다. 마을 아이 하나가 천진한 얼굴로 유리잔을 뒤집어 반짝이는 별 하나를 잡았다. 의기양양한 아이에게 박수가 쏟아졌고 반짝이던 춤은 멈췄다. 빛은 사라졌다. 여자도 사라졌다.

저기 있다.

나무로 만든 집, 벽지랄 것도 없이 신문지가 발린 벽, 단발머리를 한 아이가 환하게 웃는 러펫에 광고 앞에 고개 숙인 이가 있다. 우는 여자가 여기, 있다.

당신이 무얼 잃었는지 모른다. 그럼에도 나는 안다. 당신에게도 필요한 말이 있음을 나는 감히 안다. 그리하여 늦었지만 말해야 한다. ……우기를 여행하는 현명한 방법은 없어요. 차라리 출발하지 않는 게 낫죠. 그럼에도 언젠가 비가 잔뜩 내리는 날에 다시 떠날 거예요. ……이제 집으로 돌아갈까요? 당신의 것과 함께, 나의 것과 함께요. 그리하여 우리는 다시 시작할 수 있을 거예요.

"그래서 우기를 여행하는 현명한 방법이 뭐야?" 남자가 물었다.

"없대, 그냥 견디는 수밖에. 아무튼 우산, 우비, 장화로 무장하고 지나가래." 말라버린 물 얼룩을 만지작거리며 여자가 말했다.

"그러자."

"근데 이거 네 시간이나 타기엔 지루하지 않아? 허리 아파."

"구경하다가 졸다가, 그러다 지겨워지면 내려서 그랩 잡았지, 뭐."

여자가 소리 내어 웃었다. 남자도 소리 내어 웃었다. 울다가 웃는 자신들이 제정신이 아닌 자로 보일 듯했으나 남자는 신경 쓰지 않기로 했다. 순환 열차였다. 열차에 처음부터 끝까지 몸을 실은 자는 이방인뿐이다. 아니면 울 곳이 필요한 사람이거나.

옆자리 여행자가 카메라를 꺼내 들었다. 평범한 것, 마당에서 아이가 뛰노는 대나무집과 알록달록한 간판이 즐비한 건물과 노랗게 널따란 논과 물기를 머금고 싱그러움을 뿜어내는 야자수와 붉은 수박을 파는 상인과 아직 따뜻해 보이는 볶음국수를 먹는 아이와 길게 누워 잠을 청하는 노인과 급하게 열차를 탔는지 가쁜 숨을 내쉬는 청년이 카메라 안에 담겼다. 어제와 비슷한 풍경, 내일과 다르지 않을 일상이 들어가고, 또 들어갔다. 카메라를 지켜보던 여자가 손에 있던 라임을 소매에 문질렀다. 순간 열차가 덜컹거렸고 남자가 여자 앞으로 팔을 뻗었다. 여자는 몸을 돌려 뒤를 바라보았다. 열차 꼬리가 동그랗게 뒤따라오고 있었다.

곧게 달렸으나 굽이굽이 달려왔다.

흐릿한 남은 얼룩을 꾹꾹 누르며 여자는 아이를 떠나보낸 자를 명명할 단어를 찾아냈다. 그럼에도 함께 기뻐하고 슬퍼한다, 그리하여 어디에도 없지만 어디에나 있는 은민은 여자와, 또 남자와 함께할 것이다. 단수 아닌 복수로 살아가는 이들을 태운 열차는 빼곡하게 서 있는 집 사이를 달려갔다. 크고 작은 색색의 빨래가 바람에 흩날렸고 금속과 금속이 맞닿았는지 끼이익거리는 소리가 허공에 퍼졌다. 회색 구름 뒤에서 석양이 수줍게 내리쬐고 열차 안과 밖 전등이 하나둘 빛을 밝혔다. 어둠이 단단히 내려앉고 도시 곳곳에서 황금빛 파고다가 빛나면 열차는 출발했던 중앙역에 도착한다. 남자는 열차를 타고 처음으로 어둠을 가로지른다. 함께 돌아갈 여자가 있었기에 가능했다.

옆에서 허리가 동그랗게 굽고 새하얀 머리를 반듯하게 묶은 이가 짐을 주섬주섬 챙겼다. 묵직하게 늘어나는 비닐봉지로 가득한 손을 지켜보던 여자가 몸을 일으켜 세웠다. 노인은 하얀 손수건을 손에 쥐고 열차를 떠났다. 여자는 남자 맞은편에 앉았고 손을 내밀었다. 자리를 옮긴 남자는 옆에 앉은 여자 손을 꼭 잡았다. 땀에 살짝 밴 온기를 느끼며 남자는 다짐했다. 아이가 봤으면 좋았을 풍경을, 가봤으면 좋았을 길을 걸어야지, 함께. 여자는 점점 크게 다가오는 파고다를 바라보며 이렇게 끝내고 싶지 않다던 남자 말을 곱씹었다. 여자 역시 그랬다. 호기심과 즐거움을 앞세운 아이와 제 아이를 지키기에만 급급했던 이를, 판단력이 부족한 아이라는 이유로 처벌하지 않는 법을 이해할 수 없었다. 생이 다할 때까지 받아들일 수 없을 말, 용서는 그들 몫이 아니었다. 대신 여자는 무언가 기억해냈고 허기를 느꼈다.

여자가 나지막하게 '퐷톡'을 반복하는 동안 열차는 널따란 강에 들어섰다. 남자는 우리가 하늘을 달린다고 말한다면 은민이 보였을 반응을 떠올리다가 손을 꽉 쥐었다. 남자의 열차는 시들해진 라임에서 새어나온 즙의 끈적임 또한 기억할 것이다. 철로 저편 빛나는 빌딩과 파고다 사이, 커다란 광고 전광판 위로 환하게 웃는 단발머리의 아이가 나타났다. 아이를 보자 남자는 그간 매만진 멜로디에 제목을 붙일 수 있을 것만 같았고, 시작도 끝도 없는 듯했던 노래에 시작과 끝 모두 있음을 믿을 수 있었다. 이 열차가 증거였다.

노래는 여자를 여기저기 녹슬고 덕지덕지 먼지 낀 캐비닛 앞으로 데려갔다. 여자가 망설임 없이 숫자를 맞추자 자물쇠가 열렸다. H53을 채운 어둠과 침묵 안으로 세상의 빛과 소리가 스며들었고 남겨둔 것이 모습을 드러냈다. 여자는 노란 반딧불이가 새겨진 운동화를 어루만졌고 편지를 꺼내 네모로, 세모로 접었다. 강을 막 건넌 열차 옆으로 파란색 종이비행기가 날아왔다. 책에 나왔던 편지와 비슷한 색인 듯해서 남자는 눈을 깜박거렸다. 그들이 모르는 게 있다. 접시 뒷면에 남은 메시지는 아직 전해지지 않았다. 엄마아빠아푸지마사랑헤, 빈집을 지키고 있는 배뚤배뚤한 마음과 가까워지는 지금

자욱하게 깔리는 검푸른 어둠 속에서 희미하게 남은 한 줄기 빛이 반짝였다. 여자와 남자가 눈을 감자 빛이 일그러지면서 춤을 추기 시작했다.

열차는 마침내 중앙역에 도착했다.

멈춘 곳에서 다시 달린다.
우리의 몫이었다.

Poem

박다래

2022년 현대시 신인추천으로 작품 활동을 시작했다.
창작 동인 '흰'으로 활동 중이다.

기름 부으심을 받은 자

박다래
詩 人

*

주유소가 교회가 된다는 소문을 들었다

주유소 땅 아래 기름 탱크
그 기름이 다 탈 때까지
주유소의 불은 꺼지지 않는다고

그곳에서 담배를 피우는 게
왜 옳지 않은지 설명할 때

처마 아래
흰 비둘기들이 모여들었다

흐
르
는

피존 밀크

이제 교회가 되어버린 주유소에서

기도하는 동안
몇 번이고

가스등이 꺼졌다 켜졌다

*

비가 오는 날
퇴근길에 노란 옥수수 알갱이를 샀다

팬에 옥수수 알갱이를 튀긴다

옥수수 껍질은 단단하고
형광등 불빛에 희미하게 빛난다
희고 검은 것들이 선명하다

기름 냄새가 방 안을 가득 채우고
몇 번이고 입술을 오므렸던 것 같다
유지하고 있던 것들을 버리면서

아주 조금의 탄 냄새

터뜨리는
순간에 또다시 멈춤

나는 가스레인지의 불을 끈다

*

매일 반질반질한 수석을 닦고
어디에 가든 가져올 돌을 찾았다

기억이 쌓이는 곳은 가스레인지 옆

그것의 무게를 가늠하듯
몇 번이고 들었다가 내려놓았다

이해는 하니
절대 타지 않을 것을
타오르는 불 옆에 두고
싶어 하는 마음

우리가 아직 이곳에 머무르지 않았을 때의 이야기를

*

창밖에서 메케한 연기가 들어오고 있다

무겁게 가라앉은 것이 많아
이곳을 떠나지 못한다고 했다

기름 탱크에 물과 돌을 채운다고 했다

아직은 무너진 것들의 속이 비어 있어
사라질 때까지 기다려야 한다고

교회는 오래도록 불탔다

마을엔
말라붙은 유기물이 남았고

콘셉시온

숲으로 가는 길은 길었다. 다섯 번의 히치하이크 끝. 그해 사순절 우리는 모래 구멍에서 거미 낚시를 하며 시간을 보냈다. 나무 클립에 밀웜을 끼우고 구멍 안에 넣으면 그것을 물고 작년의 타란툴라가 따라 나온다. 우리는 러그 위에 타란툴라를 늘어놓고, 러그를 뚫고 땅을 파는 것을 바라본다. 어디서 왔니. 과라니어로 아이들이 말을 건다. 아이의 손에 있는 붉은 상처. 청량한 웃음소리와. 다시 해가 떠오를 때까지 불을 피우고 옆에서 타는 냄새를 맡았다. 묵주기도는 계속된다. 다시 가고 다시 돌아오지만, 돌아갈 수 없는 밤. 우리는 각자의 흙집으로 들어가 진흙 덩어리로 술잔을 빚었다. 아침이면 마당엔 탄 나무들이 가득했다. 구멍 난 러그에 재를 부으면 재의 수요일이 지나 있었다. 타란툴라가 색칠한 달걀 위를 기어간다.

우리는 셋이 다 같아

스스로를 지키기 위해 살아남았지.

눈 떠보니 돌고 있는 놀이기구 위.
수많은 비명이 가득 차 있었지.
아무런 표정도 없이 이곳에서 시간을 보냈어.

이런 게 진짜 사랑이라고. 바람을 가르면서 누군가의 손을 잡고 애쓰는 것이. 이 계절에도 우리는 가장 아름다운 서로의 사진을 담았어.

계절마다 가장 아름다운 장면을 담는 것.
손을 내밀고 있었던 적도 없는 아이를 기다리는 일.
디디고 있는 것이 없는데,
우리 아직 살아 있는 거 맞지?

해가 질 때까지 머물렀지. 빛나는 것은 모두 아름답다고.
젖은 발로 걷는 거리마다 발자국이 빛났어.
친구는 불 꺼진 놀이기구에서 독수리 모양 조명을 가방에 넣었지.

대관람차는 돌아가지 않고 빛나고 있는데.

혀에서 녹지 않는 곤약처럼

끈적이지 않고 굳어가던 밤
손등의 주름이 깊어지고

비 오는 놀이동산도 좋고, 빛나는 것도 좋지만
오래오래 살아야지.

색 바랜 파란 담장 앞에서. 수많은 사람들의 이름을 손가락으로 쓸지. 단 한 번도 머무르지 않고 걸으며, 우리는 익숙한 것으로 돌아가고.

운전석에 앉아 혼자만의 시간을 보내면서
익숙한 시간을 기다리지만
함께했던 시간은 다시는 오지 않아.

빛나는 밤
경외란 이럴 때 쓰는 표현인가.

자정이 되기 전에 우리가 한 대화의 마지막은
시간이라고 끝나 있었는데

두고 온 것

여행지에 신발을 버리고 오면
그곳에 다시 오게 된대

검은 곰팡이가 피어 있는 내 신발을 바라보았다

잠시 멈춰진 시간이 있었다

조용히 시작되던
낯선 골목의 방학

그곳에 오래 머물기로 했다

흰 담장 위
깨진 병 조각들
맑은 날인데 비가 내렸다

손끝에 빗방울이 맺혔다

골목을 빠져나오고

주머니에 있는 것을
입에 넣고 천천히 씹었다

길목에 신발을 버리다
고양이 두 마리와 눈이 마주쳤다

흰 양말을 신은 발을 바라보았다

발이 큰 웨이트리스가 얼음을
넣은 맥주를 서빙하고

때아닌 우기가 계속되었다

비가 오는 날에는
이미 죽은 자에 대해 생각하기 좋았다

나는 그저 시작될 수 있는 수많은 삶의 경우의 수에 대해 생각했을 뿐인데

골목 끝에는 계단이 있었다

높은 곳에서 누군가를 바라보고 있는
기분이 썩 나쁘지 않았고

계단의

화강암이 흔들리고 있었다
그 떨림이 그대로 전달되었다

미끄러움을 조심해
누군가 말했다
나는 돌아보지 않고
대신

레지나와 함께하는 밤 산책

*

방갈로의 문을 열자
한기가 쏟아졌다

가장 따뜻한 것은 죽은 것뿐이어서
오래도록 토마토 스튜를 끓였다

희미한 빛을 따라 걸으며
한 번도 본 적 없는 얼굴로 나타나는 것이 있다
이런 게 어둠이라면 다시는 빠져나갈 수 없는 경계인데

리지, 걷고 싶은데
같이 갈래요?

*

밭에서 수확되지 않은 순무가 얼어간다
스프링클러가 몇 번 내 머리를 적시고
테리어 한 마리가 스쳐 지나가는 밤

모두가 들을 수 있게 발화하며

한 문장도 빛나지 않을 때,
흐르지 않는 공기

레이스 잠옷 아래
맨다리는 붉다

밤이 긴 이곳에서
얼었다가 녹으며

모든 것은 평범하게 멈춰 있었다

*

잠긴 다리 앞에
나란히 서
오래 흰 빛을 보았다, 다만
잔상이 계속되었다

신발을 벗고
조끼를 털었다
보온병에 든 뜨거운 스튜를 삼켰다

사방에서 휘발유 냄새가 났다
다시 돌아오는 길에 우리는 없을 거예요

산 너머에서 누군가 울고 있었다

어느 신의 소리라는 것을 알았다

어느 낮처럼 선명하게 보일 것이라고

밤새 택시를 타고 어딘가를 가는 꿈을 꿨어. 택시를 하도 많이 타니까 꿈에서도 택시를 타나 봐. 꽤 긴 시간이었고 생생했어. 우리는 서울의 여기저기 골목을 다녔는데, 여기가 서울인지 아닌지 의심스러울 때도 있었어. 나는 어째서 땀이 난 손으로 연주도 할 줄 모르는 현악기를 들고 있었던 것일까. 빨간 벽돌 담장과 그 위에 늘어져 있는 죽은 넝쿨. 어떻게 자는 동안 이런 걸 만들어내지. 물었고. 이미 나는 죽었는지도 모른다고 생각했어. 자동차 앞 유리에 마른 잎이 쏟아지고

택시 기사가 쉼 없이 이야기를 건넸어. 한강에 있는 철교의 개수. 오래전 침수되었던 상수동. 상가가 유사시에 요새로 쓰일 수 있다는 그런 이야기와. 언덕과 언덕은 서울을 만든단다. 언덕 아래는 자주 수몰되었고, 잠길 때마다 아이들의 키가 조금씩 자랐대. 그래서 언덕 아래의 아이들이 언덕 위의 아이들보다 크다는 법칙과. 골목은 너무 좁고 우리가 탄 차는 아주 간신히 그곳을 지나가. 제발 좀 사이드미러를 접으라고 내가 말했던 것 같아.

이것도 모두 만들어진 것은 아닐까. 어차피 우리는 꿈인 줄 모르니까. 현악기 위의 내 손가락은 움직이고 있었지만 아무 소리도 나지 않았어. 소리를 만들기 위한 시도가 모두 실패하는 걸까. 지금 생생한 것은 목소리뿐인데. 나의 키는 조금 작고, 잠길 일이 없어서.

오늘 밤에도 그 택시를 탈지 모르지. 집 앞에 강이 흐르고 있는데 그곳을 어떻게 건넜던 것일까. 강 옆에 미색 돌들이 빛나고 있어. 창밖 연기가 생생해. 누구도 끄지 않는 불. 잠들어 있을 거야. 그 안온한 시간 동안. 택시를 타고 어딘가로 갈 때까지. 모든 것이 타기 전에 다시 어딘가로. 강의 깊은 곳으로.

마른 눈

오면서 눈이 그쳤다고 했다. 친구는 왼손으로 자신의 머리카락을 훑었다. 머리카락에서는 마른 눈이 떨어져 부서졌다. 친구는 금붕어를 한 마리 더 키우지 않겠냐며 나에게 작은 어항을 주었다. 자신은 이미 사진을 찍었기에 키울 필요가 없다고. 금붕어는 오랫동안 물과 마른 눈이 있는 곳에서 헤엄쳤다. 어항 속 금붕어의 몸통은 기름지게 빛나고 있었다.

새 금붕어는 금세 오래된 금붕어들을 밀고 다녔는데 그것은 금붕어들이 봄처럼 느리게 움직이게 했다. 봄처럼 나른하게. 금붕어는 입 안에 한 번에 들어가는 것들만 삼킨다. 금붕어의 비늘은 반투명하고 금붕어의 비늘은 동그랗고 그것들은 금붕어의 입에 한 번에 들어간다.

따뜻한 날이면 금붕어들을 집 앞, 작은 구덩이에 내다 놓았다. 금붕어는 한 마리씩 사라졌다가 한 마리씩 생겨났다. 까치가 물고 가기도 했고, 비 오는 날에 하늘에서 떨어지기도 했다. 나는 사라진 것에 대해 생각하는 대신 헤엄치는 것들을 바라보았다.

자고 일어나면 구덩이에 금붕어들의 비늘이 떠다녔다. 나는 어째서 그 비늘을 아직 삼키지 않았는지 궁금해하며 반투명한 기름에 비늘을 모아놓았다. 햇빛이 드는 창문 앞, 금붕어의 비늘은 기름 속에서 천천히 움직였다. 나는 오랫동안 창문을 떠나지 않았다.

파시클[◆]

젖은 눈이 있는 곳을 걸었다 계속해서 내리는데 그것은 파도 소리와 닮아 있었다 수많은 사람들의 발자국이 찍혀 있었다 도로 옆으로 돌아가지 못한 차들이 줄 서 있다

어떤 비약은 목발도 없이 계속되었다

눈 안은 기도하기 좋았다

해식절벽 앞에 눈이 조금씩 쌓여가고
그 잿빛 순간을 본다

이것은
확실한 봄의 증거

왼 다리로 다른 발자국들을 지우며
서로가 서로를 움직이게 할 수 없도록

흔들림이 전달되지 않는 공기를 담는다

손을 흔들면 눈길 누군가가 손을 흔들어오고
그 작은 마찰음

◆ fascicle: 작은 다발, 분책

눈을 감으며 아주 짧은 기도를 한다

눈이 조금씩 언덕에 쌓여가고
집집마다 붉고 푸른 전구를 켠다

젖은 눈을 털었고 젖은 눈은 순식간에 끈적한 물이 된다
그 끈적함이 우리를 가깝게 하니까
백열등 불빛이 켜진 현관 안에서

당신은 계속될 거야
우리 둘 중 누군가가 말했고

찰나의 순간이 앞으로를 외면할 수 있게
눈이 내리던 곳에
고립되지 않았다

잘 봐 겉과 속이 다르다고 했잖아
왼쪽 다리의 압박붕대는 조여온다

우리는 천착되지 않고 나아가는 중이었다고

모두 보이는 것보다 가까이 있었다

바라보는 동안
눈은 발목까지 쌓였고

그 울림에 대해 생각했다

흔한 이야기였다
모든 것이 그대로인데

내가 사라지는 것은
더 이상 다치지 않는 것은

Poem

원성은

2015년 문예중앙 신인문학상 시 부문에
당선되어 작품 활동을 시작했다.
시집 《새의 이름은 영원히 모른 채》가 있다.

화목한 3인 가족의 크리스마스 저녁 풍경

원성은
詩 人

그 아이의 이름이 오월이었다 아니다
유월이었던가
메이였든 준이었든 예쁜 이름이었다
나는 나를 닮았지만 내가 아닌
하얀 눈사람을 등에 업고 달렸다
이상하다
여름이었는데 눈사람을 업고 달리는
내 모습을 본 사람이 있다는 건
어부바au revoir
그런 목소리를 들었는데
그건 프랑스어로 작별 인사라고 했다
업히라는 걸로 들었네
아듀와는 다르다고
그 말에

신속하게 사라지고 있는 손가락이었다

눈이 왔지만

캐럴이 들리고 크리스마스카드를 받았지만

깡통 안에는 파인애플이 있다

금성무 말고 양조위도 파인애플 피자를 좋아할까
유통기한이 지난 통조림 안의 과일을
꾸역꾸역 의무감으로 다 먹으면서
매일매일 조깅을 했을까
생과일이 아닌 통조림 과일을 먹는 이유는
제철 과일이 아니라서 생과일을 못 구했기 때문이야
그 과일을 특별히 좋아해서라기보다는

빈 깡통들이 굴러다니는
종로의 밤거리는 홍콩은 아니지만
혼자 걸을 때마다 그 영화를 생각해
초록색 네온사인이 보이는 창문 옆의 방 한 칸도
천안아산이 아니지만

내 옆에서 잠든 저 사람도
양조위와 하나도 닮은 점이 없지만
양조위가 경찰로 나오는 그 영화
인형은 못생긴 고양이 가필드였다

종로의 밤거리를 혼자 걸을 때면
통조림 깡통을 분리수거 하러 지하 쓰레기장에 갈 때면

나는 깡통 안에 갇힌 파인애플이었다가
피자 위에 아주 작게 조각난 파인애플이었다가

운전 학원에서 운전 게임하기

게임을 좋아하는 친구들은 가끔
한밤중에 이상한 소리를 할 때가 있다
나는 게임을 잘하지도 자주 하지도 않아서
그 말이 무슨 뜻인지 못 알아들을 때가 많다
하필 나는 한밤중에 들은 친구들의 목소리를
법정 공휴일 한낮에 자주 떠올리고는 한다

환상 망상 가상 몽상 중에 환상
몽유의 산책로

문 닫힌 병원과 약국 들 사이에서
택시 택시 급하게 손을 흔드는 사람들이
집 주소를 잊어버린 히치하이커들처럼 보이고
우회전이면 죽어 직진 아 직진
여기서 꺾을까요?
내비게이션은 가끔 택시 기사 아저씨의 목소리를
잘못 알아듣고는 터무니없는 결론을 도출한다
"엄마한테 전화해"

5호선과 경의중앙선
지하철 환승 플랫폼에서는 미친
이웃 사람이 돌아다니면서

함께 열차를 기다리는 모르는 사람들에게
길을 묻고 다닌다

이 차 공덕역 가는 거 맞죠
인자하신 어른들은 미아도 아닌데 따뜻한 집도 있는데
말하는 법을 잊고 방전된 핸드폰만 손에 쥐고 있는
미친
이웃 사람에게 인자하게 길을 알려준다

미친, 미친, 미친
이웃 사람은 안전하게 집에 잘 도착했대

설경의 완성

새하얀 벽 위의 못 자국은
손가락으로 꾹꾹 눌러 지운다
CRACK FILLER, 못 자국을 숨기는 하얀 페인트
숨긴다

완벽한 화이트큐브를 만들기 위해
흰 벽은 숨겨야 할 비밀이 많다
녹물이 묻은 비밀

필사적인 폭설이 되어 눈을 감아야 한다
폭설 속에 그림을 파묻고
관객도 함께 파묻힌다
미술관에 방문한 사람들은 폭설 속에 함께
기꺼이 갇히기도 한다

눈이 녹으면 향유도 감상도 끝날 것이다
끝나지 않는다면 꿈결 같을 것이다
헤겔과 단토의 토론도 끝날 것이다

설경 위에 남은 총알 자국은, 핏자국은
새로운 폭설이 지운다
눈을 지우는 건 눈이다

영혼과 형식

유물론자는 영혼이나 마음이라는 말을 거의 쓰지 않는다
나는 어느 순간부터는 부정할 수 없는
유물론자다 그러나
선생님은 관념론자다 그것도 아주 지독한

유물론과 관념론의 구분이 무슨 소용이냐고
묻는 사람들은 관념론자들뿐이다

유물론자들에게는 이 구분이 중요하다
물잔이 아무리 감쪽같이 투명해도
물잔 없이는 물을 마실 수가 없기 때문이다

나는 이 정교하게 세공된 크리스털 잔을
이 투명함을 어떻게 애지중지해야 하는지 안다
이 투명함을 깨뜨리는 방법도 안다
문제는 내가 두 가지 방법을 모두 알고 있다는 데에서 발생한다

물잔을 만져본 적이 없는 사람들은
매체medium를 추상어로만 받아들인다
혹은 유리잔을 손에 들고 있으면서도
그 투명함에 속는다

궁극적으로 그들은 모른다
그들은 물잔도 없이 목이 말라서 폐수와 녹조가 낀
하천물을 마시고 영혼에 병이 들었다

나는 영혼과 형식을 이렇게 이해했다

초여름 담력 훈련

이게 담력의 선행학습인가
나이와는 상관없다는 듯이
아무리 봐도 전체 관람가는 아닌 거 같은데
이런 생중계를 해도 되나

나는 안 무서워

담력 겨루기를 하는 사람들의 함께 걷기
동행하기
심야 택시에는 할증이 붙고
라디오에서는 심야 괴담 끝도 없는 수다

여름엔 밤길을 걸을 때
땅만 보고 걸으면 안 된대
처서쯤엔 발만 남은 사람이 된대

발이 없어지는 것보단 나을지도 몰라

마치 여름엔 괴담이지 말하듯이
괴담을 소리 내어 말하면서 안전해지자는 듯이

도시 곳곳의 공포와 어둠을

꾹 꾹

청진기로 누르듯이

매우 캄캄한 밤이었지만

나는 이제 안 무서워

알아들었으니까 괜찮아

씨가 있는 과일과 양이 있는 여행

멜빌 씨는 "I would prefer not to"라고 단호하게 말한다
내가 번역해보면
"나는 하지 않는 편을 선택하겠습니다"이다
멜빌 씨는 고래를 좋아하고
씨가 있는 과일을 좋아한다
하지만 복사 씨와 살구 씨가 미쳐 날뛰는 장면을
매우 힘들어하는 것 같다
'것 같다'로 말을 끝맺는 것은 얼마나
이기적이고 편리한지
멜빌 씨의 파트너인 카프카 양은
각각 2개월, 9개월, 2개월 일한 회사를 모두
도망치듯이 그만두게 되었다
그녀는 멜빌 씨의 방식으로 사직서를 쓸 수도 있었지만
그 대신에 그녀의 언어로
"성에 갇힌 것 같고 문지기와는 도통 소통이 안 된다"라고 썼다
카프카 양은 매일 아침 알람 소리가
본인을 바퀴벌레로 변신시킨다는 저주의 주문과 깨지 않는 환상으로부터
탈주술화되고만 싶었다
그런데 6시 50분쯤 알람이 울릴 때면
카프카 양의 옆에서 곤하게 코를 골며 잠든
멜빌 씨도 함께 바퀴벌레가 되었다

한 쌍의 바퀴벌레가 더 자고 싶은데 눈을 떠야만 하는 아침이라니
때문에 카프카 양은 성처럼 견고한 관료주의의 훌륭한 공무원으로는 거듭날 수 없었다
등에 사과가 박힌 바퀴벌레처럼 깨어나기는 싫었다

카프카 양은 회사를 다닐 때는 잠을 줄여가며 틈틈이 시를 썼다
카프카 양은 잠이 많았고 8시간 이상 자야 건강해지는 사람이었다

왜 풀타임 공무원은 있고 풀타임 시인은 없는 건데요

멜빌 씨는 카프카 양이 출근하기 싫어 하는 괴로움에 통곡하는 것을 안타깝게 지켜보았다
동명이인인 프란츠 카프카는 죽은 옛날 사람이지만 그가 쓴 것은
소설이라는 이야기를 듣고 카프카 양은 조용히 웃었다

행운의 집은 희망의 집의 맞은편에 있다

행운은 매일 하루에도 몇 번씩
베란다에 서서 희망을 마주 보며 담배를 피운다
나는 행운이 안방이라고 부르는 작업실에 이불을 깔고 누워서
담배를 피우는 행운의 뒷모습을 본다
행운은 기적 같은 행운을 바라지 않고
열심히 정직하게 노력하는 사람이지만
희망의 집에는 살지 않는다
희망 같은 건 믿지 않는다는 듯이
신도 기적도 우연도 없고 운만이 존재한다는 듯이
행운은 코를 골면서 빠르게 잠이 들고
나는 그에게 내 귀가 어둡다는 거짓말을 멈추지 않는다
나는 행운의 옆자리에 누워서 곤히 잠든
행운의 얼굴을 보다가 해가 뜰 때쯤에 잠이 든다
행운과 나는 늦은 점심으로 김밥과 라면을 나눠 먹는다
나는 정오쯤에 행운과 마주 보고 점심을 먹다가 존다
눈이 감긴다

Poem

차유오

2020년 문화일보 신춘문예
시 부문에 당선되어 작품 활동을 시작했다.

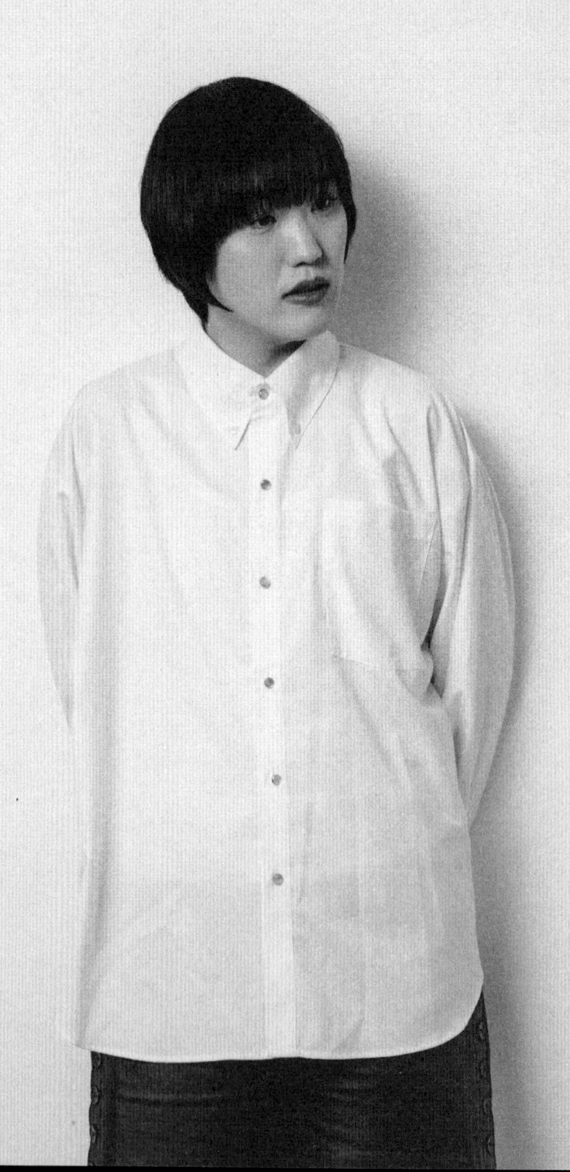

투명한 몸

차유오
詩人

아이는 해파리를 보고 유령이냐고 물었습니다

유령의 이름을 부르면
유령이 달라붙는다고 말해주었는데요

아이는 그 말을 믿지 않고

전생에 육지 사람이었던 유령은
해파리를 잡기 위해 물속으로 뛰어듭니다

인간을 통과해
유령이 된 유령은 이제

물속에서도 숨을 쉴 수 있으니까요

해파리에게는 유령이 보이지 않고
유령은 투명한 자신의 몸을 알지 못해

서로가 서로에게서 멀어집니다

여전히 해파리는 자신을 증명하기 위해
헤엄을 치며 물속 이곳저곳을 돌아다닙니다

물 밖에서는
유지할 수 없는 동그란 몸으로

물로 이루어진 투명한 몸으로

혼령으로
세상을 떠도는 유령처럼

없는 것처럼 보여도
눈앞에 있는 것

비어 있는 것처럼 보여도
가득 채워져 있는 것

그건 꼭 마음 같지 않습니까

전부 잊었다고 생각했는데
하나둘 떠오르는 기억처럼

가라앉아 있던 해파리들이 떠오릅니다

아주 천천히 눈앞에 나타나다가

이내 사라지는

인조세계

사람 같은 인형이 의자 위에 놓여 있다 찻집에 앉아 그것을 본다 모든 것은 사람의 손으로 만들어졌단다 지문 없는 손으로 인형을 가리키며 노인은 말한다 몸보다 큰 의자를 싣고 때 묻은 인형을 들고 저곳으로 걸어나간다

사람 같다고 말해도
결코 사람이 될 수 없는 것
사람처럼 여겨지다 사람에게 버려지는 것

찻집에는 대나무가 덩그러니 놓여 있다 손을 뻗어 만지려고 하자 찻집의 주인은 그것이 인조 대나무라고 한다 만져본 인조 대나무는 매끄럽고 단단했다 진짜 대나무를 만져본 적 없지만 진짜 같다 사람의 손길 없이도 죽지 않아 들여놓았다고 했다 사람이 살아 있는 것을 죽인다는 사실에서는 탄 냄새가 난다 공간을 가득 채워도 공간이 될 수는 없는 것이다 사람이 만든 것에도 진짜와 가짜가 있다면 기꺼이 가짜를 믿을 것이다

피 흘리는 짐승처럼 저편에서 피 흘리는 식물을 본다 다친 식물은 피를 뚝뚝 흘리다 멍들고 멍은 서서히 옅어지다 사라지고 끝내 사라진 식물은 없던 일이 될지도 모른다

잎과 줄기를 달여 만든 차가 식어간다

미지근한 비가 내린다

찻집의 구석에는 누군가 놓고 간 우산이 빼곡하다 구석이라는 말처럼 그 자리에는 늘 버려진 것들이 가득했다 비와 비를 피하는 사람들 무늬로 새겨질 때 다 우려진 찻잎이 가라앉는다 스스로 가라앉는 마음처럼

의자 위에 걸쳐놓은 코트가 바닥 위로 떨어지고 코트는 점점 사람의 자세를 닮아간다 겨우 사람이 되려고 한다

건설된 영원

사람들이 모두 떠나자 도시는 유령이 되었다

(죽은 적 없는데
유령이 될 수도 있구나)

도시는 사람처럼 생각했다

그날 이후로 남겨진 건물과
도시는 친구가 되었다

서로가 서로에게 유일한 존재들이었으므로

도시는 어떤 이유로
사람들이 자신을 떠났는지 몰랐지만
그들을 기다리는 자신을 발견하게 되었다

빠져나간다는 건
다시는 돌아올 수 없다는 뜻이었다

흔적만 남은 도시는
흔적을 지우기 위해 곳곳을 치웠고
그럴수록 사람들의 흔적은 더 선명해졌다

자신에게서 지울 수 없다는 듯이

사람들의 손길이 닿은 물건들은
쉽게 망가졌고 쉽게 사라졌다

창문에 묻은 지문처럼
이곳에 있지만 없는 것처럼

물에 잠겨 사라질 것이라는
어느 섬의 이야기처럼

도시는 사람들의 기억 속에 잠겨
자신이 사라질지도 모르겠다고 생각했다

건설만으로는 영원할 수 없다는 듯이

(도시가 모두 떠나면 사람들은 유령이 될까)

건물은 완전한 어둠 속에 있었고
도시는 유령이 되어 떠돌고 있었다

아무도 아닌

사람들은 우산 대신
귀신을 쓰고 걸어 다닌다
몸이 젖지 않기를 바라는 마음으로
때로는 마음이 젖지 않기를 바라는 몸으로

귀신이 비를 막아준다고 믿었던 거지
사실은 비를 맞는 둘이 되었던 건데

물에 빠져 죽은 귀신은
비가 오지 않는 날에도 젖어 있어
이제는 물속이 아닌데도……
물을 뚝뚝 떨어트리며 그늘에 서 있었다

물결이 일렁이는 모습을 보고
귀신의 짓이라고 믿었던 날들

이렇게 가까이 있는데

매일 축축해서
비가 오는 날을 좋아해
모두 젖어서 외롭지 않다고 귀신은 중얼거렸다

곳곳을 떠돌며
사람 주변을 맴돌며

빗물이 떨어지는 곳마다
빈 바구니가 놓여 있고

그곳에서

빗물은 하나가 되어 있다

눈에 보이기 위해서는 바구니가 필요해
귀신은 버려진 바구니를 찾아다녔다

사람들은 더러워진 물건을
쓰레기장에 버리고 있었고

버리는 물건마다 귀신들이 달라붙었다
버려진 채로 살고 있었다

죽어서도 버려지는 장면을 보고 있었다

복(福)

할머니는 손을 버리기로 결심했다

어릴 때부터 할머니는 자신의 손을 버리고 싶었다 어른들은 통통하고 굵은 손을 보며 복이 많은 손이라고 했다 복은 행운이자 행복이었다 할머니에게 손은 복과는 거리가 먼 것이었다 자신과 가족들을 때리던 아버지의 손과 닮았고 아버지가 죽은 이후에도 자신의 손을 바라보면 죽은 아버지의 얼굴이 아버지의 손이 자연스레 떠올랐다

할머니는 자신이 손을 버리고 싶은 이유에 대해 말하지 않았다 인간들은 자신의 마음을 알지 못할 것이라는 이유 때문이었다 언젠가 할머니는 손금을 읽어주는 사람에게 찾아가 자신의 손금을 보여주었다 누군가의 손을 오랫동안 들여다본 사람에게 자신의 손에 관해 묻고 싶었기 때문이었다

손과 손금은 다른 것이었다 손바닥의 살갗에 줄무늬를 이룬 손금 누군가에게는 그저 금일 뿐인 손금 이어질 듯 이어지지 않는 손금 손금은 지울 수 없는 것이자 지워지지 않는 것이었다

선이 길게 이어져 있어요
오래 살 수 있다는 뜻이에요

손금을 읽어주는 사람은 할머니의 생명선이 길다고 했다 장수할 수 있는 좋은 손금이라고 하지만 할머니는 오랫동안 살고 싶지 않았다 그저 자신의 삶이 마음에 들지 않아 손을 통해 자신의 삶을 바꿔보고자 한 것이었다

손을 버리면 또 다른 손이 생겨날 것이라는 믿음으로
할머니는 자신의 손을 버리고 갔다

휴의 형태

내가 나에게서 멀어지려면
삼인칭 시점으로 생각하면 된다

인간의 마음과 로봇의 마음은 달라서 휴는 삼인칭 시점으로 자신의 일을 받아들였다 휴는 어떤 일을 겪어도 크게 슬퍼하거나 기뻐하지 않았다 누군가 겪은 일에 대해 말하는 것처럼 자신의 기쁨과 슬픔을 담담하게 설명했다

로봇에게는 각자의 방이 있었다 로봇들이 마음대로 나갈 수 없게 방문은 자물쇠로 잠겨 있었다 휴는 밖으로 나가기 위해 온 힘을 다해 문을 부수려고 했다 배우지 않은 방식으로

결국 모두 부서질 것이다

방 안에는 작은 창문이 있었다 그것이 유일한 풍경인 방에서 휴는 밤마다 창밖을 바라보고 있었는데 그곳에는 거대한 나무가 있었다

나무 위에서 새는 둥지를 틀고 있었다 어미 새가 새끼 새를 지키고 있었다 작은 생물이 더 작은 생물을 품고 있는 모습을 몸의 형태로는 서로에게 다다를 수 없음을 말라가는 어미 새의 몸을

휴는 바라보고 있었다
어미 새가 가만히 앉아 주변을 경계하는 동안

그는 슬픔을 느꼈어요

휴는 웃는 얼굴로 자신이 본 슬픔을 내게 들려주었다 나는 그것이 무서움이라고 답해주었다 그것은 느낌일 뿐이라고

유령화

줄이 나를 넘기 시작한다

줄이 돌아갈 때마다
모래처럼 흩날리는 얼굴들

누군가를 찾는 듯이
주위를 맴돌고 있는 유령들

수많은 모래알을
모래라고 부르듯이

흩어진 채 하나가 되어 있는 유령들

줄이 빠르게 돌아가고
내가 점차 투명해질 때

찌그러진 캔 안으로 모래가 들어간다
서서히 단단한 형체가 되어간다

더는 날아가지 않을 거라는 듯이

일정한 간격으로 뛰며

나는 이 속도에 점점 익숙해지고

허물을 벗듯 몸을 벗어낸다

내가 나를 벗어나
나의 벗겨진 몸을 본다

내 것이지만
내 것이었던 적 없는 몸을

볼 수 있다

시원하구나
벗겨진 몸은

떠나보내도
다시 돌아오는 줄처럼

내가 나를 넘기 위해
온 힘을 다한다

깍지를 낀 손처럼

줄이 나를 쥐고 놓아주지 않을 때까지

아침

인형들은 쓰레기장에 모여 지난밤 꾸었던 꿈에 관해 이야기합니다. 같은 곳에서 자도 꿈속에서는 만날 수 없어서 인형들은 언제나 외로움에 대비하고 있었습니다. 꿈을 꾼 인형들은 자신을 버린 주인을 봤다고 말합니다. 자신을 버린 이유와 자신을 만든 이유에 대해 생각하며 자꾸 외로워집니다. 다시는 인형으로 태어나지 않을 거라 다짐합니다.

다른 이의 꿈속에는 들어갈 수 없었으므로 그들이 정말 꿈을 꾸었는지는 알 수 없었습니다. 다만 어떤 것을 보고 들었는지 듣고 있었습니다. 거짓과 꿈은 누군가 말하기 전까지는 알 수 없었습니다.

모든 건 왜 꿈이 되는 걸까요.

좋은 꿈을 꾸라고 말하면 인형들은 좋은 꿈을 떠올렸습니다. 좋은 미래가 오면 좋겠다는 마음. 인형들에게는 모두 그러한 마음이 있었습니다. 잠자는 동안에도 사물을 보고, 소리를 듣는다는 게 얼마나 무서운지에 대해. 세상에 없는 존재를 만났던 일에 대해 말하는 인형은 없었습니다.

형체는 사라지고 기억만 남는 게 무섭다는 인형의 말을 기억합니다. 꿈을 꾸지 않는 날에는 꿈을 기다렸다는 인형…… 잠이 꿈이 되어버리는 건 두렵습니다. 꿈을 꾸지 않는 인형들이 꿈처럼 멀어지는 동안 꿈에서 깬 사람들이 터벅터벅 이곳으로 걸어옵니다.

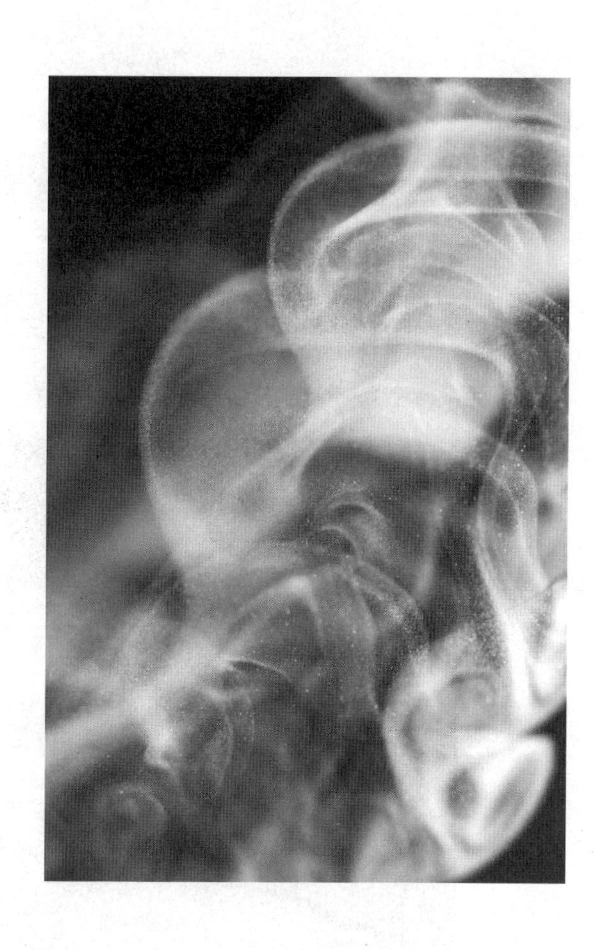

photocopies

writer's space

Kim Sun Wook

중간에 산다는 것

김선욱

팔순의 조부는 생전에 장손인 나를 앉혀놓고 인생에 대해 논하길 좋아했다. 어떤 이야기든 요지는 크게 두 가지였다. 첫째, 남한테 빚지고 살지 말 것. 둘째, 어디서든 중간만 할 것. 중간만 하라. 그 말은 어떤 일에 있어서 다른 사람들에 비해 너무 앞서지도 말고 그렇다고 뒤처지지도 말라는 뜻일 것이다. 서당 교육으로 따지면 과유불급(過猶不及)이나 중도(中道), 중용(中庸)도 결국 중간만 하라는 조부의 말과 크게 다르지 않을 수 있다.

할아버지의 부탁 때문은 아니지만 어쨌든 나는 어느 한쪽으로 치우치지 않기 위해 노력하며 살았다. 그것이 매 순간 바른 길을 택하려고 노력했다는 뜻은 결코 아니다. 보다 편한 길을 선택했다는 편이 더 맞는 표현일 것이다. 할아버지의 말 역시 바른 삶보다는 평탄한 삶을 살라는 의미가 더 클 것이다. 괜히 나서서 돌을 맞거나 남들보다 뒤처져서 힘든 삶을 살지 말라는 뜻이었다.

조부의 말처럼 중간에 끼어 있는 것이 여러모로 득이 될 때가 많았다. 특히 줄을 잘 서야 하는 군대가 그랬다. 어떤 상황에서든 중간에 서 있으면 득은 없을지언정 손해는 보지 않는다. 학교에서도 중간에 앉아 있는 것이 선생의 눈초리를 피하기에 적합했다. 또 대학 시절 단체 미팅에서도 이리저리 나부대거나 아니면 꾸어다 놓은 보릿자루같이 앉아 있는 놈 사이에서 적당히 눈치를 주고받는 것이 효과적이었다.

나는 그런 의미에서 매사 '적당히'라는 부사를 앞에 두고 살았다. 적당히 한다는 것은 중간만 하겠다는 말과 같다. 그러나 무엇이든 적당히 하는 것이 어렵듯 중간만 하는 것도 결코 쉬운 일은 아니다. 적당히 하거나 중간만 하기 위해서는 우선 먹고 사는 문제에 있어 자유로워야 한다.

'가만히 있으면 중간은 간다'라는 말이 있다. 바꿔 말하면 중간만 가려면 가만히 있어야 한다는 말인데, 먹고 사는 문제에 있어 자유롭지 못한 사람들은 결코 가만히 있을 수가 없다. 즉 당장의 생활이 어려우면 결코 적당히 살 수가 없다. 즉 적당히 살려면 적당히 주어져 있어야 한다. 나는 그런 점에 있어서 부모로부터 중간만 하면서 살 수 있는 특혜를 받았다. 대학을 졸업할 때까지 등록금이나 생계를 위해 돈을 벌어본 적이 없기 때문이다. 그래서 어디서든 가만히 있거나 중간에 서 있을 수 있었다. 철밥통이라고 불리는 공공기관에 취직을 하게 된 것도, 서른이 되기 전에 결혼을 하고 지금까지 생활에 큰 어려움 없이 살았던 것도 그 덕이 크다. 그렇게 적당히 중간만 하면서 조용히 시류에 편승하며 편하게 사는 것에 아무런 거리낌이 없었다. 수많은 사람들이 시대에 분개하여 광장으로 쏟아져 나올 때도 나는 늘 그렇듯이 중간만 하자는 신념 뒤에 숨어 있었다. 그것은 줄곧 합리나 실용이라는 단어로 포장되고는 했다.

부끄럽게도 나는 꽤 오랫동안 중간만 하는 것이 삶의 미덕이라고 믿으며 살아왔다. 그저 남에게 피해를 주지 않고 사는 것만으로도 충분하다고 생각했다. 모난 돌이 되어 정을 맞는 사람들은 정해져 있다고 생각했다. 그럼에도 남보다 못하다는 소리는 듣기 싫어서 내게 주어진 생활의 특혜를 아무렇지 않게 사용했다. 중산층이라는 통계 뒤에 숨어 있었다. 적어도 노동자를 착취해 그 잉여가치를 차지하는 자본가는 아니니까. 그렇다고 대중을 이용해 부를 축적하는 경영자나 정치인도 아니니까. 상위가 아닌 중간에서 일상의 평화를 영유하는 계층이니까. 사회의 피폐함과 부조리, 타인의 고통에 대해서 어느 정도는 무심해도 된다고 여겼다. 중간만 하는 것이 주제넘는 것보다는 낫다고 생각했기 때문이었다. 그러나 작가가 된 이후 나는 나와 나의 부모가 누려온 중간에서의 평온한 삶에 대한 부채감을 느꼈다. 김수영이나 이성복을 읽으면서 심한 부끄러움을 느꼈고, 몇 번이고 껍데기밖에 없는 나의 소설 쓰기를 그만두어야 한다고 생각하기도 했다. 그러나 나는 계속 쓰고 있다. 그것이 나와 타자를 위해 내가 할 수 있는 유일한 일이라는 생각에서다.

시간이 날 때마다 집 근처 공원을 산책하는 편이다. 공원 한편에 지역의 독립운동가 5인(유관순, 윤봉길, 이동녕, 한용운, 김좌진)의 동상이 세워진 독립운동가 거리가 조성되어 있다. 공원을 지날 때마다 그들과 마주친다. 그리고 동학혁명과 3.1에서부터 사월혁명과 촛불로 점철된 시대에 아무 거리낌 없이 중간만 하면서 산다는 것에 대해 생각한다. 염치에 대해 생각하고, 부끄러움에 대해 생각한다. 그리고 작가로서 내가 할 수 있는 일에 대해 생각한다. 무엇을 써야 할지를 생각한다.

photocopies

writer's space

Park Da Rae

천천히 걸었지만, 그 길은 짧았고

박다래

나는 A와 시청역에서 만났다. 7월이었고, 우리에게는 아주 짧은 시간이 있었다. 두 시간. 우리는 그동안 거리에 머물기로 했다. 나는 A를 오랫동안 만나지 못했다. 그동안 우리는 서로의 목소리를 들으며 서로가 함께 있다는 것을 확인해왔다. 우리가 사는 삶이 많이 달라졌기 때문이다. 대신 우리는 아침과 저녁, 하루에 두 번 통화를 했다. 통화를 하며 우리는 왜 수많은 사람들이 우리의 말을 이해하지 못하는지, 왜 그들을 설득해야만 하는지에 대해 이야기를 나눴다. 서로 다른 예를 들며 서로의 이야기에서 간신히 접점을 찾았다.

A와 나는 입을 수 있는 가장 얇은 옷을 입고 걸었다. A와 거리를 걸으며 가끔은 이 도시를 얼마나 사랑하는지 깨달을 때가 있다. 나는 A와 덕수궁 돌담길과 정동길을 걸으면서 늘 그런 생각을 하곤 했다. 나는 그곳의 공기를 좋아했고, 그곳의 모든 계절을 좋아했다. 그곳에서는 모든 것들이 지나치게 밝고 선명했다. 비 온 후의 깨끗한 순간들. 나무에 맺혔다가 떨어지던 투명한 물방울. 탁하게 고이는 웅덩이. 사람들의 선명한 발을. 우리는 걷다가 서울시립미술관을 조금 지나 멈춰 섰다. 하늘이 조금씩 보랏빛으로 물들고 있었다. 노을이 선명할수록 날씨가 맑다는데. 나는 내일의 날씨에 대해 가늠하다가 눈을 감았다. 저녁 공기 사이로 짙은 여름의 냄새가 났다.

우리는 그곳에서 수많은 사람들과 마주하며, 왜 그곳이 연인들이 자주 헤어지는 곳인지에 대해 생각했다. 너무 선명하고 아름다운 것을 보면 불완전한 것을 더 이상 견딜 수 없어지기 때문이 아닐까. 그렇지만 우리는 수십 번 같은 곳을 걸었는데 왜 아직도 함께할 수 있을까. 일요일 저녁, 길은 조용했다. 어쩐지 현대미술 같지 않냐고 그가 말했다. 이곳이 어쩌면 일상의 공간과 너무 먼 공간처럼 느껴져서일지도 모른다. 그 길에는 수많은 시간과 이미지가 있고 그것들은 변환되고, 흐릿해지고, 어쩔 수 없는 상태로 존재하고 있었다.[◆]

이 길은 너무 아름다워서 광장과 다른 곳처럼 느껴진다. 수많은 사람의 목소리들, 들리지 않는 집회의 내용, 수많은 차들이 달리는 소리. 모든 소리를 듣지만 나는 듣지 않은 것처럼 행동할 수 있다. 음영이 보지 않는 곳. 아주 작은 변화만을 자각하며, 사실 생활을 채우고 있는 소리는 아닌 것이라고. 그 소리가 나를 때론 기억하게 한다는 것을 잊는다. 아주 작은 소리와 흐릿한 색채의 모습. 그런 보이는 것과 다른 소리에 대해 생각한다.

그 길을 걸으면서 우리는 우리의 자리는 어디에도 없다는 것을 깨닫곤 했다. 이 도시에 우리가 점유하고 있는 것은 아무것도 없고 다만 어느 거리에 누구나 어떤 흔적을 만들고 가고 있을 뿐이라고. 그리고 이 미술관과 다름없는 길에도 그런 흔적이 너무 많이 존재한다고. 그런 것들이 때론 도움이 될 수 있다고 생각했다. 살아 있는 것과 너무도 가까운 것들이. 때론 떠오르지 않는가.

구 러시아영사관 근처에 '고종황제의 길'이 새로 생겼지만, 너무 늦어 들어가지 못했다. 조금도 아쉽지 않았다. 나는 망한 나라의 황제보다 망한 나라의 흔적을 좋아했고, 그때부터 이곳을 걸었을 수많은 사람들에 대해 생각하는 것을 좋아했다. 우리는 정동공원에 잠시 앉아 어두워진 하늘을 보았다. 수많은 모기들이 달려들었고, 팔이 부은 채로 우리는 다시 정동길로 돌아왔다.

아주 천천히 걸었지만, 길은 짧았다. 그 길의 끝에는 작은 카페가 있었다. 우리는 그곳에서 차가운 커피를 마시면서 나머지 한 시간을 보냈다. 우리는 더 이상 뜨거운 커피를 마시지도, 어느 한순간에 오래 머물지도 못했다. 커피를 마시며 그래도 짧지만 꽤 좋은 시간을 보내지 않았냐고 A에게 물었다. A는 길지는 않았지만 나쁘지 않은 시간이었다고 했다. 그래도 함께 있을 때는, 전화를 할 때보다 많은 말을 할 필요가 없어서 좋았다고. 그냥 이 공간에 둘이 있을 수 있어서 편해졌다고. 나는 빨대로 차가운 커피를 들이키며, 맑은 정신으로 깨어 있을 새벽에 대해 생각했다. ■

[◆] 조르주 디디 위베르만, 《색채 속을 걷는 사람》, 이나라 옮김, 현실문화A, 2019, 42쪽.

photocopies

writer's space

Sim Min A

무작위, 우연, 노스탤지어

심민아

내가 다닌 중학교는 공립도서관과 붙어 있었다. 붙어 있었다는 말은 수사가 아니다. 학교와 도서관은 문자 그대로 붙어 있었다, 담장을 함께 쓸 정도로.

그 도서관은 1970년대 설계답게 상당히 확실한 모양새였다. 요즘 건물들처럼 땅을 좀스럽게 쓰지 않아 건물 배열이 시원하고 기능에 충실하며 조경에 정직한 그런 곳이었다. 멋 부리지 않아 재미없어 보이지만, 은근히 숨을 곳이 많은 데다 뒷산으로 이어지는 산책로를 끼고 있는 곳이기도 했다.

매일 오후 서너 시. 사춘기 소녀 이천 명의 광기로 불타는 중학교를 빠져나와 도서관에 갔다. 주로 친구 한 명과 함께였다. 우리는 구석구석을 돌아다녔다.

도서관에는 구경할 것이 많았다. 우선, 사람들. 대한민국 공공기관 어디를 가도 존재하는 때 낀 광인. 오른손으로 성실함을, 왼손으로 불안함을 주무르며 운칠기삼에 고통받는 고시생. IMF에 넥타이가 감기는 바람에 정기간행물을 독파하며 시사 상식 마스터가 된 불운한 아저씨. 청춘과 그 유예의 틈에 들어앉아 서울대 마크 찍힌 연습장을 넘기는 재수생. 공용 PC에서 포르노를 보는 빨간 또라이. 목소리가 궁금할 지경인 창백한 사서. 누군가 흘리고 간 도시락 때문에 곤란한 경비 할아버지. 같은 교복을 입고 있으나 어쨌든 초면인 소녀들……. 그런 이웃 아닌 이웃들, 동네 아닌 동네 사람들이 가득했다. 모두가 함께 이용하는 공간이지만, 어쨌든 혼자의 것을 조용히 해야 하는 도서관이라는 기묘한 공간에.

우리는 휴게실이나 매점 나무 의자에 별일 없이 앉아 있기도 했다. 자동판매기는 늘 껌뻑였고 교복 주머니에는 언제나 동전 몇 개가 있었다. 그걸로 가짜 우유와 믹스 커피의 맛을 즐겼다. 온갖 클래식 주전부리의 단맛에 입문했다. 비 오는 날이면 거기에 진해진 나무 냄새와 종이 냄새를 얹어서 먹었다. 두꺼운 니스칠을 뚫고 튀어나온 늙은 나무 거스러미를 만지작대며 고시생들의 공중전화 통화를 듣기도 했다. 짧지만 압축적으로 처연한 이야기들. 사람들은 알아서 목소리를 줄였다. 그럴 때 공기를 대신 채우던 것은, 종일 끓고 있던 라면 들통의 김, 매점 할아버지의 심술, 오래된 라디에이터가 뿜던 상당히 애매한 온기. 정말 어쩔 수 없이, 완전히 노스탤지어의 몫일 수밖에 없는 장면들.

자료실에서는 주로 배회를 했다. 우리는 미래 방향으로 솟은 창백한 떡잎 — 앞으로 무엇으로 자랄지 짐작 불가능한 취미와 광기가 눌려 담긴 — 을 정수리에 하나씩 달고 서가 사이를 두리번댔다. 양서나 권장 도서가 무엇인지 몰랐고, 관심도 없었다. 책 추천 비슷한 것을 해줄 만한 어른도 없었다. 교사들의 관심이나 걱정은 우리 몫이 아니었기 때문이다. 우리는 올림피아드를 휩쓰는 천재나 영재, 사연 있는 날라리가 아니었다. 주변 학교에서 구경을 오는 미소녀나 축제 무대를 휘어잡는 끼 있는 녀석도 아니었다. 우리는 다만, 매일 담 너머 도서관에 갈 뿐인, 어떤 면에서도 튀지 않는 소녀들이었다.

자료실 구경은 상당히 순수한 일로, 완전히 우리끼리 벌이는 일이었다. 우리는 무작위의 친절한 안내를 받아 책등을 관람하며 걸었다. 제목과 사람 이름과 두께와 표지 디자인과 청구 기호를 품평했다. 그러다가 유난히 기묘해 보이는 것들을 꺼내 확인하며 즐거워했다. 도서 대출 카드 속 옛날 사람들의 아름다운 글씨를 들여다보기도 했다. 우연의 손을 잡고 나무 서가를 돌아다니며.

아무도 꺼내지 않아 빽빽하게 꽂힌 시집을 보면, 손톱도 안 들어가는 마이너하고 신경질적인 빼빼함이 뭔지 느낄 수 있었다. 순식간에 천덕꾸러기가 되어 쌓이는 컴퓨터 관련 책으로부터 기술과 시간의 곤란을 배우기도 했다. 목을 꺾어 천장까지 쌓인 책을 바라보면 느껴지던 연한 현기증과 비문증. 예술가들의 쨍한 에세이나 일기 때문에 마음에 이상한 핫핑크가 묻기도 했다. 설명 바깥으로 뛰쳐나가 혼자 죽자고 저리던 가슴. 얼떨결에 교장 선생님 책을 발견했을 때에는 당혹감이란 익숙함과 꼭 붙어 있는 두 겹짜리 감정이라는 것을 깨닫기도 했다. 그런 것들 위에서 돋던 여드름. 성장기의 가성근시. 아무 때나 쏟아지던 하품.

하지만 그 시절은 지나갔다. 다만, 그 공간에 의해…… 무언가가 정수리에서 까드득, 까드득 자라났을 것이다. 여전히 창백하게, 우연만큼 기묘하게. ◘

photocopies

writer's space

Won Sung Eun

화이트큐브와 블랙큐브

원성은

미술관과 영화관을 빼놓고는 나의 산책과 여가 시간을 설명하기가 불가능하다. 두 공간은 나 같은 애호가들에게는 문화를 향유한다는 점에서 공통점이 많지만 그만큼 차이점도 선명하게 드러나는 곳들이다. 미술관이 화이트큐브라면 영화관은 블랙큐브다. 미술관이 환한 대낮의 공원이라면 영화관은 어두컴컴한 밤의 방이다. 미술관의 새하얀 벽들이 완벽한 화이트큐브라는 공간을 조성하기 위해 많은 비밀을 숨기고 있는 것처럼 보이는 반면, 영화관의 의도된 어둠은 역설적으로 이곳엔 이 어둠으로 인해 어떤 비밀도 없다고 말하는 것처럼 보이기도 한다. 미술관이 관객의 자유로운 발걸음과 산발적인 움직임을 유도하는 반면, 영화관은 관객의 두 시간가량을, 관객이 스크린에 집중해 있는 밀도 높은 시간을 요구한다. 물론 요즘의 실험적이고 전위적인 공간들에서는 청각(음악)과 퍼포먼스 등 관객의 적극적 참여까지 곁들인 전시들이 기획되고 있는 것은 사실이지만, 여전히 대부분의 미술관에서는 우리의 오감 중에서 시각에 특화된 작품들을 선보이고 있다. 반면에 영화관에서는 두 눈만큼 두 귀를 활짝 열어두어야 한다. 예를 들어 공포영화에서 음향효과가 얼마나 중요한지 떠올려보라. 소리를 꺼둔 채 공포영화를 보면 덜 무섭게 느껴질 것이다.

1. 미술관

내게 미술관은 노동의 현장이기도 하다. 나는 미술관에서 일하고 싶었기 때문에 학부에서 전공했던 국문학과가 아닌 미학과가 있는 대학원에서 석사과정을 수료했다. 작년 봄에는 서울의 비영리 시각예술 갤러리에서 어시스턴트 큐레이터로, 그리고 올해 봄에는 서울 한복판의 어느 사립미술관의 학예팀에서 큐레토리얼 어시스턴트로 일했다. 시각예술 전시를 기획하고 진행하는 것 외에도 나는 주로 미술관의 홈페이지와 SNS를 관리하고, 각종 언론사의 문화부와 미술 잡지 기자들을 모아놓고 기자간담회를 개최하는 등 홍보마케팅을 담당했다. 그 외에도 타블로이드 형식의 무가지를 책임 편집하고 대외적으로 공개하게 될 미술관의 글쓰기와 교정교열 및 윤문을 담당했다. 다행인지 불행인지 두 곳 모두에서 오래 일하지는 못했다. 이유는 단순하다. 시 쓰기와 학업을 병행하는 내게는 미술관의 일이 무척 힘들었기 때문이다. 전시 오픈 한 달 전쯤부터는 인간적으로 가혹하게 느껴질 만큼의 야근이 이어졌다. 탕비실에서 저녁으로 빵과 우유를 먹는 것조차 팀원들의 눈치를 봐야 할 정도의 업무 강도와 업무량은 내가 감당할 수 있는 정도를 넘어섰다. 현장인 전시실에서는 높고 무거운 사다리에 올라가서 작품이 들어갈 자리를 줄자로 재고 마스킹 테이프를 붙였다. 어떤 날은 내 몸보다 거대한 사다리를 창고로 옮기다가 손가락이 사다리의 접힌 부분에 끼여서 멍이 들기도 했다. 또 어떤 날은 반나절 내내 마스킹 테이프를 잘라서 붙이다가 지문이 닳아 없어지는 게 아닐까 하는 의심이 들 정도로 손가락이 건조하게 마르기도 했다. 새로 주문한 사다리를 조립하기 위해 직접 공구를 들고 나사를 돌리고 못을 박기도 했다. 작품이 걸릴 벽을 완벽하게 새하얗게 만들기 위해 못 자국과 때를 지우려고 새하얀 페인트를 붓으로, 손가락으로 새로 칠하기도 했다. 폭우가 쏟아지는 날에도 우산을 받쳐 들고 작가의 작업실로부터 전시 공간으로 그림을 옮기기 위해 내 몸보다 큰 회화 작품을 어깨에 메고 운반했던 기억도 있다. 나는 미술관에서 일하는 것이 이토록 육체적인 노동을 요구하는 일인지 체험해보기 전에는 몰랐다.

2. 영화관

미술관에서 일찍 퇴근한 날에는 집 근처 영화관으로 짧은 꿈 같은 도망을 가곤 했다. 나는 영화가 시작하기 직전에 영화관의 불이 꺼지는 순간을 정말 좋아한다. 대형 영화관에서 최첨단 기술로 화려해진 4D 영화를 보는 것도 좋지만, 작은 독립영화관에서 팝콘과 콜라 없이 숨죽여서 보는 예술영화들을 사랑한다. 나는 영화를 집에서 TV나 컴퓨터나 타블로이드 기기를 통해 보는 것보다는 영화관에서 보는 것을 선호한다. 누군가는 영화관이라는 공간에 대한 나의 이러한 선호가 OTT 시대에는 사라져가는 매체와 공간에 대한 시대착오적인 노스탤지어라고 말할 수도 있겠다. 그러나 커다란 화면을 통해 보는 고다르는, 로메르는, 린치는, 그리고 히치콕은 불 꺼진 내 방에서 노트북 화면을 통해 보는 그들과는 선명하게 다른 지점이 있을 수밖에 없다. 나는 이렇게 옛날 영화를 보면서 옛날 사람이 되는 걸지도 모르지만…… 영화관에서 보내는 밀도 높은 두 시간가량은 내게 빽빽한 일상에 틔워놓은 숨구멍 같은, 선물 같은 시간이다.

photocopies

writer's space

Cha You Oh

비어 있는 곳과 비어 있는 것

차유오

오래된 나무들은 속이 텅 비어 있다. 속이 텅 빈 채로 계속해서 살아간다. 갈 곳이 없는 숲속 동물들은 나무 안에서 살아간다. 속이 썩었다는 사실을 모른 채로 나무를 보면 나무는 멀쩡하게 살아가는 것 같다. 잘 살아 있는 것 같다. 그건 꼭 사람이 살아가는 모습 같다. 말하지 않으면 알 수 없는 사람의 마음처럼 보인다.

공간은 '아무것도 없는 빈 곳'이라는 뜻이 있고, 비다는 '일정한 공간에 사람, 사물 따위가 들어 있지 아니하게 되다'라는 뜻이 있다. 속이 빈 나무가 계속해서 살아가듯이 빈 곳은 빈 채로 살아간다. 거리에는 빈 유모차를 끌고 다니는 사람이 있고, 집 앞에는 버려진 소파가 있고, 외진 곳에는 빈집이 있다. 그것들을 바라보고 있으면 무언가 채워주고 싶다고 생각한다. 빈 유모차에는 작은 인형이, 버려진 소파에는 외로운 사람이, 빈 집에는 갈 곳 없는 유령이 있으면 좋을 것 같다. 혼자 있고 싶은 사람은 있어도 혼자가 되고 싶은 사람은 없는 것처럼 혼자가 되고 싶은 사물도 없을 테니까.

사람의 외로움과 사물의 외로움은 닮아 있는 것 같다. 단순히 비어 있을 뿐인데 그 모습이 왜 외로워 보이는 걸까. 사물의 시점에서는 비어 있는 상태가 더 좋을 수도 있는데. 아무것도 없고 아무도 살지 않는 세계도 분명히 있을 텐데. 사람이 없다는 이유만으로 멀쩡한 도시가 한순간에 유령 도시가 되듯이, 누군가 없다는 이유만으로 멀쩡한 사물이 희미한 사물이 되지 않았으면 좋겠다. 누군가 없어도 그곳에서 잘 살아갈 수 있었으면 좋겠다. 사라지지 않았으면 좋겠다.

그럼에도 거울이 있는 공간은 외로워 보이지 않는다. 거울을 통해 우리는 우리의 모양을 비추어 볼 수 있고, 우리가 아닌 것들의 모양을 볼 수 있다. 거울은 끊임없이 무언가 여기 있다고 말해주는 것 같다. 죽은 사람의 혼령이 지나다녀도 산 사람의 눈에는 보이지 않듯이, 비어 있는 것들은 잘 보이지 않기 마련이다. 어떤 곳에는 버려진 거울이 놓여 있고, 어떤 곳에는 누군가를 위해 걸어둔 거울이 있다. 거울은 매일 그곳에 있는데 그곳을 지나가는 사람들은 매일 바뀔 것이다. 거울은 자신의 모습을 볼 수 없는데 그곳에 서서 바뀌는 풍경과 지나가는 사람들을 바라보는 기분은 어떨까. 외롭고 쓸쓸하지 않을까. 가끔은 자신의 모습을 보고 싶지 않을까. 거울의 쓸모에 대해 생각한다. 거울이 없으면 우리는 우리의 모습을 모르고 살아갈 텐데. 그런 거울은 자기 자신을 보고 싶어 할까. 나는 벽에 그림 하나를 건다. 그런 다음 벽이 있다는 것을 잊어버린다*는 말처럼 자신이 있다는 것을 잊어버릴 때가 있을까. 하나의 장소에는 하나의 시간이 머물고 있는 것이 아니다. 하나의 장소는 무수한 시간의 주름을 품고 있다**는 말처럼 거울은 무수한 시간을 품고 있는 것 같다. 어린 시절의 모습부터 어른이 된 모습까지 한 사람의 모습을 거울은 계속해서 지켜본다. 매년 변해가는 얼굴을 기록하는 것처럼 거울 속에 시간이 기록되고 있는 것 같다. 오래된 기록처럼. 거울 속 얼굴들처럼. 빈 곳은 영원히 비어 있으면 좋겠다. 그러다 가끔 채워지면 좋겠다. ■

* 조르주 페렉, 《공간의 종류들》, 김호영 옮김, 문학동네, 2019, 66쪽.
** 이광호, 《장소의 연인들》, 문학과지성사, 2023, 112쪽.

photocopies

writer's time

Yoon Chi Kyu

오후 4시

윤치규

오후 4시가 되면 은행 셔터가 내려간다. 회색 철문이 쇳소리를 내며 투명한 유리문을 덮는다. 업무 마감을 알리는 안내 방송과 함께 문이 닫히면 비로소 숨이 트인다. 업무는 밀려 있고 퇴근까지는 한참이나 시간이 남았지만 그래도 조금은 마음이 놓인다. 영업시간이 끝나면 은행은 완전히 다른 세계로 변한다. 온종일 무언가를 설명하거나 권유하던 말소리가 사라지고 돈을 세는 지폐 계수기의 기계음과 수표 다발에 횡선 도장을 찍는 소음만이 지점을 조용히 메운다. 뒤늦게 초인종을 누르며 후문으로 몰래 들어오는 고객마저 전부 돌아가고 나면 지점 안에는 아주 잠시 고요하고 거룩한 정적이 머문다. 옆 사람과 잡담조차 나누지 않는 그 짧은 고요의 순간을 나는 하루 중 제일 사랑한다.

은행 업무는 기본적으로 청부업이다. 고객이 요청하는 일을 대신 처리하기 때문이다. 은행원은 어디까지나 고객이 시키는 일만 할 수 있다. 입금을 원하면 입금해주고 출금을 원하면 출금해준다. 고객이 요구하는 일을 가장 빠르고 정확하게 처리하는 게 은행원의 덕목이다. 그런 직무에 불만이 있는 것은 아니지만 그래도 온종일 남이 시키는 일만 하다 보면 가끔 회의에 빠지기도 한다. 다른 사람이 시킨 일이 아니라 오직 나만을 위한 일을 하고 싶다는 욕망이 생긴다. 그래서 나는 퇴근하고 소설을 쓴다. 하루 중 오후 4시는 은행원 자아를 소설가 자아로 바꿀 수 있게 예열하는 시간이다.

오랜 시간을 아무 보상도 없이 혼자 소설 쓰는 것을 취미로 삼으며 지낼 수 있었던 이유는 언젠가 소설가가 될 거라는 믿음이나 목표보다, 소설을 쓰는 그 시간 자체가 너무나도 소중하기 때문이었다. 퇴근하고 소설을 쓰지 않으면 하루 중 내가 한 일은 정말 남이 시킨 일밖에는 없었다. 그런 나날이 쌓이면 어느 순간 삶의 균형이 무너지게 된다. 그럴 때 나를 구제해준 것이 소설 쓰기였다. 나에게 소설 쓰기는 살면서 누가 시키지도 않았는데 스스로 원해서 하는 유일한 일이었다. 그런 의미에서 소설을 쓴다는 것은 무용해 보이지만 아주 커다란 가치가 있다.

소설을 습작하던 시절에 합평 수업에 참여하면 가끔 직업이 뭐냐고 묻는 사람이 있었다. 은행원이라 대답하면 대수롭지 않게 넘어갈 때도 있지만 은행원이 무슨 글을 쓰냐고 되묻는 경우도 있었다. 세상의 모든 직업을 일렬로 나열했을 때 어쩌면 은행원과 예술가는 가장 대척되는 지점에 놓일 수도 있다. 둘 다 인간이 만들어 낸 형이상학적 가치를 다루지만 하나는 정신적인 영역이고, 다른 하나는 물질적인 영역이니까. 사실 그런 선입견에 제일 빠져 있는 건 바로 나였다. 그래서 두 집단을 오갈 때마다 스스로 위화감을 느꼈다. 소설을 쓰는 사람들과 함께 있으면 이곳이 내게 어울리지 않는 장소 같았고, 반대로 은행 동료들과 있으면 내가 이해받지 못할 것 같다는 편견에 사로잡혔다. 하지만 그건 어리석은 생각이었다.

한때는 예술가라는 단어에 지나치게 권위를 부여했다. 예술가는 위대하며, 예술가의 작품은 반드시 사회적으로 큰 반향을 일으켜야 하고, 인간의 삶에 지대한 영향력을 미쳐야 한다고 믿었다. 물론 그렇게 위대한 예술가도 있겠지만 삶에서 자신을 위해 예술을 즐기는 사람도 충분히 예술가라고 부를 수 있지 않을까? 물론 위대한 예술가는 아니겠지만 그런 사람을 예술가라고 부르는 데 주저할 필요는 없을 것 같다. 예술가는 직업이 아니라 삶이고, 삶을 어떤 방식으로든 스스로 채우기 위해 노력하는 사람은 전부 예술가이다.

오후 4시가 되면 나뿐만 아니라 많은 사람이 퇴근 후 예술가가 되기 위해 예열을 시작한다. 연습 중인 피아노 연주곡을 조용하게 틀어놓는 사람도 있고 미리 신청해둔 도예 공방 원데이 클래스에서 어떤 모양의 컵을 만들까 상상하는 사람도 있다. 누군가는 가장 완벽한 야간 등산 경로를 짜고 누군가는 테니스 클럽에서 어떻게 하면 백핸드를 가장 우아하게 칠 수 있을까 고민하며 자녀와 함께 연습할 K-POP 댄스 영상을 미리 보며 안무를 외우는 사람도 있다. 그렇게 하루를 치열하게 살아내면서도 자신을 위한 예술을 놓지 않는 사람이 세상에는 정말로 많다. 그들은 각자의 삶에서 모두 예술가이다. 나 또한 아침에 눈을 뜨면 은행원이지만 오후 4시가 되면 예술가가 된다.

quartz

photocopies

writer's time

Lee Yu Ri

아침의 빛

이유리

아침이 좋다,라는 것을 인정하기까지 꽤나 오랜 시간이 걸렸다. 나는 새벽에 잠들고 오후 느지막이 일어나는 삶을 제법 오랫동안 살아왔으므로. 그간 아침 햇살은 내게 암막 커튼으로 꼭꼭 막아야 할 무엇이었고 아침형 인간들은 별것 아닌 사실을 가지고 거들먹거리기 좋아하는 재수 없는 집단으로 생각했다(나는 사실 늦게 일어나는 사람과 일찍 일어나는 사람 사이에는 넘을 수 없는 벽이 있다고 생각하고 있다).

하지만 사실 아침은 좋다.

무엇이 좋으냐면 우선 모두에게 공평하게, 틀림없이 주어진다는 점에서 좋다. 현자에게도 범인에게도, 부자에게도 빈자에게도, 어머니에게도 살인자에게도 아침은 무조건 온다. 그전날 어떤 기상천외하고 끔찍한 방법으로 하루를 낭비했든 간에 새로운 하루의 기회가 또 한 번 주어지는 것이다. 물론 그것을 또 어떻게 망칠지는 자유다. 그 점이 또 좋다. 살면서 가져볼 수 있는 것 중에 자유롭게 망칠 수 있는 것은 정말로 적으니까. 그래도 이왕이면 잘해볼까, 어제도 그제도 똑같이 망했지만 오늘은 그래도 좀 무언가를 해볼까 하고 마음먹기에도 아침만 한 시간이 없다. 오후에도 밤에도 마음이야 먹을 수 있겠지만 왠지 김이 새는 느낌이 없잖아 있다. 아침에 죄책감 없는 커피 한 잔을 마시면서 천천히 그날 하루를 계획하는 것은 왠지 내가 굉장히 올바르고 멋지게 살아가고 있는 듯한 착각을 준다(나는 작은 스프링 수첩을 소설 작업을 하는 책상에 하나, 회사 책상에 하나 두고 있다. 여기에 오늘의 할 일을 적어내려가다 보면 그중 아무것도 아직 하지 않았는데도 뭔가 절반은 한 것 같은 느낌이 든다).

아침이 좋은 이유는 또 있다. 아침이라는 것이 가진 고유의 기운. 많은 사람들이 하루를 시작하며 회사로, 학교로, 그날의 대부분을 보낼 곳으로 향하는 그 거대한 흐름에서 오는 에너지. 그것이 말할 수 없을 만큼 충만하고 좋다. 굳이 밖에 나가지 않아도 아침에 눈을 뜨고 침대에 누워 가만히 귀를 기울이면 그런 것들을 느낄 수 있다. 출근하기 전 씻으려는 사람들이 욕실에 들어가 틀어둔 물이 벽 속의 관을 타고 흘러가는 소리, 뚜벅뚜벅 복도를 걸어가는 발소리, 엘리베이터가 분주하게 왔다 갔다 하며 그들을 1층으로 실어나르는 소리. 그런 소리를 들으며 멍하니 누워 있다 보면 서서히 내게도 기운이 차오르는 것이 느껴진다. 그 기운이 무슨 행동으로 이어져도 좋고 이어지지 않아도 좋다.

그리고 그 청신함이란. 계절마다 아침은 다른 청아함을 가지고 찾아온다. 봄날 아침엔 아직 가시지 않은 쌀쌀한 기온 속에서 본격적으로 광합성을 시작하려는 식물들의 움트는 기운이 가득하다. 여름날 아침에는 아직 태양이 온 세상을 찔러대는 고슴도치로 변하기 전 조금은 온화한 얼굴을 하고 있는 것을 만날 수 있고, 가을 아침은 아침 중의 최고다. 창문을 열면 차가운 공기가 확 밀려 들어와 폐 속까지 시원해지는 그 느낌은 하루 중 어느 때와도 비길 수 없으니까. 물론 겨울 아침도 빼놓을 수 없지. 밤 내내 두꺼운 이불 안에 돌돌 말려 있다가 갑자기 이불을 박차고 일어났을 때 순식간에 온몸이 싸늘하게 식는 그 기분을 나는 아주 좋아한다.

이 글을 쓰고 있는 지금도 아침이다. 10월 초의 가을날, 뜨거운 커피 한 잔을 옆에 두고 이것을 쓰고 있다. 커튼을 걷어 방 안 깊숙이까지 햇빛을 맞아들이며 오늘 하루를 글쓰기로 시작하는 기분이 나쁘지 않다. 이 글을 마무리하고 나면 이제는 뭔가를 먹을 생각이다. 아참, 그리고 이 글에 함께 실릴 사진을 찍으러 나가야지. 현관문 바로 앞에 찾아온 아침 햇빛을 카메라에 담을 수 있을까?

photocopies

writer's time

Ji Young

A.M. 4-7, 색색으로 걷거나 달리거나

지영

나이키 러닝앱은 오전 5시 이전에 시작한 달리기를 '야간 달리기'로 기록한다. 4시 50분쯤 뛰기 시작한 날 알게 된 사실이다.

P에서 나는 이른 오전부터 분주했다. 4시쯤 일어나 선명한 보름달 아래서, 또 구름에 가려진 그믐달을 잠시 지켜보다가 하루의 식사를 준비했다. 망고를 넣은 샐러드와 에그마요 샌드위치를 만들고, 새송이버섯을 가득 넣은 카레와 바질소스로 간을 한 냉파스타를 도시락으로 쌌다. 5시가 되면 집을 나서 NU 스퀘어 앞 호수를 찾았다. 어둠과 고요에 싸인 호숫가를 걷거나 달리다 보면 어느 순간 찬찬히 해가 뜨고 새들이 각자의 리듬으로 포롱거렸다. 그러면 집으로 돌아와 샤워를 하고, 땀 흘린 옷을 빨았다. 7시, 빨래 건조대 주위는 오늘의 운동복에서 떨어지는 물기로 흥건했다.

P는 열대에 위치한 중소도시였다. 조금만 나가도 논이 펼쳐진 도시 외곽에 살던 이방인이 할 수 있는 일은 그리 많지 않았다. 교통수단은 마땅치 않았으며 산책도 쉽지 않았다. '언제나 여름'에 사는 개들은 해가 지기 시작하면 어슬렁어슬렁했고, 그들은 본능적으로 내가 자신들을 두려워한다는 것을 알아채고는 맹렬히 짖어댔다. 처음 몇 달은 이른 저녁을 먹고 오후 6시 반부터 하루가 어서 지나가길 바랐다. 여느 날처럼 침대에 누워서 천장만 보고 있는데 이런 생각이 들었다. 개한테 물리더라도 응급실에 가면 되잖아.

호숫가는 사람들로 붐볐다. 학생과 교직원, 인근 주민들이 혼자서, 또 짝으로, 아니면 삼삼오오 무리 지어 걷고 있었고, 작은 체구의 동아시아 여성에게 늘 적대적이던 거리의 개들도 꼬리를 살랑거렸다. 그리고 달리는 사람들이 있었다. 땀 흘리며 뛰는 이들을 보고 있자니 문득 나도 그러고 싶어졌다. 뛰는 건 힘들었지만 어쩐지 즐거웠고, 다음 날도, 그다음 날도 달렸다. 500m도 겨우 뛰던 나는 두 달 후 둘레가 1.5km인 호숫가를 쉬지 않고도 서너 바퀴를 달릴 수 있게 됐고, 몇 달 후 21.0975km를 완주하기도 했다.

일정에 따라 달리는 시간대를 바꾸기도 했는데 그러면서 이른 오전에 뛰는 게, 대지가 달아오르기 전인 6시 반쯤 달리기를 끝내는 게 나를 기분 좋게 한다는 것을 알게 됐다. 한창 때는 여행을 가서도 뛰었고, 마라톤 대회에 맞춰 여행을 계획하기도 했다. 12월과 1월의 치앙마이를 달렸고, 어떤 11월에는 매홍손과 수코타이에서, 어떤 4월에는 피피와 끄라비, 핫야이에서 달렸다. 그 거리들, 지난밤 사람들로 바글거리다가 새로운 하루를 준비하는 부산함이 천천히 스며들고 있던 시간을 가로지르는 게 나는 좋았다.

그렇다고 매일 뛴 건 아니다. 물기를 살짝 머금은 새벽바람에 기분 좋게 출발했는데 얼마 지나지 않아 그만 뛰고 싶어진 날이 있었다. 보통 그럴 땐 조금만 참아, 힘내 그렇게 나를 다독였는데, 이 갈등이 평소와는 다르게 느껴졌다. 왜 나랑 싸워야 하나. 난 다른 이와도, 나와는 더더욱 다투고 싶지 않은데. 목표의 반도 채우지 못했지만 멈춰서 걸었다. 잠을 설친 날엔 심장을 지켜야 해…… 하며 걸었고 분홍빛으로 물드는 아침 하늘이 예뻐서 그걸 보느라 멈추기도 했다. 별생각 없이 나왔다가 몸이 가볍기에 속도를 올린 날도, 5km만 달려야지 하고 출발했다가 10km를 달리는 날도 있었다. 어째 일어나기 싫어 빈둥거리다가 침대에서 사위가 밝아오는 것을 멍하니 지켜보기도 했고, 전날 술이라도 한잔했다면 역시나 심장을 보호한다는 이유로, 비가 오는 날엔 어머 아쉽다! 너무 아쉽다! 하며 쉬었다. 물론 P에서 5년간 나의 오전 4시부터 7시는 색색으로 걷거나 달리는 일로 더 가득했지만.

돌이켜보면 그곳에서 나는 마음이 가라앉을 때 밥을 잘 차렸다. 테이블 매트 위에 새로 산 접시를 올려놓고 무얼 만들어 먹으면 좋을지 고민했다. 색색의 채소와 과일로 샐러드를 만들면 흑백이던 내 세계에 색이 스미는 듯했다. 내가 나인 게 싫어질 때 더 자주 호숫가를 걷고 달렸다. 어느 날 아침을 달리며 가른 바람엔 한국의 겨울이 수줍게 스며 있었고, 어떤 이들이 느끼고 있을 진득한 겨울을 그리워하며 더 빨리 달렸다. 고충 없는 일터는 없고, 예상치 못한 향수에 시달리는 바람에 한동안 매일 캔 맥주를 따기도 했지만, 그러다가 열대의 햇볕 아래 빨래를 널어두고는 바짝 마르길 기다렸다. 늦은 오후 집으로 돌아오면 7시에 널어둔 빨래에서 햇볕 냄새가 진하게 났다. 오전 4시부터 7시는 나를 돌보는 시간이었다.

나이키 러닝앱을 켜지 않은 지 오래다. 알람은 5시 반에 맞춰져 있지만 끄고 다시 잔다. 카페에서 작업할 때가 잦고, 그러다 보니 늘 카페인과다 섭취다. 어쩌면 아직 돌아오는 중인 것 같기도 하다. 다시 색색으로 걷거나 달리기 시작할 때 비로소 한국에, 집에 도착하는 게 아닐까. 그러니 다시 걷고 달려야지. 그리고 집에 가야지.

Answer & Answer

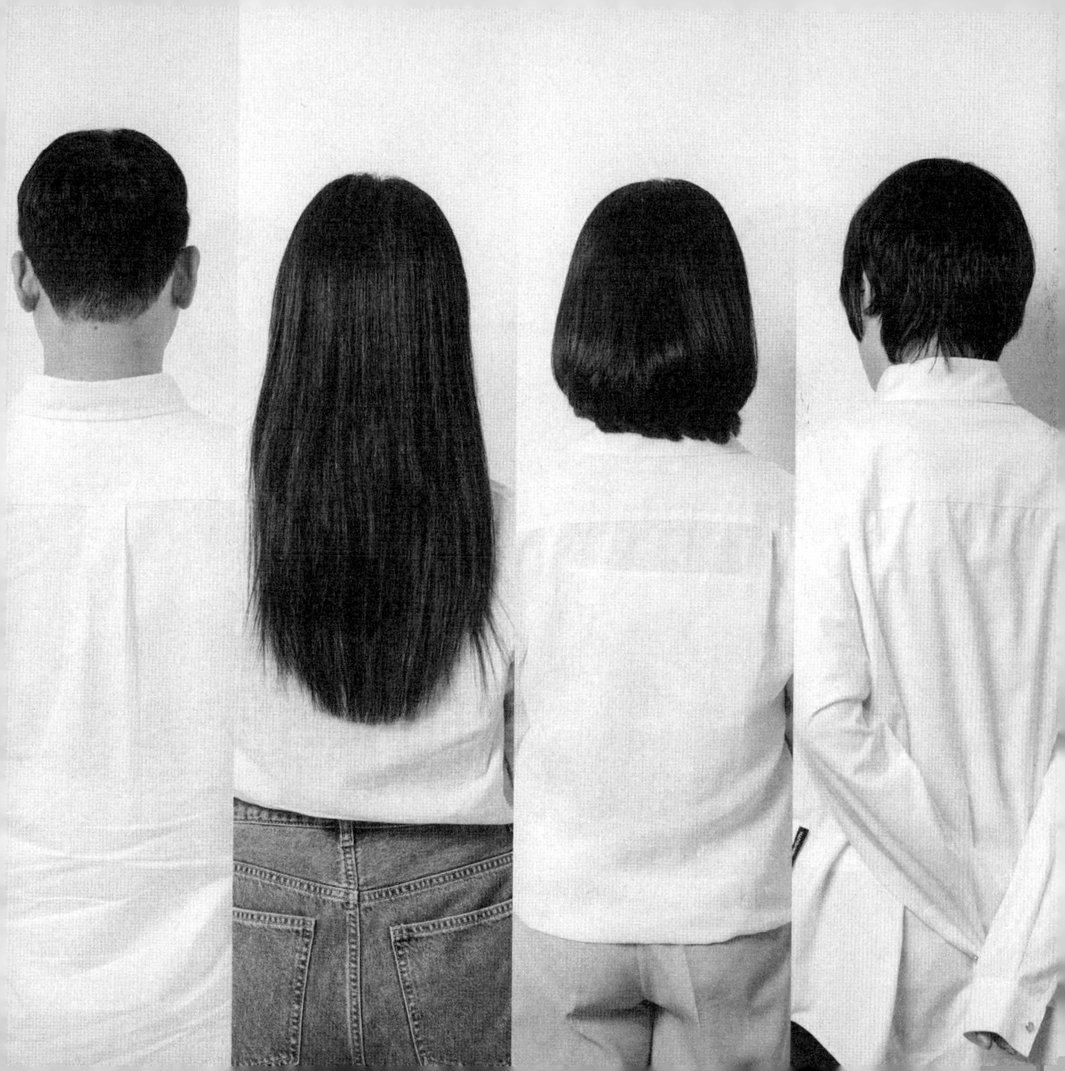

김선욱
×
윤치규

윤치규/ 김선욱 소설가님 안녕하세요. 지난번 프로필 촬영 때 잠시나마 같이 식사도 하고 이런저런 한담을 나눌 수 있어 반갑고 즐거웠습니다. 모쪼록 예술창작아카데미 덕분에 많은 소설가와 시인도 알게 되고 좋은 경험을 할 수 있었던 것 같아요. 저는 이번 예술창작아카데미에 참여하면서 다른 장르에서 활동하고 계신 분들과 교류할 수 있었다는 점이 참 좋았습니다. 어쩌면 그래서 시인이 주인공인 소설을 써보게 된 것인지도 모르겠어요. 소설가님께서는 예술창작아카데미 과정이 어떠셨나요?

김선욱/ 아무래도 지역에서 활동하다 보니 다른 작가분들과 교류할 수 있는 기회가 적을 수밖에 없는데 이번 아카데미를 통해 다양한 작가분들과 함께 여러 활동을 할 수 있어서 개인적으로 무척 의미 있는 과정이었던 것 같아요. 윤치규 작가님 소설도 재미있게 잘 읽었습니다. '시리얼 신춘 킬러'라는 제목을 읽고 아주 잠깐 신촌 일대에서 펼쳐지는 활극을 상상했습니다만 자세히 보니 '신촌'이 아니라 '신춘'이더군요. 아직도 제 마음이 스무 살 무렵의 신촌에 머물러 있어서 그렇게 읽혔나봐요. 혹시 제목은 어떤 의미인지 이야기해주실 수 있을까요?

윤치규/ 연쇄살인범을 영어로 시리얼 킬러라고 한다고 해요. 스스로 살인 충동을 억제할 수 없고 불특정 다수를 연속적으로 죽이는 살인마를 가리키는 말인데요. 어쩐지 이걸 신춘문예와 연결하면 재미있을 것 같다고 생각했어요. 합평 모임 같은 곳에서 독설을 일삼으며 상대방의 작품을 연쇄살인하는, 그런 시리얼 신춘 킬러를 모티프로 처음 이 소설을 기획하게 되었습니다. 물론 처음 기획과는 전혀 다른 소설이 되어버렸지만 말이죠.

김선욱/ 아닌 게 아니라 소설은 명절에 맞춰 넷플릭스에서 야심 차게 공개한 K-웨스턴 액션 활극보다 재밌었어요. 제가 홍상수 감독의 영화를 즐겨 보는데요. 영화에 가끔 등장하는 예술가들의 이율배반적인 행동이나 대화들을 통해 드러나는 속물근성 때문에 나도 모르게 얼굴이 빨개지는 장면들이 많은데 작가님의 이번 소설에서도 혼자 피식피식 웃다가 여러 번 얼굴이 빨개지는 경험을 했습니다. 특별히 예술가, 그것도 시인을 화자로 설정한 이유가 있으실까요?

윤치규/ 돌이켜보면 언제나 시를 쓰고 싶었어요. 실제로 시를 쓴 적은 없고 앞으로도 쓸 일은 없을 거라고 확신하지만 사실 늘 시인이 되고 싶었습니다. 저는 시집을 자주 사서 읽는 편이에요. 소설의 영감도 시를 통해서 얻는 경우가 가끔 있어요. 언젠가는 시인을 주인공으로 소설을 쓰고 싶다고 생각했는데 사실 이번 작품에서 주인공을 시인으로 설정한 것을 상당히 후회하고 있어요. 저는 시인을 동경하는 편이에요. 그래서 시인에 관한 잘못된 고정관념을 갖고 있기도 하죠. 그것은 무분별한 선망이고, 사실 선망이라는 외피로 감추고 있지만 그것은 어떻게 보면 다른 차원의 오해일 수도 있다고 생각해요. 이번 작품에서 저의 그런 짧은 식견과 잘못된 고정관념 같은 게 반영된 것 같아서 스스로를 무척 되돌아보고 있습니다.

저도 소설가님의 이번 소설 〈퀴르 인간〉의 제목이 참으로 인상적이었는데요. 인터넷 검색을 해보니까 '퀴르'라는 단어가 프랑스어로 삶다, 익히다 이런 의미가 있는 것 같더라고요. 처음에는 그 의미가 생소하고 낯설었는데 소설을 다 읽고 나니까 어쩐지 뭔가에 푹 삶아져서 엑기스가 다 빠져나간 인간이 떠오르더라고요. 혹시 '퀴르 인간'이라는 제목은 어떻게 짓게 되었고 어떤 의미가 있는지 궁금해요.

김선욱/ 사실은 제가 제목 정하는 일을 어려워하는 편이에요. 이번 소설은 2019년부터 인터넷 지면을 통해 발표했던 〈식용인간〉, 〈섹스인간〉, 〈복어인간〉의 연작소설 격이라고 말할 수도 있는데요. 근미래의 인간과 현시대의 욕망과의 관계에 대해 질문하는 소설을 쓰고 싶었고 그게 〈퀴르 인간〉까지 왔네요. 퀴르는 말씀하신 대로 프랑스어로 삶다, 익히다의 의미의 'cuire'는 아니고요. 'cuir'의 퀴르로 가죽, 피혁, 동물의 두꺼운 피부 등의 의미로 사용했어요. 그런데 작가님 이야기 듣고 보니 시대의 정치적 폭력에 관성적으로 삶을 살아가는 인간들의 초상이 마치 끓는 물에 삶아진 물질처럼 느껴지기도 하네요. 감사합니다.

윤치규/ 작가님의 작품 〈퀴르 인간〉의 첫 문단에 로맹 가리가 인용된 것이 저는 굉장히 의미 깊었는데요. 권총 자살로 삶을 마무리하며 "나는 마침내 나를 완전히 표현했다"라고 선언한 로맹 가리의 죽음을 소설가님은 어떻게 받아들이시나요? 특별히 로맹 가리를 인용하신 이유가 있는지 궁금하고, 소설가님께서 마침내 표현하고 싶으신 게 있다면 어떤 것인지 묻고 싶어요.

김선욱/ 로맹 가리의《자기 앞의 생》이 특별히 애정하는 소설이기도 하고, 이번 소설의 주인공이 죽음을 욕망하는 것과 맞닿아 있는 문장인 것 같아서 인용했어요. 저는 사실 오랫동안 허무주의에 대해 생각하고 있는데요. 아무리 생각해도 삶의 의미를 찾지 못하겠다고 생각하는 형태의 인간 중에 하나예요. 그렇다고 죽어야 될 이유도 없다고 생각해요. 그냥 지금은 삶과 죽음 모두에 대해 자유를 얻고 싶다고 생각할 뿐이에요. 마침내 표현하고 싶은 게 있다면…… 소설을 통해 이런 나를 완전히 표현하고 싶네요. (웃음)

최근에 저도 예술가와 생활인 사이에서의 포지션에 대해 고민을 많이 하고 있는 편이라 〈시리얼 신춘 킬러〉에 더 몰입했던 것 같아요. 특히 "그쯤 되면 독자로 남는 게 행복하지 않아요?" 이 문장에서 뜨끔했는데 작가님도 혹시 그런 적 있으신가요? 저는 소설이 잘 안 써지는 경우가 많아서 차라리 독자로 남는 게 행복하지 않을까? 그런 생각을 많이 하거든요.

윤치규/ 제가 아주 가끔 하는 말인데요. 소설만 쓰지 않으면 행복하지는 않아도 적어도 불행할 일은 없을 것 같다고 생각해요. 행복한 건 어쩌면 독자로 남는 것일지도 모르겠어요. 하지만 인생이 조금 불행해지더라도 소설을 쓰면서 살고 싶어요. 언제까지나 쓰는 사람으로 남을 수 있으면 좋겠습니다.

김선욱/ 원동연이라는 인물이요. 실제로 주변 문인 중에 한 명쯤은 있을 법한 캐릭터인데요. "단 한 명의 문우이자 동시에 든든한 동인이었으며 진짜 시가 무엇인지 가르쳐준 스승, 전속 평론가, 동기부여 전문가, 내 시를 이해하는 유일한 독자이자 아주 가끔은 죽여버리고 싶을 정도로 멋진 시를 쓰는 단 한 명의 천재." 혹시 작가님 주변에 그런 분이 계신가요?

윤치규/ 원동연이라는 인물은 제가 만들어낸 가상의 인물로 따로 모델이 되거나 영감을 준 특정한 사람은 없어요. 만약에 있다고 하면 저와 함께 소설을 썼던 모든 사람이 될 거예요.

김선욱/ 저는 원동연 같은 문인이 옆에 있으면 함께 창작활동을 하는 데 정말 큰 도움이 될 것 같다는 생각을 했어요. 제가 사는 지역에서는 소설을 읽는 사람을 찾는 일도 어렵지만 쓰는 사람을 찾는 일은 미션 임파서블에 가까워서……. 작품에서 원동연이 말하는 세상에 있는 두 가지 예술가 중에 작가님은 어떤 예술가이신가요? 좋은 작품을 내놓는 예술가와 다른 작품을 선보이는 예술가 둘 중에 어떤 예술가가 되고 싶으신가요?

윤치규/ 저는 늘 좋은 소설을 쓰고 싶었어요. 더 나은 소설, 내가 추구하고 바라는 이상적인 소설에 조금 더 가까운 소설을 쓰고 싶었어요. 하지만 요즘은 다른 소설을 쓰고 싶다는 생각도 해요. 단순히 리얼리즘이나 포스트모더니즘 같은 문예 사조를 말하려는 것이 아니라 어떤 위계 없이 조금 더 나답고, 나만 할 수 있는 고유한 이야기를 쓰는 소설가가 되고 싶다고 생각해요. 김선욱 작가님은 어떤 소설가가 혹시 되고 싶으신가요? 저는 사실 〈퀴르인간〉을 읽고 소설 장르가 SF여서 깜짝 놀랐습니다. 소설가님의 등단작인 2017년 대전일보 신춘문예 작품 〈부자〉는 아주 현실적이고 핍진한 이야기여서 진짜 이런 가족이 현실에 존재할 것 같았는데 이번에 발표하신 소설은 근미래를 다루고 있어요. 리얼리즘 소설을 쓰는 것과 근미래를 다루는 소설을 쓰실 때 소설가님이 느꼈던 인상적인 점이 있는지 궁금하고 앞으로는 어떤 작품을 더 많이 쓰고 싶으신지 궁금합니다.

김선욱/ 처음부터 SF를 쓰겠다는 계획은 아니었고, 인간의 욕망에 관한 이야기를 구상하다 점점 구체화되고 현실화되는 인간들의 욕망이 어디까지 진화할 수 있을까 상상하다가 살인이 합법인 시대, 식용인간을 사육하는 시대, 섹스 로봇을 생산하는 시대, 모든 욕망을 실현할 수 있는 시대에 관한 이야기까지 쓰게 됐어요. 저는 사실 다자이 오사무의《인간실격》같은 사소설 형태의 작품들을 좋아하고 줄곧 리얼리즘 소설을 썼는데요. 솔직히 앞으로 제가 어떤 소설이 쓰고 싶어질지 잘 모르겠어요. 딱히 장르를 생각하지는 않는 편이라.

윤치규/ 〈퀴르 인간〉 속에서 보여주고 있는 200년 후의 지구는 굉장히 디스토피아적인 것 같으면서도 나름대로 그곳에서 적응한 인간들에게는 딱히 그렇게 나쁜 것 같지도 않은 환경으로 느껴져요. 매캐한 공기를 정화해주는 공기청정기가 있고, 꿈을 이룰 수 없는 현실을 대신 만족시켜주는 드림퀘스트가 있잖아요. 이런 근미래를 상상하게 되신 특별한 배경이 있을까요? 소설가님이 생각하는 200년 후의 지구는 어떤 곳인가요?

김선욱/ 시간이 흐를수록 인간의 욕망은 무섭도록 구체화되고 있다고 생각해요. 불로불사(不老不死)의 시대도 분명 도래할 거라고 생각해요. 정말로 200년 후에는 가능할 수도 있다고 생각해요. 그런데 인간이 하루를 사는 것과 100년을 사는 것이 무슨 차이가 있을까, 그런 생각이 들어요. 200년 후에도 형태만 다를 뿐 결국 인간은 지금과 같을 거라 생각해요.

윤치규/ 소설의 설정을 보면 디스토피아의 원인으로 심각한 저출산 문제를 지적하는 것 같아요. '국가보안법을 토대로 만들어졌다는 출산보호법'이라는 말을 듣고 저는 난감했는데요. 이런 시대가 오면 자녀 계획이 없는 나는 어떻게 해야 하나 걱정되고 두려웠습니다. 소설가님께서는 자녀를 양육하고 계시니까 근미래에 기본 소득을 두둑이 받으실 것 같은데요. 자녀를 양육하는 일은 어떤 것인지 궁금해요. 그리고 결혼과 자녀가 소설가님의 예술세계에 어떤 변화나 영향을 미쳤는지도 궁금합니다.

김선욱/ 국가와 정책이라는 게 얼마나 우습고 일차원적인지 꼬집고 싶어서 조금 과장되게 서술한 것 같아요. 물론 모두 그런 것은 아니지만 국가의 정책을 수립하는 과정도 그렇고 그걸 시행하는 행정 행위가 허술하고 단순하고 비상식적이라는 생각이 들 때가 많아요. 저출생 정책이 그 대표적인 예라고 생각해요. 저는 솔직히 자녀를 생산하는 일은 진화 관점에서 본능이라고 생각해요. 저는 본능에 충실했던 것뿐이죠. 이성적으로 생각하면 글쎄요……. (웃음)

윤치규/ 소설을 읽으면서 한 가지 또 흥미로웠던 점은 바로 지역색이 드러나는 사투리를 자주 활용하는 점이었어요. 시대는 휴머노이드가 인간의 생각을 읽고 컴퓨터와 뇌의 링크를 연결해 원하는 가상 세계를 자유자재로 만들 수 있는데 등장인물들이 쓰는 말은 여전히 구수한 사투리인 점이 조금 황당하기도 하고 재미있기도 한 포인트였습니다. 사실 등단작에서도 사투리를 쉽게 찾아볼 수 있었는데요. 저는 서울에서 태어나서 쭉 서울에서 살아서 그런지 생각해보니까 사투리를 소설에 넣은 적이 단 한 번도 없더라고요. 소설가님께서는 어떤 의도나 효과를 노리고 일부러 사투리를 작품 속에서 활용하고 계신 건가요?

김선욱 / 환경에 따라 방식과 사용하는 언어가 다른 것은 너무나 자연스럽고 당연한 일이라고 생각해요. 그런데 아직도 다름을 틀림이라고 사고하는 경향이 많은 것 같아요. "교양 있는 사람들이 두루 쓰는 현대 서울말을 표준어로 삼는다"라는 설명도 그렇죠. 알게 모르게 사투리는 저속하다,라는 사고가 내재되어 있죠. 사실 작품에 어떤 효과를 내기 위해 사투리를 쓴다기보다는 그냥 제가 평소 사용하는 언어를 자연스럽게 사용하는 것뿐이에요. 작가님 작품 〈시리얼 신춘 킬러〉 속에도 작가님이 평소 사용하는 언어가 자연스럽게 들어간 것 같았어요. 특히나 신춘문예를 준비하는 과정이 작품에 묘사되어 있는 게 인상적이었습니다. 작품을 읽는 내내 예술이란 혹은 문학이란, 또 예술가와 시인은 무엇인가라는 질문과 목도하게 되는데 작가님이 생각하는 예술과 문학이란 무엇인지요? 작가와의 만남에서 독자가 하는 상투적인 질문 같지만.

윤치규 / 문학이라는 게, 예술이라는 게 무엇인지는 전혀 모르겠지만 제가 소설을 쓰는 이유는 그래도 비교적 명확한 것 같아요. 제 안에는 해결되지 않는 문제라든지 소화되지 않은 어떤 감정, 씻겨지지 않는 기억 같은 게 있는데요. 저는 소설을 쓰는 행위가 이러한 이물들을 마주하는 일이라고 생각해요. 마주하고 들여다볼수록 이런 것들이 왜 생겨났고 어떻게 굳어버렸는지 조금은 이해할 수 있게 되거든요. 이런 과정이 제게는 꼭 필요한 것 같아요.

김선욱 / 작가님은 등단 이후에 작품 발표도 그렇고 정말 많은 활동을 하고 계신데 그 열정은 어디에서 나오는지 궁금해요. 작품에서 "원동연은 치과에서 이를 뽑기 위해 진료실 앞에서 대기하다가도 시를 쓸 인간"이라는 표현이 있는데 혹시 작가님 이야기인가, 하고 생각했거든요. (웃음)

윤치규/ 치과에서 이를 뽑기 위해 진료실 앞에서 대기하다가도 소설을 쓸 인간인지는 잘 모르겠지만 직장 생활과 병행하면서도 나름대로 늘 항상성을 유지하며 일정한 루틴을 갖고 오래오래 건강히 소설을 쓰려고 노력하고는 있어요. 하지만 사실 다들 그렇게 소설을 쓰고 있잖아요. 전업 작가이든 생업이 따로 있는 작가이든 소설을 쓰는 사람이라면 누구나 다 초인적인 힘으로 쓰고 있다고 생각해요. 소설을 쓴다는 일은 정말로 괴롭고 어려운 일이잖아요.

김선욱 작가님께서도 2017년에 대전일보로 등단하셨고 지금은 홍성에 거주하며 직장 생활과 글쓰기를 병행하고 계신 것으로 알고 있습니다. 지방에 거점을 두고 있는 소설가로서 혹시 활동하면서 느꼈던 장점이나 단점, 아니면 에피소드나 애환 같은 게 있는지 궁금해요.

김선욱/ 지역에는 사람이 많이 살지 않습니다. 그 가운데 소설이나 시를 쓰며 사는 사람을 찾는 것은 북한에서 남한 사람을 만나는 일처럼 어려운 일입니다. 그래서 외롭습니다. 그런데 그게 또 좋습니다. 답변이 됐을지 모르겠어요. (웃음)

윤치규/ 〈퀴르 인간〉을 읽다 보면 여러 예술가의 이름도 나오고 NBA, 영국 록 밴드 퀸처럼 다양한 문화 코드들이 인용되고 있는데요. 저는 이런 걸 통해 작가의 취향이나 취미를 들여다보는 것을 아주 좋아합니다. 작품 속에서 의식적, 무의식적으로 열거된 것들을 파악하며 이 작가가 어떤 작가인지 상상해보는 것이죠. 그래서 궁금해졌는데요. 소설가님께서는 어떤 취향이나 취미를 가진 사람인가요?

김선욱/ 저는 시간이 날 때마다 몸을 쓰는 편이에요. 지금 가입되어 있는 조기축구회가 두 개입니다. 거의 매일 둥근 것을 던지고 차고 치는 일에 몰두해요. 그렇게 땀을 흘리고 나서야 비로소 살아 있다는 것을 느끼는 편이에요. (웃음)

윤치규/ 저는 사실 소설을 읽으면서 소설가님의 아주 이상하고 요상한 유머 감각을 느꼈는데요. 그런 부분에서 피식, 하고 웃고 나면 왠지 분한 기분이 들고 내가 이런 거에 웃다니 하면서 자괴하게 되는 포인트가 상당히 있었습니다. 저는 소설가님께서 이런 '유머'에 상당히 신경을 쓰고 있을 거라고 확신했는데요. 소설가님 소설에서 '유머'는 어떤 존재인가요?

김선욱/ 유머는 인간이 인간에게 할 수 있는 유일한 미덕이라고 생각해요. 저는 그런 면에서 우스운 인간이 되고 싶어요. 할 수 있다면 많이 우스운 소설을 쓰고 싶어요. (웃음)

윤치규/ 소설을 다 읽었을 때 무택이 마지막에 당도한 곳이 어디일까 생각하며 무택은 마침내 온전히 '나'가 될 수 있었을까 고민하게 되었던 것 같아요. 저는 가끔 어떤 모습을 보여야만 하는 '나'와 내가 되고 싶은 '나', 그리고 실체에 가까운 '나' 사이에서 진짜 '나'는 어떤 존재인지 고민하기도 하는데요. 소설가님께서는 소설가로서 '나'의 모습이 어떤지, 그리고 어떻게 되고 싶은지 생각해보신 적이 있나요?

김선욱/ 음. 저도 요즘 많이 하는 고민이 소설가와 생활인으로서의 나의 태도에 관한 건데요. 그중에서 소설을 통해 보이는 나와 실제 생활에서의 나 사이에서의 괴리감에 대한 것이 가장 큰 것 같아요. 나는 여전히 나를 잘 모르겠어요. 소설을 쓰는 일이 나를 찾아가는 과정인 것 같기도 해요. 그런 의미에서 첫 소설집 제목을 '나는 나를 무엇이라고 부릅니까'라고 결정한 것이기도 해요.

〈시리얼 신춘 킬러〉에서도 원동연이 "예술은 다른 사람에 의해 소비될 때만 가치를 지닐 수 있"다고 말하는 장면이 있는데 독자가 점점 사라지고 있는 시대에 소설가로 살아가는 것에 대한 질문을 드리고 싶어요. 과연 소설은, 순문학은 끝까지 살아남을 수 있을까요?

윤치규/ 순문학의 미래에 관해서 저같이 짧은 식견을 가진 사람이 감히 예단할 수는 없을 것 같아요. 만약 딱 한 가지 확실한 것이 있다면 저는 계속 소설을 쓸 거라는 거예요. 만약 독자가 단 한 명도 남지 않고 완전히 사라진다고 해도 저는 소설을 계속 쓸 사람입니다. 사실 소설 속에서 꼭 하고 싶었던 말

중에 하지 못했던 것은 소설을 쓰는 사람에게 제일 중요한 것은 독자이지만 독자 중에는 '나'도 있다는 것이에요. 예술은 분명히 다른 사람에 의해 소비될 때만 가치를 지닐 수 있지만, 타자 중에는 소설 쓰는 '나'가 아닌 소설을 읽는 '나'도 포함되어 있어요. 따라서 사실 어떤 예술이든 아무짝에도 쓸모없다거나 무가치한 일은 아니라고 생각해요. 적어도 '나'라는 독자에게 이해받는다면 말이죠.

김선욱/ 작가님 등단 이후에 불특정 다수의 독자라는 실체를 언제 처음 느끼셨는지, 그때 감정이 어땠는지, 그리고 지금의 작가님에게 독자는 어떤 의미인지도 궁금해요.

윤치규/ 말은 그렇게 했지만 독자가 있다는 것은 정말 감격스러운 일이죠. 가끔 제 이름을 인터넷에 검색해보면 블로그나 개인 홈페이지에 리뷰가 올라오는 경우가 있어요. 그런 걸 발견할 때마다 정말 열심히 써야겠다는 생각이 들어요. 누군가 읽어주고 있구나. 누군가에게 닿고 있구나. 사실 독자들의 리뷰나 평가가 어떤지는 별로 중요하지 않습니다. 각자가 각자의 방식대로 작품을 소비하는 것이니까요. 그래서 사실 그런 언급이 있다는 것 자체가 정말 기쁘고 큰 동기를 부여해요.

김선욱/ 작가님, 소설이나 문학을 제외하고 좋아하는 일이 있다면 무엇인가요?

윤치규/ 솔직히 말하면 진짜로 거의 없어요. 저는 게임도 안 하고 거의 집에 있습니다. 영화는 가끔 보지만 드라마는 또 안 보거든요. 제가 넷플릭스 같은 OTT에 아무것도 가입되지 않았다는 걸 알면 사람들이 꽤 놀라요. 그나마 유튜브는 가끔 보는데 쇼츠에 중독되는 것 같아서 지금은 앱을 지운 상태이고요. 가끔 보고 싶은 동영상이 있으면 휴대폰이 아니라 인터넷으로 유튜브에 들어가 찾아보고 있어요. 그만큼 저는 취미가 정말 없는 사람이에요. 뭔가 이것저것 새로운 경험을 해보는 걸 좋아하지만 뭔가를 하나 꾸준히 오래 하거나 특별히 즐기는 일이 없어요. 그나마 취미라고 말할 수 있는 것은 인스타그램인 것 같아요. 평소에 너무 재미가 없는 사람이라 일상에서 조금이라도 재미난 일이 생기면 곧바로 사진을 찍어 인스타그램에 올리는데요. 저는 그렇게 만들어진 인스타그램 속의 제 모습이 참 좋아요. 인스타그램만 보면 참 행복하고 제법 잘살고 있는 기분이 들거든요. 물론 이건 일종의 왜곡이고 현실도피일 수도 있지만 저는 이런 것도 취미라고 생각해요. SNS에서 원하는 콘셉트를 잡고 '나'라는 인물을 꾸며가는 일이 제게는 그나마 즐기는 취미인 것 같아요.

김선욱 소설가님은 앞으로 소설을 통해 더 표현하고 싶으신 게 있나요? 지금까지 소설가로 살아온 삶에서 느낀 보람이나 후회, 그리고 앞으로 소설가로 살아갈 삶의 계획이나 각오 같은 게 있으면 듣고 싶어요.

김선욱 그냥 쓰려고 해요. 계속 쓰는 것, 그게 가장 중요하다고 생각해요. 사실 지금 제 소설의 독자는 저 하나인 셈인데요. 그럼에도 불구하고 계속 쓸 수 있다는 것. 그게 중요한 것 같아요. 혼자인 것에 지치지 않았으면 좋겠어요.

윤치규 끝으로 앞으로의 창작 계획은 어떻게 되시나요?

김선욱 첫 장편소설을 정리하고 있어요. 감사하게도 올 초에 지역 문화재단의 출판지원사업에 선정이 되었어요. 독립출판을 생각하고 있는데요. 혼자 힘으로 한번 예쁘게 만들어보고 싶어요. 윤치규 작가님의 향후 창작 계획은 어떻게 되세요?

윤치규 계획이라고 말할 수 있는 것처럼 정해지거나 예정된 것은 없지만 할 수만 있다면 2024년에는 단편소설 여덟 편이 실린 작품집을 내고 싶어요. 장편소설도 한 권 써내고 싶고요. 그리고 올해보다는 더 열심히 소설을 쓸 수 있으면 좋겠습니다.

박다래
×
원성은
×
차유오

들어가며

우리는 2023년 10월 6일, 저녁 9시에 단체 카톡방에서 만났다. 이렇게 밤에 인터뷰한 것은 모두에게 처음 있는 일이었다. 모두에게 가능한 시간은 이 시간밖에 없었다. 박다래는 과외를 한 후에, 원성은은 저녁 약속에 갔다 온 후에, 차유오는 학교에 다녀온 후에 인터뷰를 진행했다.

우리만의 친목 도모 및 잡담 채팅방이 이미 있었지만, 이 인터뷰를 위해 우리는 새로운 인터뷰방을 만들어서 진지하고 근엄한 마음으로 인터뷰에 임했다. 밤에 진중한 마음으로 카톡에서 인터뷰를 하다니. 제법 MZ 같지 않은지. 90년대 초반생 시인 두 명과 90년대 후반생 시인 한 명은 밤이 깊어져가는 것도 모른 채 자신들의 시와 삶에 관해 이야기를 나누었다.

90년대생 시인으로 산다는 것

박다래/ 안녕하세요. 시 쓰는 박다래입니다. 2022년부터 활동을 시작했고, 대학원을 수료하고 이런저런 아르바이트를 하고 있습니다. 오늘 이렇게 원성은 시인, 차유오 시인과 이야기를 나누게 되었습니다. 각자 간단하게 자기소개하는 시간을 가져볼까요?

원성은/ 안녕하세요! 시 쓰는 원성은입니다. 저는 2015년부터 시를 발표하기 시작해서 2021년에 첫 번째 시집《새의 이름은 영원히 모른 채》를 출간했어요. 현재는 두 번째, 세 번째 시집을 묶고 있습니다. 올해 봄에 퇴사해서 작품 쓰기에 집중할 수 있는 시기라서 좋아요.

차유오/ 안녕하세요! 시 쓰는 차유오입니다. 저는 2020년부터 활동을 시작했고 몇 달 전에 퇴사한 뒤에 대학원에 다니고 있습니다.

원성은/ 퇴사하니 좋죠? 저는 시를 쓸 수 있는 절대적인 시간이 확보되니까 좋더라고요. 마음의 여유 같은 게 생겨서. 체력적으로도 회사 다닐 때처럼 힘들지 않고요.

박다래/ 유오 님 퇴사 축하드려요! 작년까지 저도 이런저런 일을 많이 했었는데요(프리랜서다 보니 투잡 쓰리잡까지 가능하답니다). 올해부터는 일을 조금 덜 하고 글쓰기에 전념(?)하려고 했지만, 글쎄요. 잘 되는 것 같지는 않군요.

원성은/ 전업 시인으로 살긴 어렵나봐요. 다들 N잡을 하면서 사는 걸 보니…….

박다래/ 맞아요. 사실 시로 버는 돈은 거의 없다고 봐도 되니. 저는 책자 만드는 일과 웹 플랫폼 에디팅, 방과 후 교사 등을 하고 있어요. 어쩌다 보니 모두 글 근처에 있는 일을 하게 되었네요.

원성은/ 저는 한국문학번역원에서 사무직으로 1년 일하다가 이후엔 미술관, 서점 등에서 짧게 일했어요. 요즘은 영어 과외를 하고 있어요.

차유오/ 다들 여러 일들을 하고 계신 것 같아요!

원성은/ 원고료가 70년대랑 같대요. 세상에…….

진정성의 수호자

원성은/ 다들 시와 학업에 집중하는 시기를 보내고 계신가보군요. 그럼 다래 님부터 먼저 인터뷰 시작해볼까요? 다래님께 시의 화자란 뭘까요? 일인칭 화자를 선호한다든지, 시인과 화자가 일치하지 않는다든지……. 화자에 대한 생각과 추구하는 방향, 화자를 설정할 때 고려하는 점 등에 대해 듣고 싶어요.

차유오/ 맞아요! 다래 님 시에는 일인칭 화자가 자주 등장하기도 하고, 그런 시적 화자를 통해 우리에 대해 이야기한다고 느꼈어요.

박다래/ 저의 시에서 화자는 거의 다 일인칭 화자예요. 최근에는 그래서 의도적으로 '나는'이라는 주어를 쓰는 것을 지양하고 있어요. '나는'이라는 주어를 쓰는 순간 화자가 시를 장악하게 되더라고요. 하지만 주어를 지우니까 외부의 사건과 나의 생각이 동일시되는 일이 발생했어요. 외부의 사건이 내면을 만들기도 하지만, 때로는 내면의 상태에 따라 외부의 사건을 다르게 받아들이기도 하니까요. 그렇다 보니 내가 단독자로서 존재할 수 있을지 늘 고민하게 되어요.

원성은/ 그렇군요. 일인칭이야말로 시라는 장르에서 가장 매력적으로 드러날 수 있는 시점이라는 생각도 듭니다. 외부의 사건과 내가 동일시된다면 시에서 타자성을 다루기엔 힘들 것 같네요. 말씀하신 고민에 일부분 공감이 됩니다. 연결된 공동체 내에서는, 특히 한국 같은 나라에서는 단독자로 시를 쓸 수 있을지, 이게 나만의 목소리가 맞는지에 대해서도 고민할 수밖에 없는 것 같아요. 어떤 의미로는 연대의 언어를 위해서는 적합한 방법 같아요.

차유오/ 저는 다래 님의 시 속에서 '나'만큼이나 '너'와 같은 인물들이 중요하게 등장해서 인물들을 만들어내는 방식이 궁금했어요!

원성은/ 저도 궁금했어요! 시에 다양한 사람들이 등장하기도 하고요.

박다래/ 저는 이 세계를 만들어나가는 여러 목소리에 대해 생각해요. 나의 목소리로 세계를 그리고 있지만, 그 외에 다른 목소리도 존재하죠. 저는 한 번이라도 대화를 나누면, 인간과 인간 간의 관계가 형성된다고 생각해요. 저는 대화나 다른 사람들의 목소리나 모습을 통해, 인간과 인간 간의 관계를 보여주고 세계를 그리려고 해요.

원성은/ 사람들과 나누는 대화가 시의 소재가 되기도 할까요? 다래 님 시에 친구들이 많이 등장하는 것 같은데요. 여덟 편의 시에서 인간관계를 중요시하는 시인이라는 인상을 받았어요. 다래 님에게 친구란, 또는 우정이란 뭘까요? 단순히 서로 응원해주는 동시대 동료를 넘어서서요.

박다래/ 사람들과 대화를 나누는 것이 늘 시의 소재가 되는 것 같아요. 이것은 제가 문예창작과 입시를 준비할 때부터 있었던 버릇이에요. 저는 평범하게 자라왔고, 타인에 비해 많은 경험을 하지 못해 그것이 늘 콤플렉스였죠. 그렇다 보니 타인의 기억이나, 타인과의 대화를 바탕으로 글을 쓰게 되었어요. 이것이 좋다고 생각하지 않아요. 이런 식의 글쓰기는 타인의 기억이나 말을 전유하는 형태가 될 수 있으니까요. 그래서 늘 이런 글을 쓸 때 조심해요.

원성은/ 그렇군요. 정직하고 진솔한 답변 감사합니다. 서로의 영향으로부터 자유로울 수 없는 시대인 것 같기도 합니다.

박다래/ 맞아요. 기본적으로 다른 사람들에게 받는 에너지가 큰 것 같아요. 그들의 감정을 느끼고, 그들의 말을 배우고, 그들을 이해하면서 제가 늘 성장하는 것 같아요. 그리고 저도 그들에게 조금의 도움을 줄 수 있다면 좋은 일이라고 생각해요.

원성은/ 네. 쌍방향으로 서로의 성장을 위해 자극과 도움이 되는 관계, 우정이 갈수록 희귀해지는 거 같아요. 이런저런 생각을 하게 해주는 답변이네요.

박다래/ 제가 JJS(진정성)에 미친 사람이라……. (일동 웃음)

차유오/ 방갈로나 주유소가 교회가 되는 것처럼 다래 님의 시 속에 등장하는 장소들도 무척이나 인상적이었어요. 시 속 장소들에 관한 에피소드가 궁금해요.

박다래/ 방갈로. 어감이 좋지 않나요? 방갈로는 제가 작년에 이예진 시인과 함께 '예버덩문학의집'에 갔을 때 머무르던 장소예요. 그때 아주 얇은 벽의 방갈로에서 머물렀어요. 밤이면 그 방갈로에 노란 불이 켜졌는데, 마치 거대한 스탠드 조명 같았어요. 때로는 방갈로의 불을 켠 채 나와 밤 산책을 하기도 했어요.

원성은/ 와. 멋있다. 그 얘기를 들으니 몽골의 게르 같은 이미지도 떠오르고. 예버덩이란 곳에 저도 가보고 싶어지네요.

차유오/ 너무 좋을 것 같아요! 저도 나중에 가보고 싶어요.

박다래/ 주유소가 교회가 되는 일은 실제로 있었던 일이에요. 저희 동네 교회가 주유소 땅을 샀죠. 하지만 예산이 부족해 리모델링을 제대로 하지 못했어요. 그래서 한동안 주유소 모양의 교회가 우리 동네에 있었죠. 이 공간들이 주는 느낌이 있는 것 같아요. 모두 완성되지 않고, 임시로 존재하는 공간이잖아요. 저희 모두 언제 바뀔지 모르는 임시적인 공간에서 임시적인 삶을 살 수밖에 없죠. 저는 역시 JJS에 미친 사람이라 겪은 일밖에 쓸 수 없나봐요. (웃음)

원성은/ 일종의 리미널 스페이스 같은 것에 매혹되시는 걸까요? (웃음) 공간에 대한 에피소드와 진정성에 대한 견해까지 잘 들었습니다! 어떻게 보면 연결된 질문인 것 같은데, 표제작의 제목인 〈기름 부으심을 받으신 자〉나 〈콘셉시온〉의 '재의 수요일' 등 종교적인 소재가 많이 등장하는 것 같아요. 저번에 제게 사이비 종교에 대한 다큐멘터리를 추천하시기도 했는데. 평소 종교에 대해 관심이 많은지요. 조심스럽게 여쭤봅니다.

박다래/ 제가 JJS에 미친 사람이다 보니 종교에도 자연스럽게 관심이 많이 생겼어요. 호기심에 개신교 교회, 가톨릭교회, 조계종 사찰, 원불교 교당에 가보았어요. 하지만 이상하게도 저는 신적인 존재, 혹은 신에 준하는 진리를 도저히 믿을 수 없더라고요. 그래서 계속 쓰게 되는 것 같아요. 믿지 못하니까 스스로 그것이 무엇인지 질문하게 되는 것이죠.

차유오⁄ 저도 시를 읽으면서 시 속에 등장하는 종교적인 소재들이 인상적이었어요! 종교적인 소재들이 등장하는데 그것들이 단순히 종교적인 의미로만 읽히지 않고 또 다른 의미를 만들어내는 것 같아요. 혹시 다래 님이 생각하는 종교는 어떤 것인지, 그리고 그것들을 소재로 쓰는 이유가 무엇인지 들어볼 수 있을까요?

박다래⁄ 제가 생각하는 종교는 믿음이에요. 어떤 일이 일어나지 않았더라도 언젠간 일어날 거라는 믿음, 혹은 무슨 일이 있어도 변하지 않을 것이라는 믿음이 종교가 아닐까요. 저는 종교가 없지만 늘 믿음에 대해 생각해요. 그 믿음이 사라지는 순간에 대해서도요.

원성은⁄ 없기 때문에 오히려 그 소재를 쓰는 데에 자유로울 수 있다는 생각도 드네요. 저는 친할아버지께서 장로교 목사님이셨는데, 기독교적인 메타포를 의식적으로 피하려고 하는 것 같아요. JJS과 '믿음'에 대한 일관된 신념을 응원하고 또 작품으로 계속 보여주시길 기대하겠습니다.

차유오⁄ 맞아요. 그런 믿음은 꼭 종교가 아니어도 중요한 것 같아요.

원성은⁄ 다래 님은 주변 사람들과 적극적으로 영향을 주고받는 다정다감한 시인이란 생각이 듭니다!

내던져졌다는 감각, 길을 잃고, 헤매는

박다래⁄ 이제 성은 님 이야기를 들어보고 싶어요. 2021년 1월, 첫 시집이 나왔습니다. 늦었지만 축하드려요! 이후에 시 쓰기에 대한 태도가 어떻게 달라지셨는지 궁금합니다.

원성은⁄ 네, 늦었지만 감사드려요! 저는 등단 후에 첫 번째 시집을 묶기까지 오래 걸린 편에 속하는데요. 6~7년쯤 걸렸어요. 이십대 초중반에 쓴 시들이 첫 번째 시집이라고 보면 돼요. 첫 번째 시집에 실은 시들과 현재 시점과 시차도 꽤 생겼기 때문에 지금에야 할 수 있는 말이지만……. 그땐 왜 그렇게 자폐적이고 유아적이었나 싶기도 합니다. 요즘은 제 개성이자 극단적인 장점(단점)인 장식적이고 화려한 수사를 많이 걷어내고 선명한 이미지를 만드는 데에 더 집중을 하게 되는 거 같아요. 어찌 보면 짧게 쓰지 못해서 길게 써왔던 거 같아요.

박다래⁄ 맞아요. 아무래도 어릴 때 쓴 시에 많은 수사와 이미지가 들어가는 것 같아요. 어린 시절일수록 세계의 모든 것이 자극적이고, 또 아름답고, 때로는 끔찍하기도 하니까요. 하지만 저는 그 시도 매우 감명 깊게 읽었답니다! 요즘 성은 님의 시 경향성이 바뀌었지만, 그런 시가 지금 성은 님의 선명한 시를 만든 것 같아요!

차유오⁄ 맞아요! 그때의 시들도 좋았기 때문에 다음 시집도 정말 기대되네요.

원성은⁄ 네, 맞아요. 어렸을 때의 그 예민함과 민감함. (웃음) 그땐 뾰족뾰족 예각이 서 있었어요. 어떤 책을 읽어도 내 얘기 같고. 작은 자극 1에도 크게 반응 10으로 하고. 기대와 응원 감사합니다. 나만 잘하면 돼…….

박다래⁄ 잘할 수 있을 것이라고 믿습니다! 저희에게 좋은 시집을 선물해주세요. (일동 웃음)

원성은⁄ 네, 이번엔 너무 늦지 않은 시기에 시집을 묶고 한 시절을 정리하고 싶어요.

차유오⁄ 성은 님의 시에는 프랑스어, 홍콩이라는 시어 외에도 외국어나 외국과 관련된 소재들이 등장하는 것 같은데 그 이유가 궁금해요. 평소에 여행을 자주 다니시나요?

원성은⁄ 어떻게 보면 촌스러운 것일 수도 있는데요. 제게는 어렸을 때부터 막연히 먼 것, 이국적인 것에 대한 동경이 있었던 것 같아요. 프랑스병이라고 하죠. 랭보나 아폴리네르 같은 시인들도 많이 좋아했던 것 같아요. 그리고 유오 님 말씀대로 여행도 좋아합니다. 한동안 회사 다니느라 못 갔는데, 올해에는 가려고요! 알아들을 수 없는 외국어만 들리는 길에 내던져졌다는 감각, 길을 잃고 헤매는 감각을 좋아합니다.

박다래′ 프랑스병! 우리 모두 가지고 있죠. 저도 프랑스병 도져서 올해 초, 파리에 다녀왔는데 가자마자 파리 북역에서 소매치기를 당했답니다. 덕분에 보들레르가 말한 파리의 우울이 뭔지 알게 되었죠. (일동 웃음)

원성은′ 시를 본격적으로 쓰기 시작한 시기에 프랑스 상징주의 시에 많이 매혹되었어요. 홍콩영화, 특히 왕가위 영화에 나오는 양조위의 캐릭터들도 좋아합니다.

차유오′ 맞아요! 해외 영화들을 보면 해외에 간 것 같기도 하고, 아름다운 풍경들을 볼 수 있어서 저도 좋아해요.

박다래′ 맞아요. 저도 왕가위 팬이어서 시를 읽으면서 굉장히 반가웠습니다. 저는 성은 님이 영화, 인문 서적 등 다양한 매체에서 시의 아이디어를 얻는다는 생각이 들었어요. 주로 어떻게 시의 아이디어를 얻고, 그것을 매만지게 되는지 말씀해주세요.

원성은′ 제 시에 다양한 장르의 예술작품 및 인문 서적 들의 레퍼런스가 등장하는 것은 사실이에요. 하지만 요즘은 2차 창작이라고 해야 하나, 패러디나 오마주를 좀 자제하려고 합니다. 예전에는 누구나 알 정도로 유명한 원전이 있는 작품을 변형시키면서 장난치듯이 시를 많이 쓰기도 했던 거 같아요. 쓰는 과정에서 무엇보다 제가 재밌기도 했고요.

박다래′ 혹시 자제하기로 하신 계기가 있으신가요?

원성은′ 글쎄요. 원전이 있는 작품은 한정된 소재가 되어버리니까 다양한 방법으로 창작하는 데에 한계가 생기더라고요. 제 경우의 얘기입니다.

박다래′ 패러디는 필연적으로 원작의 아우라를 상실시키기도 하는 것 같습니다. 저는 이 시를 읽으면서 조커처럼 "Why So Serious?"라는 질문을 던지게 되는 것 같습니다.

원성은′ 주로 다른 매체로 시의 아이디어를 얻을 때는 공교로운 우연으로 얻는 것 같아요. 예를 들면, 얼마 전엔 〈어파이어〉라는 영화를 남자친구와 봤는데요. 영화를 기다리면서 가을 늦모기가 카페 야외 테라스에서 우리를 엄청 괴롭혔는데…… 마침 영화에 모기가 나오고……. 영화 속에 산불 때문에 붉어진 하늘이 나오는데, 영화 보기 직전에 노을을 봤던 것도 떠오르고……. 그런 우연들이 제 시가 되기도 해요.

차유오/ 우연들이 시가 된다는 말이 정말 좋네요. 성은 님의 시에서 '나'라는 시적 화자는 자기 자신에 대해 잘 알고 있다는 생각이 들어요. "나는 유물론자"라고 선언을 하기도 하고, "나는 안 무서워"라고 자신의 생각을 명확하게 표현하기도 하잖아요. 그렇다면 성은 님은 자기 자신이 어떤 사람이라고 생각하는지, 자기 자신에 대해 잘 알고 있는지 궁금해요.

원성은/ 제 첫 번째 시집 제목이《새의 이름은 영원히 모른 채》잖아요. 저는 이름을 모르는 상태로 두는 것, 혹은 규정하지 않는 상태를 시적인 상태라고 느끼고 추구하는 것 같아요. 예를 들면 누군가를 '엄마'라고 규정지어버리면 엄마가 아닌 직업인, 누군가의 딸이자 아내, 다른 자아들이 삭제되어버리는 것 같잖아요. '엄마'라는 말 뒤에도 숨겨진 심층이 이렇게나 많고 깊은데 이름이라는 고유명사 하나는 오죽할까 싶어요. 그런데 이게 남이 아니라 '나'의 경우엔 내가 나에 대해 잘 안다고 스스로를 과대평가하게 되기도 하는 거 같네요. 저는 저를 규정해버리고 싶지 않은데, 버릇처럼 자기 완결성을 갖고 나는 이런 사람이다~ 선언하고 고백하는 경향이 있어요.

박다래/ 시에서 거침없는 진술을 하는 와중에, 타자에 대한 판단을 유보하고 그 자체를 바라보는 시선이 좋았습니다. 계속해서 대상에 대해 생각하고, 바라보는 것이 때로는 힘들 수 있을 것 같은데요, 시 쓸 때 어려운 지점은 없으신지요.

원성은/ 저 같은 경우는 다래 님과는 다르게 주변 사람들 이야기를 시에 일부러라도 쓰지 않으려고 하는 거 같아요. 어떻게 보면 자아에 함몰되는 원인이 될 수도 있는데, 타자에 대한 이런 판단중지가 타자에 대해 말을 아끼게 하는 것 같기도 합니다. 그래서 어떻게 하면 내면성에만 함몰되지 않고 타자와의 마찰열을 보여줄 수 있는지, 단독자가 아닌 세상과 유기적으로 관계 맺고 있는 나를 시에 보여줄 수 있는지. 그런 고민을 하게 되네요.

차유오/ 정말 좋은 고민인 것 같아요. 그러고 보니 성은님의 시는 '운전 학원에서 운전 게임하기'나 '화목한 3인 가족의 크리스마스 저녁 풍경'처럼 제목들이 매력적이었어요. 제목을 짓는 방식과 성은 님에게 제목은 어떤 의미인지 궁금해요.

원성은/ 저는 제목 못 짓는 시인 중 한 명일 텐데……. (웃음) 좋게 봐주시니 감사합니다. 저는 제목을 먼저 지어놓고 시의 본문을 쓸 때가 많아요. 그래서 서사가 있는 시일 경우에는 서사를 요약하는 방식의 납작한 제목이 될 때도 있는데요. 반대로 첫 번째 시집 쓸 때쯤엔 제목과 본문이 유기적으로 연결되지 않아서 왜 이 제목이지?라는 소리를 많이 들어서 제목에 대한 고민을 많이 하게 된 것 같습니다. 사려 깊은 질문들 감사합니다!

다들 반성하지 않으셔도 됩니다

원성은/ 이제 다음으로 차유오 님의 시에 대한 이야기 나눠볼까요?

차유오/ 넵! 좋습니다.

박다래/ 지난 학기까지 일도 하고 대학원 생활도 하면서 바쁜 시간을 보내고 있다고 들었어요. 바쁜 하루 중 시가 찾아오는 순간은 보통 언제인지 궁금합니다.

차유오/ 시가 찾아오기보다는 제가 시를 찾아가는 것 같아요. 사람들과 대화를 하거나 모르는 단어들을 발견하거나 일상 속 풍경들을 보면서 시가 될 수 있는 소재들을 찾아가는 것 같습니다.

원성은/ 일상과 생활세계에서 시를 찾으려고 하시는군요. 앞으로 첫 번째 책도 내시고 독자들을 만날 재밌고 신선한 행사 많이 기획하시길 응원해요.

박다래/ 시가 찾아온다기보다는 시를 찾아간다는 말이 같은 MZ로서 와 닿네요.

차유오/ 맞아요. 저희 모두 MZ잖아요. (일동 웃음)

원성은/ 다음 질문 드릴게요! 유오 님 시에는 '유령'이 자주 등장합니다. 사람이 아니라 비인간으로서의 유령의 목소리는 대부분 강렬한 감정을 표출하지 않고 담담하고 담백하고요. 유령 이미지에 매혹된 계기가 있었나요? 많은 선배 시인들(김현, 안미린 등)의 유령과 차유오의 유령의 차별점이 있다면?

차유오/ 유령은 '죽은 사람의 혼령'이라는 뜻과 '이름뿐이고 실제는 없는 것'이라는 뜻이 있잖아요. 어떤 사람들은 유령을 무서워하는데 저는 유령의 뜻을 알고 나니까 유령이라는 존재가 무섭기보다는 슬프게 느껴지더라고요. 죽어서도 세계를 떠돌아다니는 행위가 신기하게 느껴지기도 하고요. 말씀해주신 것처럼 저의 유령은 담담한 것 같아요. 누군가를 좋아하지도 미워하지도 않고 유령으로서 이 세계에 존재하는 것이 차별점인 것 같습니다.

원성은/ 네. 뜻을 알고 보니 더 슬프네요. 유오 님의 시에 나오는 담백하고 담담한 유령들은 분노하지도 않고 슬퍼하지도 않는 것 같아 보여서 역설적으로 더 슬픈 느낌을 주는지도 모르겠습니다. 앞으로도 매력적이고 개성적인 유령들을 기다릴게요.

박다래/ 그렇군요. 그래서 유오 님의 시가 저에게는 슬프고 쓸쓸하게 다가왔던 것 같아요. 저는 유오 님의 시에서 주체가 어쩌면 유령이나 꿈속의 이미지를 통해 현실과 멀어지려고 할지도 모른다는 생각이 들었어요. 유오 님에게 현실은 어떤 의미이며, 왜 이곳에서부터 멀어지고 싶은가요?

차유오/ 현실은 하기 싫은 것들을 견디며 살아가는 것이라고 생각해요. 어쩌면 하기 싫은 것들로부터 멀어지고 싶은 마음이 유령과 꿈속 이미지로 나타난 것 같기도 해요. 저는 이곳에서 멀어지고 싶지는 않아요. 그것보다는 상실된 이들이 있고 알 수 없는 저곳이 궁금한 것 같아요.

원성은/ 그렇죠. 시인들에겐 어쩌면 기질적으로 하기 싫은 게 많은 것 같아요! 죽음 이후의 세계는 알 수가 없으니 미지와 상상의 영역으로 남는 것 같습니다.

박다래/ 오, 그렇군요. 그래서 시인님의 여덟 편의 시 중 〈건설된 영원〉 〈아무도 아닌〉 〈복〉 〈아침〉에서 버려지는 이미지가 등장하기도 하는 것 같아요. 버려진 것들에 대한 차분한 애정도 느껴지고요.

원성은/ 시가 군더더기 없고 단정하고 단아하다는 인상을 받았어요. 차분하고. 온도로 표현하면 미지근한. 맛으로 표현하면 심심한. 특정한 감정에 잘 압도되곤 하는 제가 쓸 줄 모르는 시이기도 합니다. 의식적으로 감정을 많이 절제하면서 쓰는지 궁금해요.

차유오/ 의식적으로 감정을 절제하면서 쓰기보다는 저라는 사람 자체가 담담한 것 같아요. 〈휴의 형태〉라는 시처럼 저는 제가 겪는 일들을 삼인칭 시점으로 생각하는 것 같아요. 힘든 일이 있어도 너무 슬퍼하지 않고, 기쁜 일이 있어도 너무 기뻐하지 않는 편이라 저의 그런 모습과 시가 닮아 있는 것 같습니다.

원성은⁄ 일희일비하지 않는 성격이라니. 성숙한 것 같아요. 성숙한 사람이 성숙한 시를 쓴 것이겠지요? 여러모로 반성하게 되기도 하는 답변입니다.

박다래⁄ 그렇군요. 저도 이번에 같이 사업을 하면서 유오 님을 뵈었을 때, 늘 차분하고 정돈된 태도로 맞이하여주셨어요. 뒤늦게, 정신없었던 저의 태도를 반성하게 되네요.

차유오⁄ 다들 반성하지 않으셔도 됩니다.

원성은⁄ 돌발 질문입니다! 앞으로 시에 나쁜 화자나 인물을 등장시켜볼 생각은 없나요? 빌런이나 악당, 말하자면 악인이요!

차유오⁄ 저도 악인으로 시를 써보고 싶어요! 새롭게 써보고 싶은데 항상 쓰다 보면 쓰던 대로 쓰게 되더라고요.

박다래⁄ 맞아요. 다르게 쓴다는 것은 어렵죠. 특히 자신의 기질과 다른 화자를 쓴다는 것은 더 어렵더라고요.

차유오⁄ 맞아요! 다 같이 새로운 스타일로 써보는 것도 재밌을 것 같네요.

원성은⁄ 네. 유오 님의 시에선 유령들이 서로 해를 끼치지 않고 친구가 되는 게 착하다, 생각이 들어서 여쭤본 질문이었습니다. 특정한 유령들이 많이 등장하는 것도 유오 님의 개성 같다는 생각이 들어요.

박다래⁄ 흔히 시와 시인을 분리할 수 없다고 하는데, 분명 시에서의 주체가 시인 자신은 아니지만 접점은 분명히 존재한다고 생각해요. 유오 님만의 개성이 있는 시니까 지금도 충분히 좋습니다! 다음에는 원성은 스타일 시 쓰기, 차유오 스타일 시 쓰기, 박다래 스타일 시 쓰기 해보죠. 그리고 유혈 사태가 일어나는데…….

차유오⁄ 너무 좋아요! 벌써 기대되는군요.

원성은⁄ 하하. 서로를 패러디하기. 재밌겠네요.

우리는 모두 친구

원성은⁄ 피상적인 질문에도 심층적으로 답해줘서 고맙습니다, 시인님들!

박다래⁄ 오늘 긴 시간 함께해주셔서 감사드려요!

차유오⁄ 다들 바쁘실 텐데 이렇게 얘기하니까 즐거웠어요! 감사합니다.

원성은⁄ 서로의 시를 읽기만 했을 때보다 이렇게 이야기를 나눠보니 더 고무적이고 생각할 거리가 많아지네요. 귀한 시간 내주셔서 감사해요. 다들 따뜻한 연말 보내시길 바랍니다!

박다래⁄ 모두에 대해 더 잘 알게 되었던 시간이었습니다! 다들 사랑하고 존경합니다.

원성은⁄ 이번 아카데미를 계기로 여러분들을 알게 되어 기쁩니다!

차유오⁄ 네. 앞으로도 함께 열심히 써보아요!

심민아
×
이유리
×
지영

심민아/ 아무래도 근황 이야기로 시작하는 것이 좋겠죠? 두 분 다 요즘 어떻게 지내시나요? 낭독회 이후 잘 지내고 계신지 궁금합니다. 먼저 유리 작가님?

이유리/ 저는 최근에 지독한 감기에 걸려서 시체처럼 지내다, 겨우 일상생활을 회복한 지 얼마 안 되었습니다. 요즘 감기 정말 독하더라고요. 그럼에도 불구하고 열심히 회사를 다니고 글도 쓰고 고양이도 돌보고 있습니다. 저도 조금 사적인 질문으로 시작하고 싶어요. 그럼 지영 작가님은 어떻게 일상을 보내고 계신가요? 또 요즘 가장 몰두하고 계신 일이 뭘까요?

지 영/ 저는 요즘 한 드라마에 과몰입한 상태인데요. 인터뷰 날짜 기준으로 2회 남은 〈이 연애는 불가항력〉에서 헤어나오질 못하고 있어요. 불호인 지점도 꽤 많은 드라마인데 호가 압도적이라 아, 모르겠고…… 하면서 보고 또 보고 있어요. '신유'와 '홍조'가 주인공이거든요. 일하다가, 책 읽다가, 어제는 달리기하다가 '신유야, 홍조야…… 얘들아, 너희는 행복하자…….' 그러고 있는 저를 발견하고는 놀라서 '정신 차려, 지영'을 열 번쯤 외쳤어요. 다음 주가 빨리 왔으면 좋겠는데 또 안 왔으면 좋겠고…… 그렇습니다. 민아 작가님의 요즘도 들려주세요. 작가님이 요즘 가장 몰두하고 계신 일이 뭘까요?

이유리/ 거기에 하나 더요. 민아 작가님은 처음 뵈었을 때부터 어쩐지 굉장히 멋진 취미를 갖고 계실 것 같은 느낌이라고 생각했어요. 취미도 함께 말씀해주시면 감사하겠습니다.

심민아/ 좋게 봐주셔서 감사합니다. 허허. 그런데 멋진 취미는 아니고…… 요즘 뒤늦게 텔레비전의 재미에 눈을 떴어요. 제가 같은 시간에 같은 일 하는 것을 힘들어하는 산만한 인간인지라, 어렸을 때부터 텔레비전을 잘 안 봤거든요. 정규 방송을 쭉 챙겨 본 드라마나 만화가 거의 없을 정도예요. 그런데 얼마 전 애인 따라 실시간 방송 몇 가지를 보다가 텔레비전이 주는 기쁨을 알게 되었어요. 요즘 〈스우파2〉를 본방 사수하고 애니메이션 〈야무진 고양이는 오늘도 우울〉을 챙겨 보고 있어요. 왜 텔레비전을 바보 상자라고 부르는지 알겠어요. 뒤늦게 홀린 바보……. 그렇게 요즘 취미는 텔레비전 시청이 되겠네요. 그럼 이제 작품에 관한 이야기를 해볼까요? 목차대로 저부터 가죠.

이유리/ 〈이상하고 평범하며, 평범하고 이상한〉에는 정말 특이한 아버지가 등장하는데, 특이한 동시에 뭔가 묘하게 디테일해서 정말 있을 것 같은 느낌을 주는 캐릭터이기도 해요. 이 아버지 캐릭터의 모티프를 얻은 인물이 있으신가요? 아니라면 어떻게 만들어진 캐릭터인지 궁금합니다.

심민아/ 딱히 모델은 없고요. 최초에 부동산이라는 (어…… 정말 지긋지긋한……) 키워드에서 출발한 소설이에요. 관련 자료를 찾다가 재개발 딱지 선점을 통해 부자가 된 사람들 이야기를 읽게 되었어요. 그런데 딱지 거래를 실패한 사람들 이야기는 안 보이더라고요. 분명히 크게 망한 사람도 있을 텐데요. 그래서 우선 그런 거래에서 실패한 캐릭터를 잡았어요. 그랬더니 얇은 귀, 좋다고 할 수 없는 운, 라이트한 저장 강박과 어느 정도의 쇼핑 중독. 이런 성격적 키워드가 붙더라고요. 물론 은근히 다정하고 인생의 여러 역할을 나름 열심히 수행하는 캐릭터이기도 합니다만.

지 영/ 민아 작가님과 저는 5월에 아카데미 일정으로 잠깐 만난 적이 있잖아요. 그때 부동산을 소재로 쓰신다고 해서 어떻게 그려내실지 궁금했어요. 저도 부동산 문제를 계속 생각은 하는데 소설로 풀어내려고 하면 어쩐지 막막해지더라고요. 너무 적나라하거나 허공에 뜨는 느낌의 구성만 머릿속에 떠올라서요. '9999년 아파트 입주권'과, 키를 제외한 모든 것이 평균에 가까운, 오직 아파트만은 평균과 정반대의 선택을 한 '김영철' 씨가 맞닿으면서 이 소설의 매력이 살지 않나 생각했어요. 이 둘을 한 소설 안에서 버무린 작가님의 의지랄까요, 그런 게 궁금하네요.

심민아/ 의지라……. 의지는 저의 의지가 아니라 '김영철' 씨의 의지인 것 같고요. 껄껄. 우리의 이 빡센…… 한국사회에서는 평균의 취향으로 평균의 선택만 하는 것을 선호하는 경향이 있잖아요. 그런 취향 없음이 오히려 안정성, 환금성으로 이어지기도 하고요. 그런데 우리의 '김영철' 씨는 희한하게도 이상하게 걸어간 거죠. 다만 그가 도대체 왜 그랬는지는 알 수가 없습니다.

이유리/ 소설 속 인물의 대사가 너무 찰지다는 생각을 하며 읽었어요. 쌍둥이 자매의 대사도 좋지만 특히 저는 할머니의 대사 부분이 참 좋았는데요.

지 영/ 맞아요, 저는 '난쏘공' 부분에서 깔깔거렸어요. 그리고 자매의 대사가 툴툴거리면서도 기억과 감정을 공유하면서 아버지를 애도하고, 자신들을 위로하는 것처럼 느껴지더라고요.

이유리/ 대사를 잘 쓰기가 참 어려운 일인데, 대사를 쓰시는 노하우가 있나요?

심민아/ 글쎄요. 뭐, 다들 그러시겠지만 대사는 역시 직접 읽어보면서 쓰는 게 좋은 것 같아요. 약간 광인 같은…… 허허. 할머니 대사는 봉준호 감독의 장편 데뷔작 〈플란다스의 개〉에 나오는 경비원 할아버지의 장광설 부분을 특히 생각하며 썼어요. 정말 사랑스러운 영화죠.

지 영/ 문장에 관해 말을 얹자면 "그날의 날씨는 지나치게 싱싱한 채소와 같았다고 할 수 있다"라는 마지막 문장 이야길 하고 싶어요. 전 시를 잘 모르지만 시처럼 느껴졌거든요. 작가님 생각에 소설의 언어와 시의 언어는 어떻게 다른가요. 다를 바 없을까요?

심민아/ 글쎄요. 다른가. 달라야 하나. 잘 모르겠습니다. 더 어른이 되면(?) 뭐라고 할지 모르겠는데. 지금은 그냥 굳이 구분을 해야 하나, 그런 생각도 들고요. 일단 좋은 소설엔 시적인 부분이 꼭 있는 것 같고요. 뭐 그런 것 같습니다. 하여간 문학이죠……. 문학…… 소중합니다……. 사랑하죠……. 사랑하시죠?

지 영/ 하하하. 네…… 저도 문학…… 소중합니다. 사랑해요.

이유리/ 아무래도 식상한 질문 같지만…… 소설과 시를 같이 쓰시는 분을(그리고 둘 다 '잘하시는' 분을) 정말 오랜만에 만나 뵈어서 이 질문을 드리지 않을 수 없을 것 같아요. 지난번 낭독회 때도 나왔던 질문이긴 하지만, 어떻게 소설과 시가 양립이 가능한가요? 처음부터 두 가지를 모두 쓰셨나요?

심민아/ 양립인지는 잘 모르겠어요. 한 발 디디고 있으면 한 발은 떠 있는…… 아주 좋게 말하자면 그런 걸어가는…… 어떤…… 운동성…… 근데 까딱하면 넘어가는……. 굳이 나눠야 하나 싶지만. 시는 번쩍이고 뜬다면 소설은 반짝이고 붙는 느낌적인 느낌이고요. 그런데 이것은 저보다 훨씬 으르신들…… 고수 작가님들이 착, 붙으면서 탁, 뜨게 설명해주실 수 있을 것 같아요. 허허. 그럼 이제, 유리 작가님의 〈여름 인어〉에 대해 이야기 나눠볼까요? 작가님은 판타지적인 것들, 이 세계 같은 것. 그런 요소를 참 잘 운용하시는 것 같아요. 데뷔작도 그랬고요. 그런 생각은 주로 어디에서 시작하시나요?

이유리/ 딱히 어디서부터 시작한다고 말하긴 어려운 것 같아요. 많은 작가님들이 그러하겠지만 소설의 아이디어는 정말 뜬금없는 곳에서 갑자기 오곤 하잖아요? 그래도 심플하게 설명해보자면 '~이 ~하면 재미있겠다'라는 생각에서 항상 시작되는 듯해요. 저는 소설에서 가장 중요한 건 재미라고 생각하는 편이거든요. 재미있겠다!로 쓰기 시작해서, 다 쓰고 나면 정말 재미있었나?로 끝나곤 한달까요.

지 영/ 제가 만약 인어가 등장하는 소설을 썼다면 인어의 존재를 숨기는 데 급급한 이가 등장했을 것 같은데요. 아주 빈약한 상상력이라서 전 안 되겠다고 생각했습니다. '인어'는 이유리다! 이런 마음으로 읽었어요. 이 소설에서 인어의 존재는 되게 당연하게 받아들여지고 있잖아요. 인어 '다래'가 예뻐서 감탄하는 사람은 있지만 세상에 인어라니! 이렇게 놀라지는 않으니까요. 이런 세계관은 어떻게 설정한 건지 궁금해요.

이유리/ 소설에서 아무리 황당한 일이 일어나도 소설 속 인물들이 그것을 황당하게 받아들이지 않으면 그것은 황당한 일이 아니다,라고 믿고 있어요. 독자에게 적응할 시간을 주지 않고 자, 이런 세계관이니까 납득하고 들으세요, 하고 막무가내로 밀고 나가는 걸 좋아하기도 하고요. 아마 앞으로도 이런 식으로 하고 싶은 이야기를 좀 억지로 밀어붙이는 소설을 쓰게 되지 않을까 합니다. 흐흐.

지 영/ 소설 속에 제가 설정한 세계관이 등장할 때가 있는데 그때마다 걱정과 불안에 시달리거든요. 이게 말이 되나? 설득할 수 있겠어? 일단 내가 만든 세계니까 밀고 나가자! 하는데 마음이 거기까지 가는 데 꽤 많은 시간이 필요하더라고요. 유리 작가님 말씀 마음에 새기고 저도 용기 내어 밀어붙여봐야겠어요.

심민아 이 작품을 쓰면서 겪은…… 마치 '다래'처럼 신비롭고 아름다운 일이 있으셨다면 소개 좀 해주세요. 또, '다래'가 상당히 독특한 존재라서요. '다래'가 인어만 할 수 있는 활약을 더 했으면 좋겠다는 생각을 했습니다. 이 단편이 이어질 장편의 프리뷰 격인 작품이라고 들었는데, 이어질 작품에서 다래만의 능력 발휘를 기대해봐도 좋을까요?

이유리 이 소설을 쓰면서 딱히 신비로운 일이 일어나진 않았지만…… 이 이야기는 '불로불사하는 반려 인어'라는 키워드 하나만 가지고 굉장히 여러 번 다른 버전으로 고쳐 쓰인 이야기예요. 이 소설 역시 그 버전 중의 하나고요. 장편이 어떤 소설이 될지는 아직 저도 모르겠습니다만, 민아 작가님 말씀처럼 인어가 어떤 능력을 발휘하는 이야기가 되어야겠지요. 쓰였다 폐기된 어떤 버전에서는 인어가 사람을 홀리는 마력이 있어서 인간들이 인어와 사랑에 빠지는 이야기도 있었는데, 그 이야기도 꽤 마음에 들었었어요.

지 영 문득 작가님이 〈여름 인어〉를 어느 시간대에 쓰셨는지가 궁금하네요. 저한테는 이 소설과 어울리는 특정 시간대가 있거든요. 물론 독자의 시선에서 찾은 시간이지만.

이유리 저는 보통 새벽 시간에 작업을 합니다. 이 소설도 새벽에 쓰였어요. 꼭 새벽을 선호하는 건 아니지만 이상하게 그때 글이 잘 써지더라고요……. 다른 작가님들 이야기를 들어봐도 새벽에 글을 쓰시는 분들이 많은 걸 보면, 저만 그런 건 아닌 것 같아요. 하하.

지 영 오, 저도 새벽 생각했어요. 오전에 가까운 새벽이요. 새벽 시간에 작업하시는 분들이 많을 텐데 그걸 염두에 두지 않더라도 저는 〈여름 인어〉가 새벽 4시와 5시 사이에 어울리는 소설 같았어요. '여름'과 '다래'가 그려갈 오전의 시간들을 독자로서 기대하고 있을게요. 그럼 이제 제 차례네요. 두근두근하는 마음으로 질문받겠습니다!

심민아 지영 작가님, 〈어떤 밤, 춤을 추던〉은 작가님의 본체(!)만큼이나 차분한 작품인 것 같아요. 톤온톤이랄까. 그렇게 안정적으로 진행되면서도 지루하지 않은 것이 신기합니다. 평소에도 차분한 톤을 선호하시는지요.

이유리⁄ 저도 비슷한 질문을 드리려고 했어요. 〈어떤 밤, 춤을 추던〉은 민아 작가님이 말씀하셨듯 차분한 톤이 인상적인 작품이었어요. 저는 이런 차분한 문체를 잘 못 구사하는 편이라 이런 문체를 가지신 분들이 부러울 때도 있어요. 처음부터 이렇게 차분한 글을 쓰셨나요?

지 영⁄ 차분이라니요. 제 본체가 차분해 보인다면 그건 순전히 낯을 가려서 그럴 텐데……. 동적인 인간이 되고 싶은 정적인 인간 같긴 하네요. 일단 제 문체가 차분하다는 생각은 해본 적이 없어서 두 분 말씀을 듣고 난 후 더 생각해 보게 됩니다. 처음부터 이랬던 건 아니었고, 습작은 그로테스크하거나 파괴적인 인상이 강했던 거 같아요. 어떤 소설을 쓰는지에 따라 또 조금 달라지기는 해요. 엉뚱한 인물이 등장한다면 그때는 문체도 인물과 비슷해지고요. 하지만 의식하지 않고 쓸 때, 기본적으로 〈어떤 밤, 춤을 추던〉과 비슷한 문체가 나오는 거 같아요.

심민아⁄ 상당히 정확하게, 이미지를 딱딱 짚어주는 부분이 많다고 느꼈습니다. 구현하고자 하는 이미지를 선명하게 잡아놓고 작업하는 편이신가요?

지 영⁄ 〈어떤 밤, 춤을 추던〉에서 어떤 이미지가 선명하게 다가왔다면, 그건 이 소설이 기차 안에서 우는 여자와 우는 남자, 그리고 그들을 바라보는 시선에서 시작됐기 때문이 아닐까 싶어요. 두 인물이 머릿속에 새겨졌고 이들의 서사가 구축됐어요. 이후에 쌓아 올린 것들은 쓰면서 채워진 건데, 그런 면에서 아주 선명하게 잡아놓고 작업하는 편은 아닌 것 같네요. 문득 떠오른 이미지나 장면에서 소설을 시작할 때가 많은데요. 한 장의 사진이나 짧은 영상처럼 무언가 떠오를 때 쓸 수 있었고, 문장 하나가 시작점이 되기도 했고요. 지금 쓰고 있는 단편은 '고모는 소설가였다'로 시작하거든요. 방콕 가는 차 안에서 창밖을 멍하니 보는데 그 문장이 딱 떠오르더라고요. 선명한 하나에서 흐릿한 모두로 나아간다, 이렇게 정리해볼게요.

이유리⁄ 〈어떤 밤, 춤을 추던〉은 아이의 죽음으로부터 시작하는 이야기입니다. 저도 최근에 소설에서 아이의 죽음을 다룬 적이 있는데, 죽음 자체도 어렵지 만 특히 어린이의 죽음을 다루는 건 정말 어렵다고 생각했어요. 작가님은 어떠셨나요?

지 영/ 쓰면서 내내 했던 생각은 나는 '여자'와 '남자'의 마음을 온전히 이해할 수 없다, 자식을 잃은 부모의 마음을 나는 알 수 없다,였어요. 경험만이 소설이 될 수 있는 것은 아니지만 결코 일인칭으로는 쓸 수 없었고요. 소설에서 어떤 사고나 사건을 다룰 때 누군가의 상처를 헤집어놓는 일이 아닌가 질문하곤 해요. 그러다 보면 한 줄도 쓸 수 없기도 하고요. 이런 과정을 거치면서 소재로 전락시키지 말자고, 진행을 위한 도구로 사용하지 말자고 다짐했고요. 아이의 죽음에 대한 묘사를 노골적으로 하지 않으려고 했고, 자신의 탓으로 돌리는 이들 옆에서 닿지 않을지라도 손 내미는 사람이 있다는 걸 말해줘야지…… 내가 그들의 무엇은 아니지만…… 그래도……. 그런 마음으로 썼어요.

저는 〈여름 인어〉를 읽다가 인어 '다래'가 '여름'에게 하는 말, "괜찮아, 금세는 아니어도 괜찮아질 거야"가 힘든 건 "……없어지지 않아"로 바뀌는 게 제 소설 속 '여자'와 '남자'에게, 또 〈이상하고 평범하며, 평범하고 이상한〉의 '쌍둥이 자매'에게 해주는 말 같았거든요. 저에게 자매는 유쾌하고 엉뚱해 보이지만 생활과 기억의 곳곳에서 아버지의 부재를 느끼는 인물로 다가왔는데요. "누군가의 죽음 앞에서 한번 와르르 무너졌다가 서서히 재건되는 경험"은 언젠가 올 테지만 그건 완벽한 재건일 수는 없을 테고, 다들 사라지지 않을 균열의 흔적을 안고 살아가는데 '다래'의 말이 그 상흔을 어루만져주는 것 같았어요. 세 편의 소설을 묶을 수 있는 구절이기도 하네요. 재건되는 이들을 그려내는 방식이 달라서 읽는 즐거움도 있었답니다.

이유리/ 지영 작가님 소설에도 그렇고 제 소설에도 그렇고, 우연하게도 저희 셋 모두 소설에 누군가의 죽음이 등장하네요. 민아 작가님 소설 속에 다뤄진 죽음은 조금 더 유쾌한(?) 느낌입니다. 민아 작가님은 죽음에 대해 어떻게 생각하세요? 구체적이어도, 추상적이어도 좋을 것 같아요.

심민아/ 그렇네요. 죽음……. 우리 모두 언젠가 죽을 것이고 우리 모두 죽음에 대해 썼군요. 그렇군요. 허허. 글쎄요, 죽음은 각자의 영역에 있는 무언가가 아닌가 합니다. 너무 어이없이 오기도 하지만. 인간의 힘으로는 절대 계산 불가능한 각도를, 나중에 알고 보면 연약한 한 인간이 자기도 모르게 휘적휘적 피한 경우도 참 많고요. 하여간 죽음이 언제 어떻게 올지 모르지만, 그러든 말든 매일을 뭐 그냥……. 그냥 살아야지 어떻게 하겠나, 그렇게 생각합니다. 우리 모두 잘 죽었으면 좋겠습니다. 지영 작가님은 죽음에 대해 저보다는 좀 더 심오하게 생각하실 것 같은데, 어떠신가요.

지 영/ 최근에는 제 죽음보다는 타인의 죽음을 더 생각하고 있거든요. 사정상 다들 조심스러운 마음으로 조용히 기다렸는데…… 떠나셨어요. 그 자리가 빈 후에야 내가 생각했던 것보다 더 소중한 사람이었다는 것을 깨달았고, 그래서 더 어찌해야 할지 몰랐어요. 여전히 모르고 있고요. 근데 각자가 가지고 있는 추억을 꺼내놓으면서, 그걸 공유하는 시간을 갖게 되잖아요. 그때 각자의 기억들로 한 사람이 빚어진다는 생각이 들더라고요. 지금은 죽음에 대해 뭐라 말하기가 어렵네요. 죄송하고 보고 싶고 미안하고 그립고, 그렇습니다.

이유리/ "우기를 여행하는 현명한 방법은 그냥 견디는 수밖에 없다. 우산, 우비, 장화로 무장하고 지나가는 수밖에 없다"라는 소설 속 구절이 마음에 남았어요. 실제로 인생의 힘든 순간을 지나 보내는 방법은 이것밖에 없을 것 같다고 납득하기도 했고요. 작가님도 힘든 순간을 이렇게 견디시나요? 특별한 방법이 있으시다면?

지 영/ 감자칩을 쌓아놓고 드라마를 보거나 사진을 찾아봐요. 도로시아 랭과 사울 레이터의 사진을 좋아하는데 무언가를 넘어선 단단한 이의 얼굴, 또 창가에 비친 사람들을 보고 있으면 기분이 나아져요. 목적지 없이, 때로는 한 10km 떨어진 곳을 목표로 세우고 걸어가기도 해요. 걷다가 마음에 드는 카페나 건물이 나오면 그냥 들어가보기도 하고요. 마음의 우기가 길어지면 생활의 루틴을 지키려고 노력해요. 먹고 자고 읽고 보고 쓰는 걸 규칙적으로 하다 보면 어느새 비가 잦아진 느낌이 들어요.

다들 사는 게 마음대로 되지 않을 텐데 어떻게 견디는지요. 특히 우리는 다 쓰는 사람들이니까 안 써질 때가 '우기'에 해당할 것 같은데, 창작에 있어 우기를 지나는 방법이 있다면 말씀해주세요. 혹시 탄탄대로를 지나고 계신다면 답 안 해주셔도 되고요, 하하.

이유리/ 저는 다른 작가들이 쓴 멋진 소설을 읽으면서 시간을 흘려보냅니다. '흘려보낸다'는 감각이 중요한데요……. 그러면서 내가 지금 '우기'에 있다,라는 그 감각 자체를 없애는 데 집중하는 게 도움이 되더라고요. 최근에는 무라카미 하루키의 신작《도시와 그 불확실한 벽》을 아주 행복하게 읽었어요. 하루키를 포함해 황정은 작가님, 배수아 작가님 등등, 글이 안 써질 때 읽는 작가들이 몇 있습니다.

심민아/ 예…… 우기가 참 자주 오는데, 어쩔 수 없고 그러려니…… 해야 된다고 생각합니다. 저도 하루키, 황정은, 배수아 다 좋아해요. 신작 읽어야겠군요. 근데 저는 집순이라서 여행을 좋아하지 않기도 하고…… 특히 더운 나라는 아예 가본 적이 없어요. 그런데도 지영 작가님 소설을 읽으니 마치 우기가 있는 미지의 나라에 간 기분이 들었습니다. 껄껄껄. 취재는 어떻게 하셨나요?

지 영/ 소설에서는 구체적인 배경이 드러나지 않지만 미얀마 양곤의 순환 열차와, 핀우린과 시포를 잇는 열차, 시포의 트레킹 지역이 배경이에요. 실제로 미얀마에서 3주 정도 머물렀는데 여행할 때 날씨 영향을 받는 편이 아님에도 쉽지 않더라고요. 우기에 왜 돌아다니는 거니, 어서 집으로 가거라…… 스스로 꾸짖었어요, 여행 내내. 한국 떠난 지 8~9개월 쯤 됐을 때기도 했고, 그래서 티켓 변경해서 얼른 한국에 가야겠다고 결심했는데 순환 열차를 탔고, 소설이 떠올랐고, 그래서 계획대로 다른 곳도 들렀다가 집에 돌아갔죠.

이유리/ 민아 작가님의 질문처럼 저도 이 소설을 읽으며 지영 작가님께서 여행을 정말 좋아하시는 분일 것 같다는 생각을 했습니다. 가장 기억에 남는 여행지를 추천해주실 수 있을까요?

지 영′ 여행은 집이 싫어서, 집을 떠나기 위해 가는 것 같기도 한데, 일종의 가출이랄까요. 가서는 주로 누워서 창밖을 보고 설렁설렁 산책을 해요. 그럴 거면 거기까지 왜 가냐고 묻는 사람도 있는데 딱히 할 말이 없더라고요. 결국 집이 제일이다!라는 깨우침을 얻고 돌아오게 되고요. 아, 소설에 쓸 만한 것도 함께요. 그래서 귀찮고 피곤하기도 하지만 끊지 못하는 건지도……. 저는 인도 라다크, 레와 주변 마을이 기억에 남아요. 푸른데 삭막하고, 삭막한데 푸르른 곳이에요. 판공초라고, 영화 〈세 얼간이〉 마지막 장면에 나온 호수가 있거든요. 보통 레에서 1박 2일 코스로 가는데 도중에 들르는 마을들도 좋았어요. 근데 이건 제가 산속 마을 선호자라서……. 취향이 아닐 수 있습니다. 다른 분들은요?

심민아′ 다녀온 데가 거의 없지만, 독일 좋았어요. 일단 동네 도서관에서 음반도 빌려주는 게 매우 좋아 보였습니다. 자국 철학자만으로도 거대 서가를 꽉꽉 채우는 것도 너무 멋졌고요…….

이유리′ 저는 가장 최근에 다녀온 하와이를 꼽겠습니다. 정말 천국 같은 곳이었어요. 하지만 저도 기본적으로 여행을 그다지 좋아하는 편이 아니라서…… 가장 좋은 곳은 집입니다(단호). 밖에서 할 수 있는 대부분의 경험은 사실 집에서도 할 수 있다…… 저는 그렇게 생각합니다…….

지 영′ 저는 방황 중에 무언가를 '겟'한다면, 그렇게 소설의 세계로 들어선다면, 다른 작가님들은 작품을 어떻게 시작하는지 궁금해요. 소설, 또 시를 쓸 때 시작점이 어떻게 되세요? 어떤 문장, 어떤 장면, 어떤 주제, 대개 어디에서 새로운 이야기가 피어나는지 궁금합니다.

이유리′ 저는 정말로 그것들이 어디서 오는지 아직 모릅니다. 그래서 글이 써지지 않거나 아이디어가 떠오르지 않을 때면 더욱 불안한 것 같아요. 언제 어떻게 올지 모른다는 건 영영 다시는 오지 않을지도 모른다는 이야기와 같으니까요……. 하지만 그러다 보면 또 정말 뜬금없는 순간에 전혀 상관없는 뜬금없는 이야기들이 떠올라서 저를 안심시켜주곤 하더라고요. 이제는 그냥 그것들이 랜덤하게 저를 찾아온다는 사실을 조금은 믿어야 할 것 같다, 그런 생각을 하며 살고 있습니다.

심민아ˊ 저도 유리 작가님과 같아요. 언제 어떻게 올지 몰라서 오두방정 떨게 되는……. 정신 건강에 크게 좋지는 않은 것 같으나, 어쨌든 오면 매우 좋죠. 사랑스럽죠. 고맙죠. 사랑하죠. 근데 전 〈어떤 밤, 춤을 추던〉도 그렇고 〈여름 인어〉도 그렇고 둘 다 영상화가 가능할 것 같아요! 두 분은 어떻게 생각하세요? 가상 캐스팅 한 번 해봅시다. 원작자 픽이 궁금해요.

이유리ˊ 저는 인어 '다래' 역에 배우 하연수 님을 생각했는데요. 사실 별다른 이유는 없고 제가 하연수 님을 좋아하기 때문입니다. 저는 입이 시원시원하게 가로로 찢어지는 미인들을 좋아하거든요(단호).

지 영ˊ 저는 조보아 배우님과 로운 배우님. 네, '홍조'와 '신유'에게 과몰입 중이라서요. 근데 지금 말고 한 7~8년 후의 두 배우님이면 더 좋을 것 같네요. 아, 또 있어요. 한지민 배우님과 김우빈 배우님도요. 이건 작년 제 픽이 〈우리들의 블루스〉의 '영옥'과 '정준'이어서……. 그런데 어쩐지 〈이상하고 평범하며, 평범하고 이상한〉도 단막극 한 편을 보는 기분이었기에 민아 작가님도 어서 답변을…….

심민아ˊ 글쎄요. 쌍둥이니까 〈고양이를 부탁해〉에 나왔던 비류, 온조 자매가 어떨까 합니다. 허허. 아, 그리고 공통 질문 하나 더 드릴게요. 먼저 유리 작가님, 〈여름 인어〉와 함께 할 음악 추천 부탁드립니다.

이유리ˊ 〈여름 인어〉와 어울리는지는 모르겠지만, 제가 이 소설을 쓰면서 들었던 곡을 하나 추천해드릴게요. a_hisa라는 작곡가의 〈mint parfait〉이라는 상큼한 피아노 연주곡입니다. 기분이 상쾌하고 즐거워지는 좋은 곡이에요.

심민아ˊ 어머, 꼭 들어볼게요. 지영 작가님도 〈어떤 밤, 춤을 추던〉 읽으면서 함께 듣기 좋은 음반 추천해주세요!

지 영ˊ 저는 음반인가요? 왜 어려운 질문을 주시는 거죠! 저도 쓸 때 많이 들었던 음악을 말씀드리자면 뮤지션 정재형 님의 〈Andante〉입니다. 다른 악기들도 나오지만 비올라 선율이 슬픈데 또 되게 따뜻해요. 이 연주곡을 듣고 있으면 나아가야겠다는 생각을 하게 돼요. 저는, 또 우리는 어디로 나아가게 될까요? 자연스럽게 향후 목표에 대해 이야기 나눠볼까요? 민아 작가님부터 앞으로의 계획하거나 구상 중인 작품을 말씀해주세요. 시일지 소설일지 매우 궁금합니다.

심민아/ 그것은 저도…… 궁금합니다. 누구든 어서 와서 살려줬으면 합니다. 허허. 지영 작가님도 다음 작업 계획은 세우셨는지요. 새로 구상 중인 작품, 살짝 소개해주세요. 혹시, 월급사실주의적인 작품? 껄껄껄.

지 영/ 아, 월급사실주의 이야길 꺼내주셔서 감사해요. 9월 초에 첫 앤솔러지가 나왔고요. 저는 리얼리즘 계열의 소설을 굉장히 좋아하는데 제 안에서 끄집어내진 소설은 결과적으로 보면 리얼리즘은 아니더라고요. 동인 활동을 하면서 1, 2년에 한 편씩 내가 살고 있는 이 시대를 사실적으로 그려낼 수 있다면 의미 있겠다 싶어요. 2024년 월급사실주의 앤솔러지도 꼭 나올 수 있길 바라며! 그리고 조금 밝은 톤으로 소설을 쓰고 있는데 처음 의도와는 다른 방향으로 흘러가고 있어서 조용히 지켜보고 있는 중입니다. 유리 작가님은요? 얼마 전에 소설집이 나왔고 다음 작품도 궁금합니다.

이유리/ 저는 아마 내년에 두 번째 단편집이 나오지 않을까 싶습니다. 그 밖에는 잘 모르겠네요……. 또 무언가를 미래의 이유리가 쓰겠죠? 저도 미래의 이유리의 행보를 기대하고 있습니다……. 하하하.

지 영/ 미래의 심민아, 미래의 이유리, 미래의 지영 모두 계속 쓰고 있으리라 믿어요. 우리 모두 그럴 테죠.